FOLIO POLICIER

Abir Mukherjee

Les princes de Sambalpur

Traduit de l'anglais
par Fanchita Gonzalez Batlle

Gallimard

Titre original :
A NECESSARY EVIL

Né en 1974, Abir Mukherjee a grandi en Écosse dans une famille d'immigrés indiens. Il a décidé de situer son premier roman à une période cruciale de l'histoire anglo-indienne, celle de l'entre-deux-guerres. La série des enquêtes de Sam Wyndham et Sat Banerjee est depuis un succès international, traduit dans neuf pays, et a reçu les éloges, entre autres, de Ian Rankin et Val McDermid.

À la mémoire de mon beau-père,
Manharlal Devjeebhai Mistry, Bapu,
avec toute mon affection.

À Sonal, pour tout.

Vendredi 18 juin 1920

1

On ne voit pas souvent un homme avec un diamant dans la barbe. Mais quand un prince ne trouve plus de place sur ses oreilles, ses doigts et ses vêtements, je suppose que les poils de son menton conviennent tout aussi bien.

Les lourdes portes d'acajou du Palais du Gouvernement se sont ouvertes à midi et ils sont sortis, aériens : une ménagerie de maharajahs, nizâms, nababs et autres, tous les vingt drapés de soie, d'or, de pierres précieuses et d'assez de perles pour ruiner un escadron de comtesses douairières. Un ou deux se réclament de la lignée du soleil ou de la lune ; le reste, de quelque autre parmi la centaine de divinités hindoues. Nous les mettons tous dans le même panier pour les appeler simplement *les princes*.

Ces vingt-là proviennent des petits royaumes les plus proches de Calcutta. Il y en a plus de cinq cents dans toute l'Inde, et tous ensemble ils règnent sur les deux cinquièmes du pays. C'est du moins ce qu'ils se disent, et nous ne sommes que trop heureux d'avaliser cette fiction, du moment qu'ils chantent tous *Rule Britannia* et font serment d'allégeance au roi empereur outre-mer.

Ils s'avancent tels des dieux, en ordre strict de préséance, le vice-roi à leur tête, dans la chaleur étouffante, en direction de l'ombre d'une douzaine de grands parasols de soie. D'un côté, derrière une solide barrière de soldats enturbannés de la garde du vice-roi, se tient une foule de conseillers royaux, hauts fonctionnaires et parasites divers. Et derrière tout ce monde, il y a Sat et moi.

Un coup de canon soudain, tiré par un de ceux de la pelouse, chasse des palmiers des nuées de corbeaux aux cris assourdissants. Je compte les coups : trente et un au total, honneur strictement réservé au vice-roi ; aucun prince indigène n'en a jamais mérité plus de vingt et un. Cela sert à souligner qu'en Inde ce dignitaire britannique mérite plus d'honneurs que tout Indien, quand bien même il descendrait du soleil.

Tout comme les coups de canon, la réunion à laquelle les princes viennent d'assister est purement destinée à la galerie. Le véritable travail sera effectué plus tard par leurs ministres et les hommes de l'administration indienne. Pour le gouvernement du Raj, l'important est que les princes soient là, sur la pelouse, pour la photographie de groupe.

Le vice-roi, lord Chelmsford, traîne les pieds en grande tenue. Elle lui a toujours donné l'air mal à l'aise et le fait ressembler au portier du Claridge. Pour un homme qui, habituellement, a l'air d'un croque-mort mal nourri, il s'est pomponné, mais à côté des princes il est aussi terne qu'un pigeon au milieu des paons.

« Lequel est notre homme ?

— Celui-là », répond Sat en indiquant d'un signe de tête un grand individu aux traits fins portant un turban de soie rose. Le prince que nous sommes venus voir est sorti le troisième et il est le premier dans l'ordre de succession au trône d'un petit royaume niché dans l'Orissa sauvage, quelque part dans le sud-ouest du Bengale. Son Altesse Sérénissime le prince héritier Adhir Singh Sai de Sambalpur a requis notre présence, ou plutôt celle de Banerjee. Ils étaient à Harrow ensemble. Je ne me trouve ici que parce que j'en ai reçu l'ordre directement de lord Taggart, le chef de la police, qui a dit obéir là au vice-roi en personne. « Ces entretiens sont d'une importance capitale pour le gouvernement du Raj, a-t-il déclaré, et l'accord de Sambalpur est essentiel pour leur succès. »

On a du mal à croire que Sambalpur puisse être essentiel pour quoi que ce soit. Il faut déjà le chercher à la loupe sur la carte, caché par le R d'ORISSA. C'est tout petit, de la taille de l'île de Wight, avec une population en proportion. Et pourtant me voilà, prêt à épier une conversation entre son prince et Sat parce que le gouvernement de l'Inde a jugé qu'il y va de l'intérêt de l'Empire.

Les princes prennent place autour du vice-roi pour la photographie officielle. Les plus importants sont assis sur des chaises dorées et les autres debout sur un banc derrière eux. Le prince Adhir est assis à la droite du vice-roi. Quelques princes ont essayé de s'éclipser mais des fonctionnaires à l'air éreinté les ont rappelés à l'ordre. Finalement le photographe a fait tenir tout le monde tranquille. Les princes se sont tus et regardent droit devant eux : les lampes flood font « pouf », la scène est captée pour la postérité et ils sont libérés.

Quand le prince héritier repère Sat il est évident qu'il le reconnaît. Il interrompt une conversation avec un maharajah dodu qui porte sur lui le contenu des coffres d'une banque et une peau de tigre et il vient vers nous. Il est grand, la peau claire pour un Indien, et l'allure d'un officier de cavalerie ou d'un joueur de polo. Comparé aux princes qui l'entourent il est habillé assez simplement : tunique de soie bleu pâle à boutons de diamant, nouée à la taille par une ceinture dorée, pantalon de soie blanche et chaussures anglaises classiques, noires et étincelantes. Son turban est retenu par une pince ornée d'émeraudes avec un saphir de la taille d'un œuf d'oie. À en croire lord Taggart, le maharajah père du prince est le cinquième homme le plus riche de l'Inde. Et chacun sait que l'homme le plus riche de l'Inde est aussi le plus riche du monde.

Un sourire éclaire le visage du prince qui s'approche.

« Boubou Banerjee, s'exclame-t-il les bras grands ouverts, cela fait combien de temps ? »

Boubou, jamais je n'ai entendu personne appeler Sat ainsi et pourtant nous partageons un appartement depuis un an. Il a gardé secret ce nom de guerre et je ne peux pas lui en vouloir. Si quelqu'un à l'école avait jugé bon de m'appeler Boubou je ne m'en serais pas vanté. Bien entendu, Sat n'est pas son véritable prénom non plus. Un collègue le lui a donné quand il est entré dans la police impériale. Ses parents l'ont appelé Satyendra, et même si je m'applique à prononcer correctement le bengali je n'ai jamais tout à fait réussi. Sat m'a dit que ce n'est pas ma faute et que l'anglais ne possède tout simplement pas les consonnes qu'il faut, il lui manque apparemment un « d » doux. D'après lui, il lui manque énormément de choses.

« C'est un honneur de vous revoir, Votre Altesse », dit Sat avec un léger salut de la tête.

Le prince prend un air peiné comme le font souvent les aristocrates quand ils feignent de vouloir être traités comme le commun des mortels. « Allons donc, Boubou, je pense que nous pouvons nous dispenser des formalités. Et qui est-ce ? demande-t-il en me tendant une main couverte de bijoux.

— Permets-moi de te présenter le capitaine Wyndham, dit Banerjee, précédemment à Scotland Yard.

— Wyndham, répète le prince. Celui qui a capturé ce terroriste, Sen, l'année dernière[1] ? Vous devez être le policier préféré du vice-roi. »

Sen est un révolutionnaire indien qui a échappé aux autorités pendant quatre ans. Je l'ai arrêté pour avoir assassiné un haut fonctionnaire britannique et j'ai pratiquement été déclaré héros de l'Empire. La vérité est un peu plus complexe, mais je n'ai ni le temps ni l'envie de corriger la légende. Surtout, je n'ai pas l'autorisation du vice-roi pour le faire ; il a décrété le sujet soumis à la loi sur les secrets d'État de 1911. Alors je souris et je serre la main du prince.

« Enchanté de faire votre connaissance, Votre Altesse.

— S'il vous plaît, répond-il aimablement, appelez-moi Adi. Tous mes amis le font. » Il réfléchit quelques secondes. « En fait, je suis plutôt heureux que vous soyez là. Il y a une question assez délicate dont je

1. Voir *L'attaque du Calcutta-Darjeeling.*

voulais parler à Banerjee, et l'opinion d'un homme de votre expérience pourrait être extrêmement précieuse. Vous tombez à pic. » Son visage s'éclaire. « Ce doit être la Providence qui vous envoie. »

Je pourrais lui dire que je dois ma présence au vice-roi plutôt qu'à Dieu, mais dans l'Inde britannique c'est à peu près la même chose. Si le prince désire me parler, cela m'évite au moins de l'épier comme une mère indienne la nuit de noces de son fils.

« Je serais heureux de vous être utile, Votre Altesse. »

D'un claquement de doigts il appelle un monsieur qui se tient à proximité. L'homme est chauve, il porte des lunettes et paraît agité, tel un bibliothécaire égaré dans un quartier dangereux ; et bien qu'il soit habillé avec soin il lui manque l'assurance d'un prince, sans parler des bijoux.

« Ce n'est malheureusement pas le bon moment pour une telle discussion, dit le prince tandis que l'homme s'empresse. Vous et Boubou voudriez peut-être m'accompagner à l'hôtel pour y bavarder plus à l'aise. »

Le ton n'est pas celui d'une question. Je soupçonne que beaucoup d'ordres du prince sont présentés de la même façon. L'homme s'incline profondément.

« Ah oui, dit le prince d'un air las, capitaine Wyndham, Boubou, j'ai le plaisir de vous présenter Harish Chandra Davé, le *dewan**[1] de Sambalpur. »

Dewan signifie Premier ministre. Les Indiens le prononcent *divan*, comme le meuble.

« Votre Altesse », dit le dewan en se redressant avec

1. Les mots, noms propres et expressions en italique suivis d'un astérisque sont explicités dans le glossaire en fin de volume.

un sourire obséquieux. Il transpire ; comme nous tous sauf, semble-t-il, le prince. Le dewan nous lance un regard rapide à Banerjee et moi. Il tire de sa poche un mouchoir de coton rouge pour éponger son front luisant. « Si je peux dire un mot en privé à Votre Altesse, je…

— S'il s'agit de ma décision, Davé, répond le prince avec irritation, je crains qu'elle ne soit définitive. »

Le dewan secoue la tête d'un air embarrassé. « S'il m'est permis, Votre Altesse, je doute beaucoup que ce soit conforme à l'intention de Son Altesse votre père. »

Le prince soupire. « Et moi, je pense que mon père se moque éperdument de cette farce. En outre, il n'est pas ici. À moins que lui ou le vice-roi n'ait jugé bon de vous élever au rang de *yuvraj* *, je suggère que vous vous conformiez à mes souhaits et que vous vous mettiez au travail. »

Encore une fois le dewan éponge son front et s'incline profondément avant de s'éloigner comme un chien battu.

« Fichu bureaucrate », marmonne le prince. Il se tourne vers Sat. « C'est un Gujarati, imagine-toi, Boubou, et il se croit plus intelligent que tout le monde.

— L'ennui, Adi, c'est qu'ils le sont souvent. »

Le prince lui adresse un sourire forcé. « Eh bien, s'agissant de ces entretiens, et dans son intérêt, j'espère qu'il s'en tiendra à mes ordres. »

D'après les bribes d'informations que j'ai obtenues de lord Taggart, les entretiens concernaient l'instauration d'une institution appelée la Chambre des Princes. Ce pourrait être le titre d'un opéra-comique de Gilbert et Sullivan, mais c'est la dernière idée brillante du gouvernement de Sa Majesté pour apaiser les exigences d'autonomie grandissantes des indigènes. Elle est présentée comme une Chambre des Lords indienne – une voix indienne puissante dans les affaires indiennes – et tous les princes indiens sont invités dans les termes les plus fermes à y siéger. J'y vois une certaine logique tordue. Après tout, s'il existe en Inde un groupe plus éloigné que nous de l'opinion populaire, c'est celui d'à peu près cinq cents princes, gras et inutiles. S'il existe des Indiens qui nous sont favorables, ce sont probablement eux.

Je demande au prince quelle est sa position.

Il rit, très à l'aise. « Toute cette satanée invention n'est que de la poudre aux yeux. Ce ne sera qu'un marché à paroles. Le peuple s'en rendra compte.

— Vous ne croyez pas à sa réalisation ?

— Au contraire. Je m'attends à ce que cette chambre soit en fonctionnement dès l'année prochaine. Bien entendu, les grandes principautés – Hyderabad, Gwalior et autres – n'en feront pas partie. La fiction selon laquelle ce sont de véritables pays en serait compromise, et il n'est pas question que Sambalpur y soit représenté. Mais les autres, les Cooch Behar, les tout petits Rajputs et les États du Nord, supplieront pour y entrer. Ils sont prêts à tout pour assurer leurs positions. Je reconnais que vous savez profiter de notre vanité, vous les Anglais. Nous vous avons livré cette terre, et en échange de quoi ? Quelques belles paroles, des titres ronflants et des miettes de votre table pour lesquelles nous nous chamaillons comme des chauves qui se battraient pour un peigne.

— Et les autres principautés de l'Est ? demande Sat.

D'après ce que je comprends, elles tendent à suivre l'exemple de Sambalpur dans la plupart des décisions.

— C'est exact, et elles le feront probablement cette fois encore, mais seulement parce que nous les finançons. Et si elles avaient le choix, je pense qu'elles approuveraient la création de cette chambre. »

Au fond du jardin la fanfare retentit, et quand les accords familiers de *God Save The King* se répandent sur les pelouses, princes et roturiers debout se tournent vers elle. Beaucoup commencent à chanter, mais pas le prince, qui pour la première fois paraît moins serein que le suggère son titre.

« Je pense qu'il est temps de battre en retraite, dit-il. Le vice-roi va prononcer un de ses fameux discours et je n'ai pas l'intention de perdre plus longtemps de cette belle journée pour l'écouter… À moins que vous ne préfériez rester ? »

Je n'ai pas d'objection. Le vice-roi a autant de charisme qu'une serpillière mouillée. J'ai déjà eu cette année le plaisir de l'entendre lors d'une parade pour nouveaux officiers et je n'ai pas particulièrement envie de renouveler l'expérience.

« Alors c'est entendu, dit le prince. Nous attendons la fin de l'hymne et nous nous retirons. »

Les dernières notes s'éteignent et les invités reprennent leurs conversations pendant que le vice-roi se dirige vers une estrade dressée dans l'herbe.

« C'est le moment ! s'exclame le prince. Allons-nous-en pendant qu'il est encore temps. » Il se retourne et prend l'allée qui mène au bâtiment, Sat à côté de lui et moi assurant l'arrière. Plusieurs têtes de l'administration se tournent vers nous, consternées, tandis que commence le discours du vice-roi, mais le prince leur accorde autant d'attention qu'un éléphant à une bande de chacals.

Il a l'air de connaître le labyrinthe qu'est le Palais du Gouvernement, et après avoir franchi des rangs serrés de préposés à l'ouverture des portes nous sortons de la résidence, cette fois sur le tapis rouge de l'escalier d'honneur.

Notre départ prématuré semble avoir pris les membres de la suite du prince par surprise. Dans un débordement d'activité un taureau humain en tunique écarlate et pantalon noir aboie des ordres à plusieurs laquais. Son uniforme, son allure et les décibels que produit sa poitrine pourraient facilement le faire passer pour un colonel des Scots Guards. S'il n'avait pas un turban, s'entend.

« Te voilà, Shekar ! s'exclame le prince.

— Votre Altesse », répond l'homme avec un salut plus que réglementaire.

Le prince se tourne vers nous. « Le colonel Shekar Arora, mon aide de camp. »

L'homme est bâti comme la face nord du Kanchenjunga et son expression est tout aussi glaciale. Il a la peau tannée et des yeux d'un bleu-gris surprenant. Ces détails indiquent un homme des montagnes, avec au moins un peu de sang afghan dans les veines. Le plus frappant reste une pilosité faciale propre aux guerriers indiens d'autrefois : la barbe taillée ras et la moustache courte, cirée et retroussée aux extrémités. « La voiture a été appelée, Votre Altesse, dit-il d'un ton sec. Elle ne va plus tarder.

— Bien, répond le prince avec un hochement de tête approbateur. J'ai une soif de tous les diables. Plus vite nous serons à l'hôtel mieux ce sera. »

Une Rolls-Royce arrive et un valet de pied en livrée court ouvrir la portière. Nous sommes cinq dont le chauffeur, un de trop. Dans des circonstances normales nous nous caserions à trois à l'arrière et deux devant, mais le prince n'a pas l'air du genre à connaître des circonstances normales. Quoi qu'il en soit, ce type de voiture n'est pas fait pour des entassements peu convenables. Le prince lui-même suggère la solution.

« Shekar, pourquoi ne pas conduire ? » Encore un ordre formulé comme une question.

Le volumineux aide de camp claque des talons et va prendre la place du chauffeur.

« Tu peux t'asseoir ici avec moi, Boubou, dit le prince en s'installant confortablement sur la banquette de cuir rouge à l'arrière. Le capitaine peut s'asseoir devant avec Shekar. »

Sat et moi obtempérons et la voiture emprunte immédiatement la longue allée de gravier bordée de palmiers et de pelouses manucurées.

Le Grand Hotel se trouve à quelques minutes seulement de la grille est de la résidence, mais habituellement, pour des raisons de sécurité, seule la grille nord est ouverte. La voiture la franchit et stoppe presque immédiatement : à partir d'ici les routes en direction de l'est sont barrées. L'aide de camp fait une marche arrière et prend la direction de Government Place et Esplanade West.

Je me retourne pour être face à Banerjee et au prince. Je ne suis pas habitué à m'asseoir à l'avant. Le prince semble lire dans mes pensées.

« La hiérarchie est une drôle de chose, n'est-ce pas, capitaine ?

— Que voulez-vous dire, Votre Altesse ?

— Prenez l'exemple de nous trois : un prince, un inspecteur de police et un sergent. À première vue, notre position relative dans l'ordre des préséances est claire. Mais les choses sont rarement aussi simples. »

Il indique sur notre gauche les grilles du Bengal Club. « Je suis peut-être prince, mais la couleur de ma peau m'interdit l'entrée de cette auguste institution, et il en est de même pour Boubou. Vous, en revanche, en tant qu'Anglais, vous ne connaîtrez pas cette difficulté. À Calcutta toutes les portes vous sont ouvertes. Soudain notre hiérarchie est différente, non ?

— Je vois.

— Et ce n'est pas tout. Notre ami Boubou est brahmane. En qualité de membre de la caste des prêtres il est supérieur à un prince, et à plus forte raison, je le crains, à un policier anglais qui n'appartient à aucune caste. » Le prince continue de sourire. « Notre hiérarchie change une fois de plus, et qui peut dire laquelle des trois est la plus légitime ?

— Un prince, un prêtre et un policier passent devant le Bengal Club en Rolls-Royce… dis-je. On dirait le début d'une histoire drôle pas très amusante.

— Au contraire, si vous réfléchissez, en réalité elle est extrêmement drôle. »

Je porte de nouveau mon attention sur la route. Nous roulons dans la direction diamétralement opposée à celle du Grand Hotel. J'ignore dans quelle mesure l'aide de camp connaît les rues de Calcutta, mais j'ai l'impression qu'il en sait autant que moi sur les boulevards de Tombouctou.

Je lui demande s'il sait où il va.

Le regard qu'il me lance ferait geler le Gange.

« Oui, répond-il. Malheureusement, les rues qui mènent à Chowringhee sont barrées en raison d'une procession religieuse. On nous demande donc de passer par le Maidan. »

Ce choix paraît curieux, mais c'est une belle journée et il y a de pires façons de la vivre que de traverser le parc en Rolls. À l'arrière, Sat est en conversation avec le prince.

« Alors, Adi, de quoi voulais-tu me parler ? »

Je me retourne à temps pour voir les traits du prince se rembrunir.

« J'ai reçu des lettres, dit-il en tripotant le premier bouton en diamant de sa tunique de soie. Ce n'est probablement rien, mais quand j'ai appris par ton frère que tu étais devenu policier enquêteur j'ai pensé que je pourrais te demander conseil.

— Quel genre de lettres ?

— À vrai dire, les qualifier de lettres leur donne une importance imméritée. Ce ne sont que des messages. »

Je demande à mon tour : « Et quand les avez-vous reçus ?

— La semaine dernière, à Sambalpur. Quelques jours avant notre départ pour Calcutta.

— Vous les avez sur vous ?

— Ils sont dans ma suite. Vous les verrez bien assez tôt. Mais pourquoi ne sommes-nous pas déjà arrivés ? Qu'est-ce qui se passe, Shekar ?

— Des déviations, Votre Altesse. »

Je poursuis. « Avez-vous montré ces messages à quelqu'un ? »

Le prince fait un geste en direction d'Arora. « Seulement à Shekar.

— Et comment vous sont-ils parvenus ? Je suppose qu'on ne poste pas simplement une enveloppe adressée au prince héritier de Sambalpur au palais royal.

— C'est cela qui est étrange. Les deux ont été laissés dans mes appartements, le premier sous un oreiller, le second dans la poche d'un costume. Et tous les deux disaient la même chose… » La voiture ralentit pour aborder le virage en épingle à cheveux de Chowringhee. Sorti d'on ne sait où, un homme vêtu de la robe safran des prêtres hindous bondit devant nous. Il n'est guère plus qu'une image orange floue. La voiture s'arrête brutalement et il semble avoir disparu sous l'essieu avant.

« Nous l'avons heurté ? » demande le prince en se levant de son siège. L'aide de camp jure, ouvre sa portière et court vers l'homme à terre. Puis j'entends un coup sourd, le bruit répugnant d'un objet lourd au contact de chair et d'os, et on dirait que l'aide de camp s'effondre.

« Mon Dieu ! » s'écrie le prince. De sa position debout il a une meilleure vue de la situation. J'ouvre ma portière, mais avant que je puisse faire quelque chose l'homme en safran s'est relevé. Il a des yeux de fou, des cheveux et une barbe sales et emmêlés et comme des traînées de cendres appliquées verticalement sur son front.

Tout en me battant avec le bouton de mon holster je crie au prince : « Baissez-vous ! » mais on dirait un lapin hypnotisé par un cobra. L'agresseur lève son revolver et tire. La première balle frappe le pare-brise et le réduit en miettes. Je me retourne et je vois Sat agrippé au prince, essayant de le forcer à se baisser.

Trop tard.

Quand les deux balles suivantes sont tirées, je sais qu'elles atteindront leur but. Elles frappent le prince en pleine poitrine. Il reste quelques secondes debout, comme s'il était réellement divin et que les balles le traversaient sans le blesser. Puis des taches de sang cramoisi commencent à tremper la soie de sa tunique et il se défait comme un gobelet en papier dans la mousson.

2

Ma première réaction est de m'occuper du prince, mais c'est impossible tant qu'il reste des balles dans l'arme de l'assassin.

Je roule de mon siège sur le sol à la seconde où il tire une quatrième balle. Je ne peux pas dire où elle aboutit, je sais seulement qu'elle ne m'a pas atteint. Je plonge de nouveau derrière la portière ouverte tandis que l'assaillant tire encore une fois. La balle frappe la voiture juste à la hauteur de mon visage. J'ai vu des balles déchirer la tôle comme si c'était du papier de soie, et que celle-ci n'ait pas pénétré la portière tient du miracle. J'apprendrai plus tard que la Rolls du prince était plaquée d'argent massif. Une dépense judicieuse.

Je change de position et j'attends un sixième coup de feu, mais j'entends à la place le merveilleux clic d'un magasin vide. Cela suggère un revolver à cinq coups ou un assassin qui n'a que cinq balles, et si le premier est rare, le second est impensable. Je n'ai encore jamais rencontré de tueur professionnel qui lésine sur les munitions. Je prends le risque, je sors mon Webley de son holster, je me lève, je tire, et la balle va écorcher l'écorce d'un arbre. L'assassin court déjà.

Sur la banquette arrière, Sat à genoux, penché au-dessus du prince, essaie d'arrêter avec sa chemise le flot de sang qui coule de la poitrine de son ami. Devant la voiture, le colonel Arora se relève en titubant et touche son crâne ensanglanté. Il a eu de la chance. Son turban semble avoir absorbé une bonne partie de la violence du coup. Sans lui il ne se serait peut-être pas relevé aussi vite, ou pas relevé du tout.

Je lui crie : « Emmenez le prince à l'hôpital ! » tout en courant après l'homme. Il a une avance d'une trentaine de pas et il est déjà au bout de Chowringhee.

Il a bien choisi le lieu de son attaque. Chowringhee est une rue bizarre. Le trottoir d'en face est un des plus animés de la ville, ses magasins, ses hôtels et ses arcades à colonnades sont bondés. De notre côté, au contraire, exposé au soleil et bordé par la grande surface du Maidan, il est généralement désert. Les seuls passants sont deux *coolies** : pas exactement de ceux qui accourent pour porter secours en entendant des coups de feu.

Je poursuis l'assassin en évitant de justesse plusieurs voitures quand je traverse en courant quatre couloirs de circulation. Je le perdrais dans la cohue devant les murs blanchis à la chaux de l'Indian Museum s'il n'avait pas sa robe orange vif. Tirer dans la foule est trop dangereux. De toute façon, tirer devant tant de monde sur quelqu'un habillé comme un saint homme hindou serait de la folie. J'ai assez de soucis sans vouloir déclencher une émeute religieuse.

L'assassin plonge dans le labyrinthe qui s'étend à l'est de Chowringhee. Il est en grande forme, ou du moins en meilleure forme que moi, et la distance entre nous grandit. J'atteins le haut de la rue, j'essaie de reprendre mon souffle et je lui crie de s'arrêter. Sans grand espoir : il est rare qu'un assassin armé, avec une bonne avance sur son poursuivant, se comporte correctement et tienne compte d'une telle requête, mais à ma grande surprise c'est ce qui arrive. L'homme s'arrête, se retourne, lève son arme et tire. Il a dû recharger en courant. Très impressionnant. Je me jette à terre juste assez vite pour entendre la balle exploser dans le mur à côté de moi en projetant des éclats de brique et de la poussière. Je riposte en me relevant tant bien que mal mais je manque encore une fois ma cible. L'homme se retourne et s'enfuit dans le méandre des rues. Il tourne à gauche dans une ruelle et je le perds. Je continue de courir. De plus loin devant moi me parvient un étrange grondement, le bruit d'une multitude de voix et du battement rythmique de tambours. En émergeant de la ruelle je tourne le coin de Dharmatollah Street et je reste cloué sur place. La large rue est envahie par une foule exclusivement indienne. Le vacarme est assourdissant. Des voix psalmodient au rythme des tambours. Vers le devant de la foule il y a une monstruosité sur roues, de la hauteur de trois étages et qui ressemble à un temple hindou. La chose se déplace lentement, halée par une masse d'hommes qui tirent des cordes de cent pieds de long. Je cherche désespérément l'assassin, mais c'est inutile.

La mêlée est trop dense et trop d'hommes sont en safran. L'homme a disparu.

3

« Comment diable suis-je censé expliquer cela au vice-roi ? gronde lord Taggart en tapant du poing sur sa table. Le prince héritier d'un État souverain est assassiné en plein jour en présence de deux de mes officiers qui non seulement échouent à l'empêcher mais laissent l'assassin s'enfuir indemne ! »

On dirait que la veine de sa tempe gauche va éclater.

« Je vous suspendrais tous les deux si la situation n'était pas aussi grave. »

Sat et moi sommes assis dans le vaste bureau du chef au deuxième étage du quartier général de la police à Lal Bazar. Je soutiens le regard de Taggart tandis que Sat se concentre sur ses chaussures. Il fait une chaleur inconfortable.

Ce n'est pas souvent que le chef de la police perd son sang-froid, mais je ne peux pas le lui reprocher. Sat et moi travaillons ensemble depuis plus d'un an à présent et il faut admettre que ce n'est pas précisément notre heure de gloire. Sat est probablement sous le choc d'avoir vu mourir son ami. Quant à moi je souffre de ce qui ressemble à un début de grippe mais que je sais être l'annonce de tout autre chose.

Après avoir perdu l'assassin je suis revenu au Maidan et j'ai vu que la Rolls était partie. En dehors des traces de pneus sur le béton et des éclats de verre rien ou presque n'indiquait qu'il s'était passé quelque chose. Dans l'herbe sur le bord, j'ai trouvé deux douilles. Je les ai empochées et j'ai hélé un taxi pour aller au Medical College Hospital dans College Street. C'est l'établissement médical le plus proche et le meilleur de Calcutta. C'était forcément là que Sat conduirait le prince.

Quand je suis arrivé, tout était fini. Il n'y avait plus grand-chose à faire à part retourner à Lal Bazar pour annoncer la nouvelle au chef de la police.

« Dites-moi encore une fois comment vous l'avez perdu.

— Je l'ai poursuivi à travers les ruelles de Chowringhee à Dharmatollah. Là je n'ai pas pu tirer à cause de la foule. Plus loin, j'ai tiré une ou deux fois.

— Et vous l'avez manqué ? »

C'est une question surprenante puisqu'il connaît déjà la réponse.

« Oui, monsieur. »

Taggart semble incrédule.

Il explose. « Pour l'amour du ciel, Wyndham ! Vous avez passé quatre ans dans l'armée. Vous avez sûrement dû apprendre à manier une arme, non ? »

Je pourrais lui faire observer que j'ai passé la moitié de ce temps dans le renseignement militaire sous ses ordres. Pour le reste, j'ai vécu dans une tranchée à tout faire pour éviter d'être pulvérisé par des éclats d'obus allemands qui venaient de nulle part. La vérité est qu'en près de quatre ans j'ai à peine tiré.

Taggart retrouve quelque peu son calme. « Que s'est-il passé ensuite ?

— Il a continué à courir vers Dharmatollah Street où je l'ai perdu dans une procession religieuse, des milliers de personnes traînant derrière eux une monstruosité.

— Le Juggernaut, monsieur, dit Sat.

— Le quoi ? demande Taggart.

— La procession dans laquelle le capitaine Wyndham a été pris est le Rath Yatra, monsieur, celle du char du dieu hindou Jagannath. Chaque année son char est promené dans les rues par des milliers de fidèles. Les Anglais ont confondu le dieu avec le char, d'où le mot *Juggernaut*.

— De quoi avait-il l'air ? » demande Taggart.

Sat paraît perplexe. « Jagannath ?

— L'assassin, sergent, pas la divinité. »

Je réponds : « Mince, taille moyenne, peau foncée. Une barbe et des longs cheveux emmêlés qu'il ne doit pas avoir lavés depuis des mois. Et il portait sur le front une marque étrange : deux lignes de cendres blanches qui se rejoignent à la racine du nez de part et d'autre d'une ligne rouge plus fine.

— Cela signifie-t-il quelque chose pour vous, sergent ? » demande Taggart. Quand il s'agit des particularités locales, le chef de la police a appris depuis longtemps, comme moi, qu'il vaut mieux se renseigner auprès d'un indigène.

« Il y a une signification religieuse, répond Sat. Les prêtres portent souvent ces marques.

— Pensez-vous qu'il puisse y avoir un rapport entre l'assassin et la procession religieuse ?

— C'est possible, monsieur. Qu'il se soit jeté dans la foule de Dharmatollah est sans doute plus qu'une coïncidence. »

J'ajoute : « Il portait une robe safran. Comme beaucoup d'autres dans la procession.

— Il pourrait donc s'agir d'un attentat religieux ? »

suggère Taggart. Il paraît presque soulagé. « Seigneur, je l'espère. Tout plutôt qu'un motif politique. »

Je le mets en garde. « La robe safran était peut-être un déguisement.

— Mais pourquoi un fanatique religieux voudrait-il tuer le prince héritier de Sambalpur ? demande Sat. À l'époque où je l'ai connu il n'était pas le moins du monde intéressé par la religion.

— C'est à vous et au capitaine de le découvrir, dit Taggart. Et n'excluons pas l'aspect religieux. Le vice-roi préférerait entendre que c'est un attentat religieux qui n'a rien à voir avec ses chers entretiens. Sambalpur entraîne avec lui presque une douzaine d'autres États princiers et le vice-roi espère que cette impulsion convaincra les royaumes les plus récalcitrants de signer aussi. » Il enlève ses lunettes, les essuie avec un mouchoir et les remet.

« En attendant, vous deux, arrêtez l'assassin, et vite. La dernière chose dont nous avons besoin est qu'une bande de maharajahs et de nababs quittent la ville sous prétexte que nous ne pouvons pas garantir leur sécurité. Et maintenant, messieurs, si c'est tout… dit-il en se levant.

— Il y a autre chose que vous devriez savoir, monsieur. »

Il a l'air las.

« Que devrais-je savoir, Sam ?

— Le prince avait reçu des lettres qui semblaient le préoccuper. C'est pourquoi il voulait nous voir aujourd'hui, le sergent Banerjee et moi. »

Il se rembrunit. « Vous avez vu ces lettres ?

— Non, monsieur. Mais le prince nous a dit qu'elles étaient dans sa suite au Grand Hotel.

— Eh bien vous feriez mieux d'aller les y chercher, n'est-ce pas ?

— J'avais l'intention d'y aller après vous avoir fait mon rapport, monsieur.

— Et quoi d'autre avez-vous l'intention de faire, capitaine ? demande-t-il sèchement.

— Je voudrais questionner l'aide de camp du prince, ainsi que le dewan de Sambalpur, un certain Davé. Il m'a semblé qu'il pouvait y avoir des tensions entre lui et le prince. Et faire réaliser un portrait-robot de l'assaillant. Nous pourrons le publier dans les journaux du matin, anglais et indiens. S'il est encore en ville, espérons que quelqu'un saura où il se trouve. »

Taggart réfléchit et m'indique la porte.

« Très bien. Qu'attendez-vous ? »

À l'extrémité opposée du couloir et face au bureau de Taggart se trouve une pièce qui a paraît-il la plus belle vue sur le sud de la ville. Elle devrait être occupée par un officier supérieur, mais en raison de sa clarté elle a été attribuée à un civil, le portraitiste résident de la police, un minuscule Écossais appelé Wilson.

Je frappe, j'entre, et je vois une fenêtre panoramique et des murs couverts de croquis au crayon, dont une grande majorité de portraits, d'hommes indiens pour la plupart. Au centre de la pièce, devant une planche à dessin, se tient Wilson. Un bonhomme grisonnant au comportement pugnace d'un terrier et avec une passion pour la bière et la Bible, s'adonnant à cette dernière le dimanche et consacrant presque tous les soirs de la semaine à la première.

C'est en effet la conjonction des deux qui à l'origine l'a amené à Calcutta. Et après une ou deux tournées il raconte volontiers l'histoire de sa vie : comment, dans sa jeunesse, à Glasgow, son ambition était de gagner ses bières à coups de poing d'un bout à l'autre du comptoir au pub Bon Accord, ce qu'il n'a jamais vraiment réussi sans finir à l'hôpital. Là il a trouvé Dieu, et Dieu, dans ce que je pense avoir été une plaisanterie, lui a demandé de partir comme missionnaire à Calcutta, tâche à laquelle il était inapte par nature, son goût pour la bagarre étant en contradiction avec l'éthique missionnaire, et finalement il s'est séparé de ses frères et a fini comme dessinateur de la police du Bengale.

« Ce n'est pas souvent que nous vous voyons ici, capitaine Wyndham », dit-il avec un grand sourire. Il se lève. « Et le fidèle sergent Banerjee ! C'est un plaisir. Vous êtes venus admirer la vue ?

— Nous sommes à la recherche d'un véritable artiste, dis-je. Vous en connaissez un ?

— Oui, très drôle. Maintenant dites-moi ce que vous voulez.

— Nous avons besoin d'un portrait. D'un Indien, et c'est urgent.

— Vous avez de la chance, les enfants. Les Indiens sont mon point fort. Qu'a fait votre homme, d'ailleurs ?

— Il a tué un prince par balle, répond Sat.

— C'est vraiment du sérieux. » Wilson hoche gravement la tête. « Où est votre témoin oculaire ?

— Ils sont devant vous. »

Il hausse un sourcil et se met à rire. « Vous deux ? Vous étiez là quand l'aristo s'est fait descendre ? »

J'acquiesce.

« Et vous avez laissé le tireur s'enfuir ? Ma parole, Wyndham, il y a un peu de négligence là-dedans, non ? Qu'en a dit le vieux Taggart ?

— Il s'est montré philosophe.

— Je l'aurais parié. Je suis sûr qu'il a eu pour vous des mots philosophiques choisis. Ce type jure comme un charretier quand il est en colère.

— Comment pouvez-vous le savoir ?

— Son bureau est au bout du couloir, mon vieux. Je l'entends ! Et vous vous considérez comme un enquêteur ? Je m'étonne qu'il ne vous ait pas mutés tous les deux à la circulation, pour contrôler les permis des conducteurs de rickshaw. En tout cas vous avez intérêt à me décrire le gars. J'ai des choses plus importantes à faire, même si ce n'est pas votre cas. »

J'entreprends la description, la barbe, la cendre sur le front. À la fin, Wilson secoue la tête. « Alors comme ça vous vous êtes laissé fausser compagnie par un prêtre ? Bravo, messieurs. J'aurais aimé voir ça.

— Il était armé, dit Sat loyalement.

— Oui, et votre patron ici présent l'était aussi », répond Wilson en pointant sur moi un index charbonneux.

Entre deux commentaires il dessine, modifiant un détail dans les cheveux ou les yeux selon nos observations. Finalement je suis satisfait.

« Pas mal, dis-je.

— En effet. Je vais donner ça aux journaux.

— Je veux que ce soit dans les deux presses, anglaise et bengali. Et voyez s'il existe ici des journaux orissas.

— Je suis un artiste, vous vous rappelez ? Vous deux, les clowns, vous êtes censés enquêter. À vous de vous renseigner sur les journaux orissas. En attendant, je confronte ça aux suspects habituels. »

Je le remercie et me dirige vers la porte.

« Bonne chance, Wyndham, dit Wilson. Et vous

sergent Banerjee, vous devriez vraiment cesser de traîner avec des gens comme ce capitaine. Ce serait dommage de voir un talent comme le vôtre se perdre à inspecter des chars à bœufs. »

À l'arrière de la voiture de police pendant le bref trajet de Lal Bazar au Grand Hotel, Sat reste silencieux, maussade. Non que je sois moi-même d'humeur à bavarder. Ne pas réussir à éviter un assassinat n'incite guère à une conversation.

Je lui demande finalement : « Vous connaissiez bien le prince ?

— Assez bien. À Harrow il était dans la classe de mon frère, mon aîné de quelques années, je l'ai rattrapé un peu plus tard quand nous nous sommes retrouvés à Cambridge.

— Vous étiez proches ?

— Pas particulièrement, même si en classe les garçons indiens se regroupaient plus ou moins. La sécurité par le nombre, etc. Adi avait beau être prince, pour les jeunes Anglais il n'était qu'un noiraud comme un autre. Je crains que cette époque ne l'ait profondément marqué.

— L'expérience ne semble pas vous avoir laissé de cicatrices.

— Au cricket j'étais un lanceur convenable. Les garçons ont tendance à oublier la couleur de votre peau si vous êtes capable d'un bon off-cutter contre Eton.

— Une idée de pourquoi quelqu'un pourrait vouloir tuer votre ami ? »

Le sergent secoue la tête. « Je crains que non, monsieur. »

La voiture franchit la colonnade de l'entrée du

Grand Hotel et s'arrête dans la cour devant la porte principale. Un valet de pied enturbanné vient promptement ouvrir la portière.

Une avenue de palmiers miniatures nous mène à un hall de marbre scintillant qui sent vaguement la frangipane et l'encaustique. À l'extrémité de cette surface immaculée se trouve un comptoir d'acajou tenu par un réceptionniste indigène. Je lui montre mon mandat de perquisition et lui demande où se trouve la chambre du prince.

« La suite Sambalpur, monsieur. Deuxième étage.

— Et quel est le numéro ?

— Il n'y a pas de numéro, monsieur. C'est une suite, monsieur. La suite Sambalpur. Elle est occupée en permanence par l'État de Sambalpur. »

Il me regarde de tellement haut que je ne peux pas lire son expression, mais il me semble qu'il me prend pour un imbécile. C'est toujours humiliant d'être méprisé par un Indien, mais plutôt que de le remettre à sa place je me mords la langue, je le remercie et lui laisse un billet de dix roupies. C'est rentable d'être en bons termes avec le personnel des meilleurs hôtels de la ville. On ne sait jamais, un jour l'un d'eux peut vous fournir des informations utiles.

Sat sur mes talons, je me dirige vers l'escalier en me demandant combien exactement peut coûter la location permanente d'une suite au Grand Hotel.

La porte est ouverte par un domestique en livrée émeraude et or.

« Le capitaine Wyndham et le sergent Banerjee pour le Premier ministre Davé », dis-je.

Le domestique acquiesce et nous conduit dans un salon situé au fond d'un long vestibule.

La suite Sambalpur est encore plus luxueuse que je ne l'imaginais, avec ce marbre blanc qui semble aussi répandu à Calcutta que la brique rouge à Londres, ses murs décorés de peintures, ses tapisseries orientales et ses finitions à la feuille d'or. Tout respire une élégance que l'on ne trouve pas souvent dans une chambre d'hôtel, du moins pas dans les établissements que je fréquente.

Une demi-douzaine de portes donne sur ce vestibule, ce qui laisse supposer que la suite est largement plus vaste que mon appartement. Le loyer est probablement plus élevé aussi.

Le domestique nous laisse sur le seuil du salon et va chercher le dewan. Sat s'assoit sur un divan brodé de fil d'or, un de ces meubles français, Louis XIV ou que sais-je, que l'on apprécie davantage de loin qu'en s'asseyant dessus. Je me dirige vers les fenêtres d'où j'ai une vue sur tout le Maidan et le fleuve au-delà. Vers le sud-ouest, à quelques pas seulement de l'hôtel, je vois nettement l'endroit où le prince a trouvé la mort. Mayo Road a été barrée, le secteur bouclé, et deux agents de police indigènes montent la garde. Pendant ce temps, d'autres, à quatre pattes, recherchent des empreintes digitales comme je l'ai ordonné, bien que je doute qu'il y ait grand-chose à ajouter aux deux douilles que j'ai déjà. Je ne suis pas un expert, mais j'ai vu ma part de douilles et je n'ai encore jamais rien observé de tel. Elles paraissent anciennes. Probablement d'avant-guerre. Peut-être d'avant le XXe siècle.

Sur le canapé derrière moi Sat reste muet. Il n'est jamais véritablement bavard, une chose que j'apprécie chez lui, mais il y a différentes sortes de silences, et quand vous connaissez assez bien quelqu'un vous apprenez à les distinguer les unes des autres. Il est encore jeune, et bien qu'il ait tué plusieurs personnes, parfois pour me sauver la vie, il n'avait pas encore fait l'expérience traumatisante de voir un ami se faire tirer dessus sous ses yeux et le regarder impuissant se vider de ses forces vitales.

Mais moi, à qui c'est arrivé trop souvent, je ne ressens rien.

« Tout va bien, sergent ?

— Monsieur ?

— Voulez-vous une cigarette ?

— Non, merci, monsieur. »

Des bruits de voix fortes proviennent du corridor. Elles haussent le ton puis se taisent brusquement. Un instant plus tard la porte s'ouvre et le dewan entre, le teint cendreux. Sat se lève pour l'accueillir.

« Messieurs, dit-il, permettez que nous nous dispensions des formalités. Comme vous pouvez l'imaginer, les événements d'aujourd'hui ont été très… éprouvants. Je vous serais reconnaissant de l'assistance que vous pourriez nous apporter dans le rapatriement des restes de Son Altesse le prince Adhir. »

Sat et moi échangeons un regard.

« Je crains que nous ne puissions rien faire. Mais je suis sûr que le corps du prince vous sera remis le plus tôt possible. »

Ma réponse ne semble pas satisfaire le dewan, elle redonne néanmoins un peu de couleur à ses joues.

« Son Altesse le maharajah a été informé des tragiques nouvelles et il a ordonné que les restes de son fils soient rapatriés à Sambalpur sans délai. Il ne doit pas y avoir d'autopsie et son corps ne doit en aucun cas être profané davantage. Cette requête a déjà été transmise au vice-roi et elle n'est pas négociable. »

On dirait que c'est un autre homme que le larbin auquel nous avons été présentés au palais royal. Depuis, il a gagné en aplomb.

« Naturellement, poursuit-il, Son Altesse a hâte de voir le ou les coupables de cet acte haineux appréhendés et châtiés au plus vite, et dans l'intérêt des relations anglo-sambalpuri nous demandons à être pleinement informés des progrès de votre enquête. Une note à cet effet a déjà été adressée au vice-roi et sera communiquée sans aucun doute à vos supérieurs. »

Je l'interromps. « En ce qui concerne l'enquête, il y a des points sur lesquels votre aide serait la bienvenue. »

Le dewan nous indique le canapé et prend un fauteuil.

« Je vous en prie, dit-il, faites donc.

— Votre désaccord avec le prince héritier cet après-midi. Sur quoi portait-il ? »

Une ombre passe sur son visage, puis disparaît.

« Je n'ai eu aucun désaccord avec le yuvraj.

— Le yuvraj ? »

Sat vient à mon secours. « C'est le terme hindi pour désigner le prince héritier. Officiellement il était yuvraj Adhir Singh Sai de Sambalpur. »

J'insiste. « Sauf votre respect, monsieur le Premier ministre, le sergent et moi avons été témoins de votre altercation. Il y avait manifestement un désaccord sur un aspect des négociations avec le vice-roi. »

Le dewan soupire. « C'était le yuvraj et je ne suis

qu'un fonctionnaire chargé de faire appliquer les volontés de la famille royale.

— Mais en qualité de Premier ministre vous êtes sûrement aussi conseiller de la famille royale, n'est-ce pas ? Vos conseils s'opposaient apparemment aux idées du prince. »

Il a un sourire embarrassé. « Le yuvraj était un jeune homme, capitaine. Et les jeunes hommes sont souvent entêtés, surtout lorsqu'ils sont princes. Il était opposé à l'entrée de Sambalpur à la Chambre des Princes.

— Et vous n'étiez pas de cet avis ?

— Si l'âge nous apporte quelque chose, c'est un certain degré de sagesse. Sambalpur est un petit État auquel les dieux ont accordé une certaine richesse naturelle, ce qui signifie qu'il a souvent été l'objet de la convoitise des autres. N'oublions pas notre histoire. Votre propre East India Company a tenté à plusieurs reprises d'annexer notre royaume. Un État tel que Sambalpur a besoin d'amis et d'une voix à la table des grands. Un siège à la Chambre des Princes nous offrirait cette voix.

— Que va-t-il arriver maintenant ? »

Le dewan réfléchit à ma question. « Il est évident que nous nous retirons temporairement des débats. Ensuite, après la période de deuil traditionnelle, je discuterai de nouveau de cette question avec le maharajah et… (Il fait une pause presque imperceptible) ses autres conseillers.

— Avez-vous une idée de qui a pu vouloir assassiner le yuvraj ?

— Certainement. Ces radicaux de gauche : des fauteurs de troubles alliés au parti du Congrès. Ils feraient n'importe quoi pour saper le pouvoir de la famille royale sur Sambalpur. Le chef de la milice de Sambalpur a reçu l'ordre d'arrêter les meneurs.

— Le prince vous a-t-il dit qu'il avait reçu certaines lettres récemment ? »

Le dewan fronce les sourcils. « Quelle sorte de lettres ?

— Nous ne savons pas, dit Sat, mais elles semblaient l'avoir troublé.

— Il ne m'en a jamais parlé.

— Il en a parlé au colonel Arora, dis-je.

— Dans ce cas, c'est au colonel de vous renseigner. »

Il appuie sur un bouton de cuivre sur le mur à côté de lui. Une sonnerie retentit et le domestique revient.

« *Arora sahib ko boulaane* », dit le dewan.

Le domestique s'incline et se retire.

Un instant plus tard, la porte s'ouvre et l'aide de camp entre. Il porte un nouveau turban et arbore une ecchymose violette de la taille d'une grenade à main sur le côté de la tête. Il est moins impressionnant qu'avant, comme si l'assassinat de son maître l'avait un peu ratatiné.

« Monsieur », dit-il.

Je lui demande comment va sa tête.

Il approche sa grosse main de son visage tuméfié. « Les médecins ne pensent pas qu'il y ait une fracture du crâne, dit-il d'un ton mesuré.

— C'est une très bonne nouvelle », dit Sat.

Le Sikh lui lance un regard noir avant de retrouver son calme. « En quoi puis-je vous aider, messieurs ?

— Nous avons besoin de vous poser quelques questions à propos de l'attentat », dis-je en lui indiquant un canapé.

Le colonel préfère visiblement rester debout. « Vous étiez là, répond-il. Vous avez vu tout ce que j'ai fait.

— Nous avons quand même besoin de votre version des événements.

— Pour le rapport », ajoute Sat en guise d'explication et il tire de sa poche un carnet jaune et un crayon. « Que souhaitez-vous savoir ?

— Commençons par le commencement, dis-je. Quand nous avons quitté le Palais du Gouvernement, pourquoi avez-vous choisi ce trajet particulier pour aller à l'hôtel ? Ce n'était certainement pas le plus direct. »

L'aide de camp fait une pause et passe la langue sur ses lèvres minces avant de répondre. « Les routes directes étaient toutes barrées pour le Rath Yatra. Vous l'avez vu vous-mêmes.

— Mais pourquoi traverser le Maidan ?

— C'est un trajet qui m'est familier. Le yuvraj et moi l'avons fait très souvent. Il aimait traverser le parc.

— Et que s'est-il passé quand vous avez atteint le bout de Mayo Road et tourné dans Chowringhee ? Quand avez-vous vu l'assassin ? »

Le colonel se contracte. « Je ne l'ai vu que lorsqu'il s'est jeté devant la voiture. Il avait dû rester caché derrière un des arbres. Naturellement, j'ai freiné aussi vite que j'ai pu. Je ne pensais pas l'avoir heurté, mais comme il est tombé j'ai cru que nous l'avions renversé. Maintenant je voudrais avoir accéléré et écrasé ce porc.

— Qu'est-il arrivé ensuite ?

— Comme vous l'avez vu, je suis descendu de voiture pour voir s'il était blessé. Il était couché sous le radiateur. Je me suis penché sur lui et c'est alors qu'il s'est retourné et m'a frappé. Puis j'ai entendu les coups de feu.

— Avez-vous vu avec quoi il vous a frappé ? »

Il secoue la tête. « En tout cas c'était quelque chose de solide.

— Nous n'avons trouvé aucun objet sur les lieux. »

Le colonel me regarde sévèrement. « Je suppose qu'il l'a emporté.

— Avez-vous reconnu l'agresseur ?

— Je ne l'avais jamais vu auparavant, grogne-t-il. Mais soyez certain que je ne pourrai jamais oublier cette figure. J'emporterai son image sur mon bûcher funéraire. »

Ses joues se colorent. J'éprouve de la compassion pour lui. La honte l'accompagnera toute sa vie et peut-être dans la prochaine.

« Maintenant, Arora, dit le dewan, le capitaine a mentionné des lettres que le yuvraj disait avoir reçues récemment. Savez-vous quelque chose à ce sujet ?

— Pardon ? » Il semble ailleurs. Peut-être revit-il les événements de la journée.

Je précise. « Les messages dont il a parlé en voiture.

— Oui. Il me les a montrés.

— Vous les avez ? »

Il secoue la tête. « Son Altesse les a gardés.

— Que disaient-ils exactement ?

— Je ne sais pas. Je n'ai pas pu les lire. Ils étaient écrits en oriya. Ni le yuvraj ni moi ne parlons oriya. Peu de gens le parlent à la cour. Les affaires se traitent en anglais ou parfois en hindi, mais en oriya ? Jamais.

— Mais c'est la langue locale, n'est-ce pas ? demande Sat.

— Oui, mais pas celle de la cour.

— Le prince ne vous a pas demandé de les faire traduire ? dis-je.

— Non, et je les avais oubliés jusqu'à ce qu'il en parle en voiture aujourd'hui.

— Quelqu'un a dû en obtenir une traduction.

— Oui, mais ce n'est pas moi.

— Se peut-il que ce soit quelqu'un du palais ? »

Il a un mince sourire et regarde le dewan avant de me répondre. « Au palais, la discrétion est une qualité rare.

— Avez-vous une idée de qui pourrait vouloir la mort du yuvraj ? »

L'aide de camp caresse sa barbe soignée. « Je ne voudrais pas faire de spéculations. Il vaudrait peut-être mieux que le dewan réponde.

— M. Davé a déjà donné son avis. Je vous demande le vôtre.

— Je ne vois vraiment pas.

— J'imagine que vous allez retourner à Sambalpur ? »

Le Sikh regarde par la fenêtre et hoche lentement la tête. « J'en ai reçu l'ordre. » Il se retourne vers moi. « Je dois rendre des comptes pour avoir manqué à mon devoir envers le yuvraj. »

Le dewan intervient. « Capitaine Wyndham, vous comprendrez que nous avons tous les deux des questions urgentes à traiter. S'il n'y a rien d'autre…

— J'aimerais fouiller les appartements du prince, s'il vous plaît. »

Le dewan me regarde comme si j'étais fou. « C'est hors de question », répond-il fermement.

Ce n'est pas souvent qu'un Indien a l'audace de

s'opposer à une demande d'un officier de police britannique, et je n'ai pas le temps de jouer à ce jeu.

« Si vous préférez, monsieur Davé, je peux revenir dans une heure avec deux mandats. Un mandat de perquisition m'autorisant à mettre toute cette suite sens dessus dessous, et un mandat d'arrêt pour obstruction de votre part. »

Le dewan me regarde de haut et secoue la tête. « Libre à vous de faire tout ce que vous voudrez, capitaine, répond-il calmement. Sachez d'abord que cette suite est reconnue officiellement comme territoire souverain de Sambalpur. Quant à m'arrêter, puis-je vous suggérer de parler au vice-roi avant de prendre des mesures qui pourraient entraîner la fin prématurée et regrettable de votre carrière ? »

4

Il est presque neuf heures du soir, je suis assis dans la véranda et je pense aux événements de la journée avec l'assistance d'une bouteille de Glenfarclas. Sat est assis à côté de moi et il contemple la rue obscure avec un air de carmélite.

Certains considèrent comme de mauvais goût qu'un *sahib** cohabite avec un indigène. D'autres y voient une excentricité. De toute façon, cela m'est indifférent. Sat voit le monde avec un optimisme que j'ai perdu, et une sensibilité orientale qui défie mes notions anglaises souvent préconçues. Je trouve sa présence rafraîchissante et ceux à qui cela ne plaît pas peuvent aller au diable.

Je lui demande : « À quoi pensez-vous ?

— À Adi Sai, et je me disais qu'il est impossible de tricher avec son destin.

— Vous pensez que c'était son destin de mourir assassiné aujourd'hui ?

— S'il était écrit dans ses astres que tel était son destin, alors personne n'aurait rien pu y faire. »

La quintessence de la vision hindoue du monde.

« Peut-être auriez-vous dû en parler à lord Taggart. Vous auriez évité qu'il nous accable de reproches.

— Je suis sérieux. Et on dirait que son destin l'a suivi de Sambalpur à Calcutta. »

Je ne connais rien au destin, mais j'admets qu'il y a une chance que son agresseur l'ait suivi ici. Je sirote mon whisky. Je demande à Sat : « Comment pensez-vous que l'assassin a su où frapper ?

— Que voulez-vous dire, monsieur ?

— Comment a-t-il su que nous allions traverser le Maidan ? Nous ne le savions pas nous-mêmes. Nous n'avons pris ce chemin que parce que la route directe était barrée. Comment l'assassin a-t-il su qu'il devait attendre au bout de Mayo Road ? »

Sat s'anime soudain et se tourne vers moi. « Vous ne pensez pas… » Il s'interrompt au milieu de sa phrase.

« Que le colonel Arora faisait partie du complot ?

— C'est lui qui a choisi ce parcours. Il aurait pu informer l'agresseur.

— Je ne pense pas. D'après le bruit du coup qu'a reçu le colonel, je pense qu'il a de la chance d'être vivant.

— Alors comment l'assassin savait-il que nous allions prendre Mayo Road ? demande Sat.

— Peut-être y avait-il plusieurs assassins couvrant

tous les itinéraires. Des terroristes ont déjà employé ce moyen. »

Avant que je puisse y réfléchir davantage on frappe à la porte. J'entends Sandesh, notre domestique, marcher pieds nus dans le couloir et entrouvrir la porte. Mon estomac bondit quand je reconnais la voix de la visiteuse. Il y a un certain temps que je ne l'ai pas entendue, et les choses entre nous étaient pour le moins compliquées, mais même maintenant, elle agit comme de l'électricité sur mes synapses.

J'avale mon whisky d'un coup, je respire profondément et je retourne dans le salon à l'instant où Sandesh fait entrer notre visiteuse.

Elle porte une simple robe de soie noire et un ras-de-cou orné d'un diamant au centre, et elle est pour moi la plus belle chose de tout le Bengale.

« Mademoiselle Grant, quelle agréable surprise. »

Je le pense vraiment.

J'ai fait sa connaissance pendant que j'enquêtais sur la mort de son ancien employeur. Nous avons même été proches durant un certain temps. Mais un léger malentendu a tout fait dérailler. Je ne lui en veux pas. J'imagine que la plupart des femmes quitteraient un homme qui les accuse de complicité de meurtre. Bien entendu j'ai essayé de lui expliquer que techniquement je ne l'accusais de rien, mais c'est difficile de ressusciter une histoire d'amour en ayant recours à des détails techniques.

Non que toute l'affaire l'ait beaucoup affectée, elle en est sortie sentant la rose, ou au moins le parfum coûteux qu'elle portait alors. Elle a gagné beaucoup d'argent dans toute cette affaire, l'a investi dans des actions d'une entreprise de jute, et le bruit court maintenant qu'elle vaut une jolie fortune. Elle a l'intelligence de ces détails-là. Plus que moi, en tout cas.

L'argent lui a réussi. Non seulement il lui a permis de s'habiller aussi élégamment qu'elle le méritait, mais en outre il a beaucoup contribué à effacer le seul stigmate auquel sa beauté et son charme ne pouvaient rien : sa part de sang indien. Non qu'être anglo-indienne lui ait jamais pesé.

Je la conduis au canapé.

« Sat disait justement l'autre jour que nous ne nous voyions pas assez. » Je mens. Ce n'est pas la première fois que je le mets dans l'embarras, mais je considère que c'est un aspect essentiel de sa formation. Après tout, un bon policier doit être capable de réagir vite et bien.

Il entre derrière elle et je dis : « Quand on parle du loup…

— Oh oui, mademoiselle Grant. A-absolument… L'autre jour encore », confirme-t-il en bégayant.

« Puis-je vous offrir un verre ? Je crains qu'il n'y ait pas grand choix. Nous avons du whisky et il y a du gin quelque part. Ni Sat ni moi n'en sommes grands amateurs, et pourtant on dirait que nous le finissons très vite. C'est curieux car nous ne recevons pas beaucoup de visites féminines, à moins que vous ne comptiez la gouvernante, bien entendu, et elle jure qu'elle n'y touche jamais. Je la soupçonne de préférer le champagne. Comme vous ces derniers temps, je suppose, dis-je en indiquant le diamant à son cou.

— Le whisky me convient très bien, répond-elle en se tournant vers Sandesh, *ek chota peg*[1].

1. Un petit whisky.

— Pour moi aussi, Sandesh, mais le mien *burra**. Quelque chose pour vous, Sat ?

— Il vaut mieux que je m'abstienne », répond-il toujours près de la porte.

Sandesh acquiesce et se dirige vers le bar.

« Soirée tranquille pour tous les deux ? demande Annie en s'éventant doucement avec un journal qu'elle a pris sur la table basse.

— Exactement, mademoiselle Grant. La mère de Sat voulait lui faire rencontrer une jeune fille ce soir, mais il ne tient pas particulièrement à se caser. Il lui a dit que c'était impossible parce que je le fais travailler sur une affaire nuit et jour. »

Sat esquisse un faible sourire.

« C'est pourquoi nous gardons profil bas.

— Et que pense sa mère du fait que vous appeliez son fils Sat ? Pour l'amour du ciel, Sam. Vous pourriez au moins essayer de prononcer son nom correctement. »

Nous nous regardons, Sat et moi.

« Eh bien si cela ne lui plaît pas je suppose que je peux toujours l'appeler Boubou.

— Comment ? » dit Annie perplexe.

Le sergent rougit et se hâte de répondre : « Sat me va très bien. »

Sandesh nous apporte les boissons et se retire sans bruit après avoir appuyé sur l'interrupteur du grand éventail au plafond, le *punkah**.

« Quoi qu'il en soit, mademoiselle Grant, Boubou et moi sommes tous les deux très occupés. Y a-t-il quelque chose que nous puissions faire pour vous, ou avez-vous seulement fait un saut pour goûter une conversation pétillante ? »

Elle prend encore une gorgée de whisky, nettement plus grande cette fois-ci. « En réalité, je suis venue vous demander de cesser de vous mêler de mes affaires. »

Je prends un air innocent qui pourrait être celui de saint François d'Assise. « Je crains que vous ne deviez m'expliquer, mademoiselle. Je ne vois pas de quoi vous parlez. »

Elle n'est pas totalement convaincue. « Donc vous n'avez pas parlé de moi à M. Peal ?

— À qui ?

— Charles Peal, l'avoué.

— Ce nom ne me dit rien.

— Eh bien, lui semble vous connaître, Sam. »

Comme si la lumière se faisait soudain dans mon esprit, je demande : « Un vieux avec un gros nez ? À présent que vous en parlez, il se peut que je l'aie croisé une fois au Calcutta Club. Un type assez sympathique, pour qui aime ce genre.

— Il m'a dit que vous lui aviez raconté une histoire à propos de moi. Apparemment, vous avez utilisé l'expression "complicité de meurtre" à plusieurs reprises. »

Je gonfle les joues et me gratte la nuque. « C'est une accusation choquante. Je ne lui ai parlé que cinq minutes environ.

— Et vous avez réussi à salir ma réputation en si peu de temps ? Comment en êtes-vous venus à parler de moi ?

— Il m'a dit qu'il était de vos amis.

— Oh, vraiment ? » Elle croise les bras. « Il m'a dit que vous sembliez savoir qu'il m'avait invitée quelques fois. M'espionneriez-vous, Sam ?

— Non, bien sûr. Je suppose que Sat l'a mentionné.

Il sait à peu près tout ce qui se passe dans cette ville. » Ce n'est pas la stricte vérité. Sat n'a même pas idée de ce qui se passe dans le bordel d'à côté.

La vérité c'est que j'ai quelques informateurs rémunérés dans tout Calcutta, du conducteur de rickshaw au boutiquier. Il se trouve que le portier du Great Eastern Hotel en fait partie.

« Si vous permettez, dit Sat, je dois vraiment y aller. » Et il quitte la pièce plus vite qu'il n'est convenable ou utile.

« Ainsi, le vieux Charlie Peal a un faible pour vous ?

— Je ne vois pas en quoi cela vous regarde, capitaine Wyndham.

— Cela ne me regarde pas, mais si vous voulez mon avis il a au moins quinze ans de plus que vous. Quel âge a-t-il, quarante ans ? »

Je crois apercevoir l'ombre d'un sourire sur son visage.

« Il m'a dit en avoir trente-cinq. »

Charlie Peal est plus menteur que moi.

« Et vous l'avez cru ? Je peux demander à Sat de vérifier, si vous voulez.

— Ce ne sera pas nécessaire, Sam. » Elle boit une autre gorgée.

Il est temps de prendre l'initiative.

« Qu'est-ce qui vous prend d'aller dîner avec quelqu'un d'aussi ennuyeux ? J'ai rencontré des cadavres plus animés que lui. Je ne lui ai parlé que cinq minutes et j'ai eu l'impression de vieillir physiquement. Si vous continuez à le voir, vous aurez très vite l'air d'avoir soixante ans.

— Donc vous me rendiez service en ternissant ma réputation, n'est-ce pas ?

— Comme je vous l'ai dit, je n'ai rien fait… Mais je suis à votre disposition. »

Elle me tend son verre. « N'allez-vous pas me resservir ? »

Je vais chercher la bouteille.

« Je suis ici pour une autre raison », dit-elle pendant que je remplis les verres. Le dos encore tourné je lui demande :

« Quelle peut-elle être ?

— Adi Sai. »

Je me retourne le plus calmement que je peux.

« Que savez-vous de lui ?

— J'ai appris qu'on l'avait tué aujourd'hui. Que vous étiez avec lui quand c'est arrivé.

— Comment l'avez-vous su ? » Je lui tends son verre.

« Voyons, Sam, croyez-vous que Sat soit le seul à savoir tout ce qui se passe dans cette ville ? J'ai des contacts au *Statesman*. Le journal de demain va publier un portrait de l'assassin.

— Et vous êtes venue vous assurer que je n'étais pas blessé ? Je suis touché.

— Non, dit-elle fermement. Je suis venue vous demander ce qui s'est passé. Adi était un ami. Nous avons été présentés l'année dernière à une soirée. Je l'ai revu plusieurs fois depuis, ainsi que d'autres membres de sa famille. »

Je ne veux pas entendre parler de l'amitié entre le prince et Annie. « Vous savez que je ne peux rien vous dire.

— Vous pouvez au moins me dire quand auront lieu les funérailles.

— Pourquoi ?

— Parce que je voudrais y assister. »

Je secoue la tête. « Il n'y aura pas de funérailles à Calcutta. Tout ce que je sais c'est que le corps sera rapatrié le plus tôt possible à Sambalpur. »

Elle ne reste pas beaucoup plus longtemps. Juste assez pour finir son verre, aller dans l'entrée et m'embrasser sur la joue. Je ferme la porte derrière elle et je vide lentement mes poumons.

5

Impossible de dormir dans la chaleur étouffante.

Ma tête est comme embrumée. J'ai les yeux qui pleurent et le nez qui coule, et surtout les tempes qui battent un incessant tambour douloureux.

Un simple observateur pourrait croire que j'ai un rhume, mais l'initié saurait. Ce sont les premiers symptômes du manque.

Je devrais préciser que je ne suis pas un drogué ni, pour utiliser le vocabulaire spécialisé, un opiomane. Le mot même contient une certaine malveillance et je n'ai jamais senti qu'il s'appliquait à moi. L'usage que je fais de l'opium est purement médical.

On dit que si l'opium est consommé avec modération il est difficile de devenir dépendant. C'est une des raisons pour lesquelles je l'ai choisi comme médicament après la guerre. La première fois que j'ai ressenti le manque a donc été un choc. Pour être franc, les symptômes tendent à se dissiper en une semaine environ, après laquelle mon esprit s'éclaircit et je peux de nouveau fonctionner normalement. Si les effets secondaires ne sont pas agréables, je juge néanmoins ma condition gérable.

Je suis étendu et je me force à me concentrer. Je revis dans ma tête l'assassinat d'Adhir. Je le dissèque. Je l'analyse. Y a-t-il une chose que j'aurais pu ou dû faire différemment ? Je me retourne. Mais comme le sommeil tarde à venir je me lève, j'enfile une chemise et me dirige vers la porte. Sat est dans le salon, assis dans l'obscurité. Il revit sans aucun doute l'assassinat lui aussi.

« Je vais me promener. »

Il me regarde avec son air de chien battu, mais il ne dit rien. Ce n'est pas comme s'il ignorait ma situation, il faudrait être un policier particulièrement incompétent pour partager un appartement avec quelqu'un sans s'apercevoir que son goût pour les promenades de minuit peut avoir d'autres motifs que l'exercice, mais nous n'en avons jamais parlé.

Le Chinatown de Calcutta c'est Tangra, un trou à rats constitué de ruelles et de rues sales au sud de White Town. C'est un arrière-pays de bâtiments miteux, de dortoirs et de fabriques délabrées cachés derrière de hauts murs et des grilles hérissées de pointes. Il n'y a pas grand-chose à voir pendant la journée, rien qu'un faubourg minable de plus, qui ne se distingue des autres secteurs non blancs que par le fait que tout est écrit en chinois. Mais la nuit, Tangra se transforme en une ruche de bars clandestins, de cuisines de rue, de tripots et de fumeries d'opium. En résumé, c'est là que se trouve tout ce qui fait que la vie dans une métropole étouffante et croulante de plusieurs millions d'habitants vaut la peine d'être vécue.

Je demande au chauffeur de s'arrêter devant une boutique barricadée et je lui tends quelques billets froissés. Je traverse un égout à ciel ouvert et j'entre dans une ruelle mal éclairée où il n'y a qu'une bande de corniauds et un tas d'ordures pourrissantes qui puent davantage que l'égout.

Une porte s'ouvre et jette un rayon de lumière jaune graisseuse dans cette *gullee*, cette impasse jonchée de débris. Un homme sort en trébuchant, sa silhouette se découpe dans la lumière et il s'éloigne en tanguant sans lever la tête. La porte claque et l'impasse plonge de nouveau dans l'obscurité. Je continue d'avancer vers une autre porte un peu plus loin.

Je frappe deux coups et j'attends. Finalement la porte s'entrouvre à peine, juste assez pour qu'un œil voie au-dehors.

« Vous voulez quoi ?

— C'est Lao Yin qui m'envoie.

— Vous êtes qui ?

— Un ami.

— Vous attendez. »

La porte se referme. J'attends.

Je n'ai jamais vu Lao Yin, mais je sais qui il est ; toute la police impériale ou presque le sait. On dit qu'il représente le Red Gang, une organisation criminelle basée à Shanghai et spécialisée dans le trafic d'opium, la prostitution, le jeu et l'extorsion. Avec un tel pedigree c'est normal qu'il exerce aussi un certain contrôle politique. Lao Yin est à Calcutta pour assurer les opérations d'approvisionnement en opium et son nom ouvre beaucoup de portes à Tangra, y compris, je l'espère, celle-ci.

Quelques minutes plus tard on me fait entrer dans

un couloir étroit puis dans une petite pièce éclairée par des lampes-tempête où le plâtre se détache des murs et tombe sur un sol où sont posés des matelas sales. Le parfum sucré et terreux de la fumée d'opium flotte dans l'air étouffant.

Deux matelas sont occupés, tous les deux par des Orientaux. Les deux hommes sont couchés sur le côté, l'un tire sur une pipe d'opium, l'autre est apparemment inconscient.

Une vieille Chinoise entre. Je devine aux rides de son visage qu'elle n'a pas loin de quatre-vingts ans, mais ses gestes sont encore vifs.

Elle sourit et indique un matelas libre.

« S'il vous plaît mettez à l'aise, dit-elle doucement. J'apporte *afeem**. »

Je m'installe sur le matelas, je pose la tête sur un oreiller de porcelaine lisse et j'attends jusqu'à ce qu'elle revienne avec le plateau à opium. La pipe, une lampe, de la résine d'opium et une collection d'ustensiles utilisés pour sa préparation sont posés dessus.

J'essaie de me détendre pendant qu'elle s'assoit par terre en tailleur et se met à l'œuvre en chauffant la boulette d'opium sur la flamme tremblotante. La seule présence de l'opium semble calmer mes symptômes. Presque hypnotisé je regarde la femme faire tourner la boulette qui ramollit en chauffant et devient visqueuse puis commence à s'évaporer. Elle la place dans le fourneau de la pipe qu'elle me tend. J'aspire une première bouffée. La magie des vrilles de l'opium opère, elles s'infiltrent d'abord dans mes poumons, puis par les capillaires dans mon sang. J'entends craquer les os de la vieille femme quand elle se relève, puis le bruit de ses pas. J'aspire une deuxième bouffée, puis une troisième, et je sens mon nez commencer à me gratter, et un million de terminaisons nerveuses font feu à l'unisson dans tout mon corps. Je ferme les yeux tandis que le monde entier se contracte graduellement dans mon crâne.

Samedi 19 juin 1920

6

Encore une journée stupidement étouffante, avec un ciel couvert. On l'appelle le « temps de Calcutta ». La mousson arrive, on la sent, et pourtant la pluie ne tombe pas encore. Sat et moi sommes dans la Wolseley et nous traversons le pont flottant sur le fleuve.

Notre destination, l'hôtel Yes Please, est un bouge sans la moindre étoile situé à la moitié d'une rue où manque la moitié des pavés. À un jet de pierre de la gare de Howrah, le quartier est apprécié des voyageurs locaux aux moyens modestes qui ont besoin de se loger, et la rue est parsemée d'auberges et de gargotes douteuses. Vu de l'extérieur, le Yes Please paraît un cran au-dessus des autres, c'est-à-dire qu'il a une plante en pot à côté de la porte et une enseigne encore lisible.

Nous garons la Wolseley et nous nous dirigeons vers l'entrée. L'air empeste l'ammoniaque et la fumée, ce qui indique la proximité d'une tannerie. Plusieurs Chinois sont assis dans la véranda du bâtiment opposé, absorbés par la version orientale des dominos qui semble les fasciner. Leur présence confirme ce que mon nez m'a suggéré. À Calcutta, là où il y a une tannerie il y a des Chinois. Ils ont pratiquement le monopole du commerce du cuir puisque les autochtones, hindous pour la plupart, ne veulent rien avoir à faire avec l'abattage des vaches, et que leurs voisins mahométans ne sont pas très amateurs non plus.

Nous franchissons l'égout à ciel ouvert grâce à une dalle stratégiquement placée, puis nous montons quelques marches et entrons dans un vestibule mal éclairé. D'un côté, derrière une grille, est assise une femme replète entre deux âges. Près d'elle, un bâton d'encens dans un support de métal dégage un flot de parfum qui lutte en vain contre la puanteur extérieure.

La femme lève la tête, une face de lune avec les traits vaguement orientaux que présentent de nombreux Bengalis. Ses yeux noirs sont soulignés de khôl et elle porte sur le front une marque rouge de la taille d'un demi-penny.

Je demande : « Madame Mitter ? »

Son visage s'éclaire. « Oui. Vous avez reçu mon message ?

— Vous avez des renseignements sur l'homme que nous recherchons ?

— *Ha.* » Elle acquiesce. « Il loge ici depuis deux-trois jours. Ici pour le Rath Yatra, c'est ce qu'il m'a dit. Bizarre, non ? Pourquoi venir à Calcutta pour Rath Yatra quand vrai temple du dieu Jagannath à Puri ?

— Vous êtes sûre que c'est lui ?

— Tout à fait sûre, grogne-t-elle. Même si portrait dans le journal pas vraiment œuvre d'art. Vous peut-être demander Asit Haldar ou un des Tagore de faire prochain.

— Quand l'avez-vous vu pour la dernière fois ?

— Ce matin seulement. Quand il est revenu du petit déjeuner. » Elle brandit un journal autochtone. « J'avais journal ouvert à page avec son portrait quand il est passé allant à sa chambre.

— Il est enregistré jusqu'à quand ?

— Laissez-moi regarder. » Elle met ses lunettes et ouvre le grand registre relié à couverture marbrée posé sur le comptoir devant elle. « Il part aujourd'hui. Avant onze heures.

— Dans moins de deux heures », dit Sat.

Je demande : « Dans quelle chambre est-il ? »

Elle sourit. « Vous oubliez quelque chose, non, inspecteur sahib ? Journal dit clairement qu'il y a grosse récompense pour toute information menant à sa capture.

— Nous ne l'avons pas encore capturé, dit Sat.

— Il est en haut seulement, réplique-t-elle, et journal dit information "menant" à sa capture et pas "qui a mené". Mon information mène à sa capture, non ? »

Nous n'avons pas le temps de discuter. En outre, j'ai appris que c'est inutile. S'engager dans une discussion avec une femme bengali ne mène généralement à rien.

« Très bien », dis-je en sortant mon portefeuille. J'en extrais un billet de dix roupies et le glisse dans l'espace entre la grille et le comptoir. « Alors, dans quelle chambre est-il ? »

Elle regarde le billet comme si je venais de me moucher avec. « Ce n'est pas une grosse récompense, sahib. Qu'est-ce que vous croyez que je peux faire avec dix roupies, la fête avec une boîte de *ladoos** ?

— D'accord. » Je tire un autre billet de dix en soupirant. « C'est tout ce que j'ai.

— Dommage. Je vous l'aurais dit volontiers pour soixante. »

Je me tourne vers Sat. « Ouvrez votre portefeuille, sergent.

— Mais… Oui, monsieur. » Il soupire et me tend deux billets de vingt tout neufs.

« Chambre vingt-trois. » Mme Mitter sourit et prend les billets.

« C'est au premier étage. Vous voulez passe-partout ?

— Tant qu'il n'y a pas à payer de supplément, marmonne Sat.

— Oui, s'il vous plaît », dis-je et elle me tend un trousseau de clefs.

Je le prends et me dirige vers l'escalier avec Sat à un pas derrière moi.

Nous arrivons à l'étage et nous avançons prudemment dans un couloir éclairé seulement par une fenêtre au bout. Le numéro vingt-trois est à peu près à la moitié. Je sors mon revolver tandis que Sat s'agenouille et glisse la clef dans la serrure. Au moment où il va la tourner, un coup de feu retentit. Une balle fait un trou dans la porte à une coudée au-dessus de sa tête. Le sergent se jette à terre en gardant la clef. Je recule, je vise et je crie : « Police ! Ouvrez ! »

Deux nouveaux coups de feu retentissent et deux nouveaux trous percent la porte en projetant une volée d'éclats de bois.

Je me colle contre le mur.

De l'intérieur de la pièce parvient le bruit de meubles raclant le sol puis l'odeur de brûlé.

« Que fait-il là-dedans ? demande Sat.

— Soit il détruit des preuves, soit il essaie de mettre le feu au bâtiment. » Je lui lance mon revolver en lui criant : « Vous savez quoi faire ! » Il me fait signe que oui, je quitte la sécurité relative du mur et m'élance vers la porte. Je me jette contre elle de toutes mes forces sans autre résultat qu'une épaule meurtrie. En réponse, une autre balle vient traverser le bois tout près de ma tête. Je me jette de nouveau contre le mur et je me prépare à une nouvelle tentative.

« Attendez, monsieur ! crie Sat. J'essaie encore une fois la clef ! »

Il me lance le revolver et ramasse la clef par terre. Il rampe vers la porte sur le ventre. L'odeur de brûlé se fait de plus en plus forte. Il lève le bras, introduit le passe-partout dans la serrure et le tourne avec un déclic. Prévoyant un nouveau tir, il s'écrase bien à plat, mais il n'y a pas de coup de feu. Il m'interroge du regard. J'approuve et il appuie doucement sur la poignée. J'ouvre la porte d'un coup de pied et m'accroupis. J'avance lentement et parcours la pièce des yeux : un lit, une table, une armoire qu'on appelle ici *almirah* et une corbeille à papier en flammes. Aucun signe de notre suspect. Au fond, une porte-fenêtre grande ouverte. Je me précipite, juste à temps pour voir un homme s'enfuir sur un balcon qui court le long du bâtiment.

Je m'élance à sa poursuite en criant par-dessus mon épaule : « Éteignez ce feu ! »

L'homme est arrivé au bout du balcon. Avec son revolver il casse les vitres d'une autre porte-fenêtre et il entre dans une autre chambre. J'y parviens à l'instant où il disparaît dans le couloir. Je tire au hasard et le poursuis dans le couloir et dans un escalier. Je débouche sur le toit à quelques pas derrière lui.

L'homme court vers le bord en espérant visiblement s'échapper par les toits, mais il est arrêté par un gros rouleau de fil barbelé qui sépare l'hôtel du bâtiment d'à côté.

C'est l'impasse.

Il se retourne, et pour la première fois je le vois vraiment. C'est l'homme qui a tué le prince. Même barbe, même regard de fou, mêmes marques sur le front.

Je crie : « Jetez votre arme et levez les mains ! » tout en visant sa poitrine. Il regarde de tous côtés, cherchant désespérément une issue. Puis, tenant toujours son revolver il lève lentement les bras.

« J'ai dit "jetez votre arme" ! »

Il lève les yeux, comme s'il remarquait soudain qu'il l'a encore à la main.

Il me regarde quelques secondes en souriant, puis il abaisse le revolver jusqu'à sa tempe et tire.

C'était risqué. Se tirer une balle dans la tête est plus difficile qu'on pourrait le croire. Le crâne est solide, et parfois on n'en fait exploser qu'une partie et pas le cerveau. Je suppose qu'il a eu de la chance. Il est mort avant de s'écrouler.

Je m'approche de lui, je m'agenouille et j'appuie sur sa carotide. Puis je ramasse le revolver tombé à côté de lui.

« Vous l'avez tué ? demande Sat haletant quelque part derrière moi.

— Il l'a fait lui-même, dis-je en me relevant.

— Mais pourquoi ?

— Je suppose qu'il a calculé qu'il valait mieux

mourir d'une balle dans la tête qu'une corde autour du cou. Le régicide est un délit grave…

— Et maintenant ?

— Je ne sais pas. » J'examine le revolver du mort. C'est une antiquité avec un magasin de cinq balles et une détente escamotable. « Nous avions besoin de l'interroger. Actuellement, nous ne savons toujours pas qui il était ni quels étaient ses motifs. Espérons que nous trouverons quelque chose dans sa chambre. Avez-vous réussi à éteindre le feu ? »

Il fait une grimace. « Oui, monsieur. Mais je ne suis pas sûr d'avoir sauvé quoi que ce soit. »

Le bâtiment grouille bientôt d'uniformes kaki de la police de Howrah. Les policiers couvrent le cadavre de l'assassin et le préparent à être transporté à la morgue du Medical College Hospital, où on l'étendra probablement à côté de l'homme qu'il a tué il y a moins de vingt-quatre heures, prouvant encore une fois que l'univers a le sens de l'humour.

Sat et moi sommes de retour dans la chambre de l'assassin où nous cherchons quelque chose qui puisse nous éclairer sur son identité. Une équipe de policiers fera une recherche d'empreintes plus tard, mais pour le moment, Sat et moi commençons par examiner les quelques possessions du mort. La chambre est spartiate, l'armoire fermée et le lit a été fait. N'étaient la corbeille à papier brûlée et une porte qui ressemble maintenant à du gruyère, on a du mal à imaginer que quelqu'un a réellement séjourné ici.

Sat ouvre l'*almirah*. Dans un coin il y a un petit baluchon couleur safran attaché à un long bâton de bambou. Sat le pose sur le lit étroit, défait le nœud, déploie le tissu et étale le contenu.

Un caleçon, un maillot de corps, un peu de bétel, une boulette de quelque chose qui ressemble à de la résine d'opium et une mince brochure dans une langue orientale. L'homme aimait visiblement voyager sans bagages. Je feuillette rapidement la brochure avant de la lancer à Sat.

« Que pensez-vous de ceci ? »

Sat l'étudie avec application et j'en profite pour empocher l'opium.

« Je ne suis pas un expert, dit-il finalement, mais le texte a l'air d'être en sanscrit. Ce pourrait être une sorte d'ouvrage religieux.

— Vraiment ? dis-je quand il me rend la brochure. Vous êtes brahmane. Vous ne pouvez pas le lire ?

— Je ne suis pas un très bon prêtre, c'est pourquoi je suis entré dans la police. »

Je vais ramasser la corbeille brûlée et la pose sur la table. D'un doigt je fouille les restes de ce qui devait être un tas de papiers. Il n'en reste que de la cendre.

« Quoi qu'il ait brûlé, c'est du travail bien fait. Il a tout détruit.

— Peut-être pas tout... » dit Sat. Il est à quatre pattes sous la table. Il ramasse quelque chose. Un bout de papier, apparemment déchiré d'un coin de journal. Je suppose qu'il est là depuis plusieurs jours ou, et c'est plus intéressant, qu'il est tombé quand l'assassin a jeté tous les papiers dans la corbeille. Je l'examine de plus près. Un côté est taché d'une sorte de graisse et imprimé en lettres orientales. Elles sont différentes de celles de la brochure. Et ne ressemblent pas non plus à de l'hindi. Elles sont beaucoup plus arrondies, pleines de boucles et de fioritures. Je regarde l'autre face : la même écriture au-dessus d'une photo. Difficile de dire exactement de quoi, puisque nous n'avons qu'un coin déchiré de toute une page de journal. Dans cette écriture étrangère, je reconnais quand même les lettres NGER suivies de 99K. Elles ne signifient rien pour moi. Ce qui les précédait a été déchiré et, j'imagine, consumé par les flammes.

Je donne le bout de papier à Sat. « Pouvez-vous faire mieux avec ceci, révérend ? »

Il l'examine et secoue la tête. « Je pense qu'il s'agit d'une langue du sud de l'Inde.

— Et au verso ?

— Il me semble reconnaître quelque chose, mais je ne me rappelle pas quoi.

— Voilà qui est très utile, sergent. Une idée sur les taches de graisse ? »

La concentration le fait froncer les sourcils.

« Un résidu ?

— Sentez-le. »

Il renifle le bout de papier.

« Une huile comme celle que nous utilisons pour graisser nos armes. Vous avez encore son revolver, monsieur ? »

Je le sors de ma poche et le lui tends. Il ouvre le magasin et le renifle en hochant la tête.

« Il se peut que le revolver ait été essuyé avec ce papier.

— Pas essuyé. Enveloppé.

— Comment ?

— Je pense que l'arme était enveloppée dans une page du journal d'où vient ce morceau.

— Pourquoi un saint homme envelopperait-il une

arme dans du papier journal ? demande Sat. Il essayait de protéger ses vêtements ?

— La tête et le corps de cet homme étaient couverts de cendres. Je n'ai pas l'impression qu'il était très regardant sur l'état de ses sous-vêtements. »

Mais la remarque de Sat reste valable. Pourquoi envelopper l'arme dans un journal ? Et pourquoi l'assassin est-il resté en ville après avoir accompli sa tâche ? Ce sont de bonnes questions. Et je n'ai pas de réponses pour le moment.

Des plaintes viennent du couloir, et peu après apparaît la silhouette de Mme Mitter enveloppée dans son sari.

« *Hai Ram!* s'exclame-t-elle. Regardez tous ces dégâts. Qui va payer ?

— Vous avez l'argent de la récompense, hasarde Sat.

— Vous êtes fou ? Il y a pour plus de deux cents roupies de dégâts. Regardez la porte… et les meubles ! Et pourquoi vous avez mis le feu à ma corbeille à papier ?

— C'est l'œuvre de votre client, dis-je.

— Et où est-il ?

— On peut dire qu'il est parti tôt.

— Quelqu'un doit payer pour tout ça, déclare-t-elle avec un grand geste indiquant le carnage.

— Je vais vous dire, madame Mitter, vous nous aidez à identifier l'homme et je verrai ce que je peux faire pour satisfaire vos demandes d'indemnités.

— Vous voulez savoir son nom ?

— Ce serait un début.

— Il est dans le registre des clients. Il a signé en

arrivant. Je l'apporte. » Elle regarde encore la pièce d'un air affligé et redescend à la réception.

Sur le balcon, j'allume une cigarette. Au-dessous de moi, le corps de l'assassin enveloppé dans un drap blanc est transféré dans une ambulance par deux agents de police. Sat me rejoint.

« Cet homme doit être identifié. Quel que soit le nom inscrit dans le registre il est probablement faux. Vérifiez-le quand même.

— Oui, monsieur.

— Et demandez au bureau des empreintes de relever les siennes à la morgue. »

D'après Sat, c'est à Calcutta qu'est née la science de la recherche moderne des empreintes. Il assure que ce sont deux Bengalis, un hindou et un mahométan, qui ont fait le travail. Naturellement, le système de classification qu'ils ont inventé ne porte pas leurs noms mais celui de leur supérieur, Edward Henry. Il a été anobli par la suite et nommé directeur de Scotland Yard. Je ne suis pas sûr de ce que sont devenus ses deux subordonnés.

Mme Mitter revient en tenant le grand registre relié. Elle met ses lunettes et tourne les pages. « *Ha, ei-tho*[1] », dit-elle en levant les yeux. Elle me montre le registre et indique un nom gribouillé à l'encre noire : *Bala Bhadra.*

Je lui demande si c'est un nom bengali.

Elle a un grognement de dérision. « Peut-être vous demandez à votre ami ? »

Je me tourne vers Sat.

Il secoue la tête.

« Balabhadra est le frère du dieu Jagannath. »

1. Oui, le voilà.

7

« Ainsi vous l'avez laissé se suicider ? »

Une heure a passé et nous nous trouvons de nouveau dans le bureau de lord Taggart. Nos efforts pour traquer le tueur n'ont guère contribué à nous réhabiliter aux yeux du chef de la police.

« C'était assez difficile de l'en empêcher, monsieur, attendu qu'il tenait une arme chargée. »

Plus exactement, j'ai été bien heureux qu'il se tire dessus plutôt que sur moi.

« Vous êtes sûr que c'était l'homme qui a assassiné le prince héritier ?

— Oui, monsieur. Son revolver est examiné au moment où nous parlons. Nous devrions avoir dans les vingt-quatre heures la confirmation que c'est l'arme du crime. »

Le directeur de la police réfléchit.

« Et il n'y a rien qui suggère une plus grande dimension politique ?

— Nous n'avons aucun moyen de savoir si c'était l'acte isolé d'un fanatique mécontent ou le début de quelque chose de plus grave, monsieur. »

Taggart enlève ses lunettes et se pince la racine du nez.

« Avez-vous des théories, messieurs ? »

Je m'attendais à cette question, mais elle n'en est pas plus facile. J'ai quelques idées, mais guère plus que spéculations, conjectures, vagues présomptions et rien d'un tant soit peu raisonné. Or lord Taggart veut des réponses et mon travail consiste à lui en donner.

« Nous avons plusieurs théories, mais rien de concret.

— Faites-m'en tout de même part.

— D'abord, et c'est le plus vraisemblable à ce stade, l'homme était un fanatique religieux qui en voulait au prince héritier. Le problème est que nous ne savons pas pourquoi.

— Qui sait ce qui motive les fanatiques religieux ? C'est pourquoi on les appelle des fanatiques. Par ailleurs, le fait qu'il se soit suicidé suggère plutôt qu'il n'avait pas toute sa tête, Sam. »

Sat toussote discrètement. Taggart se tourne vers lui.

« Vous avez quelque chose à ajouter, sergent ?

— Si vous permettez, monsieur… il pourrait y avoir des doutes sur cette théorie.

— Tels que ?

— Il y a quelques questions en suspens, monsieur. Quand il s'est vu perdu, l'assassin a brûlé des documents dans une corbeille à papier avant d'essayer de s'échapper. Je suggérerais qu'il tentait de détruire quelque chose qui l'incriminait. Cette opération a eu la priorité sur sa tentative de fuite, ce qui pourrait faire penser à une conspiration plus vaste. »

Taggart réfléchit un instant. « Avez-vous réussi à récupérer les documents ?

— Non, monsieur. Quand nous avons eu accès à la chambre il ne restait déjà plus que des cendres.

— Donc, à ce stade, votre théorie n'est que pure conjecture ?

— Oui, monsieur. »

J'ajoute : « Il y a aussi les lettres, monsieur. Celles que le prince voulait nous montrer.

— Vous les avez obtenues ?

— Non, malheureusement, monsieur. Nous avons interrogé le dewan et l'aide de camp du prince. Le dewan a assuré ne rien savoir d'elles. L'aide de camp a déclaré que le prince les lui avait montrées à Sambalpur mais qu'elles étaient dans une langue qu'il ne pouvait pas lire. Nous avons demandé l'autorisation de fouiller les appartements du prince et le dewan nous l'a refusée. Il s'est montré inébranlable, assurant que la suite du Grand Hotel était territoire sambalpuri souverain.

— Donc vous n'avez pas de lettres non plus, grommelle-t-il. Le vice-roi est profondément préoccupé par toute cette affaire. Rien ne doit venir compromettre les débats actuels. Compte tenu de cette situation délicate, vous allez devoir fournir plus qu'une corbeille pleine de cendres si je veux justifier la poursuite de l'enquête.

— Il y a autre chose, monsieur, dis-je. Nous avons trouvé un bout de papier journal dans la chambre d'hôtel de l'assassin. Il portait des traces d'huile de graissage des armes. Nous pensons que le journal a servi à envelopper le revolver.

— Et ?

— Je pense que ce pouvait être un paquet, monsieur. Quelqu'un a livré l'arme à l'assassin pour cette mission particulière. Nous devons impérativement continuer à creuser. »

Le chef de la police soupire. « C'est insuffisant, Sam. Le vice-roi veut que l'affaire soit classée. À moins que vous m'apportiez quelque chose de concret, questions en suspens ou pas, je vais devoir clore l'enquête. »

Sat et moi retournons dans mon bureau en silence, penauds.

Questions en suspens.

Le chef de la police a utilisé les termes comme des mots creux, comme si les messages et autres signes d'une conspiration plus vaste étaient à jeter et à oublier.

Mais je ne peux pas les oublier ; ils se logeraient dans mon cerveau comme des cailloux dans une chaussure. Je suis obsédé par eux comme un alcoolique à l'idée de son prochain verre. Parce que pour moi ils représentent la vérité non dite et, par extension, la justice niée.

Je suis attaché à la justice. Je l'ai toujours été, mais plus encore depuis la guerre. Celle-ci m'a appris qu'il y a bien peu de justice en ce monde, et tout ce que je peux faire pour la servir est probablement une bonne chose.

Je m'assois en disant : « Bon, il veut du tangible, nous allons lui en donner. »

Je sors un dossier du tiroir et j'en tire le bout de journal et la brochure que Sat soupçonne d'être un ouvrage religieux.

« Il faut les faire traduire », dis-je.

Sat lorgne le bout de journal, le côté avec la photo où on peut lire NGER 99K.

« Puis-je regarder, monsieur ? »

Je le lui tends et il l'examine.

« Je sais ce que c'est ! s'exclame-t-il, aussi rayonnant qu'un Français dans une cave à vins. J'étais sûr de l'avoir déjà vue.

— Alors ?

— C'est une réclame pour une machine à coudre,

monsieur. Une SINGER 99K, pour être précis. » Puis il se rembrunit. « Mais je ne suis pas sûr que cela nous avance à grand-chose. »

Je réfléchis un instant. « Peut-être que si... »

Avant que je puisse continuer, on frappe à la porte. Sat va ouvrir. C'est notre planton Ram Lal, un vieux type d'environ soixante ans, cheveux gris, barbe de plusieurs jours, et le dos voûté dû à une vie passée assis sur un tabouret à attendre des messages à distribuer. Malgré ses années de service, Ram Lal n'a jamais complètement réussi à maîtriser l'anglais, et mes conversations avec lui tombent généralement dans une bouillie de pidgin bengali, la langue des signes et une bonne dose de cris et de gesticulations.

« Inspecteur capitaine sahib, dit-il en saluant. Un *chitee** arrive. » Il me tend une petite enveloppe blanche. Elle ne porte ni timbre ni tampon de la poste. Je la déchire et je trouve deux feuillets de papier avec quelques lignes gribouillées à l'encre bleue. Une langue étrangère, inintelligible pour moi, mais je sais où je l'ai déjà vue : sur le bout de journal avec la réclame Singer.

Je tends les feuillets à Sat. « Vous savez ce que c'est ? »

Il a un grand sourire. « Les messages de mise en garde adressés au prince Adhir ? Les dieux sont peut-être avec nous. »

Je demande au planton : « Qui vous a donné cette enveloppe ?

— *Kee ?*

— Je n'ai pas le temps pour ça. Sat, demandez-le-lui en bengali.

— *Ke tomaké eita dilo ?*

— Ser-gent entrée. »

J'envoie Sat demander au sergent de permanence qui lui a remis cette enveloppe. Il sort, suivi du planton.

Je reprends le morceau de journal avec la réclame de machine à coudre et je décroche le téléphone. Je n'obtiens le numéro que je recherche qu'après plusieurs tentatives, mais j'ai comme un pressentiment, et avec un peu de chance ce bout de papier et ce que je pense être les messages reçus par le prince avant de mourir pourraient suffire à convaincre le chef de la police de ne pas classer l'affaire.

Sat revient dix minutes plus tard accompagné d'un agent autochtone. L'homme a une masse de cheveux noirs et drus et une moustache comme une brosse à dents.

« Ce n'est pas le sergent de permanence, Sat.

— Non, monsieur. Il ne m'a pas été d'une grande utilité. L'enveloppe a été remise par un gamin des rues, probablement payé quelques annas pour sa peine. Voici l'agent Biswal, poursuit Sat, originaire de Bhubaneswar. J'ai pensé qu'il pourrait nous aider à déchiffrer ce qui nous intéresse, monsieur.

— Très bien. » Je tends l'enveloppe à l'agent. Il en sort les deux feuillets et les lit rapidement, puis il hoche la tête.

« C'est en oriya, dit-il.

— La langue de l'Orissa, ajoute Sat. Celle que la plupart des gens parlent à Sambalpur.

— La plupart ?

— Le peuple. Comme l'a confirmé le colonel Arora, elle n'est pas parlée à la cour. »

Je demande à l'agent : « Pouvez-vous traduire ces lignes ?

— Oui, monsieur. C'est deux fois le même message : "Votre vie est en danger, quittez Sambalpur avant le vingt-septième jour d'Ashada." »

Je demande : « Quand est-ce ?

— Hier », répond Sat.

Je suis seul dans le bureau quand le téléphone sonne. C'est l'appel que j'attendais, une demoiselle Cavendish du bureau de Singer à Calcutta. Je la remercie de m'avoir rappelé et je lui demande ce que j'ai besoin de savoir.

« Pouvez-vous me dire dans quels journaux en oriya vous avez placé des réclames récemment ?

— C'est une question très compliquée, capitaine Wyndham », dit-elle d'un ton sérieux et guindé. On peut presque sentir l'odeur du talc sur la ligne. « J'aurais besoin de téléphoner à notre bureau de Cuttack. Puis-je vous rappeler ?

— Naturellement, j'attendrai votre appel. »

Puis je tire Ram Lal de son tabouret dans le couloir. « Trouvez Banerjee. Dites-lui de venir dans mon bureau. »

Il sourit en montrant les quelques dents qui lui restent, puis il acquiesce à la curieuse manière indienne. « Beaucoup Banerjees en bas, sahib. Lequel vous voulez ?

— Sat Banerjee. Le sergent.

— Ah, Satyendra *babu**. » Il sourit encore davantage. « *Thik ache*[1]. »

1. « D'accord. »

Sat arrive à l'instant où Mlle Cavendish rappelle.

« Capitaine Wyndham ? J'ai le renseignement qu'il vous faut. Nous ne plaçons de réclames que dans deux journaux en oriya. Malheureusement, j'ai peur que prononcer leurs titres soit au-delà de mes capacités, mais je peux vous les épeler.

— Je vous écoute », dis-je en attrapant un stylo et un bloc-notes. Elle épèle lentement les noms. Le premier est le *Dainik Asha*. Mais c'est le second qui me redonne le sourire : le *Sambalpur Hiteishini*.

« Quand les réclames ont-elles paru la dernière fois ?

— Il s'agit d'hebdomadaires. Les derniers numéros doivent dater de lundi dernier. »

Je la remercie et je raccroche avant de tendre le bloc-notes à Sat qui lit la page avec un grand sourire. « Donc il se peut que l'assassin ait été envoyé de Sambalpur.

— On le dirait bien, mais nous devons en être sûrs. Pour le moment ce n'est qu'une conjecture. Un bout de journal dont nous pensons qu'il a servi à envelopper ce que nous croyons être l'arme du crime, et qui vient vraisemblablement d'un journal publié en oriya, peut-être à Sambalpur.

— Mais si on y ajoute les messages de mise en garde adressés au yuvraj, on voit un lien certain avec Sambalpur, n'est-ce pas ?

— Je veux des exemplaires de l'édition de lundi des deux journaux. Trouvez la réclame et surtout comparez l'écriture au verso. Ensuite trouvez le rayon de circulation de l'hebdomadaire. Commencez par le je-ne-sais-quoi de Sambalpur.

— Bien, monsieur. »

Je reprends les feuillets. « Pendant ce temps, je vais parler de nouveau à lord Taggart. Donnons-lui ce que nous avons. »

8

« Et maintenant qu'avez-vous l'intention de faire ? »

Devant la porte-fenêtre de son bureau lord Taggart regarde un ciel de la couleur d'un cuirassé.

« Aller à Sambalpur.

— Hors de question, Sam, dit-il en se retournant. Ce n'est pas un territoire britannique ? C'est en dehors de notre juridiction.

— Mais le crime a été commis en territoire britannique, monsieur. Nous avons le devoir de suivre la piste. Si elle menait en France, vous n'hésiteriez pas à m'y expédier, en attendant au moins la coopération de la Sûreté.

— Sambalpur n'est pas la France, Sam. Ce serait plutôt pire.

— J'en suis conscient, monsieur, mais c'est un minuscule royaume féodal dont l'héritier du trône vient d'être assassiné. J'aurais cru qu'il apprécierait notre assistance. »

Taggart soupire. « Écoutez, Sam, s'il ne tenait qu'à moi je vous laisserais y aller. Bon sang, je vous ordonnerais même d'y aller. Mais nous devons tenir compte du vice-roi. Avec tout le tapage autour de la nouvelle Chambre des Princes, cette affaire est devenue une question politique. Tout ce qu'il veut c'est l'attribuer à des fanatiques et mettre son mouchoir dessus. »

C'est compréhensible. Le vice-roi est sans doute

l'homme le plus puissant de l'Inde, chef suprême de centaines de milliers d'individus, mais dans le grand ordre du monde ce n'est qu'un fonctionnaire aux ordres de Whitehall. Tout ce qui l'intéresse est d'éviter les ennuis et de faire son temps en qualité de gouverneur général sans que le Raj s'écroule autour de lui. Avec un peu de chance il sera relevé dans quelques années et affecté à un cantonnement où les indigènes seront moins turbulents. Tels sont les vice-rois. Sous l'apparence de demi-dieux, en réalité, depuis l'époque de lord Curzon, la seule chose qui compte vraiment pour eux est que tout tourne rond jusqu'à ce qu'ils puissent aller ailleurs. Aucun ne veut qu'on se souvienne de lui comme de celui qui était aux commandes quand la musique s'est arrêtée. Mais cela ne me regarde pas. Chacun a ses priorités. Celle du vice-roi est d'éviter tout ce qui peut faire vaciller le char de l'État, la mienne, de trouver la vérité ; et je ne vais pas renoncer maintenant à cette affaire rien que parce que le vice-roi risque de juger le résultat impossible à admettre.

« Il y a peut-être un autre moyen, monsieur… »

On frappe à la porte et Sat entre tel un écolier en faute convoqué dans le bureau du directeur.

Le chef de la police lève la tête et prend ses lunettes.

« Sergent Banerjee au rapport.

— Bon, bon, dit Taggart en regardant Sat par-dessus ses lunettes. Entrez, mon garçon. » Il indique le fauteuil à côté de moi. « Dites-moi, sergent… » Il fait semblant de consulter des papiers sur sa table. « Je vois que vous étiez un ami proche du prince héritier décédé de Sambalpur.

— Je ne dirais pas que nous étions proches, monsieur. C'était l'ami de mon frère.

— Non, sergent, insiste Taggart, vous étiez des amis proches. Très proches. Vraiment. Et c'est pourquoi je juge approprié que vous accompagniez le corps du prince à Sambalpur en tant que représentant de la police impériale.

— Moi, monsieur ? bredouille Sat.

— Oui. Le capitaine Wyndham m'informe qu'il souhaite vous accompagner à titre non officiel.

— Je serai en vacances, dis-je.

— C'est tout à fait naturel, poursuit Taggart, puisque vous avez tous les deux contribué à traquer son agresseur. Mais vous êtes le représentant officiel, sergent. Sachez que vous serez là-bas uniquement pour lui présenter vos respects à ses funérailles et, j'insiste, pas pour effectuer la moindre enquête. Est-ce clair, sergent ? »

Le sergent avale avec difficulté.

« Le capitaine Wyndham est l'officier supérieur, monsieur. Ne devrait-il pas être le représentant ?

— Comme je l'ai dit, vous étiez l'ami du prince, vous devez être notre représentant. En outre, je me fie davantage à votre obéissance à mes ordres qu'à celle du capitaine. Et je le répète, vous ne devez en aucune manière traiter cette visite comme une extension de l'enquête sur la mort du prince. Vous m'avez compris, sergent ?

— Oui, monsieur. Parfaitement, monsieur. »

« Ainsi vous êtes en vacances ? » demande Sat.

Nous sommes de retour dans mon bureau, moi derrière ma table, lui, faisant les cent pas comme un futur père.

Je lui réponds que j'ai toujours voulu voir Sambalpur.

« Mais vous n'en aviez jamais entendu parler il y a deux jours, monsieur. Vous l'avez cherché dans l'atlas.

— Allons, allons, Sat. Que je ne sois pas allé à Cambridge ne signifie pas que je ne connais pas la géographie. En tout cas, j'espère que vous êtes impatient d'assurer votre rôle de représentant officiel de la police impériale.

— Représentant officiel... » Sat fait rouler les mots dans sa bouche comme pour les essayer. « Représentant officiel », répète-t-il, puis il secoue la tête.

« C'est un grand honneur, dis-je. Votre mère va être fière. Je devrais peut-être lui téléphoner pour lui annoncer la bonne nouvelle ? Je pense qu'un fils qui est représentant officiel doit être capable d'attirer un calibre bien supérieur de jeune fille qu'un simple sergent, sans parler d'une dot nettement plus importante. Si vous manœuvrez bien, vous pouvez n'avoir plus besoin de travailler... Non que vous en ayez besoin actuellement. »

Il me regarde l'air perplexe.

« Je ne comprends toujours pas pourquoi le chef de la police m'a choisi. » Sa perplexité vire à la consternation. « Vous approuvez cette décision, n'est-ce pas, monsieur ?

— Bien entendu. »

Taggart va devoir faire un rapport au vice-roi, et après la conclusion de l'affaire Sen il est juste de dire que l'homme n'était pas entièrement convaincu que je mettais tout mon cœur à l'ouvrage. Toute mention de ma présence à Sambalpur risquerait de l'alarmer. De cette façon, Taggart peut lui dire en toute bonne conscience que Sat a été envoyé comme émissaire de la police, sans même prononcer mon nom.

Je confirme à Sat : « Vous le méritez.

— Bon. Je suppose que je dois me mettre en relation avec l'aide de camp du yuvraj pour connaître l'organisation du rapatriement de son corps.

— Et vite. J'ai eu l'impression que le dewan ne tenait pas à perdre de temps.

— Je suppose que vous avez l'intention de continuer à enquêter quand nous serons là-bas, malgré ce qu'a dit lord Taggart.

— Tout ce que j'ai entendu c'est qu'il vous a interdit à vous d'enquêter. Il n'a rien dit à mon sujet. En outre, il va bien falloir que je m'occupe pendant que vous tenez compagnie au maharajah.

— Vous pourriez toujours inviter Mlle Grant, monsieur.

— Je ne pense pas que ce serait convenable d'inviter une femme à partager mes vacances. »

Ses oreilles prennent une jolie nuance d'écarlate. « Je ne voulais pas insinuer… Je veux dire, je… vous avez dit qu'elle connaissait la famille et souhaitait présenter ses condoléances, monsieur. »

À la réflexion, ce n'est pas une si mauvaise idée. Et Annie serait débarrassée du vieux Charlie Peal pendant quelques jours, non que Sat ait besoin de le savoir.

« Je pense que vous avez assez à faire sans vous inquiéter au sujet de Mlle Grant et de sa vie mondaine. Au travail, sergent.

— Oui, monsieur. Excusez-moi, monsieur », dit-il, et il s'apprête à partir.

Je le rappelle. « Sat, n'oubliez pas de suivre l'examen balistique du revolver et de chercher lequel des deux journaux a été déchiré. Vous êtes peut-être notre représentant officiel à la cour de Sambalpur, mais vous avez toujours votre emploi.

— Oui, monsieur. » Il sourit.

J'attends qu'il soit sorti pour prendre le téléphone et appeler le numéro d'Annie. La domestique laisse sonner anormalement longtemps avant de répondre que la *memsahib** de la maison est sortie.

« Dites-lui que le capitaine Wyndham a téléphoné et demandez-lui s'il vous plaît de me rappeler avant six heures ce soir. »

Peu après, Sat passe la tête à la porte.

« Il paraît que le corps du yuvraj sera rapatrié ce soir dans le train de dix heures », dit-il avant de disparaître de nouveau.

Annie appelle dans l'heure qui suit.

« Que puis-je pour vous, Sam ? »

Mieux vaut être direct. « Je vous ai appelée pour vous inviter quelques jours à Sambalpur. Vous avez dit que vous souhaitiez présenter vos condoléances à la famille du prince, et Sat assiste aux funérailles en tant que représentant de la police.

— Et vous ?

— Je voyage à titre personnel. J'ai pensé que ce pourrait être une pause agréable loin de Calcutta. Je n'ai encore jamais vu de palais de maharajah. J'ai entendu dire que certains sont tout à fait originaux.

— Et votre voyage n'a rien à voir avec l'enquête sur l'assassinat d'Adhir, n'est-ce pas ?

— Je n'ai aucune autorité là-bas.

— Ce n'est pas une réponse, Sam.

— Si, c'en est une. »

Il y a un silence, ponctué par le grésillement de la ligne et le bruit de la circulation dans la rue en dessous de ma fenêtre. Je me retrouve en sueur, et pas seulement à cause de l'humidité.

Annie demande finalement : « Et vous voulez que je vous accompagne à Sambalpur ? N'est-ce pas un peu direct ?

— Vous ne m'accompagnerez pas. Vous êtes une amie de la famille et vous avez vos propres raisons d'y aller. Nous voyagerons seulement ensemble. Qu'en dites-vous ?

— Quand partez-vous ?

— Le corps du prince sera rapatrié ce soir. Le train quitte Howrah à dix heures.

— Une invitation un peu précipitée, vous ne trouvez pas, Sam ?

— J'aurais cru qu'après avoir fréquenté Charlie Peal et ses semblables vous apprécieriez peut-être un peu de spontanéité. Il vous aurait certainement avisée deux semaines à l'avance en vous demandant une réponse écrite en trois exemplaires.

— Très drôle, Sam.

— Alors vous viendrez ? »

Il y a un nouveau silence et je sens mon cœur battre la chamade.

« Vous devrez attendre pour le savoir, capitaine Wyndham. Mais laissez-moi vous donner un conseil…

— Oui ?

— Ne retenez pas votre respiration. »

9

Ce soir les premières grosses gouttes tombent des nuages bas qui courent dans le ciel. Des éclairs les déchirent.

La mousson. Bien plus que la simple pluie, elle défend la vie, apporte la promesse d'une nouvelle naissance, brise la chaleur et a raison de la sécheresse. Elle est le sauveur de ce pays, le véritable dieu de l'Inde.

Elle se préparait depuis un certain temps. Les averses saccadées qui la précèdent toujours sont venues et reparties et les baromètres, thermomètres et anémomètres indiquent tous que la véritable mousson est là. Les autochtones, en tout cas, n'en doutent pas. Ils se précipitent dans les rues et lèvent la tête vers le ciel.

La pluie commence à tomber plus rapidement : elle tambourine de plus en plus sur les toits à mesure que le vent forcit, balance les arbres dans les rues et transporte l'odeur des soucis dans son souffle.

Comment expliquer la mousson à quelqu'un qui ne l'a jamais vécue ? Quand nous sortons de chez nous elle tombe comme un rideau, un voile d'eau tombé d'un seul coup et qui continue pendant des heures. En quelques secondes vous êtes trempé jusqu'aux os.

Sat regarde le ciel. « C'est de bon augure d'entreprendre un voyage quand il pleut, dit-il. C'est du moins ce que pense mon père. Il dirait que les dieux nous sourient.

— Vous êtes sûr qu'ils ne se moquent pas de nous ? D'ailleurs, je croyais que vous aviez dit qu'il n'était pas croyant.

— Il ne l'est pas», répond-il, quelque peu énigmatique.

Le court trajet entre la véranda et le taxi qui nous attend suffit à nous tremper.

Je demande au chauffeur : « À la gare de Howrah.

— *Ha*, sahib. » Il démarre et commence à naviguer dans la tempête en direction du fleuve.

Les abords du pont de Howrah sont déjà difficiles en temps normal. Ce soir la scène ressemble à un des tableaux représentant la retraite de Russie napoléonienne. Hommes, animaux et véhicules s'entassent dans l'artère étroite. Il y a des chars à bœufs chargés de denrées mouillées, déchiquetées par la pluie, des paysans en *lunghi**, leurs paniers en équilibre sur la tête, et des coolies à demi nus poussant de vieilles charrettes surchargées, tous luttant pour leur espace vital entre les camions et les autobus. Tous tendus vers le même but, l'énorme bâtiment sur l'autre rive, éclairé par des lampes à arc, qui ressemble davantage à un fort romain qu'à une gare de chemin de fer.

Notre taxi rampe sur le pont tandis que les éclairs se rapprochent de plus en plus. De part et d'autre une flottille de petits bateaux et de vapeurs font la navette entre le *ghat** arménien et l'embarcadère du ferry sur la rive opposée.

Nous atteignons Howrah au moment où l'horloge d'une des tours de la gare sonne la demie de neuf heures. Le taxi s'arrête et un coolie en chemise rouge se précipite pour ouvrir la portière. Visage ridé, barbe grise de plusieurs jours, turban blanc et sale.

« Je porte vos bagages, sahib ?

— Combien ?

— Huit annas.

— Trop cher. Quatre.

— Six, rétorque-t-il en m'arrachant la valise. *Kon platform?*

— Quai numéro un, répond Sat qui descend du taxi.

— Quai numéro un, très bien sahib », dit le coolie. Il se retourne et plonge dans la foule de voyageurs avec nos valises sur la tête.

Entrer dans la gare de Howrah c'est entrer dans la tour de Babel avant que Dieu ne prenne ombrage des projets des hommes. Tous les peuples de la terre réunis sous la verrière couverte de suie de la gare. Blancs, indigènes, Orientaux, Africains, tous se bousculent devant les guichets ; paysans, pèlerins, soldats et fonctionnaires se frayent un chemin vers les quais dans l'espoir de partir pour la destination désirée. Quelles que soient ses autres caractéristiques, la gare de Howrah n'est pas faite pour les petites natures.

Un homme blanc peut, s'il le désire, vivre à Calcutta dans un splendide isolement sans jamais avoir affaire à d'autres indigènes que ses domestiques. Mais la gare de Howrah est tel un point d'eau dans la savane, où tous les animaux, du plus fort au plus faible, sont contraints de se réunir joue contre mâchoire, l'unique lieu de la ville où un Anglais, par nécessité, doit affronter l'Inde dans ce qu'elle a de plus rude.

L'endroit sent le poisson, les produits frais et les vêtements humides. L'odeur de fumée des machines et le chœur des marchands vantant leurs marchandises dominent le tout. Les cris de *komla lebu** et *gorrom tcha** rivalisent avec les annonces continuelles du haut-parleur, information vitale fournie en anglais et en bengali, et insaisissable dans les deux langues.

Le quai numéro un, souvent réservé aux trains VIP, est situé au fond à gauche du hall. Protégé par des cordons de velours rouge et des piquets de cuivre, c'est une oasis de calme dans le maelström. Là attendent une belle locomotive et un train de six wagons, tous peints en vert et or et marqués du sceau royal de Sambalpur, un tigre bondissant sous une couronne.

Dans le hall, avec des aboiements d'ordres, un cortège de *cipayes** en grand uniforme flanqués d'un officier anglais et portant un cercueil sur les épaules s'avance solennellement à travers la foule. Le cercueil est couvert du drapeau de l'Union et de guirlandes de fleurs et accompagné du dewan et du colonel Arora.

Un silence s'installe au passage du cortège et les gens portent la main à leur front en signe de respect pour le défunt. Quand la foule s'écarte, j'aperçois un homme en civil et mon sang se glace. Il a beau ne pas être en uniforme, la moustache et la pipe plantée solidement au coin de sa bouche ne laissent aucun doute. Le colonel Dawson, chef de la Section H et directeur des opérations militaires du renseignement au Bengale. Du moins je suppose qu'il en est le directeur. C'est difficile de savoir exactement qui est le responsable quand vous avez affaire à la police secrète. Pour autant que je sache, Dawson est aux commandes, et c'est d'autant plus étonnant de le voir ici en train de regarder passer un cercueil.

Il ne m'a pas repéré, et c'est tant mieux. Nos relations sont plus que tendues. Il me soupçonne de me mêler des affaires de la Section H et je le soupçonne d'avoir tenté de me tuer au moins une fois. S'il me voyait monter dans ce train, je peux parier que le vice-roi en serait informé avant de se coucher et cela pourrait causer des ennuis à lord Taggart étant donné le mal que celui-ci s'est donné pour ne pas mentionner dans son rapport ma participation à cette petite excursion à Sambalpur.

Je m'accroupis et je tire sur la chemise de Sat. Il se retourne en colère, croyant sans doute que quelqu'un essaie de lui faire les poches. Sa méfiance est justifiée. On vole plus d'argent tous les jours dans la gare de Howrah qu'il n'en manque chaque année dans les banques de Calcutta. Il change d'expression en me voyant.

« Tout va bien, monsieur ? »

Je chuchote : « Dawson » en indiquant l'officier de renseignement.

Sat le repère et s'accroupit à son tour. « Qu'est-ce qu'il fait là ?

— Bonne question.

— Il n'est pas en uniforme. Croyez-vous qu'il prenne le train ?

— Je doute qu'il parte en vacances, sergent, mais quelles que soient ses intentions, qu'il me voie ici compliquerait les choses. Vous allez devoir détourner son attention pendant que je grimperai dans le train.

— Que dois-je lui dire ?

— Je suis sûr que vous trouverez quelque chose. »

Sat avale avec difficulté. « Très bien. » Il se relève et se fraie un chemin dans la foule vers le colonel. Il est bientôt à proximité de l'homme.

« Colonel Daws… »

Il est interrompu par un paysan de la taille d'une grange qui lui rentre dedans et l'envoie par terre.

Comme mû par un signal, un autre gorille se précipite. Ils se placent entre Sat et le colonel et font tout un numéro pour aider Sat à se remettre sur ses pieds. Je me retourne pour voir la réaction de Dawson, mais il a disparu dans la foule. Je ne m'attarde pas à essayer de le trouver et je me précipite vers le quai numéro un.

10

J'atteins le quai sur les talons du cortège militaire. Notre coolie est déjà là en train de discuter âprement avec un employé des chemins de fer. Il me montre du doigt et finalement le garde daigne le laisser passer.

Le dewan est en conversation avec un officier responsable des porteurs du cercueil. Puis il s'adresse brièvement à un assistant qui conduit le cortège vers la cinquième voiture.

J'appelle. « Monsieur le Premier ministre ! »

Il se retourne et me regarde comme si ma seule présence était pour lui un affront.

« Capitaine Wyndham ? J'ignorais que vous nous accompagneriez. J'avais l'impression que votre collègue le sergent Banerjee devait représenter la police impériale.

— C'est exact, monsieur. Je suis ici à titre personnel. Je voulais présenter mes respects au yuvraj. »

Il a un regard soupçonneux.

« Très bien, dit-il enfin, je suppose que c'est convenable. Je comprends que vous et le sergent Banerjee avez appréhendé l'assassin du yuvraj. Le maharajah pourrait souhaiter vous rencontrer.

— En tout cas nous l'avons trouvé. Il a préféré se tuer plutôt que d'être arrêté. »

Le dewan a un sourire forcé et embarrassé. « J'ai appris que c'était très probablement un fanatique religieux quelconque. Qui sait ce qui peut passer par la tête d'un homme comme lui. »

Je pourrais lui répondre que dans ce cas précis la dernière chose a été une balle de revolver assez ancien, mais il n'a pas l'air du genre à apprécier l'humour.

Il appelle le colonel Arora qui parle à un indigène en uniforme descendu du train. Le colonel interrompt sa conversation et vient vers nous.

« Capitaine Wyndham, dit-il, enchanté de vous revoir.

— Le capitaine va voyager avec nous, dit le dewan. Trouvez-lui une couchette s'il vous plaît.

— À vos ordres, dewan sahib. Capitaine, si vous voulez bien me suivre. »

« Ainsi vous avez décidé de vous rendre avec nous à Sambalpur, dit Arora quand je le suis sur le quai après avoir pris congé du dewan.

— J'ai pensé qu'il me plairait de voir un authentique maharajah indien dans son milieu naturel.

— Vraiment, capitaine ? » Il sourit. « Je ne vous aurais pas cru anthropologue.

— Je n'en suis pas un. J'avoue cependant que je me suis découvert récemment un intérêt que je ne me connaissais pas pour les langues indiennes du Sud. Vous pourriez dire que je vais à Sambalpur satisfaire ma curiosité pour le mot écrit. »

Arora regarde droit devant lui. « Eh bien, j'espère que votre séjour chez nous sera fructueux. »

Le colonel s'arrête devant l'entrée d'un des wagons et me fait signe de monter.

J'escalade les marches de fer et j'entre dans un cocon lambrissé de noyer, au sol recouvert d'un épais tapis qui le fait ressembler davantage à un hall de cinéma de luxe qu'à l'entrée d'un wagon de chemin de fer.

Un contrôleur en uniforme vert et or impeccablement coupé s'approche, les mains jointes en *pranaam**.

« Trouvons-nous une couchette », dit le colonel. Il parle brièvement avec l'employé qui après un instant d'hésitation se tourne vers moi.

« Suivez-moi s'il vous plaît, sahib. »

Je laisse le colonel et je suis l'homme dans le couloir, nous passons devant plusieurs portes de compartiments étincelantes.

« Vous aimez notre train, sahib ?

— Il est certainement mieux que le huit heures quinze pour Paddington. »

L'employé garde pour lui son opinion sur ce sujet et continue d'avancer.

« Ce compartiment est inoccupé, sahib », dit-il en s'arrêtant à une porte et en l'ouvrant. « Avez-vous besoin d'autre chose ?

— Je suppose que mon collègue le sergent Banerjee est aussi dans ce wagon.

— Oui, sahib. L'officier est dans le compartiment suivant.

— Une troisième personne va peut-être nous rejoindre, dis-je. Une dame. Elle aura aussi besoin d'un compartiment.

— Je ferai le nécessaire, sahib.

— Et demandez au sergent de venir me voir quand il arrivera, s'il vous plaît. »

J'entre et je ferme la porte. Le compartiment sent l'essence de rose. D'un côté, un lit – un vrai, pas une couchette – est placé contre le mur. À côté, un fauteuil tapissé de velours violet et un petit bureau rococo avec des ornements cannelés qui donnent l'impression qu'il a un peu fondu à la chaleur. En face du lit il y a une garde-robe en noyer laqué et une porte qui mène à des toilettes avec lavabo en marbre et assez d'équipements en or pour faire ressembler l'Orient Express à un train à bestiaux.

La fenêtre donne sur un monde différent. Sur le quai opposé, une famille indigène a installé une résidence temporaire. La fille aînée, environ cinq ans, des nattes, contemple avec ravissement un marchand ambulant qui joue un air sur un sifflet en étain. Le plus jeune, qui doit avoir deux ans, est à moitié nu, il porte un cordon noir autour du ventre et du khôl autour des yeux. Il me regarde puis se cache vite dans l'*anchal** du sari de sa mère. J'observe la femme qui s'efforce d'improviser de quoi faire dormir les enfants. Pendant ce temps, son mari regarde tristement la pluie tomber sur la voie imprégnée d'eau.

J'enlève mon veston, je le jette sur le lit et vais me laver la figure. L'eau est froide, réellement froide, ce qui à Calcutta tient du miracle, et la serviette fait l'effet d'un nuage de bois de santal.

On frappe à la porte et, après une pause raisonnable, Sat entre avec l'air de sortir de trois rounds contre Jack Dempsey. Sa joue gauche commence à gonfler et ses lunettes à monture d'acier sont bizarrement placées sur son nez.

Je lui indique le fauteuil. « Tout va bien, sergent ?

— Je crois, monsieur.

— À propos, vous avez fait du bon travail. Vous avez réussi à détourner l'attention de Dawson. Quand il s'est rendu compte que vous l'aviez repéré il a pris ses jambes à son cou. Je suppose qu'il s'est rué hors de la gare dès que ces abrutis vous ont accosté.

— Oui, monsieur, dit-il piteusement. Des types plutôt solides. »

C'est l'ennui avec les éléments indigènes de la Section H. Ce sont souvent des soldats en civil, recrutés dans les rangs avec des promesses de meilleure solde et de promotion rapide. Le problème est que ces gaillards cogneurs de Chandigarh et de Lahore ne se mélangent pas facilement avec la population bengali. Autant utiliser des lutteurs pour infiltrer une bande de jockeys.

Il retire ses lunettes pour leur rendre leur forme normale. Sans elles, ses yeux paraissent étrangement petits. « À en juger par la taille de ses gardes, monsieur, je dirais que vous aviez sans doute raison en supposant que le colonel ne partait pas en vacances.

— Je ne pense pas que Dawson prenne jamais des vacances. Je doute même qu'il dorme.

— Vous croyez que sa présence ici a quelque chose à voir avec l'assassinat du yuvraj ?

— C'est possible. Quoique s'il était ici à titre officiel, pourquoi ne pas être venu en uniforme ? Et pourquoi filer si vite ?

— Il était peut-être ici pour une autre raison. Il poursuit peut-être des terroristes ? »

Je réfléchis. La gare de Howrah est la porte de la ville. La plupart de ceux qui viennent à Calcutta passent forcément par là.

Je réponds : « Peut-être. Ce devait être important pour qu'il se présente en civil. Il n'a rien d'un homme de terrain. »

Sur le quai, un coup de sifflet retentit. Je jette un coup d'œil à ma montre. Dix heures pile. Sat remet ses lunettes.

Je lui demande : « Vous n'auriez pas vu Mlle Grant, par hasard ? »

Il a l'air un peu déconcerté par ma question.

« Je ne regardais pas vraiment, monsieur.

— Je comprends. » J'ai un pincement au creux de l'estomac en me rendant compte qu'Annie ne vient pas. Je me dis que c'est probablement mieux ainsi, que je vais pouvoir concentrer toute mon attention sur l'affaire, mais la pilule est quand même amère.

Avec un léger soubresaut le train s'ébranle et quitte la gare, glissant dans la nuit entre les gares de triage et les maisons détrempées de Howrah.

Sat s'étire.

« S'il n'y a rien d'autre, monsieur, je vais me retirer. »

Cela me convient. J'ai besoin de réfléchir, de m'expliquer la présence de Dawson dans le hall, et ce n'est pas ma seule raison de vouloir être un peu seul. Nous convenons de nous retrouver dans une heure pour essayer de dîner, il s'en va et je ferme la porte derrière lui.

Le compartiment est soudain silencieux. Je pose ma valise sur le lit. Je l'ouvre, je soulève les chemises et autre camouflage pour sortir un coffret de bois verni avec une poignée en argent et de délicates incrustations d'ivoire. Réalisé en acajou plein, il a une serrure d'argent en forme de tête de dragon. La poignée continue le motif. Le coffret est une beauté et je prends le temps de l'admirer. Mais il n'est rien en comparaison de ce qu'il contient.

Je tire une petite clef d'argent de ma poche, je la glisse dans la serrure et la tourne. Le mécanisme fait un petit bruit qui déclenche un léger frisson dans mon dos. Je soulève le couvercle et j'en contemple le contenu : une lampe, un fourneau de pipe en céramique, un assortiment de fines aiguilles et instruments divers et, naturellement, une pipe à opium en bambou avec des embouts en porcelaine travaillée. Le tout rangé sur un lit de velours rouge. C'est un nécessaire à opium de voyage et j'en suis tombé amoureux dès que je l'ai repéré chez un antiquaire près de Park Street. J'ai su qu'il me le fallait, pour la seule raison que je n'avais encore rien vu de pareil. Je n'ai jamais eu l'idée de m'en servir, jusqu'à ce que je voie la boulette de résine d'opium dans le baluchon de l'assassin. Même maintenant, je ne sais pas exactement pourquoi je l'ai emporté. Je ne me suis jamais préparé une pipe d'opium moi-même. C'est une opération compliquée qui demande un savoir-faire et de l'entraînement et je ne vais certainement pas la réussir dans un train qui roule. En outre, j'ai pris un risque en l'emportant. Ma valise pourrait être endommagée et révéler son contenu. Ce coffret est un objet compromettant pour un inspecteur de police, même si celui-ci est techniquement en vacances.

Je m'aperçois que je l'ai mis dans ma valise parce que je ne pouvais pas supporter de m'en séparer. Cette prise de conscience est comme un coup de poing dans la figure. Je referme le coffret en hâte et le recouvre de vêtements, puis je sors une chemise propre, un pantalon et la bouteille à moitié vide de Glenfarclas que j'ai calée avec.

Je me change pour des vêtements secs, je verse une dose dans un gobelet de cristal taillé posé sur le bureau. Je m'assois et bois une gorgée. Dehors, la pluie continue de tomber avec violence, et de temps en temps une lumière vacillante à la fenêtre d'une demeure passe doucement.

C'est ma première visite dans un État indien. Mon premier véritable voyage en Inde. Ce n'est pas un mauvais début, et si je peux en juger d'après le train, Sambalpur doit être le genre d'endroit auquel je pourrais m'habituer. Et pourtant je ne me sens pas à l'aise. Qu'Annie ne se soit pas montrée a quelque peu refroidi mon enthousiasme, et surtout, la vue du colonel Dawson dans le hall de la gare m'a troublé. Je ne peux pas me débarrasser de l'impression que sa présence avait un rapport avec l'assassinat du yuvraj. Depuis que nous avons reçu les messages de mise en garde envoyés à Adhir, j'ai la certitude que la piste mène à Sambalpur. Mais l'apparition de Dawson soulève une autre possibilité : que la Section H ou ses maîtres soient impliqués d'une manière ou d'une autre. Après tout, l'entrée de Sambalpur à la Chambre des Princes est une part essentielle des plans du vice-roi. Se peut-il que quelqu'un au Bureau de l'Inde ait approuvé l'élimination du prince ?

En pensant à tout ce que cela implique j'en ai l'estomac retourné. L'assassinat politique d'un prince ne s'organise pas à la légère. Si la Section H est derrière cette entreprise, il est certain que connaître la vérité est dangereux et presque impossible. Pire encore, si la Section H est impliquée, être dans un train en direction de Sambalpur m'éloigne des réponses au lieu de m'en rapprocher.

J'avale une autre gorgée et regarde la nuit défiler. Je pense aux avertissements. Ils ont été écrits en oriya et remis au prince à l'intérieur de son palais. Même s'il y a un élément britannique dans la conspiration, quelqu'un connaissant la langue locale en a déduit suffisamment pour essayer de prévenir Adhir, et il y a des chances que ce quelqu'un se trouve à Sambalpur. Le trouver doit être ma priorité.

Sat se présente une heure plus tard. Il porte une cravate noire et des chaussures vernies tellement étincelantes qu'elles pourraient éloigner les bateaux des rochers.

« Vous allez à l'Opéra, Sat ?

— Je croyais que vous vouliez que nous cherchions le wagon-restaurant.

— En effet, mais nous n'allons pas à un dîner officiel.

— C'est un train officiel. » Il hausse les épaules. « Voulez-vous que je me change ?

— Non. » Je pousse un soupir. « Allons-y. J'ai faim. »

Le wagon-salon est dominé par un bar en miroir et un piano à queue, un Steinway noir dont personne ne joue. Devant lui sont disposées une douzaine de fauteuils en cuir vert et de petites tables en ivoire poli. À l'une d'elles sont assis le dewan et un gentleman européen aux cheveux argentés, qui à en juger par la coupe de son smoking est probablement anglais. Il a environ soixante ans, la tête d'un maréchal et les manières d'un banquier. Il m'examine froidement, comme un médecin devant un lépreux, puis poursuit sa conversation en nous laissant continuer notre progression dans le train.

Les murs du wagon-restaurant sont lambrissés d'un bois verni foncé et les fenêtres ont d'épais rideaux de velours violet retenus par des embrasses dorées. Il est désert, à l'exception d'un serveur en jaquette qui essuie les couverts et du colonel Arora assis à l'une de la demi-douzaine de tables drapées de blanc, en compagnie d'une seule orchidée. Le visage tendu, Arora regarde par la fenêtre, concentré sur l'obscurité. Il y a dans son expression une intensité qui suggère que ses pensées ne sont pas particulièrement agréables. Pour moi, ce n'est pas une mauvaise chose. On peut apprendre beaucoup en dérangeant un homme en pleine introspection.

Je m'approche de lui.

« Colonel. »

Il se retourne, et pendant quelques secondes il y a de la colère dans ses yeux. Je soutiens son regard en essayant d'en comprendre la signification. Il doit s'en rendre compte et son expression change immédiatement, il a contrôlé ses émotions.

Il nous adresse un bref signe de tête. « Capitaine, sergent.

— Pouvons-nous nous joindre à vous ?

— Je vous en prie », répond-il poliment.

Le train change de voie et les couverts tintent légèrement.

Le serveur vient vers nous.

« Puis-je vous servir un apéritif ? »

Il paraîtrait discourtois de refuser.

Il revient avec deux flûtes de champagne sur un plateau d'argent.

« Je pense que nous avons le temps pour un dîner léger », dit Arora en consultant sa montre. Il demande au serveur : « Qu'avons-nous ce soir ?

— Soupe aux petits pois et à la menthe, rôti de sanglier et comme dessert un Eton Mess.

— Bien, bien. »

Pour le train d'une famille royale indienne, la cuisine paraît résolument anglaise.

Le serveur s'éloigne et je demande au colonel : « Qui est l'Anglais avec le dewan dans le wagon-salon ?

— C'est sir Ernest Fitzmaurice, le président du conseil d'administration de l'Anglo-Indian Diamond Corporation et, à l'en croire, grand ami du royaume de Sambalpur. Nous entretenons une longue et fructueuse relation avec Anglo-Indian Diamond, poursuit-il. Cette compagnie achète près de quatre-vingt-dix pour cent de notre production de diamants. Quand l'East India Company essayait de soumettre notre État en l'étranglant, c'est Anglo-Indian Diamond qui a rompu l'embargo en exportant notre production en contrebande alors qu'aucune autre compagnie anglaise ne voulait nous approcher. C'est l'argent d'Anglo-Indian Diamond qui a payé pour les écoles et les cliniques de Sambalpur, sans parler des voitures du maharajah. »

Le vin aussi, peut-être, à en juger par l'assez bon Gran Cabernet Franc qui a accompagné le repas et le jurançon velouté servi avec le dessert. La conversation est cordiale, le colonel raconte des épisodes de l'histoire de Sambalpur et la résistance de ses chefs aux envahisseurs moghols. Finalement nous nous levons pour regagner nos compartiments.

« Ne vous installez pas trop confortablement, capitaine, dit Arora. Dans quelques heures nous serons à Jharsugudah où nous devrons changer de train.

— Le train royal de Sambalpur ne va pas à Sambalpur ?

— Il ne peut pas. Vous les Britanniques n'autorisez pas l'installation de voies à grand écartement dans les États indiens. Le Bureau de l'Inde craint qu'elle nous facilite le transport de troupes et d'armement lourd que nous pourrions alors utiliser contre vous.

— C'est absurde, dis-je.

— Bien sûr. Mais c'est aussi un fait. Et donc, à Jharsugudah, nous prendrons un autre train royal sur la voie étroite qui nous conduira cinquante miles plus loin à Sambalpur. »

En effet, deux heures plus tard, le train s'arrête sur un quai à l'accès réservé de la gare de Jharsugudah et je sors dans la nuit humide et étouffante. Mais il ne pleut pas, et les voies paraissent sèches. On dirait que nous avons distancé la mousson. Le train qui doit nous emmener à Sambalpur est une version miniaturisée de celui dont nous venons de descendre et nous y grimpons sans cérémonie ni fanfare. Plus loin en avant, les gardes descendent le cercueil du yuvraj et je les regarde le transporter pour le déposer dans le premier wagon avant de préparer le prince à la dernière étape de son retour chez lui.

Dimanche 20 juin 1920

11

Les lueurs de l'aube traversent la persienne de la fenêtre de mon compartiment et je renonce à dormir. J'ai appris dans l'atlas que notre train jouet traverse en s'essoufflant le Deccan, le haut plateau qui s'élève de la plaine du Gange et constitue la plus grande partie du sud de l'Inde. Le wagon se balance doucement et la tentation de rester couché serait la plus forte si Sat ne frappait pas à la porte de mon compartiment.

« Monsieur ? Vous êtes réveillé ? »

Je quitte la couchette et j'ouvre la porte coulissante.

« Vous voilà, dit-il.

— Où pensiez-vous que j'étais ?

— Comment ?

— Qu'y a-t-il, sergent ? » Je me passe la main dans les cheveux.

« Le colonel Arora dit que nous arriverons dans une heure à Sambalpur. J'ai pensé que vous aimeriez le savoir à l'avance. »

Je demande en bâillant : « Quelle heure est-il ?

— Presque cinq heures et demie. »

Je vais à la fenêtre et je relève entièrement la persienne. L'aube révèle un paysage offrant un contraste frappant avec celui du Bengale. En quelques centaines de miles la jungle verdoyante a laissé place à un paysage étranger de broussailles desséchées et de terre brune poussiéreuse. Des arbres décharnés à feuilles caduques, mornes, défilent dans le demi-jour ; rien de commun avec les palmes tropicales de Calcutta.

« Nous nous verrons au wagon-restaurant ? demande Sat plein d'entrain. Le chef prépare un petit déjeuner du Sud, des *idlis** et que sais-je encore. »

J'ai un haut-le-cœur. Les autochtones semblent considérer comme un péché mortel de servir un repas s'il n'est pas additionné de la moitié de son poids en épices, même le petit déjeuner. Tout cela est très bien, mais il y a des moments où tout ce qu'un Anglais désire vraiment c'est une tranche de pain grillé et une tasse de thé.

« Allez-y. Je vais m'abstenir. »

Je ferme la porte et je m'habille tandis qu'au-dehors le ciel s'éclaire et que la terre desséchée devient plus nette. La mousson a peut-être atteint Calcutta, mais l'Orissa est encore aussi sec qu'un été à Bagdad.

À six heures quinze le train arrive à Sambalpur dans une gare qui a l'air d'avoir été transportée là de quelque part dans les Cotswolds : murs de grès doré, toit d'ardoise et une tranquillité provinciale. Même les nuages sont assez gris pour être anglais. Seule la chaleur est indienne.

Nous nous arrêtons avec une secousse. Devant la fenêtre, une rangée de soldats à l'air sévère et de fonctionnaires sombres. Je prends ma valise, sors du compartiment et retrouve dans le couloir étroit Sat en grand uniforme de cérémonie. Nous descendons sur le quai juste à temps pour voir une phalange de gardes monter dans le wagon qui contient le cercueil du yuvraj.

Le dewan est là, flanqué de l'Anglais, Fitzmaurice. Tous deux regardent le cercueil descendre sur les épaules des gardes. Le colonel Arora attend à l'écart et salue quand le corps de son ancien maître est emporté vers le hall. Là, derrière une barrière en bois et dans une foule d'indigènes, se tient un homme pâle aux cheveux noirs qui scrute attentivement le visage des arrivants. Son teint est manifestement celui d'un Britannique, et son habillement – cravate, jaquette et pantalon rayé – la tenue réglementaire du Foreign Office. En repérant l'uniforme de Sat il se détend et se dirige vers nous.

« Vous devez être le sergent Banerjee, dit-il avec une certaine raideur en lui tendant la main.

— C'est exact, répond Sat en la serrant. Puis-je vous présenter le capitaine Wyndham, également de la police impériale ? »

Un nuage de confusion passe sur le visage de l'Anglais.

« Pardon ? Le câble n'indiquait que votre arrivée. Aucun officier britannique n'était mentionné. Il doit y avoir une erreur. »

J'interviens. « Il n'y a pas d'erreur. Je suis ici à titre personnel. Pour présenter mes respects. Y a-t-il des difficultés ? »

Il me regarde de haut en bas et se passe la main dans les cheveux.

« Non, non. Pas du tout, répond-il avec une hâte

qui suggère le contraire, enchanté. Je m'appelle Carmichael. Je suis le Résident ici. Représentant de Sa Majesté à la cour de Sambalpur.

— Alors vous êtes l'ambassadeur ? demande Sat.

— Oh, non, rien d'aussi grandiose.

— C'est néanmoins très aimable de venir nous accueillir personnellement.

— Pas particulièrement. Il n'y a vraiment personne d'autre. »

La foule dans le hall s'écarte en silence tandis que le cercueil est emporté dehors où attend une voiture. Un grand grognement collectif semblable à celui d'un animal blessé s'élève à l'extérieur. On dirait que la moitié de Sambalpur est venue recevoir son prince mort.

« Nous ferions mieux d'attendre que les choses se calment, conseille Carmichael. Nous ne sommes pas loin de la Résidence, mais les routes seront bondées. Venir jusqu'ici a été un cauchemar. Si demain doit être comme aujourd'hui, j'ai peur d'imaginer combien de personnes viendront assister aux funérailles.

— Il était très aimé ?

— Oh, mon Dieu, oui. Tous les membres de familles royales le sont. Vénérés comme des dieux. La ville est en état de choc. » Il examine le hall. « Je vois une buvette là-bas. Que diriez-vous d'une tasse de thé en attendant ? »

Il nous fait traverser la cohue. La buvette n'est guère plus qu'une planche en équilibre sur ce qui ressemble à deux bicyclettes soudées ensemble et recouverte de guirlandes de soucis orange. Sur le comptoir peint en bleu sont posés un tas de tasses en terre cuite et plusieurs ustensiles en métal. D'un côté, sur un poêle en brique de fortune, il y a une bouilloire en fer-blanc cabossée avec un long bec, et derrière, un vieil Indien ratatiné portant un turban rouge. Il tient une bouilloire presque identique et verse un thé fumant couleur caramel d'un récipient dans l'autre.

« *Teen tchai* », commande Carmichael d'une voix forte en levant trois doigts pour faire bonne mesure. Le vieil homme hoche la tête, prend trois tasses dans le tas et verse soigneusement une quantité égale dans chacune.

Carmichael paie le *tchai wallah**, qui nous tend nos tasses avec tant de précaution qu'on croirait qu'il s'agit du Saint Graal. Je lève la mienne et aspire lentement une gorgée. Je remarque que le dewan et Fitzmaurice sortent de la gare et montent dans une Rolls-Royce qui les attendait.

Je demande au Résident : « Ce Fitzmaurice, vous le connaissez ?

— Oui. » Carmichael acquiesce en avalant vite son thé. « Je l'ai vu à plusieurs reprises. Sir Ernest est un monsieur très bien.

— Il n'est pas logé à la Résidence ? »

Carmichael fait une drôle de tête. « Pas ces jours-ci. Les dernières fois il a résidé au palais en tant qu'hôte.

— Il vient donc souvent ici ? demande Banerjee.

— Oh oui, très souvent. Du moins cette année. Avant cela il venait uniquement pour la chasse annuelle. Un événement magnifique. Le vice-roi lui-même y prend part quelquefois. L'année dernière nous avons pris une demi-douzaine de tigres, deux léopards noirs et Dieu sait combien de chinkaras.

— Et récemment ?

— Quoi ?

— Vous disiez que récemment sir Ernest est venu plus souvent.

— En effet. Il a été là plusieurs fois dans les six derniers mois.

— Vous en connaissez la raison ? »

Carmichael réfléchit un instant. « Je crains de ne pas être libre de le dire. La confidentialité, vous comprenez ?

— À moins qu'il ne vienne pour prendre l'air, je suppose qu'il y a un rapport avec les diamants.

— Très astucieux de votre part », dit Carmichael avec un grand sourire.

Nul besoin d'être Sherlock Holmes pour faire cette déduction. Il est négociant en diamants et le royaume de Sambalpur possède plus de diamants qu'Ali Baba et ses quarante voleurs.

La gare se vide peu à peu. Carmichael finit son thé et nous conduit vers une Austin qui attend dehors et doit être la voiture la plus vieille de l'Inde. Un drapeau britannique défraîchi pend d'une tige en métal sur le capot. Un chauffeur indien nettoie les phares avec un chiffon crasseux.

« Mes excuses pour le moyen de transport, dit Carmichael. Ce n'est pas une Rolls.

— Ne vous tracassez pas. Le dernier voyage que le sergent et moi avons fait en Rolls ne s'est pas précisément bien terminé. J'aurais quand même cru que le Bureau de l'Inde vous en aurait fourni une. Question d'image. Pour ne pas déchoir et être à la hauteur des autres.

— Hélas, non, dit tristement Carmichael. L'époque où l'on essayait d'impressionner le maharajah et ses semblables par des étalages de richesses s'est terminée avec l'East India Company. Depuis, nous préférons influencer les États princiers avec des démonstrations de pouvoir. Inutile d'acheter des flottes de Rolls quand vous pouvez obtenir le même effet avec quelques canons et une caisse de Lee Enfield. Ce qui est très bien, je suppose, même si cela signifie que je dois circuler dans cette chose.

— Le prix de l'Empire», dit Banerjee en secouant la tête et en s'asseyant à côté du chauffeur.

Le voyage à travers la ville est laborieux, nous nous traînons dans des ruelles étroites et encombrées, bordées de maisons quelconques. Au loin, sur une hauteur, se dresse le palais royal.

«Le Surya Mahal, annonce Carmichael. Le Palais du Soleil, celui des maharajahs de Sambalpur depuis… eh bien, pas depuis très longtemps en réalité. Il a été construit il y a une soixantaine d'années. Après la révolte des cipayes[1], en tout cas. Avant cela, les maharajahs préféraient la sécurité du vieux fort au bord du fleuve. Cette partie du monde était passablement dangereuse jusqu'au début du XIXe siècle. Les seigneurs locaux, moghols et marathes, se battaient entre eux et, bien entendu, contre nous.

«Heureusement pour Sambalpur, à l'époque de la révolte de 1857, le souverain régnant, le rajah Veer Surendra Sai, a été assez malin pour voir d'où venait le vent. Contrairement à d'autres princes, il a choisi de

1. En 1857, des régiments de cipayes, soldats indiens au service des Britanniques, se soulèvent. La révolte dure neuf mois avant d'être écrasée avec une brutalité extrême.

soutenir l'East India Company – il a même envoyé de ses soldats pour aider Lucknow –, et il y a largement gagné. Davantage de terres, le titre de maharajah et la gratitude du Bureau de l'Inde. C'est ainsi que se créent les dynasties. »

La voiture s'approche enfin des portes de la Résidence britannique, une vaste enceinte dans laquelle se trouve un bâtiment assez morne d'un étage avec un balcon qui court le long de la façade et un mât nu sur le toit.

Je demande : « Pas de drapeau britannique ? »

Carmichael rougit. « Non, je le crains. À cause des mites. Nous avons demandé que Calcutta nous le remplace, mais comme je vous l'ai dit nous sommes loin sur la liste des priorités du Bureau de l'Inde.

— Je n'en serais pas aussi sûr, dis-je en pensant aux projets du vice-roi pour la Chambre des Princes. Il paraît qu'il pourrait y avoir des changements. »

L'intérieur de la Résidence n'est pas moins ordinaire que l'extérieur. En fait, il y a dans les coins les moins prétentieux d'Angleterre des mairies plus impressionnantes que la Résidence de Sa Majesté britannique à Sambalpur. Cependant, aussi modeste soit-elle…

Dans l'entrée mal éclairée qui sent le camphre, Carmichael prend congé en nous confiant aux soins de son domestique, un Indien à l'air fuyant, en chemise blanche, large pantalon noué par un cordon, et pieds nus.

« Munda vous conduira à vos chambres. Il y a une cuvette, du savon et un seau d'eau propre dans chacune pour que vous puissiez vous rafraîchir. S'il vous plaît soyez prêts dans une heure : nous avons une audience avec le maharajah et il ne faudrait pas que nous soyons en retard. »

Nous suivons le domestique dans un escalier et un couloir aux murs nus blanchis à la chaux. Il ouvre une porte et me fait entrer, puis emmène Sat plus loin d'un pas traînant. La chambre est aussi simple que le reste du bâtiment : un lit d'une personne, une armoire, une chaise, une table sur laquelle est posée une lampe-tempête, et un portrait de Georges V au mur. Mais elle est propre, et en Inde on ne peut pas vraiment demander beaucoup plus.

Je ferme la porte, pose ma valise et m'assois sur le lit. J'allume une cigarette, tire une longue bouffée et m'étonne du destin qui m'a conduit à Sambalpur dans cette chambre, contre la volonté du vice-roi et dans un lieu où je n'ai strictement aucune autorité. Malgré ce que le père de Sat pense de la pluie, ce début ne paraît pas de bon augure.

Cependant, je ressens le seul fait d'être à Sambalpur comme un progrès. La tâche évidente est de découvrir qui a envoyé les messages de mise en garde à Adhir. J'ai des soupçons, mais je n'ai pas encore trouvé comment travailler alors que je suis techniquement en vacances. Et il y a une question plus urgente : que vais-je dire au maharajah ?

12

Le soleil est haut dans le ciel. On ne le voit pas mais on le sent, et l'air a une odeur de brûlé et de poussière.

La vieille Austin poussive se dirige vers le palais dans les courants tourbillonnants d'une petite ville indienne : marchands ambulants à la voix rauque sollicitant la clientèle, paysans maigres assis en tailleur à l'ombre des pipals noueux et tordus, implorant les femmes de la ville de regarder leur marchandise, tout, des calebasses aux pastèques, étalé sur des étoffes aux couleurs vives.

« Que savez-vous de notre illustre souverain ? » demande Carmichael.

Pas grand-chose, je le reconnais.

« Dans ce cas, dit-il avec enthousiasme, je devrais vous présenter un bref résumé de son histoire. »

J'ai l'impression qu'il l'a déjà tout prêt.

« Le maharajah, Rajan Kumar Sai, âgé de soixante-seize ans, seigneur de Sambalpur depuis 1858. Né dans une famille paysanne pauvre mais de caste supérieure, il est monté sur le trône quand, sur le conseil de ses devins, le maharajah mourant l'a adopté pour éviter d'être victime de la vieille doctrine du Lapse. »

Carmichael comprend mon expression.

« La doctrine du Lapse, explique-t-il, a été édictée par le vice-roi de l'époque, lord Dalhousie. Elle permettait à l'East India Company d'annexer tout État dont le prince mourait sans héritier mâle légitime, ou était jugé manifestement incompétent.

— Et qu'est-ce qui constituait l'incompétence manifeste ?

— La décision revenait à l'East India. » Il a un grand sourire. « Elle a acquis par ce moyen des royaumes riches en minerais qui sinon seraient restés entre des mains indigènes moins clairvoyantes. Le Bureau de l'Inde y a également trouvé son avantage. Nous avons pu nous débarrasser du vieux maharajah Gaekwad de

Baroda sous prétexte qu'il avait essayé d'empoisonner le jus de pamplemousse du Résident britannique.

— Alors pourquoi Sambalpur n'a-t-il pas été annexé quand le vieux maharajah est mort ? demande Sat.

— Ah, vous devez vous rappeler que c'était en 1858, l'année après la révolte des cipayes. Londres venait de priver l'East India Company de son hégémonie et toute l'Inde se transformait. Le pouvoir était passé des mains des hommes d'argent à celles des fonctionnaires du Bureau de l'Inde et le nouvel ordre du jour était la stabilité plutôt que le profit. L'ancien maharajah avait soutenu les Britanniques l'année précédente et nous avons pensé qu'il valait mieux avoir un allié solide à Sambalpur plutôt que de nouvelles terres à administrer. Un de ces étranges caprices du destin. Si le vieux maharajah était mort cinq ans plus tôt, ou cinq ans plus tard, le royaume n'existerait probablement plus aujourd'hui. »

Le chauffeur freine brusquement au passage d'une vache grise squelettique qui traverse paresseusement. Il contourne l'animal encombrant qui mâche des feuilles de bambou en faisant à peine attention à nous.

« Le maharajah actuel a veillé à la modernisation de Sambalpur, poursuit Carmichael, bien que ses réformes ne se soient pas étendues à la sphère politique. Le pouvoir reste entre les mains du maharajah et de ses fils.

— Combien de fils a-t-il ?

— Jusqu'à l'assassinat tragique du yuvraj, il avait trois héritiers reconnus au trône, les fils nés de ses épouses officielles. Ceux qui sont nés de ses concubines n'ont aucun droit au trône.

— Des concubines ?

— Il en avait cent vingt-six à la fin mars, et deux cent cinquante-six rejetons, sans compter les trois princes officiels. Nous recevons un exemplaire du rapport financier annuel du royaume. Tout cela est annexé à la comptabilité. »

Je lui demande de me parler des princes.

« Les trois seuls enfants ayant un droit reconnu au trône étaient le yuvraj Adhir Singh Sai, aujourd'hui décédé, son frère le prince Punit, âgé de vingt-neuf ans, tous deux fils de la deuxième maharané, et leur demi-frère le prince Alok, âgé de dix-huit mois, fils de la troisième maharané. Vous vous rappelez peut-être que les journaux avaient rapporté que le maharajah avait fait remplir sa piscine de champagne pour fêter la naissance de l'enfant.

— Je suppose que pour un septuagénaire engendrer un enfant est un motif de réjouissances, dis-je. Sommes-nous certains que le maharajah est bien le père ?

— Oh oui. En dehors du maharajah et de ses fils légitimes, les seuls autres hommes dans un rayon de cinquante pas autour de la maharané sont tous des eunuques. Le maharajah est extrêmement strict sur ces questions. Mais tout n'est pas que vice, le maharajah a aussi ses vertus. Il a fait en sorte que la société illettrée de Sambalpur atteigne un niveau de santé et d'éducation égal à celui de Calcutta ou de Delhi. Il a apporté l'électricité au royaume, bien qu'elle soit limitée à la ville de Sambalpur, et les pratiques agricoles ont été modernisées, même s'il continue de posséder la plus grande partie des terres. Et pour cela il est rémunéré avec les fonds générés par la vente des diamants.

— Une chance, pour un si petit État, de disposer d'une telle source de revenus.

— Sambalpur a de la chance, c'est vrai. Avant les diamants c'était l'opium. À cette époque-là le royaume en faisait un commerce florissant. L'East India Company n'en avait jamais assez pour l'exportation vers la Chine. La demande a chuté mais on en produit encore un peu aujourd'hui. Les producteurs disent qu'il est utilisé dans des préparations médicinales, mais le bruit court que les hauts fonctionnaires se font un joli bénéfice en le fournissant au marché noir. »

Je me sens frissonner. Une envie douce-amère.

« En tout cas, le maharajah a des antécédents convenables, poursuit Carmichael, en particulier pour un homme qui a toujours été plus attiré par les lumières de Londres et les lieux de plaisir parisiens que par les affaires de l'État. L'ironie c'est que chaque fois qu'il veut faire un voyage il doit demander son passeport à Delhi.

— Pourquoi ? demande Sat.

— C'est la loi. Aucun des princes ne peut quitter l'Inde sans autorisation du vice-roi. »

Je fais remarquer que cela revient pratiquement à une assignation à résidence.

Carmichael sourit. « Je suppose que oui, d'une certaine façon. »

La voiture tourne à un coin. Devant nous s'élève le Surya Mahal, le Palais du Soleil. Deux étages, trois si l'on compte les jardins ombragés sur le toit, avec des murs peints d'un jaune vif. Bâti dans le style moghol, avec une façade à arcades et des fenêtres avec balcon et persienne, il semble composé de lumière, d'air et d'imagination plutôt que de brique et de pierre. Son architecture est d'une délicatesse qui fait apparaître nos propres constructions coloniales comme bouffies et pesantes.

Un garde qui pense à autre chose nous fait paresseusement signe d'entrer sans se donner la peine de vérifier notre identité. Non que ce soit particulièrement inhabituel. En Inde, être blanc dans une voiture suffit à vous faire accepter à peu près partout, mais au regard des récents événements je me serais attendu à un service de sécurité plus sévère autour de la famille royale.

L'Austin s'arrête à côté d'un escalier qui mène à une entrée en arcade ouverte sur deux niveaux. Un valet de pied avec une figure qu'on croirait taillée dans l'acajou apparaît et ouvre la portière. Carmichael et lui échangent un signe de tête, sans les saluts et les courbettes que l'on attend des domestiques indigènes accueillant un sahib.

« Nous avons une audience avec Sa Majesté, dit Carmichael.

— Oui, monsieur Carmichael, répond l'homme impassible. Par ici, je vous prie. Vous êtes attendus. »

Nous le suivons et franchissons deux grandes portes sculptées de motifs de feuillage et entrons dans un hall dominé par un lustre suspendu à un plafond plusieurs étages plus haut. Là nous sommes confiés à un autre domestique qui nous conduit dans un corridor de marbre qui sent la rose et s'étire très loin. Tout au bout nous passons par de nouvelles portes et nous sommes laissés aux soins d'un troisième personnage qui nous fait continuer la visite.

« Je ne m'attendais pas à ce qu'il faille une équipe de relayeurs pour nous conduire au maharajah, dis-je.

— Ne vous inquiétez pas, me répond Carmichael, vous pourrez bientôt vous reposer. Son Altesse aime appliquer l'heure indienne. Nous attendrons probablement un bon moment avant qu'il nous reçoive. »

Le dernier relayeur nous emmène dans le genre de pièce que le roi Midas aurait pu décorer s'il en avait eu les moyens. Des miroirs et des feuillages dorés surmontent des meubles français. Au centre, une table en verre repose sur le dos de quatre éléphants en argent et reflète la lumière d'un lustre en baccarat.

À l'instant où nous nous asseyons une porte à deux battants s'ouvre au fond de la pièce et Fitzmaurice entre en compagnie d'un indigène élégamment vêtu. Il a l'air préoccupé et aurait pu passer près de nous sans nous remarquer si Carmichael ne l'avait hélé.

« Sir Ernest, quel plaisir de vous voir, monsieur. »

L'homme d'affaires retourne le compliment avec brusquerie puis présente ses excuses et sort avec l'indigène.

Nous continuons d'attendre. À mesure que le temps passe, toutes sortes de pensées désagréables me traversent l'esprit. Je ne peux pas me débarrasser de l'image de Dawson sur le quai à Howrah. Le maharajah soupçonnerait-il les Britanniques d'être impliqués dans la mort de son fils ? Et dans ce cas, comment réagira-t-il quand il rencontrera les hommes qui étaient aux côtés de celui-ci quand il a été assassiné ?

Mes mains tremblent, soit à cause d'une poussée d'adrénaline, soit par manque d'opium. La porte s'ouvre et un domestique en kurta vert émeraude apparaît.

Je prends mon courage à deux mains.

« Son Altesse va vous recevoir. »

13

Je m'attendais à un seigneur couvert de bijoux étendu sur des coussins de soie, peut-être éventé par des larbins avec de gigantesques plumes de paon, dans une salle du trône de la taille de l'Albert Hall. La réalité est assez différente. La pièce dans laquelle nous entrons n'est pas plus grande que la moyenne des bureaux, avec des rayonnages sur un mur, une porte-fenêtre donnant sur des jardins paysagés, et dans l'air la légère odeur caractéristique de moisissure.

D'un côté, derrière un bureau doré, est assis le maharajah, cheveux gris, tout fripé dans un costume de Savile Row et une chemise blanche empesée dont le col bâille autour de son cou maigre comme un nœud attendant d'être serré. Au mur derrière lui est pendue une tapisserie représentant une scène horrible de ce qui doit être la mythologie hindoue : un prince couvert de joyaux luttant contre un démon à deux têtes. Au-dessus d'elle, deux fenêtres en arcade munies de persiennes. À sa droite se tient le dewan et à sa gauche, le colonel Arora et un domestique à turban.

Le dewan lui chuchote à l'oreille et le vieil homme lève la tête. Une barbe argentée d'un jour marque son menton, et ses yeux rouges, irrités, trahissent son chagrin. J'imagine que la mort d'un enfant a cet effet sur un homme, même s'il en a engendré deux cents autres.

« Monsieur Carmichael, dit-il d'un air impassible.

— Votre Altesse, répond le Résident, puis-je vous

présenter le capitaine Wyndham et le sergent Banerjee de la police impériale. Ils sont ici pour vous présenter leurs condoléances et témoigner leur respect. J'ai appris que le sergent Banerjee était un ami du yuvraj. »

Il y a une lueur dans le regard du vieil homme. « Vous connaissiez Adhir ? demande-t-il à Sat.

— Oui, Votre Altesse. Nous étions à Harrow ensemble, mais il était du même âge que mon frère aîné. »

Le colonel Arora intervient. « Le sergent Banerjee et le capitaine Wyndham sont les officiers qui ont poursuivi et capturé l'assassin de votre fils. »

Le maharajah nous regarde avec insistance. « J'ai une dette envers vous, messieurs, dit-il. Avez-vous une idée de ce qui a conduit cet homme à commettre un tel acte ?

— Je crains que non, Votre Altesse. L'homme a choisi de se supprimer plutôt que de se rendre. Mais des éléments laissent supposer qu'il a pu être envoyé de Sambalpur. »

Le vieil homme se redresse. À côté de lui le dewan s'agite. « Si vous permettez, Votre Altesse… » commence-t-il, mais le maharajah le fait taire d'un geste de la main.

« Envoyé ? Vous pensez que quelqu'un l'a chargé de tuer mon fils ?

— Je précise que l'enquête n'est pas encore achevée, mais nous savons que le prince avait reçu des messages l'avertissant que sa vie était en danger. Ils ont été déposés ici même dans sa chambre au palais. »

Le vieil homme s'anime soudain. « Vous croyez que les coupables sont ici ? À Sambalpur ? »

Ses efforts déclenchent une quinte de toux. Un

domestique se précipite pour l'aider mais le maharajah l'éloigne.

« Très probablement.

— Pouvez-vous les trouver ?

— Votre Altesse, proteste le dewan. Nous ne relevons pas de la juridiction des Britanniques. Je crains qu'en les impliquant nous ne créions un précédent fâcheux. De toute façon, le major Bhardwaj a travaillé sur une théorie similaire et il a déjà arrêté un suspect. »

À côté du maharajah, le colonel Arora change de position, mal à l'aise, comme heurté par la nouvelle. Je surprends son regard et, l'espace d'un instant, je sais ce qu'il pense.

Il intervient. « Si vous permettez, Votre Altesse, j'ai cru comprendre que le capitaine Wyndham est un ancien détective de Scotland Yard, actuellement membre de la police impériale, en vacances parmi nous. Peut-être pourrait-il nous faire bénéficier de son expérience à titre purement personnel ? Comme conseiller auprès du major Bhardwaj et de ses officiers, par exemple ? »

Le maharajah reste silencieux, mais ses émotions se lisent sur sa figure. L'idée d'une intervention britannique dans les affaires de son royaume lui fait horreur, mais il s'agit de la mort de son fils, ce qui veut dire que les règles ordinaires ne s'appliquent pas. Et puis il y a ces deux mots magiques : Scotland Yard. J'ai toujours été stupéfait de voir l'importance que les gens accordent à cet organisme, en croyant à l'omniscience de ses officiers comme les populations primitives à celle de leurs sorciers. Je ne m'en plains pas.

Il s'éclaircit la gorge. « Nous jugeons opportun

d'inviter le capitaine, et naturellement son collègue, à suivre et, s'il le souhaite, conseiller le major Bhardwaj dans son enquête à titre personnel. Nous considérerions cela comme un grand service rendu au royaume et fournirions au capitaine et au sergent toute l'aide dont ils auraient besoin pendant leur séjour.

— J'aimerais avoir l'autorisation de questionner des individus, Votre Altesse, dis-je. Avec vos propres officiers, bien entendu. »

Quelque chose attire mon regard. Un éclair, un reflet provenant de la fenêtre fermée au-dessus de la tapisserie. Il dure une seconde et disparaît.

Le dewan secoue la tête avec véhémence. « Ce serait tout à fait dépla… »

Mais le maharajah l'interrompt. « Vous aurez les mains libres, capitaine, y compris le droit d'interroger qui vous voudrez.

— Dans ce cas, le sergent et moi serions très honorés de vous assister autant qu'il nous est possible, Votre Altesse. »

Ses lèvres grises esquissent un fin sourire. « Alors c'est réglé. Le colonel Arora veillera à votre installation et assurera la liaison entre vous et les différents interlocuteurs officiels. J'espère, capitaine, que vous pourrez résoudre rapidement cette affaire. Nous avons peu de temps. Souvent moins que nous ne croyons. »

14

« Tout s'est plutôt bien passé, dit Banerjee tandis que nous retournons vers l'antichambre avec le colonel Arora.

— Oui, je le pense aussi, répond l'aide de camp. Qu'en dites-vous, monsieur Carmichael ? »

Les traits du Résident semblent exprimer simultanément plusieurs émotions contradictoires. Il échange un regard avec le colonel.

« Capitaine, puis-je vous parler en privé ? » Puis il se tourne vers l'aide de camp. « Il nous faut une pièce, s'il vous plaît, colonel », dit-il avec toute l'autorité du Foreign Office dans sa voix.

Arora acquiesce et ouvre la porte de l'antichambre. Je suis Carmichael à l'intérieur.

« Fermez la porte, s'il vous plaît », dit-il dos à moi. Ses doigts tambourinent un instant sur un guéridon. Puis il se retourne. Il a l'air d'avoir vieilli de dix ans.

« Je dois dire, capitaine, que la situation est très étrange. D'abord votre arrivée-surprise et maintenant ceci.

— Y a-t-il une chose que vous souhaitez me dire, monsieur Carmichael ? »

Il hésite un peu.

« J'avais espéré l'éviter, mais compte tenu des circonstances… » Il tire un mouchoir repassé de sa poche et s'éponge le front. « Je sens que je devrais vous faire un état des lieux, en quelque sorte. La cour est un endroit dangereux, Wyndham. La politique est carrément byzantine. Les alliances peuvent changer terriblement vite. Avec l'assassinat du yuvraj je crains que le jeu ne devienne encore plus périlleux. »

Je me mets à rire. « Vous faites passer ces gens-là pour une bande de pirates plutôt que les chefs de nos amis indiens les plus sûrs. »

Un bruit provient de quelque part derrière le mur et attire aussitôt le regard de Carmichael. Il pâlit.

« Écoutez-moi, capitaine, dit-il d'une voix qui n'est plus qu'un murmure, le yuvraj n'est pas le premier membre de la famille à avoir connu une mort prématurée. Vous devriez accorder votre confiance avec prudence. »

Sur quoi il va ouvrir la porte et fait signe à Banerjee et Arora.

« Si vous voulez bien m'excuser, messieurs, je dois rentrer. Je dois envoyer un câble à Calcutta et les informer des événements. » Il se tourne vers l'aide de camp. « Je suis sûr que vous ferez en sorte que le capitaine et le sergent soient de retour ce soir à la Résidence. Ma femme tient beaucoup à faire la connaissance de nos amis de Calcutta.

— Vous pouvez être tranquille, monsieur Carmichael, dit Arora. Je m'assurerai que le capitaine et le sergent soient chez vous pour six heures. »

Carmichael me fait un signe de tête puis il s'éloigne pesamment comme un homme qui porte tous les soucis de l'Empire sur ses épaules.

« Alors, par où voulez-vous commencer ? demande l'aide de camp.

— Vous pourriez peut-être me parler du major Bhardwaj dont le dewan a fait mention.

— Il est le chef de la milice locale, répond-il d'un ton dédaigneux, autrement dit, notre chef de la police. Mais ne vous laissez pas impressionner par son rang, capitaine. Cet homme n'a aucune formation militaire.

— Il est efficace ?

— Il l'est pour arrêter les gens. Si ce sont les bons est une question d'opinion.

— Nous aurons besoin d'un bureau, dis-je en réfléchissant à sa réponse, un endroit tranquille où travailler.

De préférence dans un autre bâtiment que le major Bhardwaj et ses hommes, et en même temps près du palais, si possible.

— Cela ne devrait présenter aucune difficulté. À Sambalpur, rien de quelque importance n'est loin du palais… sauf, bien sûr, les mines de diamants. Elles se trouvent à environ trente miles. Venez, nous devrions pouvoir vous trouver un endroit conforme à vos besoins. »

Il nous emmène à travers le palais et nous sortons dans un jardin parfaitement entretenu qui ne déparerait pas Versailles. Arora se dirige vers une allée de gravier qui partage les pelouses en deux. « Le Gulaab Bhavan, le bâtiment administratif du gouvernement, dit-il, est situé de l'autre côté des jardins du palais. Il est tout près. »

Les jardins sont apparemment un lieu apprécié. Plusieurs femmes anglaises à l'air digne, portant un uniforme empesé et des chaussures raisonnables, marchent sur les pelouses, chacune suivie de plusieurs petits enfants indiens. D'autres, assises sur des bancs, guindées, font la lecture aux enfants dont elles sont chargées. D'autres encore se promènent dans les allées, toutes accompagnées d'un domestique en uniforme vert émeraude impeccable, avec turban en éventail, poussant une grande voiture d'enfant.

« La descendance royale, explique Arora. Au dernier recensement, Son Altesse a engendré deux cent cinquante-huit enfants, sans compter ses trois héritiers.

« M. Carmichael avait l'air de penser que le chiffre était de deux cent cinquante-six », remarque Sat.

Le colonel sourit. « Deux de plus sont nés depuis le dernier décompte.

— Cela représente beaucoup d'enfants, dis-je.

— Son Altesse a toujours manifesté beaucoup d'intérêt pour la théorie et la pratique sexuelles.

— Il n'a visiblement pas négligé la seconde.

— C'est exact. Je sais que le royaume de Sambalpur est le plus gros client de votre célèbre fabricant de landaus. Rien que l'année dernière, je crois que nous en avons acheté plus de deux douzaines.

— Comment un militaire comme vous a-t-il cette sorte d'information ? demande Banerjee.

— Oh, tout est dans les comptes, répond nonchalamment le colonel. Nous avons beau être un État souverain, les babus du Bureau de l'Inde à Delhi nous demandent de tenir des comptes très détaillés. Vous seriez surpris de voir ce qu'ils contiennent. »

Le Gulaab Bhavan, ou Rose Building, se révèle être une assez belle résidence de deux étages avec un extérieur en stuc rose et de la vigne qui grimpe sur sa façade. L'arrière n'est pas tout à fait aussi joli, caractérisé par plusieurs portes de garage, dont certaines, ouvertes, révèlent une accumulation de phares, de métal poli et de carrosseries chromées.

« Le rez-de-chaussée abrite le parc royal de voitures, un atelier mécanique, et les logements des ingénieurs et des chauffeurs, explique Arora. Chaque voiture a son équipe attitrée, et Son Altesse tient à ce que les chauffeurs soient tous italiens. Il les considère comme les meilleurs du monde. Nos bureaux sont dans les étages. »

Dehors, deux indigènes nus jusqu'à la taille astiquent

à la peau de chamois une Rolls-Royce bleu foncé. C'est un modèle spécial : les passagers s'assoient dans un habitacle fermé et le chauffeur est à l'extérieur. Comme si ce dispositif n'assurait pas une intimité suffisante, des rideaux bleus épais couvrent les vitres.

« La voiture *purdah**, explique le colonel. Elle est utilisée par les maharanés. Les vitres sont couvertes pour protéger leur pudeur. »

Je lui demande si elles ont le droit de sortir du harem.

« Oh oui, répond-il très simplement. Les maharanés mènent une vie très active. Même les concubines sont autorisées à se servir de cette voiture de temps en temps.

— Où vont-elles ?

— Dans toutes sortes d'endroits : faire des piqueniques dans les collines ou des excursions pour aller se baigner dans le Mahanadi qui traverse Sambalpur ; il est considéré comme sacré. On dit que le dieu Jagannath s'est transformé en bûche et qu'il l'a descendu jusqu'à Puri, sur la côte. La première maharané l'utilise presque tous les jours quand elle va prier au temple. »

À côté d'une porte ouverte, une sentinelle corpulente ne nous accorde pas la moindre attention. L'intérieur est frais et silencieux, assez élégant, avec un sol de marbre et des murs blanchis à la chaux parsemés de photos du maharajah dans une multitude de poses. Son Altesse sur un grand trône ; Son Altesse assis sur un éléphant qui semble avoir été trempé dans une cuve de pierres précieuses ; Son Altesse prenant le thé avec le roi Georges ; et même une de lui assis sur une balance, déterminant littéralement son poids en or.

« La majorité des affaires du royaume se traitent dans ce bâtiment, poursuit Arora. Le bureau du dewan est au premier étage ainsi que celui du Cabinet et ceux des autres conseillers. Autrefois ils étaient dispersés dans toute la ville, mais Son Altesse a décidé de les réunir ici pour davantage d'efficacité, bien que la plupart des conseillers ne se supportent pas. Presque tous continuent de traiter leurs affaires en ville et conservent ici des bureaux vacants. En dehors du dewan et de sa suite, l'endroit est généralement vide à moins qu'il n'y ait une réunion du Cabinet. Nous ne devrions pas avoir de mal à vous trouver un bureau. »

On peut compter sur cet homme. Il nous conduit au deuxième étage où il ouvre la première porte que nous trouvons, passe la tête et regarde à l'intérieur.

« Ceci peut-il vous convenir ? » demande-t-il en ouvrant plus largement.

La pièce est assez spacieuse pour les deux tables à dessus de cuir qu'elle contient et éventuellement un court de tennis en plus.

Je regarde Sat. « C'est bien, dis-je. Mais avant que nous prenions trop nos aises j'aimerais questionner l'homme que votre major Bhardwaj a arrêté. Le plus tôt possible. »

Le colonel réfléchit un instant puis il fait ce signe de tête bref et sec qui est le propre des militaires. « Très bien. Laissez-moi le temps de lui parler et j'organiserai une entrevue. »

Arora prend congé et je vais contempler la vue que nous avons de la fenêtre. Des pelouses de velours et une avenue d'arbres mènent aux rives d'un large fleuve qui doit être le Mahanadi, bien qu'aucun dieu ni aucune bûche ne semblent flotter dessus aujourd'hui.

« Eh bien, c'est assez agréable », dit Sat derrière moi. Je me retourne et je le vois s'installer confortablement derrière un des bureaux.

« Il vaut mieux que vous ne vous mettiez pas trop à l'aise, sergent. J'ai l'impression que nous allons être très occupés pendant notre séjour ici.

— Pas si ce suspect qu'ils ont arrêté est réellement le cerveau derrière l'assassinat.

— Sur quelle base pensez-vous qu'ils l'ont arrêté ? »

Il se redresse dans son fauteuil. « Pardon, monsieur ?

— Réfléchissez. Quelle preuve pensez-vous qu'ils aient pu trouver ? L'assassinat a eu lieu à Calcutta. L'assassin s'est suicidé là-bas. Toute preuve qu'il avait un lien avec Sambalpur est probablement partie en fumée dans sa chambre d'hôtel. Bon sang, nous ne sommes ici que sur une intuition. Dans ces circonstances, je dois dire que je suis impatient de comprendre exactement comment ce bon major Bhardwaj a bouclé l'affaire aussi rapidement. »

15

Le vieux fort se dresse sur un affleurement rocheux donnant sur le Mahanadi, séparé du Surya Mahal par plusieurs miles et un millier d'années. Ses murs de pierre austères et ses remparts pleins de trous contrastent sévèrement avec l'architecture légère du palais.

Nous sommes assis à l'arrière d'une vieille Mercedes Simplex, le colonel Arora et le chauffeur devant. Le colonel s'est excusé pour la voiture. Elle a presque dix ans et les suspensions grincent. Même ainsi, elle est bien plus confortable que l'Austin de Carmichael.

« J'avais espéré quelque chose de plus moderne, dit le colonel, mais Son Altesse a insisté pour que nous utilisions la Mercedes. Il croit que c'est une voiture qui porte bonheur. Savez-vous ce que signifie *Mercedes* ? »

Je n'en ai pas la moindre idée. Mais je ne suis pas allé à Cambridge.

« C'est un mot espagnol, répond Sat. Communément utilisé comme prénom féminin.

— Très bien, acquiesce le colonel, mais il signifie littéralement *bienfait de Dieu*. Son Altesse croit que Dieu vous a conduits ici. »

Je me souviens que son fils le yuvraj a dit quelque chose d'approchant quand nous nous sommes rencontrés. Une demi-heure plus tard il était mort.

« On raconte que le vieux fort est hanté par le fantôme d'un général moghol, poursuit le colonel. Nous avions beaucoup d'ennuis avec les Moghols il y a quelques siècles. Le général a été pris et emprisonné dans le donjon du fort avant d'être privé de la vue et exécuté. Les nuits où le vent souffle de l'est, on dit que son âme parcourt les corridors à la recherche d'un chemin pour rentrer chez elle. »

La voiture s'approche des portes et Arora indique une petite fenêtre tout en haut du mur du fort. « Je crois que notre prisonnier est retenu là-haut.

— Pas dans le donjon ? »

Il me lance un regard déçu. « Nous ne sommes pas des barbares, capitaine. À quoi vous attendiez-vous, au Trou Noir de Calcutta ? »

Le chauffeur arrête la voiture dans une cour

intérieure poussiéreuse. Nous laissons Arora, et un soldat nous emmène à l'intérieur. Un escalier étroit en colimaçon nous mène dans une grande pièce chichement meublée. Une fenêtre laisse passer un rai de lumière. Le soldat va chercher le major Bhardwaj.

De la fenêtre on aperçoit deux temples sur la rive opposée du fleuve. Le premier, entouré d'une enceinte, est une grande structure blanche, en marbre, avec un *shikhara*, la flèche sculptée caractéristique des temples hindous, et deux niveaux couverts de sculptures. À une certaine distance se trouvent les ruines d'un édifice plus petit et plus simple. Tandis que je les regarde, la Rolls bleue aux fenêtres occultées s'approche du plus grand temple et s'arrête devant. Avant que je puisse en voir davantage, la porte derrière moi s'ouvre et le major Bhardwaj entre.

Il est assez volumineux, avec une moustache militaire et la jovialité d'un croque-mort. Il n'a pas l'air follement heureux de nous voir.

« Messieurs, dit-il sèchement, le colonel Arora m'a informé de vos accréditations. Je comprends que vous souhaitez questionner le prisonnier. »

Je précise : « Le maharajah le souhaite aussi.

— Très bien, dit le major d'un ton aigre. Par ici, je vous prie. »

Bhardwaj nous conduit à une lourde porte de bois dans un couloir de pierre et adresse un signe de tête au garde qui se tient devant elle. L'homme tire une grande clef d'un trousseau suspendu à sa ceinture, ouvre la porte et la maintient ouverte à notre intention. Le colonel Arora avait raison. Ils ne sont certainement pas des barbares. La pièce est propre, confortable, et offre aussi une vue au-delà du fleuve. Elle pourrait même faire une chambre d'hôtel très confortable, n'étaient les barreaux à la fenêtre et le garde à la porte. Si c'est la première surprise, on peut dire que la seconde est bien plus grande.

Une jeune femme d'une vingtaine d'années, les cheveux coupés court, se retourne et se lève de la table où elle était en train d'écrire. Elle porte un simple *kurti** bleu et un *churidaar** blanc, et ses yeux soulignés de khôl dévisagent Sat avec curiosité. Elle ne ressemble guère à une terroriste endurcie. Elle a plutôt l'air d'une princesse. Ou du moins elle le pourrait si elle portait des bijoux.

Je demande au major si nous sommes au bon endroit.

Il a un petit rire. « Oh oui, vous pouvez en être sûr. Cette femme a fait plus de tort au royaume que quiconque depuis l'époque des Moghols.

— A-t-elle un nom ?

— J'ai un nom, répond-elle d'un ton acerbe, mais je ne vois pas en quoi cela vous regarde. » Elle se tourne vers le major avant de poursuivre. « À moins que la situation ait atteint un stade où les chefs de l'Anglo-Indian Diamond Corporation sont maintenant autorisés à interroger un sujet de Sambalpur ?

— Je vous assure, mademoiselle, dis-je, que je n'ai rien à voir avec l'Anglo-Indian Diamond Corporation.

— Et votre ami ? demande-t-elle en indiquant Sat. Pourquoi est-il habillé comme s'il venait de débarquer d'un paquebot ? »

Sat porte son uniforme de cérémonie. Il a cette expression qu'il a toujours quand il est présenté à une jolie femme, n'importe quelle femme, en réalité, et qui le fait ressembler à un mélange de chiot nouveau-né et d'enfant effrayé. Il y a quelque chose chez les femmes qui le rend muet comme une carpe. La situation n'est pas vraiment idéale, attendu que nous sommes là pour questionner la jeune fille.

« Il s'appelle Banerjee et il est policier. Et il n'a rien à faire avec eux non plus. »

Elle m'examine comme si elle essayait de deviner mes intentions.

« Et vous ? Qui êtes-vous ? demande-t-elle.

— Mon nom est Sam Wyndham et je suis en vacances. À présent, il n'est que juste que vous me disiez le vôtre. »

Elle ne répond pas.

« Elle s'appelle Bidika, répond le major. Shreya Bidika. Elle est professeur dans une école de Sambalpur, mais ne vous y trompez pas, elle est aussi un des principaux agitateurs qui s'opposent au maharajah. »

« Enchanté de faire votre connaissance, mademoiselle Bidika », dis-je.

Elle ignore ma formule de courtoisie.

« Si vous ne représentez pas Anglo-Indian Diamond, dit-elle, alors pourquoi êtes-vous ici ? Laissez-moi deviner… vous êtes un avocat que le dewan a invité dans notre petit royaume pour garantir que tout est légal et que justice est faite.

— Pas tout à fait. Je suis détective. Le sergent et moi avons une certaine expérience des affaires de meurtre et Son Altesse le maharajah a jugé bon que nous venions vous voir.

— Oui, le père de notre nation peut avoir de ces attentions, dit-elle avec aigreur.

— J'entends dire que la plupart de ses sujets sont très heureux.

— La plupart de ses sujets ont été élevés pour le vénérer comme un dieu. Comment exprimer son mécontentement vis-à-vis d'une divinité ?

— Vous ne semblez pas avoir de difficulté à le faire. Ne le considérez-vous pas comme une divinité ? »

Elle a un petit sourire. « Eh bien, sa vénalité est certainement digne d'un dieu ; toutefois, les dieux ne souffrent pas de sénilité.

— Et vos amis du Congrès pensent que Sambalpur irait mieux sans lui ? C'est bien l'idée ?

— Je ne suis pas du côté du Congrès, assure-t-elle avec véhémence. Le parti du Congrès a une politique de non-intervention dans le gouvernement des États princiers.

— Le gouvernement britannique également, et pourtant je suis là et vous aussi. Les deux parties ont peut-être une conception élastique de ce qu'est la non-intervention. »

Elle sourit et je remarque un léger relâchement dans ses épaules. Je m'assois sur le lit et lui fais signe de se rasseoir à sa table. Sat reste debout près de la porte, tout empoté.

« Savez-vous pourquoi vous avez été arrêtée ?

— Pas officiellement.

— Mais vous avez une idée ?

— J'imagine qu'il y a un lien avec l'assassinat du yuvraj à Calcutta.

— Et vous savez quelque chose sur ce crime ?

— Absolument pas.

— Mais vous ne niez pas que vous aimeriez voir la famille royale disparaître.

— Pas du tout, mais la mort du yuvraj ne va pas contribuer au succès de notre cause. »

Je suis réellement surpris. « Non ? dis-je.

— Bien sûr que non. Vous le sauriez si vous connaissiez un tant soit peu Sambalpur. D'ailleurs, cela ne peut arriver que lorsque le peuple se réveillera. Lorsqu'il sera éduqué.

— Éduqué ? raille le major Bhardwaj. Et en quoi, mademoiselle la maîtresse d'école, éduquez-vous le peuple avec vos mensonges ?

— Nous disons la vérité, rétorque-t-elle. Nous ouvrons les yeux des gens.

— Comment ? crache le major. En versant du poison dans leur cœur ? Croyez-moi, vous et vos semblables aurez ce que vous méritez. »

Mlle Bidika se retourne vers moi. « Comme vous voyez, monsieur Wyndham, ici la dissidence est tolérée à peu près autant que dans l'Inde britannique. » Elle a un sourire amer. « Là-bas, au moins, vous avez un semblant de procès équitable. L'ironie c'est que nous sommes plus opprimés par les nôtres que par vous.

— Est-ce pour cela que vous avez fait assassiner le prince ? Un coup porté contre l'oppression ?

— Je vous l'ai dit, je n'ai rien à voir avec son assassinat.

— Eh bien, à moins que vous ne puissiez le prouver, je crains qu'il vous reste peu de chances. Je vois que le royaume de Sambalpur n'est pas particulièrement acquis aux mérites de l'habeas corpus. »

Elle secoue la tête en soupirant. « Qu'aurions-nous eu à gagner de la mort du yuvraj ? Quels qu'aient été ses défauts, il était quand même une bien meilleure perspective que son père. Il savait au moins que les choses devaient changer. Il n'aimait peut-être pas ce que nous avions à dire, mais il écoutait. Que pouvons-nous attendre désormais ? Continuer d'être gouvernés par un vieil homme affaibli qui est de plus en plus esclave de ses prêtres et de ses astrologues ? Et à sa mort, l'accession de son deuxième fils, un homme à l'image de son père qui passe son temps à la chasse ou avec des femmes. » Elle écarte une mèche de son visage. « Croyez-moi, monsieur Wyndham, quel qu'il soit, l'assassin du yuvraj a fait régresser la cause du progrès à Sambalpur de beaucoup, beaucoup d'années. »

C'est pour moi un choc. Les révolutionnaires sont censés considérer l'assassinat d'un membre d'une famille royale comme une bonne chose. Les livres d'histoire sont très clairs sur le sujet. Je ne me rappelle pas avoir lu que Cromwell ait versé une larme sur la décapitation de Charles Ier, ou que Lénine ait déploré l'assassinat des Romanov. Je dois pourtant continuer. Je tire de ma poche une photo de l'assassin mort et la montre à Mlle Bidika.

« Reconnaissez-vous cet homme ? »

Elle secoue la tête.

Je la regarde. « Vous êtes formelle ?

— Oui. »

Elle ne laisse paraître aucun signe de duplicité, mais alors que je m'apprête à remettre la photo dans ma poche je remarque que le major Bhardwaj la regarde fixement. La couleur s'est retirée de son visage.

« Le reconnaissez-vous, major ?

— Quoi ? »

Je lui tends la photo plus près. « Reconnaissez-vous l'assassin ? »

Il détourne rapidement le regard.

« Non.

— Vous en êtes sûr ?

— Absolument. Il m'a simplement rappelé quelqu'un… un prêtre que j'ai connu.

— Un prêtre ? » La première fois que je l'ai vu avec sa robe safran et son front marqué de cendre je l'ai pris moi-même pour un saint homme. « Vous êtes sûr que ce n'est pas l'homme que vous connaissiez ?

— J'en suis sûr. Il y a longtemps que cet homme-là est mort… mais…

— Mais quoi ?

— Il y a une grande ressemblance.

— Pourrait-ce être un parent ? Un fils, peut-être ? »

Le major secoue la tête. « L'homme était un ascète. Il respectait la tradition et avait renoncé au monde pour chercher Dieu. Il n'avait pas d'enfant, pour autant que je sache. »

Je sens que le major ne dit pas tout.

« Cet homme est celui qui a tiré sur votre yuvraj et l'a tué. Vous êtes absolument certain de ne pas le reconnaître ?

— Oui ! Je vous l'ai déjà dit ! À présent, avez-vous d'autres questions pour la prisonnière ? » Apparemment, je n'obtiendrai rien de plus de la part du major pour le moment. Quant à sa prisonnière, j'ai appris sur elle tout ce que j'avais besoin de savoir.

« Pas dans l'immédiat. Et vous Sat, quelque chose à ajouter ?

— R… rien.

— Très bien. Ce sera tout. Merci, mademoiselle Bidika, pour le temps que vous m'avez accordé. »

Elle hoche la tête. « Le temps, monsieur Wyndham, est une chose dont je dispose en abondance.

— Je n'en serais pas si sûr, grogne le major en nous raccompagnant. La machine est en route, ma jeune dame. »

De retour dans son bureau je demande à Bhardwaj ce qu'il a voulu dire.

« Son sort reste encore à fixer formellement, répond-il, mais à quelle condamnation s'attendre pour trahison et assassinat ?

— Je croyais que la peine de mort avait été abolie dans les États princiers. »

Le major sourit. « C'est exact… toutefois…

— Toutefois quoi ? intervient Sat.

— Le régime carcéral peut être dur, particulièrement pour une femme.

— Quelle est la nature des preuves à charge dont vous disposez contre elle ? » demande Sat.

Bhardwaj lui lance un regard dégoûté. « C'est une agitatrice notoire. Nous avons les tracts qu'elle a distribués. Toutes sortes de stupidités séditieuses.

— Sauf votre respect, dit le sergent, la sédition n'est pas la même chose que la conspiration de meurtre.

— Non ? demande le major. Dans mon manuel ce ne sont que des étapes différentes du parcours vers un même but, le renversement du gouvernement légitime de Sambalpur. »

Je demande : « Qui va décider de son sort ? Le maharajah ?

— La décision reviendra au Cabinet, mais oui, l'avis de la famille royale sera pris en compte. »

Nous quittons Bhardwaj et retournons à la voiture. Le colonel Arora s'y est adossé et fume une cigarette.

« Qu'avez-vous pensé de notre petite boule de feu

révolutionnaire ? demande-t-il tandis que nous roulons vers la ville.

— Vous n'avez pas cru bon de mentionner que le prisonnier était une femme ? »

Il a un grand sourire. « J'ai pensé que ce serait une surprise. Une jeune personne combative… jolie, en plus, et de bonne famille. Si elle ne se mêlait pas de politique elle aurait pu être choisie pour le harem du maharajah.

— Aurait-elle eu son mot à dire ?

— Bien entendu, mais c'est considéré comme un grand honneur, sans parler de la sécurité que cela représente.

— La sécurité ?

— Absolument. Les concubines de Son Altesse viennent souvent de la campagne. Elles sont reconnaissantes pour le confort et la sécurité du *zenana**.

— Et que se passe-t-il quand le maharajah cesse de s'intéresser à elles ? »

Il me regarde comme si ma question était ridicule. « Pourquoi leur arriverait-il quoi que ce soit ? Elles continuent de vivre dans le harem jusqu'à la fin de leurs jours. Après tout, elles restent des femmes du palais et elles et leur progéniture sont traitées en conséquence. J'imagine que leur vie devient plus simple quand leur nom n'apparaît plus sur le tableau de la chambre royale. Pensez-vous qu'elle soit derrière l'assassinat ? » poursuit-il.

Les mots de Carmichael résonnent dans ma tête et j'hésite sur ce que je peux lui dire. Arora a beau être celui qui a convaincu le maharajah de nous autoriser à enquêter, il fait quand même partie de la cour de

Sambalpur et il a nécessairement ses propres obligations.

« Je pense qu'il faudrait peut-être creuser davantage avant de déclarer l'affaire classée, dis-je. Qu'avez-vous pensé d'elle, Sat ?

— Elle est très belle, répond-il en contemplant le Mahanadi qui coule doucement à notre gauche.

— Autre chose ?

— Hmm ?

— Peut-être votre analyse de ce qu'elle a dit ?

— Oui, monsieur. Désolé, monsieur, dit-il en reprenant ses esprits. Elle ne m'a pas frappé comme une meurtrière possible. »

Je lui rappelle que les belles femmes sont aussi capables que n'importe qui d'organiser un assassinat.

« Tout de même, monsieur… » Il ne finit pas sa phrase, il rumine de nouveau.

« Allons, sergent, crachez ce que vous avez à dire.

— Ce n'est rien. Une chose qu'elle a mentionnée m'a fait réfléchir… Elle se trompe.

— À propos de quoi ?

— Ra.

— Quoi ?

— Le dieu égyptien, Ra, monsieur. Elle a dit que les dieux ne souffraient pas de sénilité. Mais d'après certaines sources, Ra en a souffert. Dans sa vieillesse il était convaincu que l'humanité se moquait de lui.

— Passionnant. C'est important ?

— Je ne sais pas exactement. »

Le colonel, lui, paraît intéressé. « Que s'est-il passé ? demande-t-il. Qu'a-t-il fait contre cette moquerie ?

— C'est une histoire plutôt déplaisante, soupire Sat, mais en substance il a envoyé ses deux filles exterminer la race humaine. Elles auraient réussi si l'une des deux ne s'était pas enivrée.

— Eh bien, dit le colonel, il y a peut-être là une leçon à tirer pour nous tous. Espérons que notre propre roi-dieu n'aura pas de telles idées. »

J'approuve. « En effet. » Mais pour moi il y a une autre leçon à tirer de l'histoire de Ra et ses filles, et c'est de ne jamais sous-estimer le pouvoir qu'ont des femmes intelligentes de commettre les pires noirceurs.

Sat demande au colonel : « Que va-t-il lui arriver ?

— Je suppose que l'on fera d'elle un exemple “pour décourager les autres”, comme disent les Français.

— Faire d'elle un exemple ? Comment exactement ? »

Le colonel détourne le regard pour se concentrer sur une colline au-delà du fleuve. « Croyez-moi, sergent, vous ne voulez pas le savoir. »

16

La lumière baisse et l'humidité colle à la peau. La voiture s'arrête devant la porte de la Résidence.

« Je viendrai vous chercher demain à neuf heures », dit le colonel, puis sans se donner la peine d'attendre une réponse il ordonne à son chauffeur de démarrer.

« Allons-y », dis-je à Sat.

Nous entrons dans l'enceinte le pas lourd en passant devant un indigène qui descend les couleurs en faisant grincer la poulie rouillée. Le drapeau a plus de trous qu'un terrain de golf. Je suppose que Carmichael a décidé qu'il vaut mieux arborer un drapeau mangé aux mites que pas de drapeau du tout. Je ne suis pas sûr d'être du même avis.

Comme je ne vois aucun signe de l'Austin, j'en déduis que notre hôte est sorti. De toute façon, la porte d'entrée est ouverte, nous entrons et nous montons dans nos chambres.

Je ferme la porte, je décolle ma chemise et je m'éponge la poitrine avec une *gamcha*, cette fine serviette en coton très prisée par les indigènes et qui en fait ne peut pratiquement rien éponger. Après n'avoir réussi qu'à étaler la sueur sur tout mon corps je renonce et je me passe de l'eau tiède sur la figure.

La douleur familière a commencé. Pour le moment elle se limite aux biceps, mais elle ne va pas tarder à s'étendre – d'abord aux muscles du dos, puis à la poitrine et aux cuisses, et finalement dans les os. Avec elle viendra le brouillard ; il descendra d'abord comme une brume légère sur mes synapses, puis il gonflera, se congèlera, se solidifiera, il se serrera comme un poing dans mon crâne pour en chasser finalement toute pensée sauf une : l'opium.

Entre les premiers symptômes et le manque déclaré le phénomène prend un certain temps – probablement des jours – mais une fois qu'il a commencé, le seul moyen de le faire cesser est une dose d'opium. Or pour le moment il est important que je profite du temps qui me reste. Je m'étends sur le lit qui grince, puis je me lève pour aller chercher un paquet de Capstan froissé dans la poche de mon pantalon. Je retourne m'étendre en allumant une cigarette. Une vieille réclame dans les journaux vantant les effets bienfaisants du tabac sur l'intellect me revient en tête. *Fumez des Ogden pour stimuler votre cerveau.* Très bien, parce que j'ai besoin de réfléchir et je suis reconnaissant de toute l'aide que je peux trouver, mais je fume la cigarette jusqu'au bout sans amélioration notable de mon processus cognitif. Il est peut-être temps de sortir une artillerie plus lourde. Ma valise est posée sur un petit coffre dans un coin de la pièce. Je l'ouvre. D'instinct mes yeux sont attirés par le nécessaire d'opium sous sa couverture de chemises, mais je l'ignore et sors à sa place la bouteille de Glenfarclas à moitié vide. La réserve doit être gérée avec soin. On trouve très peu de cette denrée à Calcutta, et d'après ce que j'ai vu du budget de Carmichael, je doute qu'un pur malt convenable ait atteint la Résidence depuis la révolte des cipayes.

Je me verse une dose que j'emporte et sirote sur le lit. La conversation avec Mlle Bidika m'a troublé. Elle a cru que j'étais un représentant d'Anglo-Indian Diamond. Était-ce simplement parce que je suis un sahib ou y a-t-il une autre raison ?

Il y a eu aussi d'autres choses. Rien d'important, seulement bizarre. La première a été la réaction du major Bhardwaj devant la photo de l'assassin. Il a dit qu'il lui rappelait un prêtre mort. Et quand je lui ai demandé qui allait décider du sort de Mlle Bidika, le major a hésité : une décision du Cabinet qui prendra en compte l'avis de la famille royale. Mais le maharajah est un dieu pour son peuple, et selon mon expérience les dieux ne laissent pas volontiers de telles décisions à des comités.

Comme les premières gorgées ne m'aident pas, j'avale le reste d'un coup et me ressers. Une seule dose de whisky est en général une fausse économie.

Mieux vaut commencer par un double et s'éviter la peine de se resservir. Le deuxième verre se révèle plus efficace. Je me rends compte que le frère du prince Adhir, le prince Punit, aura son mot à dire dans ces décisions en tant que nouveau yuvraj. Il est logique que le maharajah, à son âge, souhaite connaître l'opinion de son deuxième fils. Est-ce à cela que le major Bhardwaj faisait allusion ?

Cette déduction mériterait d'être fêtée par une troisième dose si on ne frappait pas à la porte.

Je l'ouvre et trouve Sat sur le seuil.

« Que croyez-vous qu'ils vont lui faire ? » demande-t-il. Il a l'air d'un minuscule Atlas portant tous les fardeaux du monde sur ses épaules.

« À qui ?

— Mlle Bidika. »

Je lui indique la chaise près de la table. « Il se trouve que j'allais prendre un verre. Vous en voulez un ?

— Non, merci. » Il me lance un regard soupçonneux. « Votre premier de la soirée ? » Je consulte ma montre. Il est exactement six heures. En toute rigueur, c'était encore l'après-midi quand j'ai consommé les deux premiers.

« Oui », dis-je avec la conviction du juste.

Il ignore la chaise et reste debout. « Pensez-vous qu'ils vont l'accuser de complicité dans l'assassinat d'Abhir ? »

Je me verse ce troisième whisky.

« On le dirait bien. Elle a l'air d'être une épine dans le pied de la famille royale et je crains que la dissidence soit aussi bienvenue ici que la lèpre. Qu'elle soit ou non coupable, j'imagine qu'ils ont intérêt à l'accuser et la condamner.

— Et ensuite ? L'exécuter ?

— Ils ne peuvent pas, pas légalement en tout cas. Je pense qu'ils la placeront en détention, mais je ne parierais pas sur sa sortie prochaine. »

Il reste silencieux, mais nul besoin d'être devin pour savoir ce qui se passe dans sa tête.

« La croyez-vous coupable, monsieur ?

— J'en doute. Et le maharajah en doute aussi. Il veut voir arrêté le véritable coupable. Pourquoi, sinon, accepterait-il notre intervention en dépit des objections du dewan ? »

Sat acquiesce d'un air solennel.

Je poursuis : « Alors, sergent, par où devrions-nous commencer ?

— Vous êtes l'officier supérieur, monsieur.

— Je suis en vacances, vous vous rappelez ? Et puisque c'est vous qui êtes de service autant gagner votre salaire. »

Il extrait son carnet et un crayon de la poche de poitrine de sa chemise. « Je suppose que nous retournons aux principes de base.

— Absolument, dis-je en prenant une petite gorgée de whisky. Et cela signifie ?

— Motif. Qui devait gagner à ce que le yuvraj soit assassiné ?

— Mis à part Mlle Bidika et son groupe de mécontents ?

— Des religieux fanatiques ? L'assassin était habillé comme un *sadhu**, un saint homme hindou. Le prince a peut-être été châtié pour avoir fait quelque chose qui les a offensés ?

— C'est possible. » Que l'assassin se soit suicidé suggère un degré de fanatisme qui en dehors des

Balkans tend à être le terrain des ultra-religieux. Mais que peut avoir fait Adhir exactement ? « Nous devrions poser la question au colonel Arora. »

Sat l'inscrit dans son carnet.

Je demande : « Voyons, qui d'autre ? Quelqu'un de plus proche ? »

Sat se frappe les dents avec son crayon. « Le bénéficiaire le plus évident est son frère le prince Punit. Adhir n'étant plus là, il devient le yuvraj et le prochain dans l'ordre d'accession au trône.

— Le connaissez-vous ? »

Sat secoue la tête. « Non, il n'a pas fait ses études en Angleterre. Le syndrome du deuxième fils. Son père l'a envoyé à Mayo College dans le Rajasthan. On l'appelle le Harrow indien.

— Il faut le questionner dès que possible. Quelqu'un d'autre ?

— Je n'ai personne en tête.

— Et nous ? »

Sat me regarde sans expression. « Nous ne l'avons pas tué, monsieur. Je m'en souviendrais.

— Non, nous en tant que gouvernement britannique. Dawson était dans le hall de la gare de Howrah. La Section H s'est peut-être débarrassée d'Adhir dans l'espoir de faciliter l'accès de Sambalpur à la nouvelle Chambre voulue par le vice-roi ? »

Il a l'air sceptique. « Le vice-roi cautionnerait-il un tel geste ? »

C'est une bonne question. Après tout, le vice-roi est à peu près aussi dynamique qu'une laitue de la semaine dernière. Il n'en reste pas moins que le colonel Dawson était bel et bien à la gare la nuit dernière, et je doute qu'il ait été là pour attendre sa mère.

Je vais à la fenêtre et pose mon verre sur le rebord.

« À Calcutta vous avez laissé entendre que le yuvraj pouvait avoir acquis de sa scolarité une vision plutôt négative des Britanniques. Que vouliez-vous dire ? »

Sat se frotte le menton. Quand les mots lui viennent enfin il les surveille. Je sens qu'il veut tout me dire mais qu'il sait que cela pourrait offenser un Anglais. C'est fréquent chez les Indiens ; dans une conversation ils sont sur une corde raide, entre dire la vérité et ce qu'ils croient que nous voulons entendre.

« Eh bien, commence-t-il, bien sûr, il y avait les choses habituelles, comme les surnoms, mais je pense que ce qu'il n'admettait pas c'était l'obéissance due aux aînés. Il était prince et se jugeait au-dessus de tout cela. »

Je partage le point de vue du prince décédé. J'imagine que devoir réchauffer tous les matins un siège de toilette glacé pour un prétentieux des grandes classes peut très facilement conduire à haïr tout ce qui est anglais pour le reste de sa vie.

« Savez-vous s'il a jamais agi sous l'emprise de ce sentiment antibritannique ?

— Je n'en ai aucune idée. Je ne l'ai pas revu pendant des années jusqu'à avant-hier. »

Nous sommes interrompus par un coup à la porte.

« Capitaine Wyndham ? » C'est la voix de Carmichael.

La porte s'entrouvre pour laisser passer la tête du Résident.

« Désolé de vous déranger. Je veux seulement vous dire que le dîner sera servi dans une heure. Nous avons d'autres invités ce soir.

— Dont ce Fitzmaurice d'Anglo-Indian Diamond ?»

Carmichael a un rire gêné. « Non, non. Je crois que ce soir il dîne au palais. Nos invités sont d'une autre catégorie, mais néanmoins intéressants. Le premier est M. Golding, chef comptable du royaume. S'il y a un homme qui peut vous fournir tous les renseignements sur Sambalpur c'est lui. Un type extraordinaire. Grand amateur de mots croisés. Il me demande de lui garder les numéros du *Statesman* rien que pour résoudre la grille. Et l'autre est un gentleman du nom de Portelli. Un anthropologue, plutôt bien considéré dans ces cercles, apparemment… » Il ne termine pas sa phrase. « Bien, je vous vois tous les deux dans une heure. » Il ferme la porte derrière lui. Banerjee et moi écoutons ses pas s'éloigner dans le corridor.

Sat a l'air grave, il doit être encore inquiet pour Mlle Bidika. J'essaie de lui remonter le moral.

« Avez-vous déjà rencontré un anthropologue ?

— Pas depuis Cambridge, monsieur.

— J'en ai connu un autrefois. Un vieux bonhomme qui s'appelait Hogg et avait vécu des années avec une tribu amazonienne. Il a donné une conférence au siège de l'Armée du salut à Whitechapel, qu'il a illustrée avec une douzaine environ de photos de femmes de la tribu. Elles semblaient venues du jardin d'Éden. Il n'y avait qu'une seule photo d'homme de la tribu. Ce qui m'a fait m'interroger sur les raisons pour lesquelles certains hommes décident de devenir anthropologues.

— Je ferais bien d'aller m'habiller, dit Sat.

— À la bonne heure. » Je lui tape sur l'épaule.

Je ferme la porte derrière lui et j'envisage de boire encore un verre. Finalement je décide que non.

Pendant le dîner je veux poser beaucoup de questions sur Sambalpur et il est préférable que j'aie l'esprit clair. Après tout, le temps presse. À moins que nous ne découvrions qui est réellement responsable de l'assassinat d'Adhir, je crains que le sort de Mlle Bidika puisse être bien pire que celui que j'ai dépeint à Sat.

17

Emily Carmichael est une belle femme. Grande, blonde, avec un air frivole qui me fait me demander comment elle est finalement devenue l'épouse d'un diplomate.

Elle se charge de nous placer autour de la table, et nous nous asseyons à l'instant où la pendule sur la cheminée sonne sept heures. En dehors de cette absurde cheminée (y a-t-il un endroit au monde qui ait moins besoin d'un âtre ?) la pièce est dominée par une table d'acajou rutilante, assez grande pour y asseoir une fanfare. Le portrait obligatoire de Georges V est accroché au mur, et au plafond se balance doucement le grand éventail en bois. Le seul éclairage vient de trois chandeliers disposés sur la table, qui jettent des ombres dansantes et donnent à la pièce une atmosphère intime.

Deux domestiques entrent, tous deux en simple kurta blanche et pieds nus. L'un porte une grande soupière d'argent qu'il pose au milieu de la table avant de servir de la soupe dans des bols, tandis que l'autre débouche une bouteille de vin blanc.

Nous sommes six, assis à une distance confortable les uns des autres. Carmichael préside, son épouse lui fait face, Sat et moi sommes d'un côté, le comptable Golding et l'anthropologue Portelli de l'autre.

Le comptable doit avoir une quarantaine d'années, il est mince avec des cheveux noirs, une raie sur le côté et les tempes légèrement grisonnantes. Des lunettes rondes en écaille encadrent des yeux formés par une vie passée à étudier les grands livres de comptabilité. Il retire un grain de quelque chose sur le revers de sa jaquette, le pose sur la table et s'essuie les mains sur sa serviette.

L'anthropologue, au contraire, est un bel homme tanné, avec des cheveux courts d'un blond roux et l'air d'un professeur pendant une année sabbatique. Il se penche en avant et me tend la main par-dessus la table.

« Portelli, dit-il en guise de présentation.

— Italien ? dis-je, tandis qu'un domestique me sert du vin.

— Mon Dieu, non, répond-il dans un anglais parfait. Maltais.

— Passionnant, dit Mme Carmichael. Je ne peux pas imaginer qu'il y ait beaucoup de Maltais à travers l'Inde. »

Je viens seulement de remarquer son teint parfait. Un teint de lait qui laisse imaginer des efforts considérables pour rester à l'abri du soleil, un petit miracle dans cette région.

« Vous seriez étonnée, madame, répond Portelli. Il y a beaucoup de familles de commerçants maltais à Bombay et à Calcutta. Et il existe également une communauté, peu nombreuse mais très active, de commerçants indiens, principalement de la province du Sindh, qui s'est installée à Malte. »

Mme Carmichael a peut-être été étonnée mais pas très intéressée à en juger d'après la vitesse avec laquelle elle change de sujet. Alors elle boit une petite gorgée de vin et se tourne vers moi.

« Dites-moi, capitaine Wyndham, quelles sont les nouvelles de Calcutta ? Que portent les dames ces jours-ci ? »

Pour autant que je sache, les femmes de Calcutta portent à peu près la même chose que l'année dernière et probablement l'année d'avant. La masse de jupons, corsets, robes à la cheville et sous-vêtements de flanelle que nos femmes s'obstinent à porter même dans la chaleur stupéfiante de l'été me paraît pure folie. Elles pourraient apprendre deux ou trois choses des indigènes, mais naturellement c'est hors de question. Après tout, nous sommes britanniques. Nous avons des principes. Ainsi, nos femmes et nous devenons à moitié fous en portant assez d'épaisseurs de vêtements pour pouvoir prendre le thé confortablement à mi-pente de l'Himalaya.

Je finis par répondre : « À peu près la même chose que la dernière saison, j'imagine.

— J'adore Calcutta, roucoule-t-elle. Le théâtre, les soirées, sans parler des magasins. Nous sommes tellement coupés du monde que sans les rares visites de voyageurs tels que vous je mourrais d'ennui. Nous recevons les journaux de Calcutta et de Delhi, bien entendu, mais quand ils arrivent ici ils ont déjà quatre ou cinq jours.

— À propos de Delhi, intervient son mari. J'ai envoyé un télégramme au Bureau de l'Inde en les informant que vous étiez bien arrivés. » Il semble d'humeur exubérante.

Sat et moi échangeons des regards.

Je demande s'il a reçu une réponse. Il hausse les épaules.

« Je n'en attendais pas. »

Mme Carmichael poursuit. « Derek me dit que vous enquêtez sur le meurtre du prince héritier, capitaine. C'est passionnant ! » Elle rayonne. « Il faut tout nous raconter. Sambalpur est une petite ville tellement endormie. Il ne se passe jamais rien d'intéressant ici. Derek dit qu'ils ont arrêté la maîtresse d'école, cette Bidika qui a tout le temps l'air d'avoir une marotte quelconque. Je ne peux pas la croire coupable.

— Pourquoi ?

— Eh bien, dit-elle, tout d'abord j'ai rencontré cette femme. Elle a peut-être beaucoup de défauts mais ce n'est pas une meurtrière. Quant au yuvraj, je suis presque contente qu'il soit mort. Un petit monsieur insupportable. Il n'a jamais eu un mot aimable à propos de Derek, ni de beaucoup de personnes, d'ailleurs. Je ne serais pas surprise que sa femme l'ait fait assassiner.

— Sa femme ? demande Sat.

— Voyons, Emily, dit Carmichael, ne répandons pas de médisances.

— S'il vous plaît, dis-je, je souhaiterais connaître l'opinion de Mme Carmichael sur cette question. »

Carmichael lance à son épouse un regard qui, s'il cherche à l'intimider, échoue lamentablement. J'ai l'impression qu'elle n'est pas femme à se laisser impressionner par qui que ce soit et surtout pas par son mari.

« Allons donc, Derek, dit-elle avec brusquerie, c'est

loin d'être un secret. Vous m'avez dit vous-même que toute la cour était au courant.

— Au courant de quoi ?

— Mais de sa liaison, bien sûr.

— Le yuvraj avait une liaison ?

— Parfaitement », assure-t-elle. Elle montre plus de conviction qu'il n'est acceptable quand on porte de telles accusations sans preuve formelle. « Et ici même à Sambalpur.

— Pardonnez-moi, madame Carmichael », dit Sat en la regardant comme si elle exposait le calcul différentiel et qu'il avait du mal à suivre. « Je ne comprends pas comment le yuvraj pouvait avoir une liaison. Son père a un harem. N'importe quelle femme pour laquelle il a une toquade devient simplement une épouse ou une concubine. »

Mme Carmichael prend une gorgée convenable de vin et s'enflamme pour son sujet. « Les choses ne sont pas tout à fait aussi simples. Notre yuvraj s'est trouvé une femme blanche, une memsahib, pas moins. » Elle rit d'un air entendu. « Elle est connue sous le nom de Katherine Pemberley et on dit qu'il était fou d'elle, qu'il allait la prendre pour deuxième épouse. Vous imaginez, capitaine ? Je comprendrais s'il s'agissait d'une jeune fille ordinaire, mais c'est une femme respectable, de bonne famille. Derek dit que son père est officier de l'amirauté. L'idée qu'une telle femme ait eu une liaison avec un indigène… C'est à ne pas croire.

— Mais c'était un prince, madame, intervient Portelli.

— Oh, bien sûr, mais tout de même… »

Sat remarque sèchement : « Je doute que la famille royale ait été particulièrement ravie elle aussi.

— Comment ? dit Mme Carmichael en lui lançant un regard où se mêlent l'irritation et l'incompréhension.

— Elle aurait eu du mal à préserver la pureté de son sang divin si le yuvraj avait une femme blanche », dit-il sur la défensive.

Mme Carmichael paraît quelque peu radoucie. « Je suppose que c'est possible. Le maharajah peut parfois être bizarre, notamment à cause de la malédiction.

— La malédiction ?

— Ce ne sont que des inepties, dit Carmichael. N'ennuyez pas nos invités avec ces superstitions ridicules, Emily.

— Les indigènes y croient, rétorque sa femme, et cela de toute éternité. »

Je demande de quoi il s'agit exactement. Les Carmichael échangent un regard et n'en disent pas davantage. C'est le comptable, Golding, qui rompt le silence.

« On raconte qu'il y a une malédiction sur la maison royale, dit-il. La malédiction de Sambalpur. Elle remonte à plusieurs siècles, une époque où les ancêtres du maharajah actuel étaient des rois guerriers. Cependant nous avons peu de détails.

— Je peux peut-être vous aider, propose Portelli l'anthropologue. Le rajah d'alors se serait épris de l'épouse du souverain d'un royaume voisin. Il existait une alliance entre les deux royaumes et le rajah a invité son homologue à un banquet dans le vieux fort, puis il l'a empoisonné avant d'envahir son royaume et emmener de force sa veuve à Sambalpur, où elle a été contrainte de l'épouser. On raconte qu'au moment où le prêtre allait prononcer les paroles rituelles de mariage la rani veuve a crié et appelé une malédiction sur la lignée de Sambalpur pour l'éternité.

— Quelle sorte de malédiction ? demande Sat.

— Que l'épouse du seigneur de Sambalpur sera stérile. Et bizarrement c'est ce qui est arrivé. Le maharajah actuel n'a hérité le trône que parce que l'épouse du précédent était stérile. À son tour, il n'a pas eu d'enfant de sa première épouse, la première maharané. C'est pourquoi il a institué la pratique officielle de la polygamie. Avant lui, les souverains de Sambalpur pouvaient avoir des concubines, mais ils ne prenaient qu'une épouse. Le yuvraj décédé et son frère le prince Punit sont nés de la deuxième maharané, et le petit prince Alok est le fils de la troisième maharané, Devika. De surcroît, le maharajah ne s'est pas contenté d'augmenter le nombre d'épouses, il a également beaucoup grossi celui des concubines dans le harem royal.

— C'est exact, raille Golding. Notre estimé maharajah a du goût pour les dames.

— Et la malédiction dure, ajoute Mme Carmichael pour faire bonne mesure. La femme du yuvraj ne lui a pas donné d'enfant non plus. »

Les domestiques entrent et commencent à débarrasser les reliefs du premier plat. Je réfléchis aux paroles de Mme Carmichael. Malédiction ou pas, ses accusations, aussi peu étayées soient-elles, méritent une enquête. Une femme blanche, une lady, ayant une liaison avec un prince indigène. C'est de la matière pour les romans que l'on vend chez nous sur les quais de gare. De telles choses n'arrivent pas dans la vie réelle, n'est-ce pas ?

Je dois parler à cette demoiselle Pemberley. Et vite.

Le dîner se poursuit avec davantage de vin et de conversations superficielles. Mme Carmichael assaille Sat de questions allant des derniers programmes du cinéma Rex aux arrangements domestiques du vice-gouverneur et sa femme. Je suis désolé pour le pauvre garçon, mais je reconnais qu'il s'en tire très bien en répondant par monosyllabes.

Je demande à l'anthropologue : « Qu'est-ce qui vous amène à Sambalpur, monsieur Portelli ?

— Je fais des recherches sur les coutumes tribales locales pour le Royal Anthropological Institute. Je me rendais à Puri pour le Rath Yatra, la fête de sept jours du dieu Jagannath, mais quand j'ai appris la triste fin du yuvraj je n'ai pas voulu manquer l'occasion d'assister au rite funéraire réservé à un membre de la famille royale. Je suis donc venu ici.

— Vous aurez certainement votre content de culte du Juggernaut ici à Sambalpur, dit Mme Carmichael. La première maharané est une fidèle de cette drôle de petite idole païenne. Elle lui a même consacré un temple sur la rive du fleuve. Elle est très superstitieuse. Dieu sait pourquoi le maharajah l'a épousée. J'ai entendu une fois quelqu'un de la cour dire qu'elle était la fille d'un balayeur, comme si vous pouviez croire une chose pareille. »

Portelli sourit. « Le royaume de Sambalpur est intimement lié à la légende du dieu Jagannath, dit-il. L'image connue la plus ancienne de lui est sculptée dans le roc d'une caverne proche de Sonepur, non loin d'ici.

— Alors pourquoi associe-t-on Jagannath avec la ville de Puri ? demande Sat.

— Tout d'abord, c'est là que se trouve le plus grand

temple qui lui soit dédié, et le roi de Puri est vénéré comme le gardien du temple sacré. Mais Sambalpur est aussi essentiel dans le culte de Jagannath. Comme vous le savez peut-être, on dit qu'il a traversé le royaume sous forme d'une pièce de bois sur le Mahanadi. »

Portelli s'enthousiasme pour son sujet et il me paraît valoir la peine de l'encourager. Finalement, tout vaut mieux plutôt que de devoir écouter Mme Carmichael discourir sur la dureté de la vie de femme de diplomate dans une époque de restrictions budgétaires.

Je lui demande : « Pouvez-vous m'en dire plus sur cette divinité ?

— Bien sûr ! répond-il ravi. Jagannath signifie "maître de l'univers". Il est considéré comme un avatar de Vishnou le protecteur, deuxième divinité dans la trinité hindoue des dieux responsables de la création, de la protection et de la destruction du monde. Et Mme Carmichael a raison : Jagannath détonne un peu parmi les autres divinités hindoues. Tout d'abord, son idole est en bois quand presque toutes les autres sont en pierre ou en métal. Il a des yeux ronds trop gros, des moignons en guise de bras et pas de jambes. Ce qui est plus intéressant c'est qu'il n'y a aucune référence claire à lui dans les Veda, les plus anciens textes hindous, et qu'il n'apparaît pas dans le panthéon hindou classique. On a même suggéré que Jagannath était à l'origine un dieu des forêts, vénéré par les tribus indigènes de l'Orissa. »

Je demande à Sat ce qu'il en pense.

«Je n'avais encore jamais entendu cette théorie, monsieur.

— Je n'en suis pas étonné, dit Portelli avec un grand

sourire. Je fais des recherches actives sur l'idée qu'il était le dieu des tribus et qu'il n'a été incorporé dans la mythologie hindoue que lorsque vos ancêtres, les envahisseurs aryens, sont arrivés dans l'Orissa. »

La conversation sur Jagannath a fait surgir le spectre de quelque chose de plus sombre. Se pourrait-il qu'il y ait réellement un lien religieux avec le meurtre du prince ?

« Je me demande si vous pourriez m'aider pour autre chose, dis-je à Portelli. Avez-vous une idée de la signification d'une marque qu'un saint homme peut porter sur le front ? Deux lignes blanches qui se rejoignent sur le nez de part et d'autre d'une ligne rouge plus fine ? »

Sa figure s'éclaire. « Vous parlez du *Sricharanam*, dit-il. La marque des disciples de Vishnou. »

Je récapitule très vite. Les marques que portait l'assassin sur le front sont celles des disciples de Vishnou. L'homme a disparu dans la foule du Rath Yatra, la procession de Jagannath, dont Portelli vient de nous apprendre qu'il est un avatar de Vishnou. Il s'est inscrit à l'hôtel Yes Please sous le nom de Bala Bhadra, un jeu de mots sur le nom du frère de la divinité, et maintenant il semble que Sambalpur soit un élément capital dans la mythologie de Jagannath. Cela fait beaucoup de coïncidences, et je ne crois pas aux coïncidences.

Quand le dessert arrive nous en sommes à la cinquième ou sixième bouteille de vin. Mme Carmichael s'est installée dans une ébriété heureuse et les autres ne sont pas loin derrière. À voir Carmichael accepter calmement l'état de sa femme j'en déduis que celui-ci n'est probablement pas inhabituel. De toute façon, qui suis-je pour juger ? Pour une jeune femme blanche échouée à Sambalpur, que faire dans une soirée sinon déguster quelques verres. À sa place j'en ferais probablement autant et, pour être honnête, je ne me limiterais pas à la boisson.

Golding et Portelli discutent des dispositions prises pour les funérailles du yuvraj qui doivent avoir lieu demain. « Normalement, dit l'anthropologue, son fils aîné accomplirait les rites funéraires, mais comme il est mort sans enfant j'imagine que ce devoir revient à son frère le prince Punit.

— Pas à son père ? dis-je.

— C'est possible. » Portelli hausse les épaules.

Ces mots ont pénétré l'esprit embrumé de Mme Carmichael. Soudain elle lève la tête. « Je pense que c'est hautement improbable. Il paraît que le vieil homme est mourant. »

Je m'adresse à Carmichael pour en avoir confirmation.

À ce stade il a renoncé à tenter d'empêcher sa femme de tenir des propos que le Bureau de l'Inde pourrait ne pas approuver. « Il y a eu des rumeurs, dit-il calmement.

— Voyons, Derek, tout le monde sait qu'il va en Suisse le mois prochain voir ses médecins. La question est de savoir s'il reviendra. »

Je dois rendre justice à Mme Carmichael : elle en sait apparemment beaucoup plus sur ce qui se passe à la cour de Sambalpur que tous ceux que j'ai rencontrés jusqu'ici. Si jamais elle se lasse d'être l'épouse d'un diplomate, elle pourrait briguer une carrière dans le renseignement. Je la présenterais volontiers moi-même à la Section H.

« Aucun père ne devrait avoir à enterrer son enfant, poursuit-elle, surtout après avoir déjà perdu la mère du petit garçon… »

Elle laisse sa phrase en suspens, visiblement impatiente de raconter l'histoire. Je devine qu'elle est croustillante, trois quarts de ragots pour un quart de réalité, et je veux l'entendre.

« Que lui est-il arrivé ? »

Un sourire illumine le visage d'Emily Carmichael, tel le soleil émergeant des nuages.

À la lumière vacillante des bougies elle entreprend de raconter l'histoire de la mère du yuvraj, la deuxième maharané, une belle princesse, le joyau le plus brillant de tout Sambalpur, qui a assuré son statut à la cour en donnant au monarque les héritiers mâles qu'il désirait tant. Mais elle a commencé à s'ennuyer, étouffée dans l'univers du *durbar* *, piégée dans les limites du zenana pendant que son mari menait la grande vie à Paris et à Londres. Mme Carmichael raconte des anecdotes abominables de piscines remplies de Dom Pérignon et d'aventures avec des téléphonistes et des secrétaires hypnotisées par les cadeaux dont il les couvrait et par l'idée de devenir princesse. Les concubines étaient une chose, mais les histoires avec des Européennes en étaient une autre. Puis est survenu l'épisode Norma Hatty, une assistante de pédicure originaire de Bolton que le maharajah avait rencontrée un soir où il n'était pas au Ritz.

« Le maharajah est tombé amoureux, dit Mme Carmichael, et en l'espace d'un mois il lui a demandé d'être sa troisième épouse. Naturellement, la petite aventurière ne se sentait plus de joie. Elle a cru avoir gagné le gros lot. »

Je peux le comprendre. Ce n'est pas tous les jours qu'une fille de Bolton a la chance de devenir princesse.

« Le dewan et le Cabinet ont été pris de panique. L'idée qu'une jeune fille aussi ordinaire entre dans la famille royale était une abomination. Une assistante de pédicure ? Maharané ? Obscène. »

Mme Carmichael poursuit : « Le plus étonnant, c'est que la seule personne qui semblait ne pas s'en inquiéter était la deuxième maharané. Je suppose qu'elle pensait qu'il valait mieux avoir Norma comme princesse dans le zenana où elle pouvait la surveiller que maîtresse du maharajah dans le monde extérieur. Elle espérait peut-être que Norma apporterait un peu d'air frais dans l'univers étouffant de la cour. Mais il n'en a rien été. À la fin, la première maharané a triomphé du maharajah et l'a convaincu que Mlle Hatty "ne convenait pas" et le mariage n'a pas eu lieu. Norma est quand même venue à Sambalpur ; il paraît qu'elle s'est installée au Beaumont Hotel et a refusé de partir jusqu'à ce que le maharajah accepte de lui payer un demi-million de livres. » Ses yeux s'écarquillent à l'évocation d'une telle somme. « M. Golding pourrait confirmer le montant. »

Le comptable toussote et boit une gorgée de vin.

« Vous nous parliez de la mort de la deuxième maharané, dis-je.

— Ah oui. Quoi qu'il en soit, environ un an après l'affaire Norma, la deuxième maharané a décidé qu'elle ne supportait plus la vie au harem. Elle a menacé de quitter le palais. Vous pouvez imaginer le scandale. L'épouse d'un maharajah le quitte et s'enfuit à Calcutta ! Bien entendu, les membres du gouvernement ont essayé de la convaincre de rester, ils lui ont offert toutes sortes de compensations, mais elle n'a rien voulu savoir. Ils ont fini par la menacer en lui disant qu'elle ne reverrait jamais ses fils. C'est ce qui l'a fait renoncer.

« Et en trois mois elle était morte. Les médecins ont dit que c'était la fièvre typhoïde mais personne ne le croit. On dit qu'elle faisait de nouveaux projets de départ, et qu'elle a été assassinée. Probablement empoisonnée. »

Portelli pousse une exclamation qui fait trembler la flamme des bougies sur la table devant lui. La réaction de Golding est dissimulée par le verre de vin qu'il porte à ses lèvres.

« Par le maharajah ? demande Sat.

— C'est là que c'est étrange, dit Mme Carmichael. Tout le monde s'accorde pour dire que sa mort l'a brisé. Il a annulé son voyage en Europe pour la saison et il est resté cloîtré au palais. Pendant un an il s'est coupé de tout, y compris de l'administration du royaume. On dit que lorsqu'il est ressorti c'était un autre homme. »

L'atmosphère semble s'être tendue avec l'histoire de l'assassinat possible de la deuxième maharané. Le visage de Golding est devenu gris. Il boit encore une gorgée de vin tandis que la conversation repart par petits groupes. Sans s'occuper de Sat, Mme Carmichael chuchote avec le comptable pendant que son mari discute avec Portelli.

« Bien, dit enfin Golding en regardant sa montre, si vous voulez bien m'excuser je vais prendre congé. Il se fait tard.

— Naturellement, dit Carmichael qui lui aussi a

l'air impatient de voir la soirée se terminer. Nous devrions peut-être nous dire au revoir. »

Cela me convient. J'aurai ainsi une chance de bavarder avec Sat, en supposant qu'il ait encore tous ses esprits. Non que les miens soient aussi aiguisés qu'ils le pourraient. Mon excursion à Tangra remonte à présent à presque quarante-huit heures et les douleurs musculaires augmentent. Mon envie d'essayer le contenu de mon nécessaire de voyage en a fait autant. Mes inquiétudes quant à l'imprudence du geste se sont évaporées comme l'afeem au-dessus de la flamme de la lampe à opium. Je ressens une nécessité presque viscérale d'aller dans ma chambre, et plus vite j'aurai terminé avec le sergent, plus vite je pourrai assouvir ma faim.

Tandis que les invités se dirigent vers le salon, Golding me prend à part. Le vin ne lui a pas réussi. En sueur, il se libère de son nœud papillon et desserre son col.

« Capitaine Wyndham, dit-il tout bas d'une voix avinée. Il faut que je vous parle. » Il tripote nerveusement la chevalière qu'il porte au petit doigt. « Une question très troublante.

— Je suis à votre disposition. »

Il regarde autour de nous et repère Emily Carmichael qui s'approche avec davantage d'alcools.

« Y a-t-il un rapport avec l'assassinat du prince ? »

Il continue de tripoter sa bague. Un curieux objet avec l'image gravée d'un cygne.

« Je préférerais que nous en parlions ailleurs. Je suppose que c'est possible. Mais je vous recommande d'être très prudent.

— Voulez-vous que nous sortions ? »

Il secoue résolument la tête. « Non, non. Demain. De bonne heure.

— Alors à demain. Je serai au Rose Building à neuf heures.

— Non, pas là-bas. Je vous retrouverai ici, devant la Résidence à huit heures. »

18

Assis dans un fauteuil dans la chambre de Sat je réfléchis à ce que Golding m'a dit. Il semblait aller parfaitement bien au début de la soirée, puis quelque chose l'a terrorisé. Une des révélations d'Emily Carmichael ? Ou est-ce simplement l'alcool qui a affecté son jugement ? Je le saurai demain matin à huit heures.

Je jette un coup d'œil à ma montre. Pendant la guerre, elle (tout comme moi) a reçu un obus allemand, et depuis elle est un peu extravagante pour donner l'heure. Elle indique onze heures et quart. Je pense que c'est une assez bonne approximation étant donné que la trotteuse se déplace encore.

La chambre de Sat est plus petite que la mienne et moins bien meublée. La vue est probablement plus vilaine, mais avec l'obscurité on ne peut pas en juger.

« Eh bien, c'était intéressant », déclare le sergent rayonnant.

Je ne le contredis pas. « Je ne peux pas m'empêcher de penser que si Emily Carmichael enquêtait sur cette affaire elle serait résolue dans les vingt-quatre heures. À tout le moins, elle aurait rassemblé un nombre convenable de suspects. »

Il sourit. « Nous devrions peut-être questionner la veuve du yuvraj, monsieur.

— C'est ce que j'ai l'intention de faire. »

Son sourire s'efface. « Sérieusement ?

— Elle a un motif. À moins que vous ne pensiez que les femmes indiennes n'assassinent jamais leur mari ?

— Pour être honnête, je serais surpris, monsieur.

— Je vous assure, sergent, que les femmes indiennes sont tout aussi capables de tuer leur conjoint que leurs homologues anglaises. »

Il secoue lentement la tête. « Pas les femmes bengalis, monsieur. Elles réduisent leur époux à la soumission. Je doute que leur meurtre devienne nécessaire. »

Je ne sais pas s'il plaisante.

« Nous devrons cependant la questionner, ainsi que l'Anglaise, Mlle Pemberley, que le yuvraj fréquentait.

— Elle oui, monsieur, mais la princesse, ce ne serait pas un peu délicat ?

— Pourquoi, parce qu'elle est princesse ?

— Oui, mais aussi… bégaye-t-il, parce qu'elle sera dans le zenana. J'imagine que les seuls hommes admis près d'elle doivent être… vous savez…

— Des eunuques ?

— Oui, monsieur. » Il rougit.

« Eh bien, sergent, si nous devions en arriver à cette extrémité, votre mère qui essaie de vous marier n'aurait plus à s'inquiéter. »

Après avoir informé Sat de mon rendez-vous avec Golding je me retire dans ma propre chambre.

Je ferme la porte derrière moi, je sors ma valise de l'armoire et la pose sur le lit. Mes pouces appuient sur les boutons de métal froid. Les serrures s'ouvrent. Je soulève le couvercle, jette les vêtements qui camouflent mon trésor et m'arrête.

J'ai la tête qui tourne.

J'expire lentement et contemple le coffret luisant avec ses motifs d'argent. À la lumière vacillante de la lampe-tempête le dragon qui forme la poignée a l'air de danser.

Je me sens au bord du vide.

C'est une folie suicidaire de vouloir fumer de l'opium. Tout d'abord, les risques d'être découvert sont ridiculement élevés. Un des Carmichael, ou plus vraisemblablement un de leurs domestiques, pourrait repérer le parfum révélateur. Étant donné le goût immodéré de Carmichael pour les câbles à Delhi, je ne doute pas que la nouvelle de mon habitude serait transmise avant le lever du soleil.

Par ailleurs, je ne me suis encore jamais préparé une pipe et mes mains ne sont pas très sûres.

Mais soudain la seule idée d'en allumer une me donne des nerfs d'acier. Je sors de mes poches de pantalon un paquet de Capstan et une boîte d'allumettes. Il ne me faut que cinq ou six cigarettes pour ce que j'ai en tête. J'en allume six, que je mets soigneusement dans un cendrier d'étain posé sur la table. En quelques minutes, un nuage de fumée grise commence à envahir la pièce, à ma grande satisfaction. Pour la première fois je comprends vraiment la signification du proverbe : *La nécessité est mère de l'invention*.

Je laisse les cigarettes brûler et je sors doucement le nécessaire de voyage de la valise.

Je vide le coffret presque sans m'en rendre compte et me retrouve devant son contenu étalé par terre. La pipe avec ses embouts de porcelaine, la selle et le fourneau, la lampe à opium et son capuchon de verre, une mèche et un petit récipient de cuivre que j'ai rempli d'huile de coco pour la lampe, une série de petits ustensiles : certains utilisés pour rouler la boulette, d'autres pour curer le fourneau, et finalement l'aiguille sans laquelle la cuisson de la résine est impossible.

Je remplis le réservoir d'huile et y plonge la mèche. Je l'allume et la couvre avec le capuchon. Dans une petite poche de ma valise je prends la boulette de résine d'opium que j'ai détournée des possessions de l'assassin et y plante l'aiguille. Je m'agenouille, j'approche la boulette de la flamme et j'essaie d'imiter les gestes que j'ai déjà vu faire cent fois à Chinatown.

L'opium se ramollit et devient visqueux. Une vague d'exultation me submerge. Je suis en train de le faire, je fais cuire de l'opium, je rends magique une matière inerte. Comme un alchimiste qui change le plomb en or. Les secrets de l'univers s'ouvrent pour moi.

Et puis tout change.

Quelque chose ne va pas. L'opium commence à brûler puis à se carboniser. Je me creuse la tête : j'ai oublié quelque chose ? Une étape cruciale dans l'opération ? Je tiens l'opium trop près de la flamme ? J'essaie de modifier ma technique, mais en le faisant je m'aperçois que c'est inutile. L'opium brûle, il ne s'évapore pas. Je le déplace rapidement pour le mettre dans le fourneau de la pipe que j'installe sur la selle dans l'espoir que quelques-unes des précieuses vapeurs soient récupérables. Je porte le tuyau à mes lèvres et j'inhale.

Une fumée amère, carbonisée.

Je suis effondré.

Je pose la pipe sur le sol puis je me laisse choir à côté d'elle en me tenant la tête à deux mains. Un instant plus tard j'ai des spasmes de douleur.

Quand je me réveille, la lampe à opium est éteinte. Un élancement monotone et un battement dans les tempes ont remplacé la douleur.

Je me lève et à la faible lueur de la lampe-tempête je ramasse péniblement la pipe. Je retire le fourneau, j'y vois les restes de la boulette fragile d'opium noircie. Je les écrase dans mes mains et je jette la poussière dans la nuit sans vent.

Lundi 21 juin 1920

19

Je m'endors juste avant l'aube. Pendant la guerre j'ai appris à me contenter de deux ou trois heures les yeux fermés et c'est une habitude que j'ai été contraint de conserver depuis. À Calcutta, se réveiller n'est pas précisément difficile. Quiconque y a passé une nuit vous dira qu'au petit matin la ville aime attaquer tous vos sens à la fois : les cris des jeunes coqs et des chiens errants, la puanteur des égouts, les punaises qui festoient sur votre corps. Ils se concertent tous pour rendre votre réveille-matin superflu. Sambalpur est différent, plus calme, l'odeur y est meilleure, mais il a ses inconvénients. Le silence est tel que je me réveille en craignant que le soleil ne soit déjà beaucoup trop haut dans le ciel.

Les symptômes semblables à ceux de la grippe sont revenus, en plus violents : la tête dans un étau, les yeux qui pleurent. Je donnerais bien un mois de salaire pour rester là une heure de plus, mais je me souviens de Golding. J'ai accepté de le voir à huit heures. Je regarde ma montre. Elle s'est arrêtée à trois heures moins le quart.

Je m'arrache du lit, enfile une chemise et un pantalon et me précipite dans l'escalier. La pendule du vestibule indique huit heures moins dix. Avec un soupir de soulagement je sors retrouver le comptable.

Le ciel est couvert, l'air est lourd. Un indigène en chemise blanche et turban ratisse le gravier près des grilles.

« Avez-vous vu M. Golding ?

— *Ji*, sahib, répond-il avec un sourire. Golding sahib homme très gentil. Il vient seulement hier.

— L'avez-vous vu ce matin ?

— Non, sahib », répond-il avec un mouvement de tête plein de regret.

Je me dirige vers les grilles, j'allume une cigarette et j'attends. Au bout de vingt minutes, l'humidité et mon mal de tête deviennent intolérables. Aucun signe de Golding. Hier soir, il semblait tellement impatient de se décharger d'un poids que je m'attendais même à ce qu'il arrive en avance. Mais il était ivre. Il a peut-être dessoûlé et changé d'avis. Ou bien il est en train de soigner sa gueule de bois. En tout cas il ne va pas se mettre en route facilement. Je le questionnerai aujourd'hui que cela lui plaise ou non.

De retour à l'intérieur je trouve Sat en train de prendre le petit déjeuner dans la salle à manger.

Je lui demande s'il a vu Golding.

« Je crains que non, monsieur. Il ne s'est pas montré ?

— Il semblerait que non.

— Il a beaucoup bu hier soir. Il a peut-être oublié ?

— Peut-être. » Je me sers une tasse de café noir et m'assois en face de Sat. Nous entendons une voiture s'arrêter dans l'enceinte et quelques minutes plus tard le colonel Arora apparaît.

« Voulez-vous prendre le petit déjeuner avec nous, colonel ? dis-je.

— Merci, non.

— Vous n'avez pas croisé M. Golding, par hasard ? Nous devions nous retrouver à huit heures. Les gens ont peut-être une interprétation plus libre du temps ici dans l'arrière-pays. »

Le colonel a un petit rire amer. « Pas notre M. Golding. Il est toujours extrêmement ponctuel.

— Et que faites-vous ici si tôt ? Je pensais que vous viendriez à neuf heures.

— J'ai peut-être appris des Anglais. En tout cas, je vous transmets une invitation. Il y a ce soir une petite veillée mortuaire. Son Altesse le maharajah requiert votre présence. Je vous enverrai une voiture à sept heures.

— Très bien. » Je consulte ma montre. Golding a maintenant une demi-heure de retard. Il ne viendra probablement pas. Je demande à Arora : « Où est le bureau de Golding ?

— Au Gulaab Bhavan. L'étage au-dessous de vous.

— Dans ce cas allons-y. Nous le trouverons peut-être là-bas. De toute façon nous avons beaucoup à faire et nous avons besoin de votre assistance. »

Un mince sourire apparaît sur ses lèvres. « À votre service. »

Quarante minutes plus tard nous sommes de retour dans notre bureau temporaire qui donne sur les jardins. Nous nous sommes arrêtés au bureau de Golding mais il était fermé. À présent je contemple la vue pendant que Sat et le colonel discutent de la liste des personnes à interroger.

« Hors de question », proteste le colonel en se levant. Il domine Sat de très haut. « Le prince Punit, bon, c'est faisable, mais la veuve d'Adhir, la princesse Gitanjali, c'est une injure au protocole. Les maharanés et les princesses, même les concubines royales, ne peuvent pas être approchées, et particulièrement par vous, Wyndham.

— Moi ? »

Le colonel se rassoit les mains serrées.

« En deux cents ans de relations avec les Britanniques nous avons dû accepter beaucoup de choses, mais une seule est demeurée inviolable : la sainteté du zenana. Pas seulement à Sambalpur, mais dans tous les États princiers. Les femmes royales doivent rester pures. Le prince décédé était non seulement mon maître mais aussi mon ami. Cependant je ne demanderais pas au maharajah de vous autoriser à interroger une princesse de la maison royale même si je pensais qu'elle l'a assassiné elle-même.

— Et le sergent Banerjee ? »

Tous les deux me regardent fixement.

« Ce n'est pas un Anglais, dis-je, même si à l'entendre on le croirait. Il pourrait peut-être questionner la princesse ? En votre présence, bien entendu. »

Le colonel secoue la tête. « Non. Ce serait impossible sans la permission expresse du maharajah, et celui-ci ne l'acceptera jamais. »

Sat se tortille sur son siège. « Si je peux me permettre, monsieur. Il serait déconseillé de contrarier… »

Je l'interromps.

« Au moins, demandez-la-lui.

— Mais pourquoi voulez-vous questionner la princesse ? » demande le colonel.

Attendu qu'il s'oppose fermement à cette idée, il ne serait pas sage de lui dire que notre demande repose sur un ragot d'une Mme Carmichael passablement éméchée, je fais donc tout ce que fait un bon détective. Je mens.

« Le yuvraj a reçu deux messages qui ont tous les deux été laissés dans ses appartements au palais. Quelqu'un à la cour tentait de l'avertir. Son épouse sait peut-être quelque chose à ce propos. Nous ne ferions pas notre travail si nous ne lui parlions pas. »

Le colonel soupire, mais ne proteste pas. Cela ressemble à un progrès. Je poursuis : « Entre-temps, j'aimerais examiner les appartements du prince. Je veux voir où les messages ont été laissés.

— Très bien. Je vais m'en occuper. Autre chose ?

— Il y a une question délicate. Il est venu à nos oreilles que le prince avait une liaison avec une memsahib, une certaine Mlle Pemberley. Étiez-vous au courant ? »

Arora s'assombrit et m'adresse le regard froid qu'il avait la première fois que je l'ai vu.

« J'étais au courant, naturellement. Qui, à votre avis, a payé ses notes au Beaumont ?

— Vous n'avez pas pensé à nous en parler ?

— Cela n'avait aucun rapport avec votre enquête. Et le sujet est franchement déplaisant.

— Vous désapprouviez cette relation ? »

Il ne répond pas.

« Vous pouvez parler franchement, dis-je.

— Son Altesse n'agissait pas dans l'intérêt du royaume », dit-il en se levant. C'est la réponse d'un diplomate.

« Encore une chose, colonel », dit Sat en se hâtant de sortir un dossier mince de sa sacoche. Il en tire une photo de l'arme de l'assassin et la tend à Arora. « Avez-vous déjà vu un revolver comme celui-ci, monsieur ? Il comporte cinq chambres et une détente escamotable qui n'apparaît que lorsque vous armez. Il est très caractéristique. »

Le colonel jette un rapide coup d'œil et rend la photo. « C'est un Colt. Un Colt Paterson. Dépassé, mais efficace. »

Je lui demande à mon tour : « Vous en avez déjà vu ?

— Je pense bien, répond-il en riant. J'en ai eu un. Il a été longtemps l'arme de tous les officiers de Sambalpur. Il n'a été remplacé que lorsque nous avons reçu du Bureau de l'Inde un armement moderne en 1915. Jusque-là, comme vos militaires ne tenaient pas à armer les États princiers nous devions nous fournir à d'autres sources, dont les États-Unis. Je crois qu'au siècle dernier nous en avons acheté une centaine aux Américains. Il paraît qu'ils ont appartenu à l'armée du Texas avant que cet État s'intègre à l'Union. Ils ont été utilisés pendant la guerre de Sécession, puis, devenus des surplus, ont finalement été vendus à Sambalpur. Quand a éclaté la Grande Guerre et que les maharajahs ont commencé à recruter des régiments pour prêter main-forte aux Britanniques, votre gouvernement a reconsidéré sa politique, naturellement, et il a remplacé toutes nos armes à feu antiques par un armement dernier cri. Les Colts devaient être rendus à l'armée, mais un nombre non négligeable a disparu.

— L'arme du crime, dit tranquillement Sat.

— Quoi ? »

J'explique. « Cette arme a été trouvée sur l'assassin. Nous pensons que c'est celle qui a servi à tuer le prince. Elle relie l'assassin à Sambalpur. »

Elle laisse aussi supposer que soit l'assassin, soit son commanditaire avait un lien avec la milice sambalpuri ou avait acheté l'arme à quelqu'un qui en avait un.

« Avez-vous une idée de combien ont disparu ?

— Je ne sais pas, mais il y a un homme qui pourrait vous le dire.

— Laissez-moi deviner. M. Golding. »

Le colonel sourit. «Il est très pointilleux sur les inventaires.

— Voyez si vous pouvez le trouver. Même s'il a changé d'avis et ne souhaite plus me parler, je continue à vouloir m'entretenir avec lui. »

Quelques instants plus tard on frappe à la porte. Je suppose que le colonel a oublié quelque chose. Mais c'est Carmichael qui entre en trébuchant.

Il transpire, ce qui n'a rien d'anormal, mais son expression m'inquiète.

Je lui demande : « Que puis-je faire pour vous, monsieur Carmichael ?

— Je crains qu'il n'y ait un problème, répond-il en bégayant. C'est vraiment très désolant. »

Il tire un mouchoir de la poche de son pantalon et s'éponge le front. « J'ai reçu un câble de Delhi, explique-t-il à bout de souffle. Vous êtes sommés de quitter Sambalpur et de retourner à Calcutta aujourd'hui, immédiatement après la crémation. »

Je redoutais cette nouvelle depuis que Carmichael nous avait informés du câble qu'il avait envoyé. Toutefois, il y a une lueur d'espoir dans le fait qu'elle vienne de Delhi et non de Calcutta.

« Sommes-nous tous les deux concernés ou ne s'agit-il que de moi ?

— Il dit simplement que le capitaine Wyndham doit être considéré comme *persona non grata* à Sambalpur et retourner à Calcutta sur-le-champ.

— Mais le maharajah a demandé l'aide du capitaine, proteste Sat.

— Je vous dis seulement ce que contient le câble », répond le Résident.

Je lui demande : « D'où ?

— Comment ? fait-il troublé.

— Qui l'a envoyé ?

— Le secrétaire des États indigènes, bien sûr.

— Je vois. »

Le contenu du télégramme et sa source semblent accablants, mais il reste une issue possible. Son expéditeur fait partie du premier cercle du vice-roi. Il est l'un des hommes les plus haut placés de l'Indian Civil Service. Cependant, ni Carmichael ni moi ne rendons de compte à l'ICS. En tant qu'officier de la police impériale je dépends de mes supérieurs à Calcutta, et lui, en tant que Résident britannique à Sambalpur, dépend du Bureau de l'Inde à Londres.

Je pousse un soupir. « On dirait que vous avez des difficultés. »

Il me regarde comme si je venais de suggérer qu'il

coure tout nu autour du palais. « Moi ? Des difficultés ?

— Vous avez reçu un câble de quelqu'un de l'ICS, dont ni vous ni moi ne relevons. Je suis ici en vacances et, comme vous le savez, le maharajah lui-même m'a invité à satisfaire ma curiosité professionnelle durant mon séjour et observer les méthodes locales de maintien de l'ordre. Mon départ serait interprété comme une insulte grossière à Son Altesse, à la cour de Sambalpur et peut-être à toute la nation sambalpuri, d'autant plus que je n'ai reçu aucun ordre de mes propres supérieurs à ce sujet. »

Les épaules de Carmichael s'affaissent et il se laisse finalement tomber dans le fauteuil que Sat a placé derrière lui. Il a l'air mal à l'aise. Je ne lui en veux pas. C'est un diplomate de carrière, un homme habitué à toujours suivre les ordres de personnages sans visage à l'autre bout d'un télégraphe. Qu'est-il censé faire quand ces ordres viennent de quelqu'un extérieur à la chaîne de commandement et qu'ils sont activement mis en question ? Carmichael s'en remet à sa formation et comme tout bon diplomate esquive la question.

« Je chercherai un éclaircissement, dit-il, mais en attendant je dois insister pour que vous quittiez la Résidence. » Je suis d'accord. En supposant qu'il y ait de la place, les chambres du Beaumont Hotel seront sacrément plus confortables, sans parler du fait qu'elles ont l'électricité.

« Très bien, dis-je. Nous emporterons nos affaires cet après-midi, après la crémation du yuvraj.

— Oui, bien, grommelle-t-il. Je suppose que c'est acceptable.

— Si plus rien ne vous retient, le sergent et moi avons du travail. Je suis sûr que vous devez être très occupé vous-même. J'imagine que vous représenterez la Grande-Bretagne aux funérailles.

— Oui, répond-il en se levant. Je ferais mieux de m'en aller. Je vous souhaite une bonne journée. Nous nous verrons là-bas. »

« On dirait que quelqu'un de haut placé n'est pas heureux que vous soyez ici », dit Sat après le départ de Carmichael.

Il a raison, et deux candidats s'imposent : le vice-roi, qui ne m'a jamais réellement fait confiance après l'affaire Sen de l'année dernière, et la Section H, qui pour être juste ne fait jamais confiance à personne. Mais lequel des deux – et pourquoi – reste un mystère. Encore une fois, il doit y avoir, dans cette affaire, davantage que la religion ou la politique locale sambalpuri. Et c'est là que le bât blesse.

« Nous avons obtenu un sursis, dis-je, mais Carmichael ne va pas tarder à répondre et à clarifier la situation. Si le vice-roi est derrière, je doute qu'il lui faille des heures pour envoyer ses ordres à lord Taggart. »

En réalité, une part de moi est presque soulagée à cette perspective. Mon échec dans la préparation de la pipe d'opium hier soir m'a laissé les nerfs à vif. L'idée d'un séjour prolongé à Sambalpur loin d'une fourniture assurée d'opium est une chose que je répugne à envisager.

Mais Sat a d'autres idées. « Il y a peut-être un moyen de le devancer, monsieur… »

20

« Nous n'obtiendrons rien, dis-je en courant dans le corridor.

— Nous n'avons rien à perdre, répond Sat.

— Alors il faut nous dépêcher. Carmichael doit être en route. »

Nous cherchons le colonel Arora. J'ouvre grand la première porte que nous trouvons et je me rue à l'intérieur, la pièce est vide. Je me retourne en jurant, juste à temps pour recevoir Sat en pleine poitrine.

« Personne ici », dis-je en le repoussant.

Nous continuons nos recherches en ouvrant les portes d'autres bureaux inoccupés. Il semblerait que tout l'étage soit vide. Au moment où je commence à être exaspéré, Sat me fait signe de m'arrêter.

« Attendez, me dit-il en haletant.

— Allons, vous vous reposerez quand nous aurons trouvé le bureau d'Arora. Et pensez à vous inscrire pour la culture physique quand nous rentrerons à Calcutta.

— Non. Il y a peut-être un moyen plus astucieux, monsieur. » Il entre dans un bureau vide, prend le téléphone.

« J'ai besoin de parler d'urgence au colonel Arora, dit-il au standardiste. Mettez-moi en communication avec son bureau, s'il vous plaît. »

J'entends la sonnerie à l'autre bout. Puis Sat se tourne vers moi en souriant. « Colonel Arora, ici le sergent Banerjee. J'ai une requête urgente, monsieur. »

Quelques minutes plus tard nous sommes dans le bureau du colonel qui termine une conversation au téléphone. Il raccroche et nous dit aussitôt : « C'est fait. Il y a deux bureaux du télégraphe en ville : un ici au palais, et l'autre à la gare. Les deux vont connaître des "difficultés techniques" durant la prochaine heure.

— Merci, dit Sat.

— Maintenant, voudriez-vous m'expliquer la raison de cette manœuvre ? »

Sat me regarde et je lui fais signe de poursuivre. Nous n'avons pas de raison de cacher la vérité au colonel Arora. Et surtout nous n'avons pas eu le temps d'inventer un mensonge plausible.

« M. Carmichael a reçu des ordres de Delhi exigeant que le capitaine Wyndham retourne immédiatement à Calcutta. Heureusement, en raison d'une erreur administrative, les ordres ont été reçus de l'ISC et non de la police. M. Carmichael a demandé une explication à ses supérieurs. En attendant qu'il la reçoive, le capitaine est libre de rester ici à Sambalpur… »

Le colonel se tourne vers moi. « Et pourquoi veulent-ils que vous rentriez à Calcutta, capitaine ?

— Ils ne le veulent pas. Si c'était le cas, le câble viendrait du quartier général de la police à Calcutta, pas de quelque gratte-papier de Delhi. Ils veulent seulement que je ne sois plus ici…

— Et pourquoi donc ? »

Je ne sais pas, mais j'ai des soupçons, tous déplaisants, et aucun que j'aie particulièrement envie de partager avec le colonel.

« Votre avis vaut le mien, dis-je en haussant les épaules.

— Donc vous ne voulez pas que Carmichael communique avec Delhi ? Pourquoi ne peut-il pas simplement leur téléphoner? Je suppose qu'il y a un téléphone à la Résidence?

— Les ordres officiels doivent être transmis par écrit, mais maintenant que vous en parlez, ce serait bien que son téléphone soit touché lui aussi. Les pluies de la mousson n'ont peut-être pas encore atteint Sambalpur, mais il paraît que beaucoup de lieux intermédiaires entre ici et la capitale peuvent rivaliser avec l'Atlantide. Il va de soi que les lignes téléphoniques peuvent être coupées. »

Le colonel affiche un grand sourire. « J'aurai besoin d'une autorisation. Le dewan n'approuvera peut-être pas, mais je pense que Son Altesse le maharajah acceptera. Il aime beaucoup se moquer des Britanniques de temps en temps. Un jour il a offert à M. Carmichael un sac de golf et des clubs en témoignage de l'estime de Sambalpur pour son noble Résident. Carmichael en est extraordinairement fier. Ce qu'il ignore, c'est que le sac est fait en peau de pénis d'éléphant. Son Altesse l'a fait fabriquer spécialement.

— Intéressant. Si vous réussissez à retarder mon rappel de quelques jours je m'assurerai de l'inviter à faire une partie.

— Vous jouez?

— Non. Je n'ai jamais été tenté jusqu'à maintenant. »

Le colonel éclate de rire, ce qui prouve qu'il en est capable, et c'est bien.

« Combien de temps aimeriez-vous que durent les ennuis de communication de M. Carmichael? demande-t-il finalement. Je ne peux pas les prolonger indéfiniment. Des guerres ont éclaté pour des provocations moins graves, et je ne suis pas autorisé à déclencher un conflit cette semaine. En outre, je détesterais être le responsable de la fin de la domination britannique en Inde. »

C'est mon tour de sourire. « Naturellement, dis-je, M. Gandhi ne vous le pardonnerait sans doute jamais. Mais s'il vous plaît, aussi longtemps que possible. Idéalement, une semaine.

— Trois jours au maximum. Mais à une condition.

— Dites-moi laquelle.

— Vous ne révélerez jamais à M. Carmichael la provenance de son sac de golf adoré.

— Je pense que nous pouvons y parvenir.

— Dans ce cas, vous pouvez être assuré que pendant les soixante-douze prochaines heures, M. Carmichael trouvera plus rapide de marcher jusqu'à Delhi que de téléphoner ou de télégraphier d'ici. »

Nous nous apprêtons à retourner dans notre bureau quand on frappe à la porte du colonel. « Frapper » n'est peut-être pas le terme exact, il s'agirait plutôt d'un coup de marteau. La porte s'ouvre et entre un homme aux yeux noirs et à la barbe aussi épaisse qu'un tapis d'Axminster. Il porte une tunique flottante de soie vert émeraude avec une ceinture et tend une enveloppe au colonel.

Sur un signe de celui-ci il se place à côté de Sat qu'il domine de son ombre aussi efficacement qu'un arbre.

Le colonel déchire l'enveloppe et en tire un unique feuillet.

« Eh bien, dit-il, comme s'il n'était pas surpris par le contenu, en ce qui concerne les entrevues que vous avez demandées, Son Altesse a refusé que vous questionniez la princesse Gitanjali. »

À côté de moi, Sat pousse un soupir de soulagement.

« Et le prince Punit ?

— Son Altesse n'y voit aucune objection.

— C'est un début, je suppose. »

Arora pince les lèvres. « Pas vraiment. Le yuvraj s'absente demain pour une partie de chasse. Aujourd'hui il doit assister à la crémation de son frère. Je doute qu'il trouve le temps de vous recevoir.

— Il va à la chasse tout de suite après les funérailles de son frère ?

— Il paraît que cette chasse aurait dû commencer hier. Le prince a été contraint de retarder son départ d'une journée et il n'est pas d'humeur à le remettre encore une fois. »

Intéressant. Quand mon demi-frère Charlie, que je connaissais à peine, a été tué pendant la guerre, je suis tombé dans le plus profond désespoir durant des semaines. La chasse n'aurait pas été en tête de mes priorités.

« Que nous reste-t-il ?

— Vous pouvez encore examiner la chambre du prince Adhir et questionner la femme anglaise.

— Cela ne nous avancera pas beaucoup.

— Je vais voir si je peux organiser une entrevue avec le prince Punit. En attendant, il va assister à la veillée mortuaire de son frère. Vous pourriez peut-être lui poser quelques questions ? »

21

Les appartements du yuvraj sont situés quelque part vers l'extrémité de l'une des ailes du Surya Mahal.

Il est difficile d'être plus précis car ils font la taille d'un palais, et j'ai autre chose en tête.

Nous suivons l'homme qui a remis le message au colonel Arora, et Sat doit presque courir pour ne pas rester en arrière. Nous nous arrêtons finalement devant une niche ornée de motifs sculptés qui ressemblent à des plumes de paon et incrustée de jade et de topazes bleues. La porte elle-même est gardée par un autre guerrier barbu de stature similaire à celle de notre guide.

Ils échangent quelques mots, probablement dans une langue de quelque part près de la frontière nord-ouest. La sentinelle fait un bref signe d'accord, ouvre la porte et reste à côté.

Notre guide m'annonce : « Les appartements de Son Altesse le yuvraj » et il nous invite à entrer, avant de refermer la porte derrière nous.

Nous sommes dans une petite antichambre qui mène à un salon plus grand meublé dans un style que *House & Garden* pourrait qualifier d'« opulence orientale ». La pièce est fraîche, bien qu'il n'y ait aucun signe de ventilateur ni de punkah, et un parfum de jasmin et d'essence de rose imprègne l'air.

« Joli endroit, commente Sat.

— Mmm. Il est certain que nous ne sommes plus à Premchand Boral Street.

— Que cherchons-nous exactement ? demande-t-il en allant dans une pièce attenante qui doit être la chambre.

— J'ai besoin de ressentir l'atmosphère de cet endroit. Il n'y a guère de meilleur moyen pour cerner la personnalité d'un homme que d'examiner son lieu de vie.

— Même quand cet homme est un prince ? » demande

Sat d'un ton sceptique, en jouant avec des bibelots précieux sur une étagère près d'un lit à colonnes avec des draps de soie dorée et une tête de lit incrustée de marbre. Il marque peut-être un point.

Je m'assois sur le lit. Il est dur, probablement bourré de coton tassé en lieu des ressorts de nos matelas européens. Je suis surpris. Je m'attendais à ce que le lit du prince soit mou et occidentalisé comme tant d'autres choses dans le palais. Je retourne un des oreillers. Lui aussi est dur, à la manière indienne. Je me rappelle une chose que le prince a dite dans la voiture avant son assassinat. Il a indiqué qu'il avait trouvé un message sous son oreiller et l'autre dans une poche de costume. Je réfléchis.

À l'autre bout de la pièce se trouve un élégant bureau. J'ouvre les tiroirs et commence à fouiller leur contenu : quelques papiers officiels portant le sceau du royaume, des objets incrustés de pierreries, mais rien d'intéressant pour moi.

Je vais dans une petite pièce pleine de grandes penderies. J'en ouvre une et me trouve devant une trentaine de costumes.

Quand je retourne dans la chambre, Sat est en train d'examiner une des deux tapisseries en soie suspendues de part et d'autre d'un miroir doré en pied.

Je demande : « Pourquoi ?

— Pourquoi quoi, monsieur ?

— Pourquoi les messages ont-ils été laissés là ? »

Il me regarde sans comprendre. « Vous voulez dire dans ses appartements ?

— Pourquoi sous l'oreiller ? Et dans la poche d'un costume ? Pourquoi pas sur son bureau ?

— C'est évident, non ? La personne qui les a laissés

voulait s'assurer que le prince et lui seul les trouverait. »

Je me lève, je traverse la pièce, j'ouvre la dernière porte et découvre la salle de bain. Sur une étagère recouverte de carrelage bleu sont posées une douzaine de serviettes blanches soigneusement pliées. Je les secoue l'une après l'autre et les laisse tomber en pile par terre.

« Que faites-vous, monsieur ?

— Pourquoi laisser deux messages qui disent la même chose ? »

Le sergent réfléchit à la question. « Je ne sais pas, monsieur.

— Peut-être parce que le premier n'a pas été trouvé ? Le prince a dit qu'il avait trouvé le premier sous son oreiller et le second dans une poche de costume. Mais un prince a probablement une centaine de costumes. Et si le tout premier message avait été laissé dans la poche du costume et que le prince ne l'ait trouvé que plus tard ? »

Je secoue l'avant-dernière serviette. Un petit morceau de papier blanc tombe sur le sol en voletant. Je le ramasse, le déplie et le montre à Sat.

« Je pense que ceci pourrait être le deuxième avertissement envoyé au prince. Il y avait un risque à laisser un message dans une serviette, d'autant plus que le prince avait apparemment de quoi fournir un bain turc, mais il fallait une chose que lui et lui seul utilisait, et il y avait probablement plus de chances qu'il le trouve là que dans un costume. Quand il n'a pas été découvert non plus, je suppose que le troisième a été placé sous l'oreiller, où il était presque garanti qu'il le trouve.

— Leurs emplacements indiquent une volonté de secret. S'il existait un complot visant à tuer le prince, pourquoi l'informateur ne le lui a-t-il pas dit directement ?

— Réfléchissez. Les messages étaient écrits en langue locale, et donc par quelqu'un d'ici, avec un certain niveau d'instruction : suffisant pour lire et écrire, mais seulement dans la langue locale, une langue que le prince lui-même ne parlait pas. Qui aurait accès à la chambre du prince mais n'aurait pas une importance ou une position suffisante pour pouvoir parler directement au prince ? »

La réponse est évidente.

« Une domestique, répond Sat. Il nous faut demander au colonel Arora de pouvoir questionner toutes les domestiques affectées aux appartements du prince. » Il retourne dans le salon et se dirige vers la porte.

Je lui réponds : « Attendez, j'ai une meilleure idée. »

J'utilise le téléphone qui est sur la table de nuit du prince.

« Vous voulez interroger les domestiques, à présent ? »

Le colonel Arora a un ton légèrement exaspéré.

« Qui d'autre aurait déposé les messages dans ces endroits-là ?

— Mais comment une domestique pourrait-elle être informée d'un complot contre le yuvraj ?

— Nous ne le saurons que lorsque nous leur aurons parlé.

— Très bien, soupire-t-il. Je vais voir ce que je peux faire. J'imagine que vous avez examiné tout ce que vous vouliez dans les appartements du yuvraj ?

— Je pense que nous en avons terminé.

— Dans ce cas, je vous serais reconnaissant de me retrouver devant le Rose Building dans dix minutes. Une voiture vous attendra.

— Allons-nous dans un joli endroit ?

— Tout dépend de votre opinion sur le goût des comptables, répond-il laconique.

— Il est arrivé quelque chose à Golding ? »

Le colonel se tait un instant et dit finalement : « Personne ne l'a vu ce matin et il ne répond pas au téléphone chez lui. »

Je commence à avoir peur.

« Est-il possible qu'il soit allé quelque part ?

— J'en doute. Même en cas d'urgence il ne serait jamais parti sans en aviser quelqu'un. »

La Mercedes s'arrête devant une maisonnette proprette, imitation Tudor, qui ne détonnerait pas dans le Kent. Une grille peinte en vert entre de hautes haies s'ouvre sur une allée qui sépare des pelouses soignées et des corbeilles pleines de fleurs anglaises. La maison elle-même vient d'être chaulée et les pans de bois sont peints du même vert que la grille.

L'air est immobile, le silence ponctué seulement par les cris d'un mynah. Sat et moi nous dirigeons vers la porte d'entrée. Le colonel Arora ne nous a pas accompagnés. Il a prévenu le chauffeur qu'il doit prendre des dispositions de dernière minute pour les funérailles du prince.

Je frappe plusieurs fois avec le gros marteau peint en noir. Nous attendons. Aucun bruit à l'intérieur.

« Ce devrait être assez fort pour réveiller les morts, dit Sat.

— Espérons que nous n'en sommes pas là, sergent. Faites le tour de la maison. Voyez si vous trouvez des fenêtres ou des portes ouvertes.

— Oui, monsieur. » Il s'éloigne d'un côté.

Je vais de l'autre et j'essaie de regarder par les fenêtres que je pense être celles du salon. L'intérieur est obscur et masqué par des rideaux de dentelle, je ne distingue rien. Je reviens à la porte d'entrée, je lui donne une forte poussée. Elle est solide et fermée à clef, et je ne tiens pas à l'attaquer avec l'épaule. La dernière fois que nous avons essayé de défoncer une porte nous avons été accueillis par une volée de balles. En outre, je suis techniquement en vacances. Puis je me souviens que le propriétaire est comptable, je recule d'un pas pour soulever le paillasson qui est à mes pieds.

Je jure en silence. Pas de clef de secours.

Sat revient de sa circumnavigation. Son expression me dit tout ce que j'ai besoin de savoir.

« La porte de derrière a été forcée. »

À l'arrière, le jardin est plus grand mais aussi bien entretenu que devant. Une rangée de buissons de rosiers roses et rouges longe le mur et je vois une table et deux chaises en rotin sous un jacaranda. Ce serait une image de carte postale n'était l'état de la porte. Sat s'est montré classique en la décrivant comme ayant été « forcée ». On dirait que quelqu'un l'a attaquée à la hache. Une moitié est en miettes sur le sol et le reste est encore suspendu à un gond. Une chose est sûre, Golding n'a pas pris une journée de congé.

Je repousse du pied les débris de la porte et je pénètre sous le porche, des éclats de bois sous mes semelles. La maison est plongée dans le silence. Une paire de bottes de cheval est posée sur le sol carrelé.

Sat sur les talons, j'ouvre la porte de la pièce suivante, une cuisine qui a l'air d'avoir été bombardée. Tiroirs ouverts, placards vidés et vaisselle fracassée.

« Avez-vous votre revolver, sergent ?

— Je crains que non, monsieur, murmure Sat. Il est à la Résidence. »

Je peux difficilement lui faire des reproches, le mien est à quelques centaines de miles plus loin à Calcutta. « Dans ce cas, espérons que celui qui a fait cela est parti depuis longtemps ou qu'il est aussi confiant que nous. »

Nous nous déplaçons prudemment vers une autre porte tout au bout. Je l'entrouvre et je découvre ce qui devait être le salon. Ce n'est plus qu'un capharnaüm de meubles renversés. Des livres jonchent le sol et le canapé a l'air d'avoir été éviscéré avec un couteau, une masse de rembourrage de coton gris s'en échappe. Les épais rideaux de velours ont été arrachés, leur doublure est lacérée.

Soudain nous entendons un fracas derrière nous. Nous retournons vers la cuisine. Avant que je puisse le mettre en garde, Sat ouvre la porte, un geste inconsidéré. En m'attendant presque à un arrosage de balles je plonge à sa suite et le plaque sur le sol, mais aucun tir ne retentit. En revanche, un chat tigré marron et noir nous fait face, déconcerté par notre entrée.

Sat se relève et s'époussette. Pendant ce temps le chat saute sur le buffet et envoie de nouveaux objets s'écraser par terre. Je repars continuer la recherche.

Il n'y a qu'une seule chambre, une pièce de belles dimensions qui abritait un lit, une armoire, une commode et un bureau, mais qui ressemble maintenant à un dépôt d'ordures recouvert d'un fouillis de plumes provenant d'un matelas sauvagement éventré. Des tiroirs sont ouverts et leur contenu est généreusement répandu dans le fatras.

Je recherche des signes de lutte, mais je ne trouve rien. Pas de traces de sang, bien que le visiteur ait manifestement possédé un couteau. Golding était donc absent quand la maison a été saccagée.

Sat entre dans la pièce le chat dans les bras.

« On dirait que vous vous êtes fait un ami.

— D'après la plaque sur son collier il s'appelle Mordecai. Il doit appartenir à M. Golding. »

Je trouve les conclusions du sergent hâtives. La porte de derrière n'est pas vraiment solide et la fichue bête est peut-être entrée derrière nous.

« Comment pouvez-vous en être aussi sûr ? »

Le sergent paraît légèrement décontenancé par ma question. « Parce qu'aucun Indien ne donnerait à un chat un nom aussi ridicule. »

Le sergent n'a pas tort. Je m'agenouille pour ramasser deux photos encadrées. Le verre de l'une s'est détaché. Les deux montrent Golding plus jeune de dix ou quinze ans debout à côté d'une femme âgée. Je cherche d'autres photos, en vain.

« Que pensez-vous de ceci ? » Je tends les photos à Sat.

« La mère de Golding ? » propose-t-il.

Il semble que l'homme soit célibataire, et je me dis qu'un célibataire est plus susceptible d'avoir un chat qu'un homme marié. Tout le monde a besoin de compagnie, même un comptable.

Je vais dans la salle de bain et m'agenouille pour

examiner le contenu d'une armoire à pharmacie qui a été jetée dans une baignoire en zinc.

« Que devons-nous faire du chat ? demande Sat qui me suit.

— Le laisser. Les chats savent se débrouiller.

— Il a l'air d'un chat anglais, monsieur. Je ne suis pas sûr qu'il dure cinq minutes dans les rues indiennes. »

Je lui rappelle que notre priorité est de trouver Golding plutôt que de nous inquiéter pour son animal de compagnie.

« Oui, monsieur. Excusez-moi, monsieur, dit-il. Pensez-vous que Golding ait été enlevé ?

— S'il l'a été, ce n'est pas d'ici.

— Alors où est-il ?

— Je ne sais pas, dis-je en ramassant un petit flacon bleu à moitié plein de pilules blanches.

— Il a peut-être eu des ennuis qui l'ont obligé à se cacher ? suggère Sat. Il n'avait pas l'air très à l'aise hier soir.

— C'est possible. » Mais j'en doute. Et pendant que j'examine le flacon, j'ai l'impression que Golding n'avait pas l'intention de s'absenter longtemps.

« Sa maison a été saccagée », dis-je.

Nous sommes debout dans le bureau du colonel Arora. Il est assis derrière sa table et boit du thé.

« Vous pensez qu'il a été enlevé ? demande-t-il entre deux gorgées.

— C'est possible. Il peut aussi s'être trouvé mêlé à une affaire et a dû disparaître pour ne pas être pris. Il est difficile de décider. Mais je ne pense pas qu'il ait été enlevé quand sa maison a été mise sens dessus dessous.

— C'est néanmoins possible ?

— Ceux qui ont saccagé sa maison cherchaient quelque chose, dis-je. S'ils ont enlevé Golding, ce dernier ne semble pas leur avoir dit où le trouver.

— Ce qui ne veut pas dire qu'ils ne l'ont pas trouvé, intervient Sat. D'après ce que nous avons vu, ils ont effectué une recherche très minutieuse.

— En effet, mais sans succès.

— Pourquoi ? demande le colonel.

— Toutes les pièces de la maison ont été retournées, y compris la salle de bain. Ce serait bizarre qu'ils aient continué à fouiller s'ils avaient trouvé ce qu'ils voulaient. Donc, soit ils l'ont trouvé dans la dernière pièce, soit ils ne l'ont pas trouvé. Je parie sur la seconde possibilité.

— Savez-vous ce qu'ils recherchaient ? demande Arora.

— J'espérais que vous pourriez me le dire. »

Il se tait et me regarde fixement, sans expression. J'ai du mal à savoir ce qu'il pense, mais je parierais gros qu'il est en train de décider ce qu'il peut partager avec moi. Je suis sûr qu'il nous cache quelque chose. Il a exprimé son inquiétude quant au sort de Golding dans l'heure qui a suivi le moment où nous lui avons demandé de le trouver. Je n'ai jamais vu personne aussi soucieux du bien-être d'un comptable par pure bonté d'âme.

Je persiste. « Savez-vous sur quoi il travaillait ? »

Cette fois le colonel se montre plus communicatif. « Il préparait un rapport sur la valeur des mines de diamants du royaume. Comme vous vous en doutiez probablement, sir Ernest Fitzmaurice n'est pas seul à prendre l'air. Anglo-Indian Diamond recommence à mettre son nez partout. Mais cette fois, Son Altesse a demandé au dewan d'ouvrir un dialogue au sujet de la vente potentielle des mines. Le dewan devait informer le prince Adhir sur les discussions. Golding était chargé de préparer un rapport d'estimation du prix que le royaume pouvait obtenir pour la vente des droits sur les mines.

— Et maintenant le prince a été assassiné et votre comptable a disparu. Soupçonnez-vous un lien entre les deux ? »

Le colonel me fixe de ses yeux verts.

« Golding est un homme bon, capitaine. D'une honnêteté scrupuleuse. Sambalpur a besoin d'hommes tels que lui. »

Ce n'est pas une réponse à ma question, mais cela en dit long. « Je voudrais fouiller son bureau. Nous trouverons peut-être quelque chose qui nous éclairera sur sa disparition.

— Très bien. Je m'en occuperai immédiatement après la crémation.

— Encore une chose, dis-je. Avez-vous pu faire établir une liste des domestiques qui auraient eu accès aux appartements d'Adhir dans les semaines qui ont précédé sa mort ? »

Le colonel prend une feuille de papier. « La voici.

— Bien. » Je me tourne vers Sat. « Après les funérailles, sergent, je veux que vous questionniez les femmes figurant sur cette liste. Espérons que vous pourrez trouver celle qui a laissé les messages pour Adhir. »

22

Une heure plus tard, Sat et moi sommes assis dans un carrosse doré tiré par une demi-douzaine de chevaux dont chacun a l'air d'un gagnant de Derby en puissance. Ils sont tenus bien en main par un cocher enturbanné vêtu de vert émeraude et or. Il serait déjà un spectacle impressionnant à lui tout seul, mais ce n'est qu'un carrosse parmi les vingt ou plus d'un cortège qui transporte à tour de rôle les membres de la cour.

En tête de la procession s'avance un éléphant orné de guirlandes, ses défenses dans des étuis d'argent. Sur son dos, dans un palanquin doré, deux indigènes jouent de grandes trompettes, des *kombus*, qui produisent un étrange son plaintif et aigu. Derrière lui vient une phalange de guerriers en grand uniforme de cérémonie. Ils tirent un affût de canon sur lequel reposent les restes mortels du yuvraj Adhir Singh Sai. Il n'y a pas de cercueil, rien que le corps enveloppé jusqu'au cou et recouvert du drapeau de Sambalpur et d'une myriade de guirlandes de soucis jaunes et orange.

La procession serpente dans les ruelles presque bloquées par le cortège funèbre. Les rues sont bourrées d'hommes et de garçons tandis que les petits enfants sont perchés dans les arbres et les femmes entassées sur les balcons et aux fenêtres des maisons qui bordent le parcours. Des fleurs pleuvent des toits.

Le colonel Arora est assis en face de moi.

« J'ai de bonnes nouvelles pour vous, dit-il en se

penchant en avant pour se faire entendre dans le brouhaha de la foule.

— Les bonnes nouvelles ne sont pas une chose à laquelle nous sommes habitués. Je pense que ce sera un changement intéressant.

— J'ai parlé au maharajah de votre requête de couper Carmichael du monde extérieur. J'ai le plaisir de vous informer qu'il a trouvé l'idée extrêmement comique. Il a accepté la coupure temporaire des lignes de téléphone et de télégraphe. En fait, il envisage de la pratiquer plus souvent. Il dit que la simple vue de l'expression de notre cher Résident vaut bien quelques inconvénients.

— Je suis soulagé. Il ne nous reste plus que le souci d'avoir été chassés.

— Vous êtes à la rue ?

— À moins que vous ne puissiez nous assurer un séjour au Beaumont ? »

Le colonel a un grand sourire. « Oh, je pense pouvoir faire mieux. »

La procession atteint la limite de la ville et s'engage sur le pont qui enjambe le Mahanadi. La rive opposée est moins construite et les fleurs ne tombent plus d'en haut. La foule au bord de la route est accompagnée d'un peloton d'éléphants, les oreilles peintes et les flancs ornés de soie. Au passage de l'affût de canon, un *mahout** donne un ordre et les éléphants s'agenouillent à l'unisson.

« Regardez, monsieur », s'exclame Sat en pointant le doigt. « Je jurerais que cet éléphant pleure. »

Je suis prêt à rire, mais oui, on dirait bien que la grosse bête a la larme à l'œil.

« Vous êtes étonné ? demande le colonel Arora. Quand un fils du ciel retourne chez lui, pourquoi les animaux ne le pleureraient-ils pas eux aussi ? »

Le cortège se dirige vers le sud le long de la rive. Au loin le temple que j'avais repéré de la cellule de Shreya Bidika apparaît avec sa haute tour de marbre blanc.

En nous approchant davantage je vois que l'édifice est orné de sculptures de dieux et de mortels entremêlés dans le genre de positions que votre curé n'imaginerait probablement jamais, et accepterait encore moins d'afficher sur la façade de son église. Et pourtant, un prêtre serait parfaitement heureux avec des gargouilles ou des vitraux représentant les damnés en train de brûler dans les feux de l'enfer. Pourquoi nous les chrétiens nous montrons-nous aussi effarouchés par les représentations de scènes d'amour ? De quoi nos cardinaux et nos archevêques ont-ils peur ?

La procession s'arrête aux portes de l'enceinte du temple. Là, une haie d'honneur se met au garde-à-vous telle une rangée de soldats de plomb, leur fusil devant eux et leur turban doré étincelant au soleil. À côté d'elle, le bûcher funéraire. Il est plus grand que je ne l'imaginais, une quantité de bois qui suffirait probablement à reconstruire le *Cutty Sark*.

Les dignitaires commencent à descendre de leur carrosse. Des vieillards en kurta et toque blanches retirent tristement les guirlandes du corps du yuvraj et les mettent de côté avec le respect que les prêtres montrent aux saintes reliques. Puis les soldats le soulèvent de l'affût de canon et le portent doucement sur le bûcher.

Deux serviteurs aident le maharajah à descendre

du carrosse de tête tandis qu'un troisième tient un grand parasol noir au-dessus de sa tête. Une sorte de trône – une estrade en velours rouge couverte de coussins – a été installé devant le bûcher. À côté de lui se tient un prêtre en robe safran grossière, tête rasée. Son front est marqué de deux lignes blanches qui se rejoignent en bas de part et d'autre d'une ligne rouge plus fine : la marque des fidèles de Vishnou.

Les serviteurs prennent la main du maharajah et l'aident avec précaution à aller s'asseoir, pendant que l'homme du parasol s'assure qu'aucun rayon de soleil ne tombe sur la tête royale. Le vieil homme s'assoit, et un autre serviteur muni d'un grand éventail de plumes commence à lui apporter un peu de fraîcheur.

Le prêtre s'agenouille et échange quelques mots avec le maharajah. Celui-ci regarde autour de lui et indique un homme en blanc qui présente une ressemblance frappante avec le prince défunt. Je devine que c'est Punit, le jeune frère d'Adhir, et qu'il va accomplir les rites de la crémation de son frère.

L'assistance se lève quand le prêtre conduit le prince Punit près d'un feu de bois et d'un petit sac en grosse toile. Le prince s'assoit en tailleur devant le feu tandis que le prêtre prend le sac et en sort un récipient en argent dans lequel il verse l'eau d'une cruche en terre. Je regarde Sat pour qu'il m'éclaire.

« Savez-vous ce qui se passe ?

— Vaguement.

— Vous êtes brahmane, pour l'amour du ciel. Ne devriez-vous pas comprendre un peu plus que vaguement ? Que dirait votre père ?

— Pas grand-chose, monsieur. Il est athée. Ma mère, elle…

— Inutile. Expliquez-moi seulement aussi bien que vous pourrez.

— Très bien. Nous ne croyons pas à la résurrection du corps. Il n'est que l'enveloppe terrestre de l'âme qui doit être libérée pour poursuivre son voyage. Pour que cela arrive l'âme a besoin d'être nourrie. On prépare le repas, un mélange de riz et de graines de sésame. »

Le prince tient la casserole d'acier au-dessus des flammes pendant que le prêtre attise le feu avec un bâton de bambou. Une épaisse fumée blanche s'enroule à son extrémité. Le prêtre prend la casserole des mains de Punit à qui il chuchote quelque chose. Le prince se lève et se met à marcher lentement autour du bûcher pendant que le prêtre psalmodie un mantra, en s'interrompant de temps en temps pour permettre à Punit de répéter les mots. La prière finie, Punit retourne à côté du prêtre. Il prend une poignée de riz et de sésame dans la casserole, en fait une boulette et la place sur les lèvres de son frère mort. Le prêtre lui tend ensuite une baguette de bois. Punit la trempe dans une casserole d'eau et tout en récitant une autre prière il asperge le corps d'Adhir.

Le prêtre plonge les doigts dans un pot de *ghee* et trace trois lignes sur le front d'Adhir. Trois lignes, tout comme celles de l'homme qui l'a tué, et de celui qui accomplit maintenant les derniers rites pour sa crémation.

Le prêtre retourne vers le feu et commence à psalmodier, puis il tend une torche à Punit qui va allumer le bûcher. Il prend vite, probablement imprégné d'un produit inflammable au préalable, et à mesure que les flammes gagnent, la prière du prêtre devient plus forte. Je regarde du côté de l'estrade. Des larmes brillent sur les joues du maharajah. Punit, lui, ne laisse passer aucune émotion. En psalmodiant à voix basse il tourne autour du bûcher, bientôt suivi par d'autres assistants.

L'odeur de santal brûlé emplit mes narines, une fumée noire me brûle les yeux et les psalmodies résonnent autour de ma tête fragile. Je me détourne et j'aperçois une femme blanche dans la foule. Elle n'est pas seule : il y a des cuisinières, des gardes d'enfants, des ingénieurs et autres employés du palais, tous en noir. Mais cette femme est différente. Elle se tient à l'écart des autres, parmi les Indiens, et elle porte un sari blanc. Les foules se séparent. L'espace d'une seconde je peux distinguer son visage. Elle ressemble tellement à Sarah, ma femme morte en 1918, que j'ai l'impression de voir un fantôme. J'essaie de reprendre haleine.

Je demande au colonel Arora : « Qui est cette femme ? » en la lui montrant.

Arora hoche la tête d'un air solennel. « La maîtresse du yuvraj, capitaine. Mlle Katherine Pemberley. »

Les chants du prêtre se font plus forts et un grand soupir s'élève de la foule. Tous s'élancent et je la perds de vue.

Je me retourne juste à temps pour voir Punit frapper la tête de son frère mort avec un poinçon. Le colonel voit ma surprise.

« Il perce le crâne d'Adhir, dit-il.

— Pourquoi ?

— Pour que son âme puisse s'échapper. »

Les flammes commencent à faiblir. Les fidèles continuent de tourner autour du bûcher, Punit en tête. Le prêtre s'approche et verse un peu d'eau sur les braises mourantes. Puis il médite sur les restes carbonisés et les trie avec son bambou. Soudain, il se penche et, entre le pouce et l'index, retire des cendres un petit objet noirci.

« Le *nabhi*, explique Sat. Le nombril. Nous pensons qu'il a une signification particulière. Dans la matrice il nous relie au cordon ombilical et à notre mère, et à notre mort, à des températures assez chaudes pour transformer la chair et les os en cendres, pour une raison inconnue le nombril ne brûle pas. C'est vraiment très étrange. Nous croyons qu'il contient notre essence et qu'il doit retourner à la terre. »

Je regarde le prêtre envelopper le nombril dans de la glaise et le mettre dans un récipient en terre cuite. Il le remet à Punit qui l'emporte vers le fleuve. Le prince entre dans l'eau jusqu'à la taille et plonge le récipient dans l'eau. Un cri monte de l'assistance. Quand il revient sur la rive il se dirige vers l'estrade et rejoint les dignitaires, il trouve un siège vide à côté de Fiztmaurice. Si c'est une surprise, elle n'est rien à côté de ce que je vois ensuite.

Dans la rangée juste derrière lui, à côté d'Emily Carmichael, je vois Annie.

23

J'abandonne Sat et me précipite vers elle à travers la foule. La cérémonie terminée, les dignitaires cherchent à rejoindre leur carrosse en échangeant les propos sans importance qui suivent les funérailles n'importe où dans le monde.

Punit parle encore avec Fitzmaurice. Je cherche

désespérément le visage d'Annie mais il n'y a plus aucun signe d'elle.

Une goutte de sueur coule dans mon col. Je m'arrête et me maudis, envahi d'épouvante, en m'apercevant que je pourrais bien voir des choses qui ne sont pas là. D'abord j'ai pris la maîtresse d'Adhir pour ma défunte femme et maintenant je vois Annie en sachant qu'elle est à Calcutta.

Mais elle se dirige maintenant vers une voiture.

Je pousse un soupir de soulagement et me remets à courir sans réfléchir. Un chauffeur en livrée tient la portière ouverte.

J'appelle. « Mademoiselle Grant ! »

Elle se retourne, me voit et a un demi-sourire. Il y a une étincelle dans ses yeux et cet air de défi qui m'a toujours fasciné.

« Capitaine Wyndham.

— Que faites-vous ici ?

— La même chose que vous, j'imagine. Je suis venue présenter mes respects.

— Je ne vous ai pas vue à la gare de Howrah et j'en ai conclu… »

Elle se rebiffe. « Vous avez conclu quoi, capitaine ?

— Que vous ne veniez pas.

— Pourquoi ? Parce que je n'ai pas simplement tout abandonné pour venir ici avec vous ? Pensiez-vous honnêtement que j'allais le faire ?

— Et pourtant vous voilà. »

C'est une remarque stupide, due au dépit et à Dieu sait quoi d'autre, et je la regrette aussitôt.

« Je suis là parce que la famille m'a invitée, pas à cause de vous. Maintenant si vous voulez bien m'excuser… »

Elle se retourne.

Je lui prends le bras. « Attendez, je ne voulais pas dire… J'étais tellement surpris de vous voir. Agréablement surpris. »

Son regard se radoucit un peu.

« Comment va votre enquête ? demande-t-elle tranquillement.

— Mal. Le vice-roi essaie de me faire renvoyer à Calcutta et le maharajah ne m'autorise pas à questionner un témoin clef.

— Pourquoi ?

— Parce que c'est une dame de la cour et que je suis un homme. L'ennui c'est que je suis convaincu que le complot pour assassiner Adhir a été conçu ici. »

Elle réfléchit, son expression porte à croire qu'elle hésite à me témoigner sa sympathie, comme si mon enquête était aussi morte qu'Adhir.

« Je peux peut-être vous aider ? » dit-elle.

Je ris presque.

« Comment ?

— Vous ne pouvez peut-être pas questionner cette femme, mais moi oui. Et j'ai déjà rencontré le maharajah. Il pourrait voir les choses différemment si c'était moi qui lui demandais la permission.

— Vous parlez sérieusement ? »

Son visage répond à la question.

« Voulez-vous que je vous aide ou non ? »

Dix minutes plus tard, je suis à l'arrière d'une voiture avec Annie, en route pour le Beaumont Hotel. Entre-temps j'ai chargé Sat de retourner au palais avec le colonel et de commencer à questionner les femmes de chambre.

J'apprends que lorsque j'ai téléphoné à Annie elle avait déjà envoyé un télégramme de condoléances à la famille royale, laquelle l'a invitée en retour à assister aux funérailles d'Adhir. Son arrivée à Sambalpur a été encore plus remarquée que la mienne, car s'il y a une chose qui surpasse le train royal c'est probablement l'avion royal. Elle l'a pris sur ordre du prince Punit et elle est arrivée de Calcutta ce matin.

Elle sort de son sac un petit poudrier avec un miroir et se repoudre légèrement. « Alors, Sam, qu'avez-vous découvert ?

— Bien peu de choses. »

Elle réplique aussitôt. « Allons donc, si vous voulez mon aide, vous allez devoir être légèrement plus coopératif. »

Je décide d'être honnête avec elle. Pas seulement parce qu'elle me l'a demandé, mais parce qu'une partie de moi le veut, et veut qu'elle soit impressionnée. Bien qu'il n'y ait rien de particulièrement impressionnant dans ce que j'ai réussi à réunir jusqu'ici.

« Quelqu'un de la cour a adressé à Adhir au moins trois messages l'avertissant que sa vie était en danger. Et les autorités locales ont arrêté une femme qui est aussi coupable du crime que vous l'êtes.

— Vous avez des pistes ?

— Je croyais en avoir, mais un homme auquel j'avais besoin de parler semble avoir disparu et on dirait que sa maison a été visitée par deux samouraïs japonais en colère. »

Annie réfléchit un instant.

« À qui avez-vous besoin que je parle ?

— Si vous obtenez la permission du maharajah, voulez-vous dire ?

— Laissez-moi m'en inquiéter, capitaine Wyndham. D'ailleurs, je peux difficilement obtenir sa permission si vous ne me dites pas qui nous devons questionner.

— La princesse Gitanjali. La veuve d'Adhir. »

Le Beaumont Hotel, blanchi à la chaux, est un transatlantique qui se serait échoué à cent miles à l'intérieur des terres. J'aide Annie à descendre de voiture et j'entre dans le hall. Sol carrelé, murs nus, et dans un coin une table et des fauteuils qui ont connu des jours meilleurs. Sur la table dort un chat peu reluisant.

« Merci de m'avoir accompagnée, Sam. Je devrais voir le maharajah ce soir. J'essaierai de lui parler tranquillement. Où puis-je vous joindre ?

— Pardon ?

— Où êtes-vous logé ?

— Pour être franc, je n'en suis pas sûr. Le mieux est de laisser un message pour moi au colonel Arora au palais. »

Nous nous disons au revoir et je la regarde monter l'escalier. J'ai soudain une idée.

Comme il n'y a personne à la réception, j'appuie sur la sonnette en cuivre du comptoir. Un autochtone en chemise blanche avec un nœud papillon apparaît et me fait un sourire de travers.

« En quoi puis-je vous aider, sahib ?

— J'ai rendez-vous avec Mlle Pemberley.

— Très bien. Si vous permettez, je vais envoyer un boy l'informer de votre arrivée. »

Je lui glisse un billet de cinq roupies. « Donnez-moi seulement le numéro de sa chambre et je trouverai le chemin. »

L'homme regarde autour de lui. Il n'y a dans le hall que nous deux et le chat.

« Chambre quinze, dit-il en empochant le billet. À l'étage. »

Je le remercie et me dirige vers l'escalier.

Je frappe à une mince porte en bois qui branle sur ses gonds. Un instant plus tard elle s'ouvre et Mlle Pemberley apparaît, encore vêtue de son sari blanc. Je respire un bon coup : la ressemblance avec Sarah est troublante. Ses paupières sont rougies et ses cheveux blonds si impeccablement tirés en arrière aux funérailles sont maintenant libérés.

Je demande : « Mademoiselle Pemberley ?

— Oui ? »

Elle semble un peu perdue. C'est compréhensible compte tenu des circonstances.

« Je suis le capitaine Wyndham, de la police impériale de Calcutta. Me permettriez-vous de vous poser quelques questions ?

— Pourquoi voulez-vous me parler ? » Elle est sur la défensive, mais beaucoup de gens sont inquiets à l'idée d'être questionnés par un policier.

« Je participe à l'enquête sur l'assassinat du prince Adhir. J'ai cru comprendre que lui et vous étiez proches. J'espérais que vous pourriez m'aider. »

Elle hésite un instant, incertaine. Je suppose qu'elle est encore sous le choc. La crémation a probablement été le moment où elle a revu le corps du prince pour la première fois depuis qu'il a été assassiné et je suis sûr qu'elle commence seulement à prendre conscience de l'énormité de toute cette histoire.

« Puis-je entrer, mademoiselle Pemberley ? »

Elle revient au présent.

« Naturellement », dit-elle en s'effaçant.

La chambre est en pagaille. Des valises à moitié pleines sont posées sur le lit, vêtements et autres sont sortis d'une malle ouverte par terre. Elle doit remarquer ma réaction.

« Excusez l'état de cette pièce, dit-elle confuse.

— Vous partez ?

— Je n'ai aucune raison de rester ici plus longtemps », répond-elle. Puis elle secoue la tête. « Ce n'est pas vrai, mais de toute façon je ne peux pas. »

Je la dirige vers un petit canapé dans un coin de la pièce à côté d'une porte-fenêtre qui mène à la véranda. Je prends le fauteuil à côté d'elle.

Elle s'assoit et se ressaisit. « Dites-moi ce que vous voudriez savoir, capitaine.

— Vous pourriez peut-être me dire comment vous avez rencontré le prince.

— J'ai connu Adi il y a environ trois ans.

— À Sambalpur ?

— Non, à Londres. Dans une réception à l'Oriental Club en l'honneur de la contribution des États princiers à l'effort de guerre. J'accompagnais mon père qui y assistait en tant que représentant de l'Amirauté. Adi était là avec le maharajah. Ils étaient fêtés pour avoir levé un régiment de volontaires de Sambalpur, et bien entendu pour leur contribution financière. Je me suis retrouvée assise en face de lui au dîner. Nous avons à peine échangé trois mots, mais j'ai vu que je lui plaisais. Je l'ai surpris plusieurs fois à me regarder avec insistance. En fait il était tout à fait insolent. Je me rappelle avoir pensé combien c'était grossier de la part de cet Indien de se permettre de me dévisager sans être gêné le moins du monde. Deux jours plus tard, une lettre est arrivée m'informant que le prince souhaitait me rencontrer l'après-midi au Ritz pour prendre le thé. J'étais jeune et sotte à l'époque et je ne pouvais pas croire à une telle impertinence. En même temps j'étais flattée. L'idée d'une liaison avec un prince… c'est le rêve de toutes les jeunes filles, n'est-ce pas ? J'ai finalement décidé d'accepter son invitation. Je suis arrivée en m'attendant presque à le trouver habillé comme un personnage des *Mille et Une Nuits*, mais il portait une chemise Turnbull & Asser et un costume de Savile Row ; il aurait pu être un gentleman anglais n'eût été la couleur de sa peau… »

Elle s'interrompt et regarde par la fenêtre pour voir, j'imagine, non pas Sambalpur mais peut-être le Palm Court du Ritz. Elle sort un mouchoir de la manche de sa blouse et s'essuie la joue.

« Excusez-moi.

— Je vous en prie. » J'ai peur qu'elle s'effondre. Dans une telle situation il n'existe que deux mesures efficaces pour éviter les grandes eaux. La première est le thé, mais il n'y a pas de téléphone pour appeler la réception et en commander, je dois donc avoir recours à la seconde. Je tire le paquet de Capstan de ma poche et lui offre une des quelques cigarettes qui restent.

« Merci, non. Je ne fume pas », dit-elle désolée.

Je suis à court d'idées. Si elle commence à pleurer je serai forcé de lui donner de petites tapes sur l'épaule et ce ne sera agréable ni pour elle ni pour moi. Mais je l'ai mal jugée. Elle ne s'effondre pas. Elle s'essuie les yeux et replie son mouchoir.

Je lui souffle : « Vous êtes allée retrouver le prince Adhir au Ritz.

— Ah oui. Il m'a demandé tout de go de l'épouser.

Il m'a dit que nous nous enfuirions en Inde et que je deviendrais princesse. Il me promettait une vie dont je ne pouvais que rêver.

— Et ?

— Oh, j'ai été tentée pendant quelques secondes. J'avais lu des histoires de jeunes filles parties épouser des princes indiens. À Londres tout n'est que plaisirs, mais ensuite ils vous emmènent dans leur petit bout d'Inde qui est généralement une ville de bouseux au milieu de nulle part, où le temps s'est arrêté au XVIIIe siècle et soudain vous êtes enfermée dans le harem et vous n'êtes plus qu'une des dix épouses et Dieu sait combien de concubines, à vous demander ce qu'il a bien pu se passer. Ce n'était pas une vie pour moi. Je lui ai répondu que j'étais flattée mais que non je ne le suivrais pas en Inde.

— Et pourtant vous voilà. » Ces mots font écho à ceux que j'ai dits à Annie il y a moins d'une heure.

Elle hausse les épaules. « Je ne pense pas qu'Adi était habitué à être repoussé. Il n'en était que plus résolu. Il m'a envoyé des fleurs, puis des bijoux : de petites choses, des boucles d'oreilles, un collier. Je n'en ai pas pensé grand-chose jusqu'à ce que ma mère aille les faire estimer à Hatton Garden. Bref, j'ai accepté de le revoir. Il m'a dit qu'il avait prolongé son séjour à Londres rien que pour être près de moi. J'ai été touchée. J'ai vu un autre aspect de lui, une vulnérabilité. Pendant les semaines qui ont suivi il m'a fait une cour assidue et j'ai commencé à l'apprécier davantage. Il n'était pas qu'un petit prince gâté ; il voulait réellement améliorer les conditions de vie de son peuple. Finalement, j'ai accepté de venir ici, pas en tant qu'épouse mais en tant qu'amie, et seulement si je pouvais être utile. »

Elle sourit à ce souvenir.

« Je me rappelle combien il en a été heureux ; comme un petit chiot avec un nouveau jouet. Il m'a fourni un emploi à l'école ici et nous avons pris l'avion. J'ai commencé à travailler comme professeur d'anglais et Adi… Ici il était différent. Il m'a fait connaître le royaume, son peuple et sa nature. Ce n'était pas un grand chasseur, contrairement à son père et à son frère. Cette période a été idyllique. Nous allions pique-niquer dans la jungle, nous prenions l'avion pour passer le week-end à Bombay. J'étais en train de tomber amoureuse de lui. Et j'avais le sentiment de me construire une véritable vie, pas seulement avec les enfants à l'école mais aussi avec leurs mères. L'Inde est un pays conservateur, mais pour certaines choses les gens font preuve d'une étonnante ouverture d'esprit… en tout cas les femmes. Et puis, il y a six mois environ, la situation a commencé à changer. L'état de santé du père d'Adi a empiré. Toutes ses responsabilités sont revenues à Adi qui a été pris par les affaires de l'État, mais il essayait quand même de trouver du temps pour moi.

— Quelles sortes d'affaires ?

— Tout d'abord l'entrée éventuelle de Sambalpur à la Chambre des Princes du vice-roi. Adi y était résolument opposé malgré la pression du Bureau de l'Inde et de ses propres ministres. Il n'aime pas vraiment les Britanniques.

— Autres que vous, naturellement ? »

Elle sourit. « Il m'arrive de penser qu'Adi ne m'a fait la cour que pour porter un coup aux Britanniques.

Je ne pourrais pas lui en vouloir. Vous savez que nous avons été filés par Scotland Yard ?

— Vraiment ?

— Mais oui. L'année dernière nous passions par Paris pour aller à Saint-Moritz. Adi parlait parfaitement français. Il devait rencontrer des Indiens de Berlin qui voulaient son soutien dans leur campagne pour l'indépendance de l'Inde. Pendant tout le temps que nous y avons passé, Adi a été convaincu que nous étions suivis. Il m'a même montré un homme qui est apparu dans au moins deux restaurants où nous sommes allés. Adi m'a expliqué que c'était son costume qui le trahissait. Il m'a dit que seul un policier anglais pouvait être trouvé mort en costume de chez Moss Bros dans les Alpes françaises. »

Voilà qui est intéressant ; moins le costume que les soupçons d'Adhir. Bien entendu ils ne prouvent pas qu'ils aient été effectivement suivis, et ils ne l'auraient pas été par des hommes de Scotland Yard mais des services secrets, cependant c'est possible. Les agitateurs politiques indiens sont une cible capitale des services de sécurité. Si les services de renseignement filaient Adhir en Europe, il va de soi qu'ils étaient en liaison avec la Section H ici en Inde, et cela pourrait expliquer en partie la présence de Dawson à la gare de Howrah il y a peu.

« S'occupait-il d'autre chose en particulier ?

— Il y a les mines de diamants, bien sûr. L'Anglo-Indian Diamond Corporation renifle partout. Un de leurs directeurs campe pratiquement dans cet hôtel depuis près de six mois. Adi pensait qu'ils feraient bientôt une offre.

— Savez-vous s'il était disposé à vendre ?

— Seulement si le prix était convenable.

— Le prince était-il impliqué dans les questions religieuses ?

— Pas à ma connaissance. » Elle hausse les épaules. « Il n'était pas très religieux. Il trouvait très bien que les gens le considèrent comme divin, mais il n'y croyait pas lui-même. C'est sa belle-mère, la première maharané, qui s'occupe des questions religieuses du royaume. Elle est très pieuse. Que le maharajah ait épousé une femme comme elle est difficile à croire. »

Il y a une question que j'ai évitée jusqu'ici. Elle est difficile à poser à une femme endeuillée mais je n'ai pas le choix. Je prends mon courage à deux mains.

« Avez-vous une idée de qui aurait pu vouloir l'assassinat du yuvraj ? »

Elle me regarde fixement. « N'est-ce pas évident ?

— S'il vous plaît, aidez-moi, mademoiselle Pemberley.

— Son frère Punit, naturellement. À présent qu'Adhir n'est plus là, il ne reste que lui et l'enfant prince Alok comme héritiers légitimes du maharajah. Punit est le prochain qui accédera au trône. Et avec le maharajah en si mauvaise santé il pourrait être le souverain à Noël. »

Punit est en tête de la liste des suspects, notamment depuis que le colonel Arora m'a parlé de sa réticence à annuler sa partie de chasse après la mort de son frère. Et comme Sat l'a suggéré aussi, il avait le plus grand des motifs. Reste qu'il est important de ne pas faire de conclusions hâtives.

« Et l'épouse d'Adhir ? Comment a-t-elle réagi à votre liaison ? »

Elle lève la main et tire distraitement le lobe de son oreille.

« Je ne sais vraiment pas. D'après ce que m'a dit Adhir ils se sont mariés quand ils étaient encore presque des enfants. Elle a accepté le rôle de princesse de la maison royale de Sambalpur et tout ce qui l'accompagnait, le purdah, les concubines, et même la malédiction. Je suppose que vous avez entendu parler de la malédiction. »

Je confirme. « Vous ne pensez pas qu'elle ait eu une raison d'assassiner son mari ?

— Peut-être si elle était anglaise, capitaine. Mais pour autant que je sache, elle était satisfaite de sa situation.

— Connaissez-vous une femme du nom de Shreya Bidika ?

— Bien sûr, j'ai travaillé avec elle à l'école. Et je peux vous l'assurer, elle n'est liée en aucune façon à la mort d'Adi.

— En êtes-vous sûre, mademoiselle Pemberley? Mlle Bidika admet ne pas être une admiratrice de la famille royale. En fait elle serait heureuse de la voir disparaître. »

Elle y réfléchit un instant. Quand elle répond, c'est lentement et sur un ton mesuré. « Je connais Mlle Bidika depuis plus d'un an maintenant. Nous ne sommes pas d'accord en ce qui concerne la famille royale, mais… » Elle s'interrompt.

« Sur quoi exactement n'étiez-vous pas d'accord ?

— La valeur du maharajah et sa famille pour le peuple de Sambalpur. Shreya dénonçait leur extravagance, les concubines, les bijoux, le gaspillage, tandis que leurs sujets, les paysans et les villageois subsistaient avec presque rien, chaque jour en équilibre entre la vie et la mort. Mais elle ne voyait pas le bien que cette famille a fait. Les projets d'irrigation, l'électricité, les écoles… Vous semblez surpris, capitaine. Je peux vous dire que la famille royale a des relations complexes et profondes avec ses sujets. Elle est peut-être gâtée, mais elle a aussi des obligations envers son peuple ; des obligations qu'elle prend très au sérieux. Quant à Shreya, elle est peut-être beaucoup de choses mais pas une tueuse. D'ailleurs… » Elle laisse sa phrase en suspens.

« D'ailleurs quoi, mademoiselle Pemberley ? »

Elle hésite, reprend son mouchoir, et cette fois le porte doucement à sa bouche. Quelque chose a changé dans ses yeux. Le regard de douleur est remplacé par quelque chose comme de la détermination.

« Shreya connaissait ma liaison avec Adi.

— Vous lui en aviez parlé ? »

Elle acquiesce. « Sambalpur est une petite ville. J'avais besoin de quelqu'un à qui parler et Shreya était une oreille compatissante. Elle m'a conseillé de suivre mon cœur. Alors voyez-vous, capitaine, je ne peux pas croire qu'elle ait quoi que ce soit à voir avec l'assassinat d'Adi. Cela vous choque-t-il ? Que je me confie à une femme indienne, alors qu'il y a tant d'autres Anglaises à la cour ? »

Il n'y a pas grand-chose qui me choque ces temps-ci. Elle me met à l'épreuve, elle essaie de voir quelle sorte d'Anglais je suis : de celle qui croit que fréquenter les indigènes comme des égaux revient à dénigrer notre race tout entière ou de l'autre, celle qui comprend que de telles attitudes ne sont que comédie, prétention et hypocrisie nées de la culpabilité. Mais je n'ai aucune raison de dire à cette femme quelle sorte d'Anglais je suis.

« Je suppose qu'il est parfois plus facile de se confier à un étranger qu'à un des siens », dis-je.

Elle a un pauvre sourire. « Je peux vous dire, capitaine, que Shreya faisait davantage partie des miens que ces Anglaises ne le feront jamais. »

24

Quand je retourne au bureau dans le Rose Building c'est déjà le milieu de l'après-midi. Sat saute sur ses pieds à mon entrée.

« Alors Mlle Grant a décidé de vous suivre ici après tout, monsieur ?

— Façon de parler, dis-je en m'asseyant à l'autre bureau. De la chance avec les femmes de chambre ?

— Oui, monsieur, répond-il gravement. Nous avons trouvé celle qui a déposé les messages dans la chambre d'Adhir. Elle est dans le bureau du colonel Arora en ce moment.

— Eh bien ?

— Eh bien quoi ?

— Les a-t-elle écrits ?

— Non, monsieur. Elle est illettrée. »

Mon moral sombre plus vite qu'un U-boat frappé par une grenade sous-marine.

« Nous sommes de retour à la case départ. »

Sat a un mince sourire.

« Pas nécessairement, monsieur. Voyez-vous, les messages lui ont été remis par une des femmes du zenana. Vous aviez raison. Le plan a été conçu à l'intérieur du palais.

— Qui les lui a remis ? L'épouse d'Adhir ?

— Non

— Alors qui ?

— Là est la difficulté, monsieur. C'est une autre femme du harem, une concubine du nom de Rupali. J'ai demandé au colonel Arora d'organiser une rencontre, mais comme le maharajah a rejeté notre demande d'entrevue avec la princesse Gitanjali il a refusé tout net. »

La déception se lit sur sa figure. Je réagis de la même façon. Il y a maintenant deux femmes avec qui j'ai besoin de parler, et mon seul espoir est qu'Annie parvienne à convaincre le maharajah de la laisser les questionner pour nous. Entre-temps nous avons autre chose à faire d'urgence.

Le bureau de Golding se trouve au même étage que celui du colonel Arora. Il est petit, confiné et envahi de boîtes de dossiers classés : sur presque chaque surface plane s'empilent papiers et classeurs surmontés de presse-papiers en verre contenant des morceaux de corail ou des pièces de monnaie. Les murs eux aussi sont couverts de papiers, graphiques des surfaces cultivées bourrés de chiffres ou cartes du royaume de Sambalpur, chacune marquée d'une myriade de symboles et de croix. Le ventilateur au plafond est éteint.

« À en juger d'après l'état de son bureau, sommes-nous certains que la pagaille dans sa maison était le résultat d'une effraction ? » demande Sat.

J'ignore sa remarque. « Essayons seulement de trouver le rapport sur lequel il travaillait pour le yuvraj. Celui qui concerne la vente des mines à Anglo-Indian Diamond. »

Je charge Sat de trier l'avalanche de papiers. Même dans mes meilleurs moments je n'ai pas les qualités nécessaires pour ces choses-là, contrairement à lui. Dans l'état où je suis, toute la pièce me paraît impénétrable, comme si j'étais piégé dans un annuaire téléphonique. Je regarde les graphiques sur les murs. L'un d'eux attire mon attention. En haut est écrit MINES à l'encre noire et en dessous figurent les contours du royaume de Sambalpur, une forme qui commence à me devenir familière : le Mahanadi coulant du nord au sud, avec Sambalpur sur sa rive droite. En amont une douzaine de croix rouges. Et dans le Sud-Ouest, une croix solitaire, noire cette fois.

Je demande à Sat ce qu'il en pense.

« L'emplacement des mines de diamants, j'imagine, monsieur.

— Et cette croix noire ? »

Sat hausse les épaules. « Peut-être une mine abandonnée ? »

On frappe à la porte et le colonel Arora entre.

« Vous progressez ?

— Difficile à dire.

— Une chose va peut-être vous aider. Je vous ai trouvé des chambres dans le pavillon des invités, dans l'enceinte du palais. Vos affaires y sont transportées en ce moment même. »

Un frisson glacé me parcourt l'échine. Après l'échec de ma tentative pour fumer hier soir j'ai rangé le nécessaire d'opium dans ma valise, mais ce matin j'étais tellement pressé de voir Golding que je ne me rappelle pas si je l'ai fermé à clef.

Le colonel remarque mon hésitation.

« J'espère que cela vous convient, capitaine ?

— C'est très bien. Merci. »

Après son départ, je vide par terre le contenu d'un des tiroirs du bureau de Golding. Mon esprit continue de battre la campagne, terrorisé à l'idée que le nécessaire soit découvert. En ce moment, je pourrais tomber sur la lettre de suicide de Golding et ne pas la remarquer ; ou être réellement en vacances tellement je suis inutile. Heureusement, Sat est encore en service.

« Ceci pourrait peut-être vous intéresser ? demande-t-il de sous une pile de documents.

— Qu'est-ce ?

— On dirait l'agenda de Golding. »

Il me le tend et je parcours les pages : réunions d'affaires, dates limites pour la soumission de documents, l'emploi du temps habituel d'un bureaucrate.

Il n'y a qu'une note pour aujourd'hui, une heure et un lieu, mais pas de nom : 6.30 pm Nouveau Temple.

25

Je consulte ma montre. Il est un peu plus de six heures.

Je parcours de nouveau le journal. Presque tous les autres rendez-vous indiquent un nom. Qui donc Golding est-il censé rencontrer à six heures et demie, et pourquoi au temple ?

« Allons-y », dis-je en attrapant mon veston sur le dos du fauteuil et en me dirigeant vers la porte.

Nous descendons l'escalier en courant et nous précipitons vers les garages à l'arrière du bâtiment. « Celle-ci sera très bien », dis-je en m'approchant de la vieille Mercedes Simplex. La carrosserie noire luit dans le demi-jour.

« Avez-vous la clef ? demande Sat.

— Nous n'en avons pas besoin. » Je lui montre le trou sous la grille du radiateur. « Il faut la faire démarrer à la manivelle. Montez. Le moteur a tendance à provoquer un recul au démarrage et je ne veux pas que vous soyez blessé. »

En effet, il y a un cliquetis quand je tourne la manivelle, puis le merveilleux bruit du moteur qui explose de vie tandis que la voiture se cabre comme un cheval sauvage.

Nous franchissons bientôt les grilles du palais et nous filons vers le pont qui enjambe le Mahanadi. La route est merveilleusement tranquille. En dehors de quelques lavandières en sari revenant du fleuve, nous ne rencontrons que des vaches et un char à bœufs occasionnel. Je ne peux pas m'empêcher de penser que quelle que soit la personne que Golding est censé rejoindre elle est liée d'une manière ou d'une autre à ce dont il voulait me parler. Se montrera-t-elle ? Ou bien a-t-elle appris qu'il avait disparu et a-t-elle décidé d'en faire autant ? Une petite partie de moi conserve un faible espoir que Golding apparaisse en personne, qu'il ait échappé à ses ravisseurs et se soit caché pour pouvoir venir à ce rendez-vous. L'adrénaline monte tandis que j'accélère sur la route poussiéreuse en espérant atteindre le temple avant six heures et demie.

Quand nous arrivons, le soir tombe. Je m'arrête derrière un bouquet d'arbres à une centaine de pas du temple. Nous marchons tranquillement jusqu'aux portes. J'envoie Sat reconnaître le périmètre et je me poste sous un grand banian.

L'endroit paraît assez paisible. Plusieurs personnes âgées sont assises en tailleur devant l'entrée. Aucune ne semble pouvoir être celle avec qui Golding aurait rendez-vous.

Sat revient de sa reconnaissance de l'enceinte.

« Quelque chose à signaler ?

— Rien, monsieur. Il n'y a pas d'autres entrées. »

Nous n'avons donc que celle-ci à surveiller.

« Bien. Dans ce cas, nous n'avons plus qu'à rester là et voir qui va se présenter. »

Et nous attendons. D'autres rejoignent le petit groupe à l'entrée et en vingt minutes ils sont presque cinquante.

Puis, à sept heures, une cloche sonne. Les portes s'ouvrent, plusieurs prêtres en safran sortent et distribuent des aumônes. La foule se disperse peu après et les prêtres retournent à l'intérieur.

« On dirait que personne ne vient », dis-je.

Je regarde ma montre. Apparemment nous avons fait chou blanc. Nous n'avons aucune raison de traîner ici. En outre le colonel Arora doit nous attendre.

« Allons-nous-en ! »

26

Je m'agrippe au volant sur le chemin du retour. Certes, nos chances étaient minces, mais au fond de moi je m'attendais à ce qu'il se passe quelque chose au temple.

À côté de moi, Sat est silencieux et maussade. Son expression me contrarie plus que de raison. Sans doute à cause de ma déception et de la douleur installée à l'intérieur de mon crâne.

Arora est encore dans son bureau du Rose Building.

« Du nouveau ? » demande-t-il.

Je lui donne des réponses vagues, mais de toute façon il tient trop à ce que nous ne soyons pas en retard pour la veillée mortuaire du yuvraj pour remarquer qu'elles sont insuffisantes.

« Il faudrait partir pour le pavillon des invités, dit-il. Vous souhaiterez certainement vous changer pour le dîner. »

Le pavillon est une belle villa nichée à l'écart du palais principal. Un domestique en livrée se charge de nous conduire tout en nous expliquant l'histoire du bâtiment. Je l'écoute distraitement. La seule histoire qui m'intéresse est ce qui est arrivé à ma valise pendant les douze dernières heures.

« Votre chambre, monsieur. »

Je le remercie aussi expéditivement que possible sans paraître impoli, et je ferme la porte à clef derrière moi. La chambre est d'une opulence d'assez bon goût, avec les meubles français obligatoires et un lit à colonne aussi vaste qu'un court de tennis. Je les regarde à peine et me jette sur la grande armoire en teck, en trébuchant presque sur la peau de tigre étendue par terre. L'animal a une gueule de la taille de ma tête. Je tire la poignée de l'armoire et ouvre grand la porte.

Mon sang se glace.

Mes vêtements sont soigneusement pliés sur une étagère. Aucun signe de ma valise. Je regarde frénétiquement autour de moi et la vois finalement sur une table pliante dans un coin.

Je cours vers elle et presse les boutons qui libèrent les fermoirs. Ils sautent et avec une anxiété que je ne connais plus depuis la guerre je soulève le couvercle.

Je pousse un soupir de soulagement.

Le nécessaire à opium est toujours là, et il est toujours fermé à clef. Je tire la clef de la petite poche en soie dans la doublure de la valise et je l'ouvre. Tous les objets sont bien rangés à leur place. Mon secret est encore protégé. Je me maudis quand même pour la stupidité dont j'ai fait preuve en décidant de l'apporter à Sambalpur.

Après avoir pris une douche, je suis étonné de découvrir une chemise blanche amidonnée, un smoking noir et une cravate suspendus à côté de mes propres chemises dans l'armoire. Tout en m'habillant j'essaie d'analyser ce que j'ai appris.

Adhir se révèle avoir été un homme plus compliqué que je ne l'avais sans doute imaginé. Katherine Pemberley n'a fait que corroborer ce que Shreya Bidika m'a dit hier. Adhir n'était pas un dilettante. Il était aimé de son peuple et aussi, semble-t-il, d'une Anglaise. Cette pensée m'est désagréable. Elle déclenche en moi quelque chose que je repousse instinctivement.

Beaucoup d'hommes blancs ont des maîtresses indigènes, bon sang, la femme que j'aime depuis un an n'est pas blanche comme lys, alors pourquoi faudrait-il que ce soit différent quand un Indien tombe amoureux d'une femme blanche ? Et pourtant. Tous les hommes anglais le savent, ou plutôt le ressentent, car personne ne nous l'a appris de façon explicite. Nous l'absorbons avec le reste des inepties à propos de la supériorité de l'homme blanc. Et bien que je rejette l'essentiel de cette absurdité il semble que l'amour entre un Indien et une Anglaise soit une chose que je ne peux pas tout à fait accepter.

Et soudain je comprends. Ce que je trouve réellement répugnant n'est pas qu'un Indien soit attiré par une femme blanche, ce qui, faute d'être souhaitable, est au moins compréhensible, mais l'idée qu'elle puisse lui rendre son amour. Un sujet sur lequel je ne souhaite pas m'appesantir, bien que je ne puisse pas dire si c'est par aversion à l'égard des sentiments de Mlle Pemberley ou des miens.

Alors je consacre mon énergie à des fins plus productives. Le nombre de suspects potentiels grossit et inclut, outre Punit, l'épouse du prince décédé, les forces de sécurité britanniques et Anglo-Indian Diamond. La seule personne que je sens pouvoir écarter est la femme que les autorités ont arrêtée pour le crime.

Il y a aussi le problème urgent du comptable introuvable. Y a-t-il un lien entre l'assassinat d'Adhir et la disparition de M. Golding ?

Un coup à la porte interrompt mes réflexions.

« Capitaine Wyndham, sahib ? dit une voix. Le colonel Arora vous attend. »

Je remercie la voix, finis d'attacher mon nœud papillon et enfile la jaquette du smoking. Il me va plutôt bien, presque aussi bien que celui qui est suspendu dans mon *almirah* à Calcutta. J'éteins le ventilateur du plafond et quitte la chambre.

Nous nous arrêtons devant l'entrée du Surya Mahal. Plusieurs autres voitures sont déjà là et les lumières du palais se reflètent sur leur carrosserie et leurs chromes polis.

Arora marche en tête, nous passons devant une rangée de gardes et arrivons à une porte qui, sur un mot du colonel, s'ouvre sur un salon enfumé, assez grand pour abriter plusieurs éléphants. D'un côté se trouve sir Ernest Fitzmaurice qui tient un discours à Carmichael avec un whisky dans une main et un cigare dans l'autre. Le Résident l'approuve visiblement avec enthousiasme.

Sur un canapé au centre de la pièce Mme Carmichael est assise en compagnie d'une charmante jeune femme indienne en sari vert et se pâme devant le collier de saphir de la dame.

Dans un coin au fond de la pièce, à l'écart des autres invités, le dewan et le major Bhardwaj ont une conversation réduite à un chuchotement. Le dewan porte une kurta crème jusqu'au genou tandis que le major est en uniforme de la milice, la poitrine couverte d'assez de médailles pour laisser penser qu'il a cambriolé la Monnaie du royaume.

Je demande au colonel qui est la jeune femme indienne au moment où un domestique s'approche avec une foule de flûtes de champagne sur un plateau d'argent.

« Mon cher, répond Arora, c'est la maharané Devika, la troisième épouse de Son Altesse le maharajah. »

Je suis étonné, non seulement parce qu'elle a l'air assez jeune pour être la petite-fille du souverain, mais surtout parce que je croyais que les femmes de la famille royale n'étaient pas libres d'aller dans des réceptions mondaines. Je sais qu'elles circulent avec la voiture du purdah, mais je pensais qu'elles n'allaient que dans des lieux où il n'y a pas d'hommes.

« Elle n'est pas confinée dans le zenana ? »

Le colonel me lance un regard qui laisse entendre que la question est soit ridicule, soit insultante.

« Capitaine, soupire-t-il, le zenana n'est pas une prison. Ce n'est pas parce que les hommes n'y sont pas admis que les femmes ne sont pas autorisées à en sortir. Ses occupantes sont libres d'aller et venir à leur guise.

— Alors pourquoi ne puis-je pas questionner la princesse Gitanjali ? »

La jeune maharané regarde de notre côté. Elle est vraiment très belle.

Le colonel boit une gorgée de champagne et lit l'incompréhension sur ma figure.

« Nous en avons déjà parlé, capitaine. Il y a des protocoles à respecter. »

Avant que je puisse protester davantage, la porte s'ouvre et cette fois c'est Annie qui entre, vêtue d'un sari de soie noire, la bordure brodée de fleurs dorées. Ses cheveux noirs sont tirés en arrière et elle a le ras-de-cou incrusté de diamants qu'elle portait à Calcutta. C'est la première fois que je la vois habillée à l'indienne et elle s'avance comme une déesse faite femme.

La figure d'Arora s'illumine.

« Mademoiselle Grant, c'est un plaisir de vous revoir. »

Annie lui rend son sourire et s'approche. Arora lui baise la main.

« Vous êtes radieuse ce soir. »

Annie et lui se connaissent déjà. Je suppose que c'est logique. Elle était une amie d'Adhir et Arora était l'aide de camp du défunt prince. J'en suis néanmoins un peu irrité.

Arora se tourne vers moi. « Puis-je vous présenter le capitaine Wyndham et le sergent Banerjee de la police de Calcutta.

— Oh, ces messieurs et moi sommes de vieux amis », répond-elle en me tendant sa main à baiser. Je suis heureux de m'exécuter.

« Vraiment ? s'exclame Arora.

— Le monde est petit, dis-je.

— C'est vrai, confirme Annie avec un regard malicieux. En fait, nous avons tous une relation commune. L'homme d'affaires James Buchan, explique-t-elle. C'est à une de ses réceptions à Calcutta que j'ai été présentée à Adhir et au colonel Arora. Vous devez excuser le capitaine Wyndham, colonel. Il n'est pas un grand admirateur de M. Buchan. Il est vrai que le capitaine a tendance à considérer la plupart des hommes avec une certaine suspicion. »

Le colonel me regarde, puis revient vers Annie, ne sachant pas trop comment répondre. « Eh bien, je suis sûr que le capitaine, tout comme moi, vous trouve extrêmement élégante ce soir, dit-il finalement.

— Je reconnais qu'elle sait se faire belle.

— Merci, capitaine, répond Annie avec un sourire. Je vous retourne le compliment. Il y a si longtemps que je ne vous ai pas vu en smoking que je commençais à craindre que vous ayez oublié comment faire un nœud papillon. »

Je sens ma main monter vers mon cou. Annie n'a pas tout à fait tort.

Voyant mon embarras, Arora cherche à dissiper la tension.

« Venez, mademoiselle Grant, dit-il en lui prenant le bras. Laissez-moi vous présenter à quelques autres dames. »

Je prends une gorgée de champagne et regarde le colonel conduire Annie vers Mme Carmichael et la maharané Devika.

J'entends Sat soupirer à côté de moi.

« Qu'est-ce qui ne va pas, sergent ?

— Rien, monsieur.

— Crachez le morceau, Sat. Il n'est pas question qu'en plus du reste je doive me tracasser toute la soirée pour savoir ce qui vous contrarie.

— Je pensais seulement que le colonel Arora paraît très impressionné par Mlle Grant, monsieur.

— Complètement absurde, dis-je en l'orientant vers le bar. Je me demande où vous allez chercher des idées aussi ridicules. Allons boire quelque chose de sérieux avant que votre imagination ne vous entraîne encore plus loin. »

Sir Ernest Fitzmaurice interrompt sa conversation avec Carmichael et nous sourit. Carmichael, lui, paraît moins heureux de nous voir.

Je commande deux doubles whiskys au barman avant de me tourner vers l'Anglais et de lui demander innocemment : « Des nouvelles de Delhi, monsieur Carmichael ?

— Les lignes télégraphiques sont coupées. Les pluies de mousson ont semble-t-il détruit les lignes au nord de Sambalpur. Il n'y a aucun moyen d'envoyer un message.

— C'est ennuyeux, dis-je en prenant un des gobelets en cristal que le barman a posés sur le comptoir. Avez-vous essayé de téléphoner ?

— Les lignes sont coupées également.

— Dans ce cas, je suppose que je vais devoir attendre que les communications soient rétablies. Je ne voudrais pas faire insulte au maharajah en quittant la ville malgré sa gracieuse invitation. »

Carmichael termine son gin d'un coup.

« Et vous, sir Ernest ? Avez-vous l'intention de rester ici longtemps ? »

L'homme d'affaires jette un regard amer vers le dewan et le major Bhardwaj.

« Je serai heureux de retourner à Calcutta dès que possible. En supposant que la ville existe encore. J'ai entendu dire que les pluies là-bas sont d'une violence épouvantable.

— Sambalpur ne vous plaît pas ? »

Il tire sur son cigare. « C'est un peu trop loin de la civilisation pour moi. »

Je regarde attentivement la pièce et ses hôtes nantis qui dégustent cocktails et champagne.

« Qu'avez-vous pensé de la cérémonie d'aujourd'hui ?

— Un grand spectacle, grogne-t-il, mais un peu mélodramatique à mon goût. Des éléphants qui pleurent, pour l'amour du ciel.

— Vous connaissiez bien le prince Adhir ? »

Il boit une gorgée de whisky. « Non, pas bien. Nous avions des accords commerciaux, mais je ne le trouvais pas sympathique.

— Comme c'est intéressant. D'après ce que j'ai entendu, c'était un homme perspicace. Brillant même. Certains m'ont dit qu'il aurait fait un excellent chef d'État.

— Oui, bon, intervient Carmichael. Il était intelligent. Peut-être un brin trop intelligent.

— Une anguille, renchérit Fitzmaurice. Difficile dans les négociations.

— Et vous pensez que ce sera plus facile de traiter avec son frère ?

— Espérons-le. » Il sourit et lève son verre.

Avant que j'aie une chance de le questionner plus avant, la porte s'ouvre et le prince Punit entre. Tous les regards se tournent vers lui qui n'a d'yeux que pour les dames. Il porte un smoking coupé à la perfection. Il s'avance vers le centre de la pièce, ses chaussures vernies reflètent la lumière comme un miroir et il adresse un signe de tête à Carmichael avant de s'approcher de Fitzmaurice qui transfère son verre dans sa main gauche, déjà occupée par son cigare, et tend la droite au prince.

« Mon cher sir Ernest, dit Punit en ignorant la main tendue, j'espère que vous êtes bien traité. » Il a beau avoir été élevé en Inde, son accent est aussi anglais que celui d'Adhir.

« Naturellement, Votre Altesse », répond Fitzmaurice qui se débrouille pour transformer d'un mouvement souple le serrement de main refusé en ébauche de grand salut. « L'hospitalité de votre père est comme toujours parfaite.

— Attendez d'avoir goûté la cuisine, répond le prince. Depuis votre dernière visite nous avons un nouveau chef : un Français, pas moins. Il a officié chez les Romanov avant que ces fichus bolcheviks les tuent. Avec nous, tout s'est bien passé. » Il a un grand sourire. « Nous avons eu de la chance de nous assurer ses services. Il paraît que l'hôtel Georges-V et le roi de Suède le voulaient, mais naturellement notre budget était plus élevé que les leurs. »

Le regard du prince s'égare de nouveau du côté des dames réunies autour du canapé.

« Son Altesse le maharajah va-t-il nous rejoindre ? demande Carmichael.

— Pardon ? Oh, je suppose que oui. » Le prince fait un geste en direction de la jeune maharané. « Sinon je doute que Devika serait présente. » Il nous accorde son attention. « Vous devez être messieurs Wyndham et Banerjee.

— Votre Altesse.

— Il paraît que vous avez fait tous les deux du très bon travail en retrouvant l'assassin de mon frère. Ma famille a une dette envers vous, messieurs. »

Je le remercie. « Y a-t-il un moment où nous pourrions vous parler de votre frère ?

— Parler ? Il faudra attendre quelques jours, je le crains. Demain une partie de chasse est organisée pour sir Ernest. Elle a déjà été reportée à cause de cette terrible affaire et je suis bien décidé à ce qu'il puisse tirer quelque chose.

— C'est dommage. Son Altesse votre père tenait beaucoup à ce que nous vous parlions. » Je mens, mais c'est pour la bonne cause.

« Nous essaierons d'arranger quelque chose plus tard dans la semaine. Maintenant, si vous voulez bien m'excuser, messieurs, dit-il en indiquant les dames, je dois vraiment m'occuper de nos autres invitées. »

Je le regarde aller nonchalamment vers elles. Carmichael demande à sir Ernest : « Pensez-vous pouvoir faire affaire avec lui ?

— Oh, j'en suis sûr », répond-il et un léger sourire se forme aux coins de sa bouche.

Le prince échange quelques mots avec la maharané Devika, qui lui donne des réponses brèves et ne le regarde jamais en face.

Ensuite il accorde à Mme Carmichael beaucoup plus d'attention qu'à son mari et soudain elle éclate de rire. Si elle espérait un prélude à une longue conversation elle est immédiatement déçue : le prince regarde maintenant Annie. Il s'anime un peu plus, comme le font souvent les hommes en présence de belles femmes, et je m'aperçois que depuis le moment où il est entré dans la pièce c'est elle qui a retenu toute son attention. Ce n'est pas comme si je n'avais jamais assisté à ce phénomène mais jusqu'ici celui qu'elle a captivé n'a jamais été un prince, du moins pas en ma présence. Quand il lui baise la main elle sourit et je sens mon estomac se nouer. Il s'incline et je suis certain qu'Annie regarde un instant dans ma direction. Puis elle sourit et parle à Punit.

Je surprends Sat en train de m'observer.

« Qu'y a-t-il, sergent ? »

Il indique mon verre encore à moitié plein. « Voulez-vous être resservi, monsieur ? »

Un gong annonce l'arrivée du maharajah. Il marche avec une canne, aidé par une femme aux cheveux gris en sari bleu foncé, avec un simple collier en or. Ils sont accompagnés d'un tout petit garçon portant une kurta de soie ivoire boutonnée par des émeraudes. Le maharajah a le teint cendreux, sa jaquette est trop grande pour sa maigre silhouette.

Je demande à Carmichael qui est avec le maharajah.

« L'enfant est Son Altesse le prince Alok, le troisième fils du maharajah. Devika est sa mère.

— Et la femme ?

— Mon cher, c'est la maharané Shubhadra, la première épouse du maharajah et notre illustre première maharané. »

C'est une femme menue, avec un visage plein de bonté et d'intelligence comme celui de votre tante préférée. Elle me voit et sourit.

La troisième maharané, Devika, s'est levée à l'entrée du maharajah. Elle embrasse le petit garçon et dit quelques mots à la première maharané, puis elle prend la main du maharajah. S'il y a de l'animosité entre les deux épouses je ne la perçois pas. Il semble au contraire y avoir de la tendresse, une pression des doigts et un regard entre elles qui parlent d'eux-mêmes. Sa mission remplie, la première maharané sourit à l'assistance et se retire en emmenant le petit prince avec elle.

Pendant ce temps je surprends l'expression du maharajah quand sa troisième femme lui murmure quelque chose. Il sourit en la regardant. Aucun doute, il est amoureux d'elle, mais le plus intéressant c'est la façon dont la maharané le regarde. Je ne suis pas un expert mais il me semble que cette jeune femme l'aime aussi.

Le dewan et le major Bhardwaj à leur suite, le maharajah et sa troisième épouse entament lentement la tournée des invités assemblés en commençant par sir Ernest Fitzmaurice. Un domestique entre avant qu'ils n'aient beaucoup avancé. Le maharajah l'interroge du regard.

« Le dîner est servi. »

La salle à manger est dominée par une longue table en acajou sous un lustre éclatant flanqué de grands éventails, les punkahs, couverts de feutrine verte. Sur la table est posée une locomotive dorée sur le modèle du train royal que nous avons pris à Calcutta. L'engin miniature tire des wagons chargés de bouteilles de champagne et d'alcools sur des voies d'argent de la longueur de la table.

Des domestiques en livrée nous indiquent nos sièges. Le maharajah prend place en tête de table avec Carmichael à sa gauche et le dewan à sa droite. À côté du dewan, Fitzmaurice puis Annie. Mon espoir que le dîner puisse mettre fin à sa conversation avec le prince Punit dure le temps d'un coup de froid à Calcutta quand je remarque les cartes avec leur nom côte à côte sur la table.

La troisième maharané prend le siège à l'autre extrémité de la table, en face du maharajah, et moi celui qui est à sa droite.

Les domestiques se mettent à l'œuvre, déplient les serviettes et emplissent les verres. La maharané Devika fait des remarques aux serviteurs, tandis que Mme Carmichael parle à son mari. Je n'ai pas grand-chose à faire excepté essayer d'ignorer les sourires et les bons mots que semblent échanger Punit et Annie de l'autre côté de la table. Ce ne devrait pas être trop difficile compte tenu de la qualité du montrachet 1907, mais il me faut quelques verres avant que je commence à l'apprécier.

Quand la jeune maharané se tourne finalement vers moi, notre brève conversation est le seul moment agréable de ma soirée.

« La cuisine n'est pas à votre goût, capitaine ? » demande-t-elle avec un accent à mi-chemin entre collège anglais et institution suisse pour jeunes filles. Elle est vraiment belle, non que l'on s'attende à moins pour la jeune épouse d'un maharajah. De grands yeux bruns en amande et un certain air énigmatique.

« Au contraire. J'ai seulement perdu l'appétit. »

Elle surprend mon regard en direction d'Annie et du prince Punit. « Oui, dit-elle en effleurant délicatement ses lèvres avec sa serviette. Je peux le comprendre, vu les circonstances. »

Je suis secoué. Mes sentiments sont-ils évidents à ce point ?

« Il ne paraît pas convenable de profiter de ce genre de choses à un moment comme celui-ci », poursuit-elle en lançant au prince un regard sévère et dédaigneux.

Comme pour y répondre, la voix du prince nous parvient. « Ma chère mademoiselle Grant, vous devez absolument venir voir la Côte d'Azur. C'est incomparable. » Il demande à Fitzmaurice : « Sir Ernest, vous avez un yacht, n'est-ce pas ? Vous me le prêterez pendant quelques semaines ?

— Naturellement, Votre Altesse, répond le vieil Anglais. Avec grand plaisir. »

La maharané a raison. Mon antipathie pour le prince grandit, et bien qu'elle soit née de ses tentatives pour courtiser Annie, je me demande aussi quel genre d'homme peut projeter une croisière en Méditerranée quelques heures après avoir allumé le bûcher funéraire de son propre frère.

Le repas se termine brutalement et c'est un soulagement. Le maharajah chuchote quelque chose à un domestique qui l'aide à se lever lentement. L'effort le fait grimacer et la troisième maharané, voyant souffrir son mari, se lève et se hâte de le rejoindre. Avec des excuses précipitées, le couple royal quitte la pièce.

Le seul qui ait l'air réellement contrarié par l'incident est Punit qui très vite nous rassemble dans le salon. À un aboiement du prince un domestique remonte le gramophone et la pièce se remplit bientôt des accents de Charles Harrison chantant une stupidité sirupeuse à propos de fleurs de pommier.

J'ai besoin d'une boisson sérieuse. Je demande à Sat : « Que diriez-vous d'un dernier verre ? »

Il secoue la tête, et à vrai dire il a l'air d'avoir déjà bu plus qu'il ne lui faut.

« Rien qu'un pour m'accompagner.

— Très bien, monsieur. » Il soupire. « Je prendrai un whisky, mais seulement un petit.

— À la bonne heure », dis-je et je vais au bar en commander deux doubles. Deux minutes plus tard, en lui tendant son verre, je lui demande : « Alors, qu'avez-vous pensé des papiers dans le bureau de Golding ? » Il soupèse son verre d'un air dubitatif avant de boire une petite gorgée.

« Cet homme est consciencieux, sans aucun doute. Il connaît le coût de tout, des allocations aux concubines jusqu'au traitement des diamants. Je vais avoir besoin de plus de temps pour tout examiner, monsieur. J'espérais reprendre demain matin.

— Avez-vous trouvé le document sur lequel il

travaillait pour le prince Adhir, le rapport d'estimation des mines ?

— Pas encore... » Il s'interrompt. « C'est drôle, j'ai trouvé beaucoup de papiers de travail – calculs de taux d'extraction, études géologiques et autres – mais pas le rapport lui-même. Pas même un brouillon.

— Il l'a peut-être détruit ?

— Les salaires des bonnes d'enfants sont notés depuis douze ans. J'ai l'impression qu'il n'était pas homme à détruire quoi que ce soit.

— Vous pensez qu'on aurait pu subtiliser le rapport ?

— C'est possible, monsieur.

— À qui profiterait ce vol ?

— À quelqu'un qui cherche à faire échouer la vente des mines à Anglo-Indian Diamond ? dit-il en haussant les épaules.

— Mais cela n'entraînerait qu'un retard. J'imagine qu'un nouveau rapport pourrait être établi rapidement, surtout si, comme vous le dites, toutes les notes de travail sont conservées.

— Alors qui ?

— Peut-être quelqu'un qui veut savoir ce que dit le rapport avant qu'il ne soit connu de tous ? » Je vois sir Ernest Fitzmaurice et le dewan qui sont en grande conversation et fument le cigare.

« Cela n'explique pas la disparition de M. Golding, répond Sat.

— Cela n'explique pas grand-chose sur rien, dis-je. Maintenant buvez avant que votre whisky s'évapore. »

Il avale une grande gorgée et fait la grimace.

Je regarde en direction d'Annie. Elle est occupée à se montrer aimable avec Punit.

« Mlle Grant a l'air dans son élément, dit Sat. On pourrait presque l'imaginer en princesse de la maison royale de Sambalpur. »

À la réflexion, le forcer à boire un double whisky a peut-être été une erreur.

« Quelle perspicacité, dis-je. J'avais oublié votre connaissance encyclopédique du comportement féminin. »

Il rit. « Merci, monsieur. Je vous dois tout, mon mentor. Comment progresse la poursuite de Mlle Grant ? »

Je bois une gorgée. « Parfois, Sat, l'exaltation est dans la poursuite.

— Dans ce cas, dit-il en gloussant, vous êtes probablement l'homme le plus exalté d'Inde… monsieur.

— Vous savez, sergent, vous pouvez laisser le reste du whisky. Vous avez beaucoup d'autres papiers de Golding à examiner demain et je n'aurai pas le temps de jouer les infirmières pour m'occuper de votre gueule de bois.

— Tout à fait sensé, monsieur. » Sur quoi il prend congé, dit bonne nuit aux autres et se rend au pavillon des invités.

Je reste au bar, dos à la pièce, et m'efforce d'ignorer le murmure des conversations derrière moi. L'odeur du cigare me parvient tandis que je sirote mon whisky en pensant au prince Adhir. J'envisage la possibilité que Punit l'ait assassiné. S'il éprouve le moindre chagrin, il le cache sacrément bien. Je termine mon verre d'un coup et en commande un autre.

En l'attendant je sens le parfum que porte Annie. J'ai toujours un nœud dans l'estomac quand cela m'arrive. Quelqu'un me touche le bras.

« Vous passez un bon moment, Sam ?

— Pas particulièrement, mais je passe rarement un bon moment à une veillée mortuaire.

— Croyez-vous que c'est de cela qu'il s'agit ? » Elle sourit. « Je m'attendais à un brin de prescience de votre part. »

Le barman revient avec mon verre et Annie commande un pink gin.

« Je suppose que vous pensez que c'est un couronnement pour votre nouvel ami.

— Pas du tout.

— Alors dites-moi. Si ce n'est ni une veillée mortuaire ni un couronnement, qu'est-ce donc ?

— N'est-ce pas évident ? dit-elle en prenant le verre servi par le barman et en buvant une petite gorgée. C'est un spectacle de marionnettes.

— Comment ça ?

— Réfléchissez, Sam. Regardez autour de vous. Voyez qui est présent, et voyez qui tire les ficelles.

— Je n'ai aucune idée de ce dont vous parlez », dis-je. Et c'est vrai. Mais cela ne signifie pas que je n'apprécie pas le fait qu'elle me parle plutôt qu'à Punit.

« Capitaine Wyndham, vous avez trop bu. Vous verrez peut-être plus clair demain matin. »

Pas sans une dose d'opium. Je change de sujet.

« Avez-vous eu l'occasion de parler au maharajah au sujet de l'entretien avec la veuve d'Adhir ?

— Non, mais j'en ai parlé à son épouse.

— Laquelle ?

— La plus jeune, Devika.

— Et ?

— Elle m'a demandé si vous soupçonniez Gitanjali d'être impliquée dans l'assassinat de son mari. Je lui ai dit que je n'en savais rien mais que je lui poserais vos questions à votre place et que si elle m'assurait la permission du maharajah je lui raconterais tout après. Il m'a semblé qu'elle était intéressée. Vous imaginez les potins que cela va alimenter ? Elle a dit qu'elle allait faire tout son possible. »

Je remercie Annie pour son aide et j'ajoute qu'il m'en faut davantage. « Il y a une autre femme du zenana à laquelle nous avons besoin de parler. Une concubine. Pensez-vous pouvoir convaincre encore une fois votre amie la maharané Devika ?

— Vous ne demandez pas grand-chose, n'est-ce pas, Sam ?

— Je vous mêle à une enquête, mademoiselle Grant. Ne me dites pas que vous vous amuseriez autant avec Charlie Peal à Calcutta.

— Je l'admets, c'est plus drôle d'être enquêteur que suspect », dit-elle d'un ton plein de sous-entendus.

La musique se tait et le prince s'approche nonchalamment. « Mademoiselle Grant, que buvez-vous là ? Un pink gin ? J'ai envie d'en prendre un moi-même. » Il fait un signe au barman qui se met à préparer le cocktail avec un tantinet plus d'empressement qu'il n'a mis à me servir.

« Alors, mademoiselle Grant, avez-vous réfléchi à ma proposition ?

— J'en serais enchantée, Votre Altesse. » Elle sourit, et mon cœur s'arrête de battre. « Mais je me demandais : auriez-vous une objection à ce que le capitaine Wyndham nous accompagne ? Je ne pense pas qu'il y soit déjà allé.

— Je n'ai aucune envie d'aller sur la Côte d'Azur,

dis-je avec aigreur. Pendant la guerre j'ai assez vu de la France pour toute une vie.

— Je crois que vous n'avez pas compris, cher ami, se moque le prince. Nous parlons de la chasse au tigre de demain. Je suppose que si vous souhaitez la suivre vous serez le bienvenu. »

J'ai l'impression que c'est la dernière chose dont le prince ait envie. C'est pourquoi j'accepte immédiatement.

« J'en serais très honoré.

— Très bien. Nous partons à l'heure du déjeuner. J'espère que vous arriverez à temps. » La musique se fait de nouveau entendre. Un disque d'Al Jolson. J'aime beaucoup Al Jolson.

« Venez, mademoiselle Grant, dit le prince. Voulez-vous danser ? Nous devons profiter pleinement de cette soirée. »

Elle accepte et je les regarde retourner vers le centre du salon. Le prince se révèle un excellent danseur, ce qui renforce mon antipathie à son égard. Il y a quelque chose de fondamentalement douteux chez un homme qui sait danser.

Je bois une gorgée et je rumine. Le colonel Arora s'approche.

« Vous paraissez troublé, capitaine. »

Bien vu.

« Disons que cet endroit est assez différent de ce à quoi je m'attendais.

— Ah, vous n'êtes pas le premier Anglais à le dire. Laissez-moi deviner. Vous vous attendiez à un trou perdu où la civilisation n'est pas arrivée ? »

Je marmonne : « Non, pas du tout… » Mais il a raison. J'imaginais quelque chose d'apparenté aux temps primitifs, un despote incapable, avec ses diamants, son harem et son peuple sous son joug. La vérité est plus compliquée. Il y a, bien entendu, la richesse ridicule et les cabrioles du maharajah, mais il y a aussi le raffinement : les nounous anglaises, les chauffeurs italiens, le chef français, et les devoirs auxquels la famille royale se sent tenue envers ses sujets. Mais la plus grande révélation est le zenana. J'essaie d'expliquer mes réflexions au colonel à travers un brouillard provoqué par l'alcool.

« Vous devez cesser de croire ce que vos auteurs anglais aiment tant décrire. Que savent-ils des femmes dont ils parlent ? Que savent-ils des eunuques qu'ils aiment tant caricaturer ? Ouvrez les yeux, capitaine. Laissez vos préjugés à Calcutta. Mieux encore, laissez-les à Londres. À Sambalpur, certaines des personnes les plus compétentes en affaires sont des dames du zenana. »

Il comprend mon expression.

« Vous êtes choqué d'apprendre qu'une femme s'intéresse aux affaires ? » Il m'indique Annie. « Il paraît que cette Mlle Grant là-bas est une vraie femme d'affaires. Pourquoi faudrait-il que ce soit différent pour les femmes du harem ? Pensez-vous qu'elles sont désavantagées rien que parce que vous ne pouvez pas les voir ? Vous ne comprenez pas qu'elles voient et entendent tout ? Et quand il s'agit de négociations commerciales, voir sans être vu peut souvent être très avantageux.

— Et les eunuques ? Vous allez bientôt me dire qu'ils sont contents d'être castrés.

— Je n'irais pas jusque-là. Cependant, leur incapacité leur confère une véritable influence. Les eunuques sont en quelque sorte des conseillers pour les dames du zenana. Et ils sont fiers de garder les secrets qu'elles leur confient. Beaucoup d'eunuques sont devenus riches et puissants à l'égal des femmes qu'ils servent. Et cela sans qu'y soient mêlés ni le cœur ni la chair. »

Cette dernière phrase me frappe énormément. « Je suppose que cela simplifie les choses.

— C'est l'Inde, capitaine. Voyez-la telle qu'elle est, pas telle que vos apologistes de l'Empire et vos professeurs d'orientalisme voudraient que vous la croyiez. Faute de quoi vous ne nous comprendrez jamais. »

Ses mots ouvrent une porte dans mon esprit pour laisser entrer la lumière. En un instant les certitudes disparaissent et de nouvelles idées, de nouvelles possibilités les remplacent. Je suis désorienté, euphorique. Je commence à voir l'assassinat d'Adhir sous un nouveau jour. Puis je surprends un regard entre Annie et Punit et la porte se referme brutalement. Je finis mon verre et le dépose sur le comptoir.

« Vous partez ? demande le colonel.

— Je crois que la soirée touche à sa fin, dis-je en soupirant.

— Il vous faut un tonique.

— Oubliez le tonique. Ne me donnez que le gin. »

Le colonel sourit. « Je pense que vous pourriez peut-être préférer une autre sorte de remontant ? »

Je sens se dresser les poils de ma nuque.

« Vous savez, capitaine, la richesse de Sambalpur ne s'est pas bâtie que sur les diamants… »

Je sais de quoi il parle, mais je ne suis pas prêt à l'admettre.

Il y a une certaine étincelle dans son regard. « Cela

vous intéresserait-il de savoir, capitaine, qu'il y a cent ans nous produisions un des meilleurs opiums indiens ? »

Une sueur froide perle sur mon front. Peut-il savoir ? Il a ordonné le transport de nos bagages de la Résidence au pavillon des invités. Ma valise a été vidée. Il est tout à fait possible que la personne qui s'en est chargée ait identifié le nécessaire d'opium et l'ait signalé au colonel.

Il poursuit. « Pendant longtemps nous avons gagné davantage de l'opium que des mines. Naturellement, la demande a considérablement diminué de nos jours, mais nous en produisons toujours un peu. Et il est très bon.

— Vous l'avez goûté ?

— Bien sûr, répond-il sans hésiter. Cela vous choque ?

— Non. »

Il rit doucement. « Je ne suis pas étonné. »

27

Je sors dans la cour avec le colonel Arora et nous nous dirigeons vers le Rose Building.

Je demande : « Ce n'est pas un peu tard pour aller au bureau ?

— Si, mais nous devons traverser la ville et pour cela il nous faut une voiture, rapide de préférence. »

De l'intérieur du garage royal vient le bruit d'un moteur que l'on fait démarrer.

« Des types consciencieux, vos mécaniciens, dis-je.

— C'est une période de grande activité pour eux, répond-il en ouvrant l'une des portes. Les voitures doivent être préparées pour la mousson. Et puis il y a la chasse au tigre de demain. Les Rolls-Royce camouflées doivent être prêtes. Elles passent le plus clair du temps dans la jungle et nécessitent un entretien régulier. »

En effet, deux hommes sont penchés sous un capot camouflé. Le colonel passe en revue les rangées de véhicules rutilants.

« La voilà ! s'écrie-t-il en m'indiquant une voiture rouge au bout de la deuxième rangée. Elle se cache tout le temps !

— Nous ne prenons pas la Mercedes ?

— Mon Dieu, non ! Nous prenons quelque chose de beaucoup plus intéressant. »

Il s'éloigne et s'arrête devant un coupé d'un rouge éclatant et le contemple amoureusement.

« Qu'est-ce que c'est ?

— Ce que c'est ? s'exclame-t-il. Mon cher, ceci est une Alfa Romeo 20/30. Elle dépasse quatre-vingts miles à l'heure sur un circuit. Une fois je l'ai fait monter jusqu'à cinquante. J'ai failli me retourner dans un fossé.

— Vous ne verrez pas d'inconvénient à nous limiter à vingt-cinq ce soir ?

— Très bien, capitaine, dit-il en passant la main sur le capot, tant pis pour vous. »

Nous roulons sur une route déserte en direction d'une sortie au sud de la ville. Arora dépasse largement les vingt-cinq miles et la vitesse procure la brise la plus fraîche que j'aie sentie depuis l'Angleterre. Je m'abstiens de tout commentaire et me contente de regarder le monde voler à côté de nous.

« Que pensez-vous de notre nouveau yuvraj ? » demande Arora.

Je ne sais pas exactement quoi répondre.

« Vous n'êtes pas un admirateur ? demande-t-il en souriant.

— Je pense que je préférais son frère.

— Vous vous êtes fait une opinion plutôt rapidement, semble-t-il.

— Vous n'êtes pas du même avis ? »

Il rit. « Je n'ai pas dit cela. Je suis simplement curieux de savoir ce qui a pu vous amener à un jugement aussi rapide.

— L'instinct. Rappelez-vous, je suis policier. Je me fie à mon instinct.

— Et cela n'a rien à voir avec son intérêt visible pour votre amie, Mlle Grant ?

— Mlle Grant est une femme intelligente. Elle peut se défendre toute seule.

— J'admire votre confiance, capitaine. Je me demande seulement si elle est fondée. Vous seriez surpris de l'emprise qu'un titre et un million de roupies peuvent conférer à un homme. »

Il n'a pas tort. Quelle femme resterait insensible aux attentions d'un millionnaire bientôt maharajah ?

« Même s'il est soupçonné de meurtre ? »

Arora se tourne vers moi. Il a tout à coup son regard d'acier. « Vous le croyez responsable de l'assassinat de son frère ?

— Eh bien, ce n'est pas Shreya Bidika. Et Punit a le meilleur des motifs.

— Vous avez la moindre preuve ?

— Non. En tout cas, pas encore.

— Et si cette preuve est difficile à trouver ?

— Je dois quand même essayer. »

Le colonel a un sourire forcé. « Bien sûr, la “présomption d'innocence jusqu'à preuve de la culpabilité”, le principe anglais, n'est-ce pas ?

— C'est la loi du pays.

— Sauf qu'ici ce n'est pas votre pays, et je suis heureux de dire que de telles idées prennent leur temps pour atteindre Sambalpur. »

Nous roulons en silence jusqu'à ce que le colonel demande finalement :

« Des progrès dans la recherche de Golding ?

— Légers. »

Il tourne la tête vers moi. Je décide de développer, dans l'espoir qu'il fixe de nouveau son attention sur la route.

« Nous pensons que ce qui lui est arrivé peut être lié au rapport qu'il rédigeait pour Adhir. Sat dit que les papiers de travail sont encore dans son bureau, mais il n'y a aucune trace d'un rapport, même pas un brouillon. Je pense que quelqu'un a voulu le consulter avant qu'il soit rendu officiel. Mais j'ignore dans quel but. »

Le colonel secoue la tête. « Il n'y a aucun mystère dans le sort du rapport. Il est entre les mains du dewan. Je l'ai surpris à en parler ce soir à Fitzmaurice.

— Comment l'a-t-il obtenu ?

— Aucune idée. Je le lui demanderai demain si vous le souhaitez.

— Ce serait utile, mais ce serait encore mieux si vous pouviez mettre la main dessus. J'aimerais que Sat l'examine.

— Et comment suis-je censé m'y prendre ?

— Vous êtes un homme de ressources, colonel. » La

voiture ralentit et tourne dans une ruelle. « Je suis sûr que vous trouverez un moyen. »

Arora arrête la voiture devant une maison à un étage avec des persiennes aux fenêtres et un balcon qui court le long de la façade. Je continue à réfléchir à propos de Golding. Si le dewan est en possession de son rapport, où est le lien avec la disparition du comptable ? Je suis convaincu qu'il n'a pas quitté Sambalpur de son plein gré. En fait, j'ai exclu cette idée dès que j'ai fouillé sa maison.

Je fais le tour des possibilités. Soit Golding a remis le rapport au dewan et a été enlevé ensuite, soit il a été enlevé sur ordre du dewan et contraint de lui donner le document. Mais ce n'est pas très logique. Le dewan devait forcément être un des premiers à recevoir un exemplaire du rapport. Golding a peut-être été enlevé par des hommes de sir Ernest Fitzmaurice ? Anglo-Indian Diamond a le plus à gagner à voir les chiffres avant tout le monde. Mais enlèveraient-ils un Anglais dans le seul but d'avoir un avantage à la table des négociations ?

Le colonel Arora frappe à la porte. Elle est ouverte immédiatement par un homme petit, cheveux noirs brillantinés, fine moustache et kurta blanche, qui accueille le colonel comme un vieil ami. Arora me fait signe d'entrer. J'essaie de ne plus penser à Golding. Quoi qu'il lui soit arrivé, les questions peuvent attendre jusqu'à demain.

L'odeur de l'opium flotte dans l'air. Nous suivons le petit homme dans une cour puis dans une grande pièce dans une semi-obscurité, parsemée de lits de soie dont plusieurs sont occupés. Sur celui qui est le plus près de la porte est étendu un Européen, aisé à en juger par ses vêtements, une pipe à opium à côté de lui sur une petite table en cuivre ; des volutes de fumée s'élèvent doucement. Dans un coin, deux femmes en sari conversent à voix basse.

En matière de fumeries d'opium celle-ci est, sinon le Ritz, au moins le Waldorf, et aussi éloignée de ce à quoi je suis habitué que Londres l'est de la Lune.

Mais il faut se conformer aux coutumes locales…

Une jolie fille en sari rose vient nous indiquer deux lits de part et d'autre d'une petite table sur laquelle je suppose qu'elle posera la lampe à opium. J'imite Arora et j'enlève ma jaquette que je tends à la jeune fille, puis je m'étends sur un des lits pendant que le colonel prend l'autre. Elle s'en va en emportant nos jaquettes.

Je me couche sur le côté pour me sentir le mieux possible. Ce devrait être facile, le lit est bien plus confortable que le bois et la corde des *sharpoys* que propose le genre de bouge que je fréquente à Calcutta, et pourtant l'attente d'une nouvelle dose, l'approche de la satisfaction d'un besoin, fait que mon corps est douloureux.

La fille revient après avoir échangé nos jaquettes contre un plateau d'argent et deux longues pipes à opium. C'est lorsqu'elle pose le plateau sur la table que je remarque quelque chose d'inhabituel. La lampe et les pipes sont bien là, ainsi que la foule d'instruments destinés à les nettoyer, mais les boulettes de résine d'opium et l'aiguille pour les cuire sur la flamme sont absentes. Il y a à leur place une petite pipette ressemblant à un compte-gouttes, une minuscule casserole en argent de la taille d'une pièce d'une roupie, et un flacon laqué incrusté d'une image dorée du dieu Jagannath.

« Je croyais que nous étions ici pour fumer de l'opium », dis-je.

Arora et la fille échangent un regard. « C'est exact », répond le colonel en riant.

La fille dévisse le bouchon et le parfum terreux de l'opium se répand dans l'air. Elle prend la pipette, la plonge dans le flacon, puis pose délicatement quatre gouttes dans la casserole d'argent.

« Mais c'est…

— Oui, confirme Arora. Un liquide. Ceci, mon ami, est le légendaire *candú*, la meilleure qualité, distillé à partir de l'opium le plus pur. Une fois obtenu il est mis en bouteille et vieilli comme un vin fin. »

La fille commence à chauffer la casserole sur la flamme de la lampe à opium.

« De l'opium liquide ? J'ignorais que cela existait.

— Vous avez été cruellement abusé, capitaine, dit-il avec une étincelle dans le regard. Je suppose qu'il faut s'y attendre. On n'en trouve pas beaucoup sur le marché de nos jours. Le véritable *candú*, fumé avec modération bien entendu, est une merveille qui favorise la créativité et l'inspiration. Et parce qu'il est pur, contrairement à la saleté que vous trouvez à Calcutta, il ne vous met pas dans un état de stupeur. »

Le *candú* commence à grésiller au-dessus de la flamme en dégageant un parfum semblable à celui des cacahuètes grillées.

« Dans les temps anciens, dit Arora, les mandarins, les artistes et la haute société chinoise l'utilisaient tous. Mais c'était avant que votre East India Company déclenche ses guerres de l'opium.

— Des guerres dont je crois comprendre que le royaume de Sambalpur a amplement profité. »

Le colonel sourit. « C'est vrai. »

La fille partage le liquide fumant entre les deux pipes. Elle nous en tend une à chacun. Je me penche, je ferme les yeux et j'inhale.

En quelques minutes, les dires d'Arora se confirment. Les effets du *candú* sont radicalement différents de ceux des déchets que je fume à Calcutta. Je sens la peau me picoter, de mes bras à mon torse et à mon crâne. La fille prépare une deuxième pipe et quand je la fume, les picotements se transforment en une explosion de synapses en feu et une soudaine lumière blanche aveuglante dans ma tête. La lumière faiblit, remplacée par une sensation de calme et de bien-être profonds.

Mardi 22 juin 1920

28

La première lueur du jour entre par la porte-fenêtre laissée ouverte. Je regarde le ciel s'éclairer sur des collines bleues. Il n'y a pas à proprement parler de lever du soleil, rien qu'un changement graduel de teinte, du noir au gris acier.

Au-dehors, les nuages bas se sont accumulés, mais mon brouillard mental s'est levé. Je dois reconnaître qu'Arora avait raison à propos du *candú*. Je n'ai jamais fait une telle expérience avec l'opium. Il n'y a pas eu hier soir de stupeur comateuse, et la léthargie habituelle du lendemain matin a laissé place à une parfaite lucidité.

Nous avons quitté l'établissement après quatre ou cinq pipes. Arora m'a déposé devant le pavillon des invités vers une heure du matin. Arrivé dans ma chambre je me suis endormi presque immédiatement.

Je ne me suis pas senti aussi bien depuis longtemps. Je reste étendu sous le baldaquin d'un lit de la taille maharajah et je pense à Annie. C'est du gaspillage de rester tout seul dans un lit pareil. J'espère qu'Annie est seule elle aussi dans son lit du Beaumont et non… Mieux vaut ne pas imaginer ces choses-là.

Je m'oriente plutôt vers Adhir et son assassin mort portant la marque de Vishnou sur le front. S'il y a vraiment une dimension religieuse dans ce drame, il y a un endroit où se trouvent peut-être les réponses. Je me lève, je m'habille et je sors.

Je réquisitionne la Mercedes. Je roule en direction du pont dans le Sud. Mais à proximité de l'embranchement j'ai une autre idée. Au lieu de me diriger vers le fleuve, je prends à gauche pour rentrer en ville.

À l'extérieur du Beaumont la circulation est animée, mais l'hôtel lui-même semble endormi. Je m'arrête à proximité et j'entre dans le hall. Mon nouvel ami le réceptionniste est encore de service, bien que rien dans son expression n'indique que nous nous sommes peut-être déjà vus hier.

« J'ai besoin du numéro de chambre d'un de vos hôtes. Une Mlle Grant. »

C'est la deuxième fois que je lui demande le numéro de chambre d'une femme non accompagnée. Il ne va pas mettre en question les motifs d'un sahib, surtout un qui est prêt à lui graisser la patte comme moi, mais il faut quand même accomplir les formalités.

« Nous ne pouvons pas donner ce genre… »

Je lui glisse un billet de cinq roupies avant qu'il puisse terminer.

« Chambre douze, monsieur, mais vous n'y trouverez pas la dame. »

Mon cœur chavire. Des visions d'Annie avec Punit me traversent l'esprit. Lui a-t-il fait boire quelque chose de bizarre pour la forcer à rester au palais ?

N'est-ce pas le genre de comportement que l'on attend d'un despote oriental ?

« Elle prend le petit déjeuner dans la salle à manger », précise-t-il en indiquant une porte.

Je suis tellement soulagé que je manque éclater de rire. Je lui glisse cinq roupies de plus. La salle à manger bourdonne de la conversation d'une demi-douzaine de tables. Annie est assise près de la fenêtre. Un peu plus loin je vois Katherine Pemberley. À contre-jour elle ressemble tellement à Sarah que j'ai un nouveau coup au cœur. Les deux femmes regardent vers moi et pendant une demi-seconde j'ai du mal à me rappeler laquelle des deux je suis venu voir.

Annie sourit et je lui demande si je peux me joindre à elle.

« Je vous en prie, capitaine. Vous avez disparu assez précipitamment hier soir.

— Le colonel Arora voulait me parler de quelque chose. Vous êtes restée tard ?

— Pas vraiment. » Elle se tapote délicatement la bouche avec une serviette amidonnée. « Pour être honnête, la soirée était plutôt déplacée. Quand allez-vous me dire ce qui vous amène ?

— Je suis venu vous remercier d'avoir persuadé Punit de m'inviter à sa promenade de tir au tigre cet après-midi. Et en témoignage de reconnaissance j'ai pensé vous inviter à un petit voyage en voiture ce matin avant qu'il fasse trop chaud. »

Elle me regarde d'un air soupçonneux et boit une gorgée de thé.

La voiture s'élance sur le pont et Annie allume une cigarette.

« Où allons-nous ?

— Nous pourrions aller jeter un coup d'œil au temple. »

Elle tire une bouffée. « La vieille ruine ?

— Non, le nouveau. À côté de là où Adhir a été incinéré. »

Elle me lance un regard qui ressemble à une gifle. « Je vous aurais cru plus intéressé par la ruine que par le nouveau temple, Sam. Vous paraissez toujours plus heureux de vivre dans le passé. »

Bientôt le temple émerge de la brume.

Je quitte la route, et dans un nuage de poussière j'arrête la voiture non loin du mur d'enceinte. Les sculptures dans le marbre du temple luisent dans un relief saisissant. Annie ne se laisse pas démonter par les images ; je n'en attendais pas moins de sa part. Elle a beau être anglo-indienne, quand il s'agit de ce genre de choses elle est bien plus indienne qu'anglo. Elle marche vers les portes, se touche le front puis la poitrine. J'ai vu Sat faire un geste similaire en présence du divin.

« Qu'est-ce que c'est ?

— Quoi ?

— Ce que vous venez de faire avec votre main, dis-je en imitant son geste.

— Oh, c'est dans le rituel hindou. Une marque de respect pour les divinités qui sont à l'intérieur.

— Je ne vous savais pas religieuse.

— Je ne le suis pas, mais cela ne peut pas faire de mal d'être en bons termes avec les dieux, n'est-ce pas ? »

Je monte avec elle les marches de marbre de l'entrée

du temple. Les portes en bois sont fermées. Je m'apprête à les pousser, mais Annie arrête mon bras.

« Attendez un instant. Nous ne pouvons pas entrer tout simplement.

— Pourquoi pas ? C'est une maison de dieu. On y accueille certainement tout le monde.

— Ce n'est pas une église, Sam, répond-elle avec brusquerie. Certains temples n'acceptent même pas les hindous de caste inférieure. Comment pensez-vous qu'ils vont réagir devant un Anglais et une sang-mêlé ?

— Ils ne convertiront jamais personne avec une pareille attitude.

— Faire des adeptes n'intéresse pas beaucoup les hindous, et si c'était le cas, je doute fort qu'ils commencent par vous.

— Je suis blessé, mademoiselle Grant, dis-je au moment où un grondement sourd provient des portes qui commencent à s'ouvrir lentement. Nous devrions peut-être poser la question au prêtre ? »

Mais ce n'est pas un prêtre qui sort le premier dans une bouffée d'encens. À la tête d'une petite procession s'avance une femme d'un certain âge qui porte un simple sari bleu et des bracelets d'or aux poignets. Elle est pieds nus. Elle émerge de l'obscurité et je la reconnais. La maharané Shubhadra, première épouse du maharajah. Celle qui l'accompagnait au dîner d'hier soir avant de le laisser aux soins de la jeune troisième maharané.

Le dewan Davé marche à quelques pas derrière elle. Ma présence est un choc pour lui, désagréable à en juger d'après sa réaction. Il s'élance comme un fox-terrier en colère pour essayer de me cacher la maharané.

« Nous sommes sur un sol sacré, capitaine Wyndham. Vous ne pouvez pas être ici. »

La maharané et moi échangeons un regard qui signifie que nous pensons la même chose. Elle est peut-être aussi amusée que moi par la réaction de son ministre. Je décide de tenter ma chance.

« Toutes mes excuses, monsieur le Premier ministre. Mlle Grant aime beaucoup l'architecture religieuse et je lui ai proposé de l'accompagner ici pour voir le temple de plus près. Naturellement, si nous offensons Son Altesse nous allons partir immédiatement. »

Je prends Annie par le bras et fais mine de l'emmener.

« Capitaine Wyndham, dit une voix douce derrière moi, attendez s'il vous plaît. Dans son temple, le dieu Jagannath ne fait aucune distinction entre les castes. Et j'ai souvent pensé que cela ne devrait pas s'arrêter là. Je vous en prie. Vous et votre compagne êtes les bienvenus si vous souhaitez rester. »

Elle dit quelques mots au dewan dans sa langue et le Premier ministre fait grise mine. Il n'en suit pas moins ses instructions et rentre dans le temple.

On dit que la fortune sourit aux audacieux, mais en Inde il n'existe rien de tel que la fortune. Ce que nous appelons la chance, les hindous en font un attribut de la déesse Lakshmi. Et elle a l'air de me sourire. Je n'ai pas prévu de poser des questions à la maharané Shubhadra, mais elle est là, hors du zenana et sans chaperon, du moins pour le moment. Tout ce qu'il me faut c'est un prétexte pour la retenir quelques minutes. À ma grande surprise, elle prend elle-même l'initiative.

« Ma chère mademoiselle Grant, pourquoi ne pas

visiter le temple pendant que je tiens compagnie au capitaine ? »

Annie sourit, prononce quelques mots confus et avant d'entrer me lance un regard qui m'atteint au plus profond de mon être. La maharané attend puis me dit : « Allons-y, capitaine, voulez-vous ? »

Nous descendons les marches et nous quittons l'enceinte du temple. Elle lève les yeux vers le ciel gris.

« Mon mari me dit que vous enquêtez sur l'assassinat d'Adhir. Avez-vous beaucoup progressé ?

— Un peu. Je peux dire qui n'en est pas responsable : la femme que le colonel Bhardwaj a arrêtée, la maîtresse d'école, Mlle Bidika. »

La maharané réfléchit mais ne dit rien. Je lui demande si elle la connaît.

« J'ai eu plusieurs échanges avec elle, certains plus productifs que d'autres. C'est un bon professeur, mais… elle a son franc-parler. Je savais que ses idées finiraient par lui occasionner des ennuis. Mais dites-moi, capitaine, qu'est-ce qui vous fait penser qu'il y a un lien avec Sambalpur ? »

Je réfléchis à ce que je peux lui révéler.

« Trois messages adressés au prince ont été déposés dans ses appartements pour le prévenir que sa vie était en danger. Cela suggère qu'une personne de la cour au moins avait connaissance du complot visant à le tuer.

— Et vous avez trouvé cette personne ?

— Je n'ai pas encore pu l'identifier. »

Nous nous taisons au passage de deux prêtres. Quand ils ne peuvent plus nous entendre la maharané reprend : « Avez-vous des suspects ?

— Un ou deux, mais vous voudrez bien m'excuser si je n'en dis rien pour le moment.

— Je comprends, mais sachez une chose, capitaine : la cour de Sambalpur est un curieux endroit. De mon temps, j'ai eu l'occasion d'apprendre à situer ses courants changeants. Cela dit, si cela peut vous aider, vous pouvez passer par moi si vous désirez informer mon mari de quelque chose sans suivre les canaux habituels. »

Je la remercie.

Avoir accès au maharajah sans passer par le dewan ou le colonel Arora peut se révéler utile. C'est probablement presque aussi bien que lui parler directement.

J'entends derrière moi la voix d'Annie. Elle parle au dewan. Il ne me reste plus beaucoup de temps.

« Puis-je vous poser quelques questions, Votre Altesse ?

— Pourquoi ne pas m'accompagner à ma voiture ? Comme vous voyez, je ne marche pas vite. Vous pourrez me demander ce que vous voudrez pendant notre promenade. »

Plus loin devant nous une bande de singes à face noire se partagent les restes d'offrandes volées dans le temple. Ils nous regardent d'un air las du haut du mur d'enceinte.

Je ne sais trop comment et par où commencer et finalement je me jette à l'eau.

« Je crois comprendre qu'Adhir avait une maîtresse, une Anglaise. Était-ce de notoriété publique ?

— Oui, malheureusement, du moins dans une certaine partie de la société.

— Et qu'en pensaient les gens ? »

Son expression s'assombrit. « À votre avis, capitaine ?

L'héritier du trône prenant du bon temps avec une femme blanche. Ils étaient horrifiés. C'est une chose de se permettre de tels écarts à Londres, mais faire résider cette femme ici, au Beaumont Hotel ? C'était une provocation, et une insulte délibérée à la tradition.

— Et vous, qu'en pensiez-vous ? »

Elle ne répond pas immédiatement.

« Cette femme n'est qu'une aventurière. Non qu'elle soit la première. Au cours des années, bon nombre d'Anglaises sont venues jusqu'ici dans l'espoir de s'attirer les faveurs de mon époux. Il savait que de telles choses ne seraient pas tolérées et il les a repoussées. Mais Adhir n'a pas résisté à cette femme… Il ne pouvait que s'attirer des ennuis. »

Quelque chose a dû déranger les singes. Ils se dispersent avec des cris aigus, et sautent pour se mettre à l'abri dans un arbre en faisant tomber des feuilles mortes.

« Des ennuis ?

— Sambalpur est un petit État, capitaine, et les temps sont troublés. Le maharajah ne gouverne qu'avec l'accord du peuple, qui doit voir la famille royale comme un roc de certitude. On ne peut pas offrir cette certitude en faisant étalage de sa maîtresse anglaise.

— En avez-vous jamais parlé à Adhir ? »

Il me semble qu'elle se raidit. « Ce n'était pas mon rôle.

— Et le maharajah, avez-vous abordé le sujet avec lui ? »

Le soleil perce les nuages et pendant quelques instants il jette des ombres sur la cour.

« Ah, voici la voiture, dit-elle tandis que le chauffeur

court lui ouvrir la portière. Nous poursuivrons cette conversation une autre fois.

— Si vous permettez, Votre Altesse, il y a encore un point sur lequel vous pourriez m'aider. Il n'a aucun rapport avec Adhir. »

Elle me regarde pensivement. « Très bien, capitaine.

— Êtes-vous venue au temple hier ?

— J'y viens presque tous les jours, parfois plusieurs fois par jour.

— Et vous êtes venue hier ?

— Oui.

— Auriez-vous aperçu un Anglais, M. Golding ? »

Elle hésite. « Le comptable ? Oui. Je crois l'avoir vu.

— Et à quelle heure ?

— À peu près cette heure-ci. Juste après ma prière du matin.

— Le matin ? Êtes-vous sûre que ce n'était pas le soir ?

— Absolument sûre, capitaine.

— Avez-vous vu ce qu'il faisait ici ?

— Je regrette, je ne lui ai pas porté beaucoup d'attention. Il était peut-être ici pour la même raison que votre amie, Mlle Grant, pour admirer les sculptures ?

— Était-il accompagné ?

— Je ne pense pas. Mais je peux me tromper. »

J'entends des pas derrière moi, je me retourne et je vois le dewan s'approcher.

« Votre Altesse, dit-il à la maharané, nous devons vraiment nous en aller.

— Bien sûr. Capitaine, c'était un plaisir. Rappelez-vous ce que je vous ai dit. »

Pendant que la voiture s'éloigne rapidement je pense à ce que m'a dit la maharané. Golding est venu au temple, mais vers six heures et demie le matin, pas le soir. Quatre-vingt-dix minutes plus tard je l'ai attendu en vain à la Résidence. Il semble que la vieille maharané soit la dernière personne à l'avoir vu avant sa disparition.

Je fais des hypothèses. Aurait-il pu avoir deux entrevues au temple le même jour, l'une le matin et l'autre le soir ? Mais alors pourquoi celle du matin n'était-elle pas notée dans son agenda ?

Et soudain tout s'éclaire. Je ris presque en m'apercevant que j'ai non seulement la réponse à cette question, mais aussi le nom de la personne qu'il devait voir.

29

Je retrouve Annie et je me dirige vers la voiture d'un pas décidé.

« Vous avez l'air content, dit-elle.

— Je le suis, dis-je en lui ouvrant la portière. C'est extraordinaire le bien que peut vous faire une promenade matinale dans l'air frais. L'architecture vous a plu ?

— Elle est fascinante, répond-elle en s'installant. Mais si vous voulez voir ce qu'il y a de plus remarquable vous devriez aller à Khajuraho dans les Provinces-Unies.

— Vous y êtes allée ?

— Oh, oui. » Elle sourit. « Un archéologue allemand du nom de Brandt m'y a invitée il y a quelques mois.

— Un Allemand ? » dis-je en fermant sa portière un peu plus violemment que nécessaire. Je fais le tour de la voiture pour prendre la manivelle. Cette fois le démarrage ne présente aucune difficulté.

En m'asseyant à côté d'elle je lui demande : « Comment se fait-il qu'un Allemand visite l'Inde dans tous les sens ?

— Il y en a plus ici que vous ne pensez. Ils viennent depuis que le professeur Max Müller a traduit des textes religieux hindous en anglais.

— Et ce Brandt, il est aussi venu traduire des textes religieux ?

— Pas du tout. » Elle rit. « Il pense que les Indiens et les Allemands descendent de la même tribu.

— Si vous voulez mon avis, cet homme m'a tout l'air d'un imbécile. Il est probablement sénile.

— Oh, mais il n'est pas vieux. Il est plus jeune que vous. »

Je tourne brutalement pour prendre la route de la ville. Comme il ne me paraît pas utile de m'attarder sur Brandt et ses théories à la noix je me tais.

Annie rompt finalement le silence.

« Vous aviez l'air d'avoir une conversation agréable avec la maharané.

— Elle était passionnante.

— De quoi voulait-elle parler ?

— De l'assassinat d'Adhir. Savoir si nous avions fait des progrès.

— Que lui avez-vous dit ?

— La vérité. Je ne sais pas qui l'a tué, mais je sais que ce n'est pas Shreya Bidika.

— Comment l'a-t-elle pris ?

— Je n'en suis pas sûr. Elle n'a pas paru totalement convaincue de son innocence. En revanche, elle m'a proposé de passer par elle pour communiquer avec le maharajah.

— Cela vous est utile ?

— Oui, éventuellement. J'éviterai ainsi de passer par le colonel Arora ou, Dieu me garde, ce damné dewan, Davé. Que pensez-vous de lui ? »

Elle réfléchit à la question. « C'est un drôle de bonhomme. Je pense qu'il a considéré notre visite du temple comme un sacrilège.

— Il devrait s'y habituer. D'après la maharané, Golding est venu hier matin examiner lui aussi les sculptures. »

Elle est surprise. « Vraiment ?

— À ce qu'il paraît.

— Bizarre. Pendant que nous étions à l'intérieur Davé a fait toute une histoire autour du fait que vous et moi étions les premiers non-hindous à être admis dans le temple.

— Vous en êtes sûre ?

— Faites-moi confiance Sam. Il n'en était pas du tout content.

— Alors pourquoi la maharané dirait-elle qu'elle a vu Golding ?

— Y a-t-il une possibilité que Golding soit hindou ?

— À en juger par la façon dont il taillait dans son rôti de bœuf l'autre soir chez les Carmichael, je pense que nous pouvons exclure cette théorie.

— Elle l'a peut-être vu à l'extérieur de l'enceinte du temple ?

— Non. Elle a dit qu'il contemplait les sculptures. Il était donc forcément à l'intérieur.

— Dans ce cas, le dewan n'était pas là quand elle a vu Golding.

— Si, je pense qu'il était là. »

Sat est dans la salle à manger du pavillon des invités, en train de terminer une omelette. Il lève les yeux et manque s'étrangler en voyant Annie et moi entrer ensemble.

Je demande : « Quelque chose ne passe pas ? »

Il réprime une toux. « Non, monsieur. Rien qu'un peu de piment vert qui m'a surpris. »

Je lui donne une grande tape dans le dos et m'assois à côté de lui.

« Devinez où nous sommes allés.

— Vous promener ?

— En quelque sorte. Mlle Grant voulait voir les sculptures du temple. »

Il rougit. « Les sculptures érotiques ?

— Parfaitement. Elle s'est révélée très amateur.

— Cessez de taquiner ce pauvre garçon, dit Annie en s'asseyant en face de nous.

— Très bien. Je voulais voir les abords du temple. Golding avait noté un rendez-vous là-bas dans son agenda. Il se trouve que la première maharané Shubhadra l'y a vu. »

Sat me regarde perplexe. « Mais il l'avait noté pour six heures et demie du soir. Il ne s'est jamais présenté.

— Nous nous sommes trompés sur l'heure. » Je commande une omelette au serveur.

« Mais il l'avait noté en bas de la page : "6.30 pm Nouveau Temple", proteste Sat.

— C'est vrai, mais je pense qu'il s'agissait d'autre chose. Supposez qu'en fait il ait eu rendez-vous à six heures et demie avec le Premier ministre ? »

Sat se penche en avant. « Vous voulez dire le dewan ?

— Exactement.

— Le dewan se trouvait là hier matin ?

— Il y était avec la maharané ce matin. Elle y était aussi hier et je suis prêt à parier qu'il l'accompagnait.

— Mais pourquoi Golding verrait-il le dewan là-bas ? Pourquoi pas dans son bureau ? Et pourquoi si tôt le matin ?

— Je n'en sais rien. Je devine qu'il y a un lien avec le maudit rapport qu'il était en train d'écrire. Le colonel Arora a surpris Davé disant à sir Ernest qu'il en avait reçu une copie. »

Sat réfléchit à toutes ces informations. « Donc Golding rencontre le dewan, lui remet le rapport, puis disparaît ?

— Précisément. Je ne pense pas qu'il ait réellement remis le rapport. S'il l'avait fait, il n'aurait pas été nécessaire de saccager sa maison. Je pense que c'est à nous et non au dewan que Golding voulait le remettre. C'est pourquoi il voulait me voir hier matin. Le rapport de Golding est peut-être la clef de tout.

— De l'assassinat d'Adhir, monsieur ?

— C'est possible. Supposons qu'il se passe dans les mines une chose que la famille royale ignore. Le dewan escamote peut-être des profits. Tout à coup, au cours des négociations avec Anglo-Indian Diamond, le prince Adhir demande à Golding de préparer son rapport, et en travaillant dessus il tombe sur les manœuvres du dewan. Davé, sachant qu'il va être découvert, orchestre l'assassinat d'Adhir dans l'espoir de couvrir ses traces. Mais il a encore besoin de mettre la main sur le rapport de Golding et de s'assurer de son silence. Il rencontre donc Golding hier matin pour essayer de l'acheter, mais Golding, en comptable consciencieux, refuse de se laisser soudoyer. Davé le fait enlever et organise la fouille de sa maison. Soit il y trouve le rapport, soit, et c'est le plus vraisemblable, Golding finit par lui dire où il se trouve. »

Je viens de penser à haute voix et il me faut un moment pour tout digérer complètement. J'ai soudain un suspect qui correspond aux faits, en tout cas à la plupart, et qui en outre peut avoir un motif.

« Qu'est-ce que cela signifie pour Golding ? demande Sat.

— Si nous avons raison, rien de bon. »

Nous nous taisons quand le serveur revient et pose une assiette devant moi.

« Ils ne tueraient pas un Anglais, n'est-ce pas ? chuchote Annie tandis que le serveur s'éloigne. Ils ne s'en tireraient jamais.

— La supposition est grave. La police impériale serait partout s'il avait été assassiné, mais… »

Sat termine ma phrase : « Mais sans le corps, impossible de prouver quoi que ce soit.

— Et en ce moment le vice-roi tient à éviter tout trouble qui pourrait empêcher Sambalpur d'entrer dans sa Chambre des Princes. » Je goûte à l'omelette. Sat a raison. Le chef n'a pas épargné les piments. « De toute façon, tout cela n'est que spéculation. Nous devons mettre la main sur le rapport de Golding.

— Et comment, monsieur ?

— J'ai demandé au colonel Arora de nous l'obtenir. »

Un messager en livrée entre dans la pièce. « Capitaine Wyndham, monsieur ? J'ai un message pour vous de la part du colonel Arora.

— Quand on parle du loup », dis-je.

Je remercie l'homme et prends la simple feuille de papier plié, sans enveloppe. Je la déplie et lis le message écrit à la main.

Votre demande d'entrevue avec Son Altesse la princesse Gitanjali a été reconsidérée. L'autorisation est accordée à condition que toutes les questions soient posées à Son Altesse par Mlle Annie Grant.

Arora

Je me tourne vers Annie et Sat avec un sourire de triomphe.

« Il nous faut ce rapport. »

Le colonel Arora est déjà à sa table de travail. Une cigarette finit de se consumer dans un cendrier en cristal et envoie une volute de fumée bleue vers le plafond où elle est dissipée par le ventilateur.

« Je m'apprêtais à le demander à Davé. »

J'ai laissé Annie et Sat dans le bureau de Golding et suis maintenant assis devant le colonel.

Je ne crois pas qu'il se fera un plaisir de le partager avec nous et je le lui dis. Je lui explique mes soupçons, que le dewan a vu Golding hier matin et qu'il est peut-être responsable de sa disparition. « Vous devrez trouver un autre moyen. »

Le colonel se passe la main sur le menton.

« Il pourrait y en avoir un. La sécurité du palais est sous mon autorité et j'ai accès aux clefs de tous les bureaux du bâtiment, y compris le sien. »

Je lui fais remarquer que si le dewan est prêt à enlever un Anglais pour mettre la main sur le rapport, il y a peu de chances qu'il le laisse traîner n'importe où.

« Il a un coffre-fort dissimulé quelque part dans son bureau, dit le colonel en reprenant sa cigarette.

— Avez-vous un perceur de coffre-fort dans la suite de la famille royale ?

— J'ai mieux, dit-il en souriant, Son Altesse le maharajah a coutume de tirer sur le messager. Il y a six ans, quand le dewan précédent a provoqué son mécontentement, il m'a confié la tâche de le flanquer dehors. Avant que Davé soit installé à sa place, il y a eu un interrègne d'un ou deux jours durant lequel j'ai eu accès à toutes les clefs de ce bureau. J'ai pris la précaution d'en faire des copies, y compris de celles du coffre, au cas où les originaux s'égareraient, vous comprenez.

— Naturellement. La question est quel serait le moment approprié pour effectuer notre recherche. Le dewan va-t-il accompagner le prince Punit à la chasse au tigre ?

— Fitzmaurice y va, je pense donc que Davé y sera aussi, mais même en son absence son secrétaire sera dans l'antichambre. Il vaudrait mieux essayer dans la soirée après son départ.

— Bien. Nous tenterons de trouver le rapport ce soir, d'en prendre connaissance et de le remettre à sa place avant le retour du secrétaire demain matin. En supposant qu'il se trouve effectivement dans le bureau, bien sûr.

— Très bien, dit le colonel. En attendant, quelles sont vos intentions ?

— Je vais à la chasse. Et avant, il y a deux dames dont j'aimerais obtenir des réponses. »

30

« Que voulez-vous que je lui demande ? »

Dans la chaleur matinale Annie et moi suivons le colonel Arora vers le Banyan Mahal. C'est un palais dans le palais, un bâtiment en grès jaune, ornementé, en terrasses, la façade parsemée de fenêtres munies de persiennes.

« Je veux en savoir davantage sur Adhir et sur sa relation avec lui. Et je veux savoir si elle a une idée de qui pourrait être derrière son assassinat. Je vous suggérerai plus de questions au fur et à mesure. »

L'entrée du zenana est gardée par deux guerriers qui semblent avoir été sculptés dans une carrière, probablement quelque part dans les déserts du Rajasthan. Les militaires rajputs proposent traditionnellement leurs services à des princes de toute l'Inde, comme les Suisses en Europe.

À l'intérieur, les corridors sont parcourus par des personnages assez différents. Les seuls hommes autres que le maharajah et ses fils ayant un accès illimité au Banyan Mahal sont les eunuques.

« Autrefois, explique Arora, c'étaient des esclaves capturés dans une bataille ou des criminels que l'on castrait. » De nos jours, leur provenance est plus troublante. La plupart sont des garçons mutilés à l'adolescence, souvent par leur famille à la recherche de profit. Et les eunuques ont leur prix ; après tout, qui mieux que des hommes libérés de force des attraits de la chair pour surveiller le harem d'un roi ?

« Attendez », dit Arora. Il tire fort sur un cordon et une sonnerie retentit. « Le chef du zenana va vous accompagner. »

Un bruit de pas sur un sol de pierre précède l'arrivée d'un homme mince à la figure lisse vêtu d'un uniforme de soie bleue.

Il joint les mains pour nous saluer. « Je suis Sayeed Ali. Vous devez être Mlle Grant et le capitaine Wyndham. » Son anglais est impeccable.

Je le salue d'un signe de tête.

« Si vous voulez bien me suivre. Son Altesse la princesse Gitanjali vous attend.

— Je vous retrouverai ici après l'entrevue, dit Arora.

— Vous ne venez pas ? »

Il lève un sourcil. « Il vaut mieux éviter le Banyan Mahal à moins d'y être convié. En outre je dois organiser l'entrevue que vous avez demandée avec la concubine. »

Nous le quittons pour suivre Sayeed Ali le long d'un corridor aux murs couverts de fresques qui ne détonneraient pas avec le *Kâma sutra*, et dans une cour intérieure dominée par un immense banian qui a dû donner son nom au palais. Nous passons une autre porte en arcade pour arriver dans un escalier, nous montons deux étages et entrons dans un appartement clair et agréable. La pièce est divisée par une cloison en teck piquetée de petits trous. Devant elle, le sol de marbre est couvert de tapis persans noirs et or et de coussins de soie.

« Je vous en prie, asseyez-vous, dit l'eunuque. Son Altesse sera bientôt là. »

Sur quoi, il s'efface et nous nous asseyons confortablement par terre.

Nous entendons bientôt un clic et une porte qui s'ouvre derrière la cloison. Il y a un bruissement de soie suivi du léger bruit de pieds nus sur le marbre. Annie et moi nous levons, plus par politesse qu'autre chose, et un corps drapé de blanc se déplace derrière la cloison, cachant par intermittence les minuscules rais de lumière qui passent par les trous. Il s'arrête devant nous. Puis une voix de femme : « Je vous en prie, asseyez-vous. »

On dirait que la princesse fait de même.

« Votre Altesse, dit doucement Annie, merci de nous recevoir. Je m'appelle Annie Grant. J'ai connu votre défunt époux, et je suis accompagnée du capitaine Sam Wyndham, de la police de Calcutta. Il enquête sur son assassinat. »

Il y a un léger mouvement derrière la cloison. Je distingue une chevelure noire.

« Je crois comprendre que vous souhaitez me poser des questions. »

La voix est forte, ferme, et rien ne laisse supposer que cette femme est en deuil. Son accent et sa diction sont ceux d'une femme instruite, qui connaît la langue anglaise.

« En effet, Votre Altesse », répond Annie.

Je m'aperçois soudain que je n'ai encore jamais questionné un témoin dans de telles conditions. Certes j'ai souvent compté sur Sat pour traduire mes questions à des indigènes qui ne parlaient pas l'anglais, mais je n'ai jamais interrogé un témoin que je ne voyais pas. Cela présente quelques difficultés. Le visage de quelqu'un raconte parfois une autre histoire que ses paroles. De plus, on apprend beaucoup de ses réactions physiques aux questions : tics, perte de sang-froid, transpiration, toute une gamme d'indices qu'un enquêteur perspicace sait relever.

Dans le cas présent, il en est tout autrement. Annie et moi sommes assis à une certaine distance de la cloison, incapables de discerner grand-chose de l'autre côté. Je m'aperçois que la princesse, elle, est tout près et peut nous voir clairement. Dans cette situation, le mieux est que j'essaie de poser des questions plus directes que je ne suis tenté de le faire. Mais comment suis-je censé interroger sans égards une princesse dont le mari a été incinéré hier ?

Je chuchote à Annie : « Dites-lui que nous pourrions avoir à lui poser quelques questions difficiles, dans l'unique but d'identifier la personne qui est derrière l'assassinat du prince. »

Annie acquiesce et se tourne vers la cloison.

« Votre Altesse risque de trouver certaines questions assez directes. Je vous demande de garder à l'esprit que notre seul objectif est de découvrir les responsables de l'assassinat de votre époux, dit-elle.

— Je comprends, répond la princesse. J'essaierai de répondre à vos questions aussi bien que possible. Maintenant, poursuivez s'il vous plaît. »

Avant que je puisse lui suggérer une question Annie prend les devants.

« Pourriez-vous commencer par nous dire comment vous en êtes venue à épouser le prince Adhir ? »

Il y a un nouveau bruissement de soie.

« Adhir et moi avons été fiancés quand j'avais six ans et lui neuf, bien que l'union ait été organisée plusieurs années plus tôt. J'ai été choisie pour lui par les prêtres de son père, sur la compatibilité de nos signes astrologiques fondés sur le moment et le lieu de notre naissance. Nous étions sans doute de nombreuses fillettes de la caste exigée dont les horoscopes ont été examinés. J'ignore pour quelle raison j'ai été choisie autre que le karma. Cependant, je n'ai pas fait sa connaissance avant d'avoir treize ans. Nous nous sommes mariés peu après, j'ai quitté ma famille et je suis venue au palais. »

Je murmure à Annie de lui demander si elle a eu son mot à dire.

« Vous en êtes sûr ?

— S'il vous plaît, posez la question, mademoiselle Grant.

— Vous a-t-on demandé votre avis à l'un ou à l'autre ? demande Annie.

— C'est une étrange question. Comment un enfant est-il censé avoir un avis sur de tels sujets ? Depuis l'âge de six ans j'étais préparée pour le rôle. On peut difficilement attendre une vie différente quand le durbar et le zenana constituent son destin. C'est dans l'ordre des choses, il en a toujours été ainsi, pour le roi comme pour l'homme du peuple. Jusqu'à il y a peu, n'en était-il pas de même dans votre propre pays ? »

Annie me lance un regard sévère. « Pardonnez-moi, Votre Altesse. Je ne voulais pas vous offenser.

— Le capitaine se demandait peut-être s'il y avait de l'amour entre Adhir et moi après avoir été mariés si jeunes ?»

Je tente vainement de trouver les mots appropriés et me décide pour un léger signe de tête, en espérant qu'elle le voie par les trous de la cloison.

« Je peux vous dire, capitaine, que je l'aimais avant même de le connaître. Et que mon amour pour lui n'a jamais faibli.

— Et qu'en est-il de son amour pour vous ? » Je pose la question en oubliant où est ma place.

Derrière moi, l'eunuque Sayeed Ali s'agite. « Capitaine Wyndham, je vous rappelle instamment les termes de l'autorisation qui vous a été accordée pour cette entrevue. Toute autre entorse au protocole vous vaudra de devoir vous retirer. »

Je présente des excuses.

Il y a un silence derrière la cloison. La question était une provocation de ma part. Quand vient la réponse de la princesse elle est teintée de défi.

« Je suis au courant des ragots, capitaine. Des histoires de l'Anglaise au Beaumont Hotel. Soyez assuré qu'il y a très peu de choses que nous ne sachions pas au zenana. Je l'ai même vue. Mais croyez-moi, quelle qu'ait été sa relation avec Adhir, elle n'a jamais menacé son amour pour moi. Il a toujours eu ses concubines et elles n'ont jamais affecté notre relation. Pourquoi serait-ce différent rien que parce que la femme en question est blanche ? Notre amour transcendait toute liaison tapageuse qu'elle ait pu avoir avec lui. »

Il y a de l'amertume dans sa voix.

« Dites-m'en plus sur votre époux. Quelle sorte d'homme était-ce ? » se hâte de demander Annie. C'est une bonne question et je décide de me détendre et d'écouter.

« Un homme bon. » La princesse a répondu sans aucune hésitation. « Un homme sérieux. Il avait des projets pour amener Sambalpur dans le XXe siècle.

— Quel genre de projets ?

— Il pensait que les jours de la domination britannique en Inde étaient comptés et que l'avenir appartenait au peuple. Il considérait que dans un tel monde la survivance d'États princiers était un anachronisme.

Il jugeait que son devoir était de préparer Sambalpur au changement qu'il savait venir.

— Et qu'en pensaient les autres ? »

Il y a un nouveau silence.

« Permettez-moi, mademoiselle Grant, de vous répondre en vous posant d'abord une question. Vous considérez-vous comme une Indienne ? »

Annie hésite.

« Oui, Votre Altesse », répond-elle finalement.

Malgré la cloison, je sens que la princesse sourit.

« Alors vous comprenez ce pays et son peuple. On dit que notre histoire remonte à des milliers d'années, mais pendant tout ce temps quels ont été les véritables changements ? Notre peuple vénère les dieux comme l'ont fait nos ancêtres pendant des millénaires, nos paysans labourent le sol comme le faisaient nos ancêtres à l'époque du Mahabharata. Dans notre pays, les changements sont lents. Il faut moins de temps au vent du désert pour réduire des montagnes en cailloux. Il y aura toujours des mécontents qui s'y opposeront bec et ongles.

— Votre époux a-t-il fait quelque chose qui ait irrité ces gens-là ? Des prêtres, peut-être ?

— Adhir n'était pas religieux. En fait, il croyait que la religion était la cause des superstitions et de l'arriération dans le pays. Mais il savait que les pratiques religieuses et les rituels étaient très importants pour son peuple. Il faisait son devoir. »

Je murmure : « Son devoir ?

— Je vous serais reconnaissante de développer, Votre Altesse », dit Annie.

Un cliquetis de bracelets vient de derrière la cloison.

« Le peuple attend de ses souverains qu'ils conduisent leurs rituels religieux. Si le maharajah ne peut pas le faire, c'est à son héritier de le remplacer. Adhir devait conduire la procession dans quelques jours pour fêter le retour du dieu Jagannath et de son char dans leur temple. En l'absence d'Adhir, je suppose que son frère Punit conduira la cérémonie.

— Parlez-moi du prince Punit, dit Annie.

— Qu'y a-t-il à en dire ? Il est le fils de son père.

— Contrairement à son frère ?

— Je pense qu'Adhir ressemblait davantage à sa défunte mère. Disons qu'il y a peu de chances qu'il entame le type de réformes que projetait Adhir. Il n'est pas fait pour prendre ce genre de mesures.

— Y avait-il quelqu'un en particulier à la cour qui s'opposait aux idées de votre époux ?

— J'imagine qu'il y en avait plusieurs. Il était souvent en désaccord avec son père. Adhir l'imputait à Davé. Il trouvait que le dewan avait trop d'influence sur lui, qu'il lui mettait des idées dans la tête. Il pensait que Davé ne cherchait qu'à conserver sa position et qu'il voyait tout changement comme une menace à son statut. »

À mesure qu'elle parle, quelque chose change dans son ton. Une nuance tellement légère que normalement je pourrais ne pas la remarquer. Mais l'impossibilité de voir son visage m'a forcé à me concentrer sur sa voix. La façon dont elle parle de son mari s'est à peine modifiée. Quand elle parlait de son amour pour lui ou de ses intentions pour le royaume, le ton était totalement convaincu. Elle croyait chaque mot qu'elle prononçait. Maintenant il y a quelque chose de différent. Son mari pensait peut-être que le dewan était responsable si le maharajah s'opposait à lui, mais j'ai l'impression qu'elle n'est pas du même avis.

« Demandez-lui si elle pensait comme son mari que le dewan mettait des idées dans la tête du maharajah. »

Annie s'exécute.

Un bruissement se fait entendre derrière la cloison. J'ai l'impression que l'attention de la princesse est détournée par quelque chose… ou peut-être quelqu'un. Puis qu'elle revient à la cloison.

« Vous comprendrez, commence-t-elle, qu'il y a certaines questions qui… »

Un bruit derrière l'écran, puis des pas sur le sol de marbre qui s'approchent de la princesse. À travers les trous je perçois un éclair de soie verte puis des murmures.

« Votre Altesse ? demande Annie.

— Il semble que je doive retourner au zenana, répond la princesse. Je crains que nous ne devions mettre fin à notre conversation. Mais auparavant laissez-moi ajouter une dernière chose. Je crois savoir que le capitaine était avec mon époux au moment de sa mort et qu'il a capturé l'assassin. Je lui en suis reconnaissante.

— Une dernière question si vous permettez, Votre Altesse. »

Il y a un silence, comme si la princesse demandait la permission.

« Très bien.

— Que va-t-il vous arriver à présent ?

— Vous voulez savoir si je vais être mise à l'écart maintenant que mon époux n'est plus ?

— Pardonnez-moi si je vous ai offensée, je me

demandais seulement si vous alliez retourner dans votre famille.

— Vous devez comprendre, mademoiselle Grant, que le zenana est ma seule famille. Il l'est depuis le jour où j'ai épousé Adhir. Cela n'a pas changé. Je suis une princesse de la maison royale de Sambalpur et je mangerai toujours dans une assiette en or. »

Annie la remercie de nous avoir reçus, mais il est évident que la princesse sort déjà de la pièce pour retourner entre les murs du zenana.

31

Arora attend dehors sous un arbre en fumant une cigarette qu'il écrase quand nous arrivons.

« J'espère que l'entrevue s'est bien passée, dit-il.

— Elle a été très éclairante. Avez-vous réussi à organiser la prochaine ?

— Oui, la concubine, Rupali. » Il sourit malicieusement en brandissant une feuille de papier portant le sceau royal. « J'ai l'ordre ici même. On dirait que Son Altesse ne peut rien refuser à Mlle Grant.

— Elle a cet effet sur beaucoup d'hommes. » Il me tend la feuille.

Annie ignore ma remarque. « Parlez-moi des concubines.

— Son Altesse possède un vaste et très bel assortiment de femmes, répond le colonel.

— Comment les choisit-il ?

— De toutes sortes de façons. Parfois le maharajah traverse simplement un village et une jeune fille attire son regard. Ensuite il y a celles qu'il rencontre au cours de ses déplacements royaux. Il paraît qu'une fois il en a ramené une douzaine d'un voyage dans le Kashmir. Leurs familles sont généreusement rémunérées, bien entendu. La plupart du temps, toutefois, il laisse cela à la discrétion de ses conseillers ; mais le bruit court qu'un ou deux d'entre eux peuvent s'impliquer d'un peu trop près dans leur sélection.

— Je présume qu'il y a une hiérarchie ?

— Naturellement. Au sommet il y a les maharanés, les épouses officielles de Son Altesse – Shubhadra, Devika et bien entendu la mère d'Adhir et Punit, la deuxième maharané défunte –, puis la veuve d'Adhir, la princesse Gitanjali. Viennent ensuite une cinquantaine de concubines favorites, toutes de bonne famille ou dotées de talents particuliers. Et enfin les autres, les jeunes filles de la campagne, nettement plus nombreuses.

— Cela fait beaucoup de noms à retenir. »

Le colonel rit. « En effet, mais notre M. Golding a imaginé un système de classement. Seules les maharanés et la princesse sont connues sous leur nom. Les concubines sont identifiées par une lettre et un numéro de A1 à D42. Cela facilite semble-t-il le repérage de leur coût.

— Leur coût ? demande Annie.

— Tout, depuis les vêtements qu'elles portent et la nourriture qu'elles mangent jusqu'aux bijoux et autres cadeaux que Sa Majesté leur offre, est méticuleusement noté par M. Golding.

— Où dans la hiérarchie se situe celle que nous allons rencontrer ? »

Le colonel sort une liste de sa poche et la consulte.

« C3, répond-il, une simple campagnarde. Vingt ans à peine. Elle parle oriya et pas grand-chose d'autre.

— Vous l'avez rencontrée ?

— Non, mais j'ai trouvé les renseignements dans le registre des actifs de M. Golding.

— Un homme de ressources, M. Golding. Ce serait dommage de ne pas pouvoir le retrouver.

— Un véritable désastre, confirme le colonel. Avant de disparaître il a entrepris une tâche beaucoup plus complexe, celle de classer la progéniture royale. Elle est encore plus nombreuse et Sa Majesté a souvent besoin que les noms lui soient rappelés, c'est dire la difficulté. »

Nous prenons congé du colonel et retournons au zenana. Nous nous retrouvons là où nous avons rencontré Ali. Je tire sur le cordon pour l'appeler et nous attendons.

Quelques minutes plus tard, l'eunuque revient.

« Mademoiselle Grant, capitaine Wyndham. Avez-vous oublié quelque chose ?

— Non, dis-je en brandissant la feuille. Nous sommes ici pour questionner une autre de vos résidentes, une certaine Mlle Rupali. »

Je lui tends l'autorisation, qu'il scrute soigneusement.

« Ceci est tout à fait inconvenant, dit-il.

— J'imagine que l'assassinat du prince héritier peut aussi être qualifié d'inconvenant. C'est peut-être pour cela que Son Altesse le maharajah tient à ce que nous questionnions quiconque nous jugeons nécessaire.

— Cela peut prendre quelques minutes, dit-il en empochant la lettre. Je vais devoir la trouver et… elle est peut-être en prière ou… » La phrase se perd. « Si vous voulez bien attendre, je reviens après avoir fait le nécessaire. »

Il joint les mains.

« Monsieur Ali, dis-je, puis-je reprendre la lettre ? »

L'eunuque hésite. « Si je peux me permettre, je vous la rendrai après avoir organisé l'entrevue. »

Sur quoi, il quitte la pièce en fermant la porte derrière lui.

« Bizarre, vous ne trouvez pas ? dis-je à Annie.

— Quoi ?

— Pourquoi vouloir garder la lettre ?

— Je suppose qu'il veut la montrer à quelqu'un.

— Oui, mais à qui ? C'est un ordre du maharajah. Il est le chef du zenana. Pourquoi aurait-il besoin de le montrer à quelqu'un ?

— C'est vous le détective, répond-elle. À vous de me le dire.

— Les actes valent mieux que les paroles, dis-je. Venez.

— Où allons-nous ? chuchote-t-elle en me suivant.

— Nous allons voir où M. Ali est allé. »

Le corridor avec ses fresques de couples en pleins ébats sur les murs est heureusement vide et nous avançons rapidement en direction de l'intérieur du zenana. Nous nous arrêtons à une porte qui ouvre sur la cour avec le vieux banian.

Je dis à Annie d'avancer la première. « S'il y a quelqu'un, il sera moins alarmé en voyant une femme.

— Vous me livrez aux loups, Sam ? dit-elle tout bas.

— Espérons que non. »

Elle respire à fond. « Très bien, capitaine. J'y vais. »

Elle entrouvre légèrement la porte. J'attends pendant qu'elle regarde dehors.

Je chuchote : « Eh bien ?

— Sayeed Ali vient de sortir sous l'arcade du fond. Je crois qu'il se dirige vers l'escalier.

— Y a-t-il quelqu'un dehors ?

— Dans la cour ? » Elle ouvre un peu plus la porte. « Deux femmes. Assises près de l'arbre. Des concubines, j'imagine, à en juger d'après les bracelets autour de leurs poignets. »

Apparemment nous ne pouvons guère aller plus loin.

« Je vois Sayeed Ali, dit soudain Annie. Il est près d'une fenêtre à l'étage. Du moins, je crois que c'est lui, j'ai du mal à voir clairement à travers les persiennes. Il parle à quelqu'un, à une femme, je crois. Oui, c'est une femme, elle porte un sari. La concubine Rupali, j'imagine.

— Il y a là cent vingt femmes et la première à laquelle il parle est celle que nous cherchons ? Invraisemblable. »

Nous échangeons nos places et je regarde par l'entrebâillement. Il me faut un instant pour repérer la bonne fenêtre mais en effet l'eunuque est bien là, dos à nous, en conversation avec une femme. Comme elle est face à lui et partiellement dans l'ombre il m'est impossible de distinguer beaucoup plus que la couleur de son sari et de ses cheveux.

Une porte s'ouvre derrière nous. Je me retourne vivement.

« Quelqu'un vient, dit Annie.

— Allez voir si vous pouvez l'arrêter.

— Quoi ? Comment ?

— Je ne sais pas. Servez-vous de votre charme légendaire. On dirait qu'il fonctionne toujours, de Charlie Peal au prince Punit. Faites-le retourner dans l'antichambre.

— Qu'allez-vous faire ?

— Bonne question. »

Annie court dans le corridor.

Je regarde dehors. Les deux concubines sont toujours assises sous le banian. Il n'y a pas d'issue de ce côté. J'entends des voix derrière moi. D'après leur son, Annie s'est heurtée à un homme venant en sens contraire. Je pense un instant que c'est peut-être un des imposants gardes rajputs. Puis je me souviens qu'ils sont stationnés devant l'entrée principale et qu'elle a plus probablement rencontré un eunuque. Et soudain l'idée me vient que s'il existe des hommes indifférents à ses artifices féminins ce sont probablement les eunuques. Je croise les doigts et je nous souhaite bonne chance.

Je regarde de nouveau la fenêtre. Sayeed Ali n'est plus là. Mais la femme y est. Elle est immobile, elle semble réfléchir. Puis elle avance vers la fenêtre et regarde dehors comme si elle me cherchait. Bien que je sois protégé par la porte je recule instinctivement.

« Monsieur, dit une voix derrière moi, vous ne pouvez pas être ici. »

Je me retourne et je vois un eunuque à l'allure de jeune garçon qui s'avance dans le corridor, suivi d'Annie quelques pas derrière.

« Désolé, dis-je en allant vers lui. J'ai dû m'égarer. »

Je le suis vers la sortie en pensant à la femme qui parlait avec Sayeed Ali. Je sais qu'elle n'a pas pu me voir, mais j'ai aperçu son visage un quart de seconde.

Elle est jeune et jolie et j'étais assis à côté d'elle au dîner d'hier.

Dix minutes plus tard, Sayeed Ali revient.

« C'est arrangé, dit-il brusquement en me rendant la lettre. Veuillez me suivre. »

Je lui demande s'il parle la langue locale. Il se retourne pour répondre que oui.

« Dans ce cas, seriez-vous prêt à nous servir d'interprète ?

— Cela ne devrait pas présenter de difficultés. »

Nous le suivons, cette fois dans une pièce plus petite et plus simple, mais coupée aussi en deux par une cloison. La femme que nous sommes venus questionner est déjà assise. Je distingue à travers les trous un sari doré et des bras très bruns ornés de bracelets. Sayeed Ali s'assoit par terre derrière nous.

Je sors un stylo et un morceau de papier de ma poche et les tends à l'eunuque.

« S'il vous plaît, donnez-les à Mlle Rupali et demandez-lui d'écrire son nom et celui de ses parents. »

À travers une ouverture dans la cloison il transmet stylo et papier à la jeune fille et traduit consciencieusement les instructions. Elle lui pose une question à son tour, il acquiesce, elle écrit ce qui lui a été demandé et lui rend le tout. Ali me le communique.

L'alphabet est le même que dans les messages trouvés dans la chambre d'Adhir. Mais est-ce la même écriture, je n'en ai aucune idée.

« Demandez-lui s'il vous plaît si elle sait quelque chose à propos de messages laissés dans les appartements du prince Adhir il y a une quinzaine de jours. »

Il lui pose la question. Sa réponse est hésitante.

« Elle dit qu'elle n'est au courant de rien. »

Je n'ai pas besoin de voir son visage ou de parler la langue pour savoir qu'elle ment. C'est évident au seul ton de sa voix.

« Dites-lui s'il vous plaît qu'il faut absolument qu'elle nous dise la vérité, et que si elle le fait il ne lui arrivera rien de mal. »

Sayeed Ali traduit. Le ton de Rupali change. Elle supplie.

« Elle maintient qu'elle ne sait rien des messages, dit Ali impassible.

— Dites-lui que nous savons que c'est elle qui les a écrits et qu'elle les a donnés à une femme de chambre pour qu'elle les dépose dans les appartements d'Adhir. Dites-lui que la femme de chambre l'a identifiée et que son écriture correspond à celle des messages. »

Cette fois elle hésite plus longtemps.

« Demandez-lui encore si elle a écrit les messages.

— Sam, chuchote Annie, vous lui faites peur. »

La jeune fille se met à pleurer. Mais des mots viennent entre les sanglots.

« Elle admet qu'elle a écrit les messages, dit l'eunuque. Elle dit qu'elle n'avait pas de mauvaises intentions.

— Dites-lui que je la crois. » Je regarde Annie. « Dites-lui que ce qu'elle a fait était louable. »

Sayeed Ali traduit. Il parle doucement et ses mots semblent la réconforter un peu.

« Demandez-lui ce qui l'a poussée à les écrire. »

La réponse dure plusieurs minutes.

« Elle aimait beaucoup le prince Adhir. Il avait été bon pour elle et elle espérait que sa propre situation s'améliorerait quand il deviendrait maharajah. Elle a surpris des rumeurs au zenana. Le bruit a couru qu'il y avait un complot contre le prince. Elle dit qu'au début elle n'en a pas fait cas, qu'il y a toujours des ragots de toutes sortes qui circulent, mais les rumeurs ont persisté.

— Peut-elle nous dire ce qui est à l'origine de ces rumeurs ? demande Annie.

— Elle dit qu'elle ne sait pas. Il y a une hiérarchie au zenana. Elle ne se mêlait généralement qu'à des jeunes filles du même niveau qu'elle. Personne ne savait d'où venaient ces rumeurs.

— En a-t-elle parlé à quelqu'un ? »

Elle recommence à sangloter. L'eunuque paraît réellement ému par sa détresse. Il se frotte la joue.

« Capitaine Wyndham, dit-il, si je peux me permettre une observation, cette demoiselle est très jeune et pas très instruite. Elle dit qu'elle ne savait pas vers qui se tourner sans s'attirer des ennuis. Elle a pensé que la seule chose qu'elle pouvait faire était d'écrire ces messages et de les confier à la femme de chambre dans l'espoir que le yuvraj les trouverait.

— Les rumeurs disaient-elles qui dirigeait le complot ?

— Non. »

Je me sens soudain découragé. J'espérais que le témoignage de la concubine dénouerait toute l'affaire, mais elle n'a fait que confirmer le lien avec Sambalpur et le palais. Quant au responsable, je n'ai rien appris.

« Elle est sûre de n'avoir entendu mentionner aucun nom ?

— Elle est formelle.

— Monsieur Ali, dit Annie, pouvez-vous lui demander comment une telle rumeur a pu commencer ? »

L'eunuque traduit la question et attend la réponse.

« Elle dit qu'au zenana on sait tout ce qui se passe à Sambalpur. Les nouvelles sont apportées ici par le vent. Elle ne sait pas mieux où les rumeurs commencent qu'elle ne sait où va le soleil la nuit.

— Et vous, Sayeed Ali, dis-je, avez-vous entendu des rumeurs de complot ? »

L'eunuque regarde vers la porte puis ébauche un mince sourire. « Tant de rumeurs circulent ici. J'ai appris au fil des années à ne pas les entendre.

— Ce n'est pas une réponse. »

L'eunuque fait une pause puis répond : « C'est tout ce que je suis disposé à dire sur le sujet, mais je suppose que vous êtes chrétien, capitaine ?

— De nom.

— Dans ce cas vous voulez peut-être vous rappeler les mots de votre Messie : "Entende celui qui a des oreilles." »

Je ne tirerai pas grand-chose de l'eunuque. Je reporte mon attention sur la concubine.

« Demandez-lui ce qu'elle pense du nouveau yuvraj le prince Punit. »

Au lieu de traduire ma question l'eunuque me répond avec un soupir : « Qu'attendez-vous d'elle, capitaine ? Ce n'est qu'une campagnarde et vous lui demandez de parler du prochain souverain du royaume. Elle vous dira ce qu'ils vous diraient tous, que le prince est un descendant du ciel et qu'il fera un jour un bon maharajah.

— Et vous, Sayeed Ali ? Que diriez-vous de votre futur monarque ? »

L'eunuque fixe un regard impassible sur la cloison

où des grains de poussière dansent dans les rais de lumière.

« Je vous dirais, capitaine, que si vous voulez des renseignements sur Son Altesse le prince Punit vous devriez questionner la femme qu'il courtise assidûment depuis six mois. La femme qui a été arrêtée pour l'assassinat de son frère. »

32

Quand je fais irruption dans la pièce ma chemise collée à mon dos Sat me regarde d'un air ahuri.

« Prenez votre veste, sergent. Nous retournons rendre visite à votre amie Mlle Bidika. »

J'ai laissé Annie sur les marches du Banyan Mahal et j'ai pratiquement couru au Rose Building où Sat examine toujours les papiers de Golding. Courir a probablement été une erreur ; la journée est beaucoup trop chaude pour ce genre d'ânerie, mais je ne pense pas rationnellement.

J'ai demandé à Annie de venir avec moi au vieux fort pour questionner Mlle Bidika, mais elle a décliné ma proposition.

« J'ai été invitée à visiter le palais », a-t-elle dit, et elle a ajouté qu'elle me retrouverait pour le départ de la chasse au tigre. Dans ma hâte j'en suis resté là. Je me demande maintenant qui l'a invitée au palais, non que j'aie le temps de m'attarder là-dessus. Les révélations de l'eunuque m'ont secoué. J'ai d'abord pensé qu'il plaisantait peut-être : l'idée que le nouveau yuvraj courtisait la femme arrêtée pour l'assassinat d'Adhir était ridicule. Mais il y a une certaine sincérité chez cet homme et il maintient son histoire.

« Pourquoi ne nous en a-t-on pas parlé ? » demande Sat tandis que la voiture franchit à toute vitesse les grilles du palais. Il maintient ses cheveux d'une main contre le vent. Malgré la précipitation de notre départ il a emporté son peigne et se coiffe rapidement.

« L'eunuque dit que peu de gens sont informés. Lui-même ne le sait que parce qu'en tant que directeur du zenana il a été chargé par Punit de lui faire parvenir les cadeaux dont il l'a couverte.

— Vous avez dû le questionner admirablement, monsieur. Je regrette de ne pas avoir assisté à l'entrevue.

— Il n'y avait rien à voir. Il m'a fourni cette information volontairement. »

Le sergent se tait. Il a de nouveau son expression préoccupée.

« Quoi ?

— Monsieur ?

— Qu'est-ce qui vous tracasse cette fois ? »

Il plisse le front. « Je suis sûr que ce n'est rien, monsieur. Mais je ne comprends pas bien pourquoi.

— Pourquoi quoi ?

— Pourquoi l'eunuque vous raconterait-il tout cela volontairement ? »

C'est une bonne question. Hier soir encore le colonel Arora me disait que les eunuques sont appréciés pour leur discrétion. Alors pourquoi Sayeed Ali partagerait-il une telle information ? En questionnant la concubine, m'approcherais-je de quelque chose qu'il ne veut pas que je sache ? Ou bien est-ce que quelqu'un lui a demandé de me le dire ?

« Je ne sais pas. » Je m'en veux de ne pas y avoir réfléchi plus tôt. Je décide de changer de sujet. « Avez-vous découvert quelque chose d'utile dans les papiers de Golding ? »

Il secoue la tête. « Rien. Le rapport n'est certainement pas là. » Le chauffeur arrête la voiture dans la cour du fort, Sat et moi sautons à terre et nous nous dirigeons vers le bureau du major Bhardwaj.

Nous sommes introduits par un officier imposant avec une mâchoire comme une proue de navire. Le major est assis derrière son bureau avec une expression d'aigreur. S'il n'a pas été content de nous voir auparavant, cette fois il est carrément hostile.

« Des ordres, crache-t-il en se levant. Je n'ai reçu aucun ordre vous autorisant à voir la prisonnière. Qui êtes-vous pour faire irruption dans mon bureau en vous attendant à ce que je vous obéisse ? Vous n'êtes pas dans votre Raj, capitaine.

— Non, mais l'homme dont c'est le Raj m'a demandé d'enquêter et j'ai l'intention de le faire. J'ai appris que Mlle Bidika n'a peut-être pas été aussi franche dans ses réponses que je l'avais espéré. Alors, soit vous m'apportez une certaine coopération, soit je téléphone au palais pour savoir ce que Son Altesse en pense. »

Pendant un instant nous nous défions du regard comme deux taureaux dans un enclos.

« Si vous permettez, monsieur, intervient Sat derrière moi, je suis sûr que le major serait aussi désireux que nous d'entendre ce que Mlle Bidika pourrait avoir à dire. Nous ramons tous pour la même équipe, pour ainsi dire. »

Je ne suis pas enthousiaste à l'idée que Bhardwaj

écoute, mais j'accepterai le compromis de Sat s'il nous donne accès à la prisonnière.

« Je n'ai pas d'objections, dis-je. Et vous, major ? »

Bhardwaj réfléchit puis acquiesce en hochant lentement la tête.

Nous le suivons hors du bureau et vers la tour où Shreya Bidika est gardée prisonnière.

« Nous ramons pour la même équipe ? dis-je à Sat. Vous n'êtes plus à Cambridge, Boubou.

— Non, monsieur. Mais il m'a semblé que c'était un bon moyen de sortir de l'impasse. »

Mlle Bidika est étendue sur son lit, en train de lire un livre qui a souffert. Des pages cornées sont prêtes à se détacher d'une reliure décollée et déchirée. Elle pose le livre et se lève.

« M. Wyndham et son sergent bengali, dit-elle sèchement. À quoi dois-je ce plaisir ?

— Au prince Punit, dis-je.

— Comment cela ?

— La dernière fois que je suis venu, je suis reparti avec l'impression que vous détestiez cet homme. »

Pas de réponse.

« Vous avez omis de parler de votre relation avec lui. »

À côté de moi, Bhardwaj a le souffle coupé. « Qu'est-ce que c'est que cette absurdité, capitaine ? Vous m'avez fait croire… »

Je l'interromps, je me concentre sur la femme. « Eh bien, mademoiselle Bidika ? »

Elle s'approche du bureau, tire le fauteuil mais ne s'assoit pas. « Il n'y a pas de relation, dit-elle.

— Non ? J'ai appris que le prince vous faisait une cour assidue.

— Il s'est entiché de moi. Comme de beaucoup d'autres femmes. Il croyait qu'il pouvait m'acheter.

— Mais il n'a pas pu ?

— S'il avait pu, je serais au zenana en ce moment au lieu d'être ici. »

C'est vrai, mais il y a quelque chose qu'elle ne me dit pas.

« Et pourtant on m'a assuré que vous l'aviez vu en secret plusieurs fois.

— Au début, sa famille l'a envoyé me courtiser pour me convaincre de cesser mes activités contre son gouvernement. Il m'a proposé une position importante dans le zenana. Il me disait que c'était une occasion de changer de vie.

— Il voulait vous épouser ?

— Non. » Elle a un petit rire amer. « Pas au début, en tout cas. Au début il voulait seulement faire de moi sa concubine. Bien entendu, j'ai refusé et je lui ai dit ses quatre vérités.

— Mais vous avez continué à le voir ? »

Elle va vers la fenêtre et regarde en direction du temple sur la rive opposée du fleuve.

« Il me l'a demandé. L'occasion était trop bonne pour que je refuse. Il me disait qu'aucune femme ne lui avait jamais parlé de cette façon et qu'il voulait faire des changements dans le royaume. C'est alors que les cadeaux ont commencé. Un mois plus tard il m'a proposé de m'épouser. Il disait qu'il avait besoin d'une femme intelligente auprès de lui.

— Et vous avez dit non ? »

Elle se retourne pour être face à moi. « Je n'avais aucune intention de faire partie de cette famille. J'ai dit non, et je l'ai vexé. Je lui ai rappelé la malédiction qui frappe la première épouse des fils de la famille Sai.

— Comment a-t-il réagi ?

— Il n'a certainement pas été ravi. Je crois qu'il a d'abord été stupéfait. Il a fait comme si c'était une sorte de jeu, l'exaltation de la chasse, comme vous dites, vous les Anglais. Mais quand il a compris que je ne changerais pas d'avis, sa stupéfaction s'est transformée en colère. Après tout, c'est un homme habitué à obtenir ce qu'il veut.

— Qu'a-t-il fait ? »

Elle jette un coup d'œil inquiet au major Bhardwaj. « Il y a d'abord eu les menaces. Puis l'assassinat de son frère et soudain je me suis retrouvée ici.

— Vous pensez que le prince Punit est responsable de votre incarcération ? grogne le major Bhardwaj. L'ordre de vous arrêter est arrivé muni du sceau personnel du maharajah. » Il s'adresse à moi. « C'est ridicule, capitaine. J'ai l'intention de mettre fin à cette farce.

— Même si Punit n'est pas responsable de mon arrestation, répond Mlle Bidika, il sait que je suis ici, et il sait que je suis innocente. Ne croyez-vous pas qu'il pourrait me libérer d'un claquement de doigts ? Mais il a intérêt à me garder ici.

— Pourquoi ? Qu'a-t-il à y gagner ?

— Il veut que je me plie à sa volonté. Il croit peut-être que je vais me repentir de mes actions et tomber à ses pieds en le suppliant de me pardonner et de me libérer. Mais à quel prix ? » Elle soutient mon regard. « Ne le sous-estimez pas, capitaine Wyndham. Il a peut-être une aura d'aimable bouffon, mais en réalité c'est un homme très intelligent.

— Assez intelligent pour avoir organisé l'assassinat de son propre frère ?

— Assez, Wyndham ! » dit le major en colère.

Il ouvre la porte et appelle la garde. J'entends la voix de Bidika derrière moi tandis que nous sommes emmenés hors de la pièce. « Soyez sûr qu'il est assez intelligent, capitaine Wyndham. Je ne m'y attendais pas de sa part, mais je ne m'attendais pas non plus à être arrêtée pour ce crime. »

Le colonel Arora nous attend au Rose Building.

« Où étiez-vous ? demande-t-il inquiet en consultant sa montre. Nous devons nous dépêcher, sinon nous ne serons pas à Ushakothi à temps.

— Ushakothi ? demande Sat.

— La forêt où va avoir lieu la chasse au tigre. Elle est à vingt-cinq miles d'ici, deux heures de voiture.

— Vous feriez mieux d'envoyer quelqu'un chercher Mlle Grant, dis-je. Elle avait l'intention de nous accompagner.

— Inutile. Elle est partie il y a une demi-heure avec Son Altesse le prince Punit. »

Sat comprend mon expression. « Nous ne devons pas perdre plus de temps, dit-il précipitamment.

— Non. Magnifique. »

33

Ushakothi est perdu au milieu du néant. Une forêt sauvage au bout d'un voyage de deux heures à travers un purgatoire de broussailles rabougries et d'arbres couverts de poussière.

La Cadillac 55 est décapotée et Sat et moi, assis à l'arrière, dégustons une brise délicieusement rafraîchissante. Arora est assis devant avec un chauffeur muet ou indifférent. Le mouvement et la monotonie favorisent les réminiscences.

Je repense à la guerre. Les Yankees, quand ils se sont finalement montrés, utilisaient la 55 pour leur état-major et on en voyait beaucoup dans les rues de Paris en 1917. Il y en avait sacrément moins sur les chemins boueux près du front. Non que nos propres voitures y aient été plus nombreuses.

Le colonel interrompt ma rêverie. « Le meilleur moment pour chasser le tigre est le matin de bonne heure, dit-il, avant qu'il ne fasse trop chaud. Mais Son Altesse préfère la fin de l'après-midi. Il ne fait pas tout à fait aussi frais, mais cela correspond mieux à ses heures de lever. »

La voiture quitte enfin le chemin de terre, passe entre de vieilles grilles rouillées dans un haut mur de brique et s'engage sur une piste qui serpente sur des miles de forêt desséchée jusqu'à ce qu'elle cesse tout à coup dans une clairière. Le chauffeur stoppe devant deux tentes blanches de la taille d'un chapiteau de cirque et éteint le moteur. Le silence de la forêt nous enveloppe, troublé seulement par les criquets et les cliquetis du moteur qui refroidit. Le ciel gris est bas et écrasant comme si les dieux avaient posé un couvercle sur la clairière.

Nous descendons de voiture et nous nous étirons avant de suivre Arora vers une des tentes. En matière d'installation en plein air elle n'est pas trop miteuse. J'ai connu des bâtiments de brique moins solides. Entre ses murs drapés de tentures la forêt au-dehors n'est soudain plus qu'un souvenir, chassé par des tapis persans, des meubles français et une douzaine de paniers garnis de chez Harrod's ou Fortnum.

Annie, en jodhpurs et veste de chasse, est assise dans un fauteuil en rotin et sirote du champagne rosé dans une flûte en lisant un numéro de *Tatler*. À côté d'elle, Emily Carmichael porte une écharpe en soie vert jade souplement enroulée autour du cou. Le prince est assis en face d'elles, en pantalon de golf et veste en tweed plus adaptés à Orkney qu'à l'Orissa.

Un peu à l'écart, Fitzmaurice, un cigare à la main, converse à voix basse avec Carmichael et Davé. Ce dernier ne s'est pas habillé pour la chasse et a choisi le costume rayé londonien et les chaussures lacées qui ne détonneraient pas dans la garde-robe de Carmichael.

« Vous voilà ! » s'exclame le prince, visiblement soulagé de pouvoir entamer la chasse. « Du champagne pour le courageux capitaine et le sergent », crie-t-il en se levant de son fauteuil.

Je prends deux verres sur le plateau qui apparaît et j'en tends un à Sat. Je bois une gorgée avec la sensation d'être observé. Je tourne la tête et je vois Fitzmaurice détourner le regard et tirer vigoureusement sur son cigare. Il a l'air de quelqu'un qui cherche à se calmer. Je décide qu'il est temps d'avoir une petite conversation avec le monsieur. Mais avant que je trouve le moyen de lui parler seul à seul il s'écarte des autres et vient vers moi.

On dirait qu'il a rétréci, que sa supériorité naturelle a été corrigée et remplacée par autre chose. Sat le remarque aussi. « On dirait que sir Ernest est tracassé », chuchote-t-il. Il montre les paniers. « Si vous permettez, monsieur, je vais prendre un sandwich. »

Un Anglais a horreur de partager ses pensées intimes, c'est un fait. C'est pourquoi nous avons accepté la Réforme aussi volontiers : nous avons du mal à nous confesser, même à un prêtre. Et si nous répugnons à nous ouvrir à un homme de Dieu, nous sommes totalement incapables de le faire devant un indigène. Ce serait un signe de faiblesse.

« Bonne idée. Mais ne nous quittez pas des yeux. »

Le sergent s'éloigne après un signe de connivence à la seconde où Fitzmaurice m'adresse la parole.

« Capitaine Wyndham. »

Je remarque la sueur qui brille sur son cou. Sa gorge semble à vif.

« Je me demandais si je pouvais vous dire un mot.

— Si nous allions marcher ? L'air ici est un peu trop confiné. »

Je soulève la porte en toile goudronnée et la tiens pour le laisser sortir. Nous nous éloignons lentement du campement vers la ligne des arbres, les débris de la forêt craquent sous nos pieds. Fitzmaurice renifle l'air avec effort.

« Quelque chose vous préoccupe, sir Ernest ?

— Je pense… » Il fait une pause comme pour rassembler le courage de poursuivre. « Je pense que ma vie est peut-être en danger. »

J'essaie de dissimuler ma surprise.

« Qu'est-ce qui vous fait croire cela ? » dis-je en regardant droit devant moi.

L'homme d'affaires tire sur son cigare, sa main tremble. « Il y a un homme à Sambalpur, un Anglais, il s'appelle Golding… »

Sa voix se perd en attendant que je comble le vide. Mais je ne vais pas le faire.

« Il semblerait qu'il ait disparu. »

Il y a un bruissement derrière nous. Je regarde et je vois Sat sortir de la tente, pour nous surveiller comme promis. Ce à quoi je ne m'attendais pas c'est à voir le dewan, Davé, déjà dehors, qui nous observe lui aussi.

Je décide que le mieux est de l'ignorer et de poursuivre ma conversation avec Fitzmaurice.

« Je ne comprends pas, dis-je. Golding est-il un de vos amis ?

— En quelque sorte. » Fitzmaurice s'arrête à la lisière de la clairière et écrase le mégot de son cigare sur le tronc décharné d'un margousier, puis il le jette par terre. « Il a été l'employé d'Anglo-Indian Diamond. Nous devions nous voir hier mais il n'est pas venu. J'ai essayé de savoir où le trouver mais personne ne sait où il est. »

Je repense à l'agenda de Golding. Il n'y avait aucune mention d'un rendez-vous avec Fitzmaurice. Ce qui signifie que Golding avait oublié de le noter, ce dont je doute, ou qu'il n'avait pas souhaité le faire. Ou encore que Fitzmaurice ment.

« Et vous pensez que sa disparition met votre propre vie en danger ? »

Fitzmaurice me regarde. Sa figure a perdu le peu de couleur qu'elle avait.

« Golding était étroitement impliqué dans une transaction qu'Anglo-Indian Diamond négocie avec la famille royale. Il préparait un rapport dont le contenu est défavorable à l'accord envisagé. J'essayais de le persuader de me laisser voir le document le premier…

— Et comment cela ?

— Les détails importent peu, dit-il en secouant la tête. L'important c'est qu'il a disparu. Certains à Sambalpur seraient mécontents d'apprendre que Golding me parlait.

— Vous croyez qu'ils le tueraient pour cela ?

— Lui et moi. » Il a l'air de le penser.

« Ils seraient prêts à tuer un Anglais pour quelque chose d'aussi insignifiant ? »

Fitzmaurice hoche la tête. « Ces gens-là ne sont pas comme nous, capitaine. Ils adorent la vengeance. »

C'est peut-être vrai, mais je ne suis pas sûr de croire tout à fait cet homme.

« Dans ce cas, j'aurais pensé qu'une chasse au tigre serait le dernier endroit où vous voudriez vous trouver. Des armes chargées et des animaux sauvages ne contribuent pas particulièrement à un environnement sûr. Pourquoi n'êtes-vous pas déjà en route pour Calcutta ?

— Croyez-moi, j'y ai songé. Si vous n'aviez pas été ici et si le prince Punit ne m'avait pas demandé personnellement de l'accompagner, j'aurais été ravi de manquer cette chasse. En fait, je pars ce soir. »

Je vois Punit sortir de la tente. Il appelle Fitzmaurice.

« Sir Ernest, mieux vaut ne pas tarder. Je suis sûr que vous avez hâte de vous y mettre, non ?

— Bien sûr, crie le vieil Anglais. C'est tellement divertissant. »

Le prince tape dans ses mains et Fitzmaurice et moi retournons vers la tente.

Un porteur nous tend les armes. De bonnes. Fabriquées par Purdey & Sons, armuriers du roi ainsi que de l'aristocratie internationale et de n'importe quel autre riche salaud qui éprouve le besoin de tirer sur des cibles qui ne ripostent pas.

Punit examine la sienne en faisant beaucoup de manières et vise un animal imaginaire à gauche de ma tête.

« Vous avez déjà chassé, capitaine ?

— Non, mais je me débrouille avec une arme.

— Excellent ! » Il sourit et se tourne vers un porteur en uniforme auquel il donne un ordre.

Une sonnerie de clairon retentit et au bord de la clairière quatre éléphants avancent pesamment, resplendissants sous une draperie verte et dorée surmontée d'un *howdah** argenté avec des coussins de velours. Chaque animal est accompagné de son mahout.

« Comment allons-nous procéder ? demande le prince. Deux par éléphant, je suppose. Mlle Grant sera avec moi, sir Ernest avec le capitaine Wyndham, M. et Mme Carmichael et finalement le sergent Banerjee et le colonel Arora.

— Et M. Davé ? dis-je.

— La chasse ne l'intéresse pas, répond le prince d'un air insouciant. Et il a besoin de retourner à Sambalpur. » Si le prince trouve étrange que le dewan fasse le voyage de deux heures dans le néant rien que pour en revenir aussitôt, il ne le montre pas. Mais je n'ai pas le temps de m'attarder sur la question. Je n'aime pas du tout l'idée d'Annie et Punit ensemble sur le dos d'un éléphant. De surcroît, j'ai une raison de tenter de l'empêcher. Une bonne raison, professionnelle : je veux obtenir enfin des réponses de Punit.

« Votre Altesse, dis-je, j'espérais pouvoir vous accompagner. J'ai appris que Votre Altesse est un chasseur émérite. »

Le prince hésite, déchiré entre la perspective de communiquer sa sagesse à un sahib et celle d'être sur le dos d'un éléphant près d'Annie.

« C'est une bonne idée, intervient Annie. Sam me dit qu'il est un tireur désastreux. Il pourrait apprendre deux ou trois choses de vous. »

Voilà qui est réglé.

« Très bien, capitaine, dit Punit. Vous monterez avec moi et je vous apprendrai à chasser le tigre, à vous Britanniques. Mlle Grant accompagnera sir Ernest. »

Chacun se dirige vers son éléphant attitré. Je prends le bras d'Annie.

Je lui murmure : « On dirait que vous avez un certain empire sur le prince.

— Vous n'êtes pas jaloux, n'est-ce pas, Sam ? » Elle sourit. « Vous devriez me remercier. Il n'aurait pas été d'accord avec votre suggestion si je n'étais pas intervenue. »

Monter un éléphant n'est pas exactement l'expérience la plus agréable qui soit, même si vous êtes bien installé dans un luxueux palanquin bien rembourré. Il bascule constamment d'un côté à l'autre, et vous avez l'impression d'être dans une barque à la dérive quand la tempête se lève.

Néanmoins le voyage dans la forêt est presque agréable, ponctué par le chant des oiseaux dans les arbres et les pas lourds et rythmés des éléphants.

Puis viennent les voix.

Nous arrivons dans une autre clairière, plus grande cette fois, où se presse une centaine d'indigènes, des hommes minces à la peau sombre, jambes nues et chemise blanche, la tête enveloppée dans un turban de coton pour se protéger de la chaleur. Quelques-uns portent des tambours, la plupart, des bâtons et des armes de fortune.

« *Chalo !* » crie le prince, et une clameur monte de la foule. Les tambours se font entendre et les hommes s'engagent dans les hautes herbes. Mais les éléphants ne suivent pas.

« Nous devons laisser les rabatteurs marcher devant nous, explique le prince. Dans votre chasse au renard vous envoyez vos chiens faire sortir la proie de son terrier. Ici nous utilisons des hommes au lieu de chiens, mais c'est la même chose. »

Peut-être, en effet, mais je n'ai jamais entendu dire qu'un renard puisse mettre un chien en pièces.

« Arrive-t-il que les rabatteurs soient dévorés ?

— Parfois. Mais ce n'est pas fréquent, et si cela arrive, les familles sont généreusement dédommagées. »

Je me sens rassuré.

« J'ai essayé une fois la chasse au renard en Angleterre, poursuit-il, mais cela ne m'a pas beaucoup plu. » Il fait une grimace. « Passer toute une journée à cheval sous la pluie à chasser une chose qui ressemble à un gros rat, et finalement regarder les chiens s'amuser. Ce sont les seuls. J'ai trouvé cela assez ennuyeux.

— C'est l'Angleterre. » Je comprends sa réaction. C'est difficile pour n'importe qui d'apprécier les plaisirs subtils d'un week-end pluvieux à la chasse au renard dans des champs détrempés du Leicestershire, encore plus difficile pour un prince accoutumé à tirer des tigres du haut d'un éléphant.

Les cris et les battements de tambour s'éloignent jusqu'à ce que finalement le prince en donne l'ordre, et nous nous élançons à leur suite.

« Regardez bien dans les arbres, me conseille le prince.

— Quoi ?

— Les panthères. Elles ne dédaignent pas emporter des hommes de leur howdah. »

Je tiens compte de sa mise en garde et j'arme mon fusil.

Quand les tambours redeviennent plus forts nous voyons les rabatteurs déployés en large demi-cercle s'avancer vers nous en tapant dans l'herbe et en criant. Je comprends soudain ce qui se passe. Ils ont débusqué un tigre et nous le ramènent. Je regarde le groupe d'hommes se resserrer, ne laissant plus d'issue à l'animal caché dans les herbes.

Soudain je le vois, un éclair d'or et de noir dans les hautes herbes jaunies.

« Allons-y », dit le prince en ordonnant au mahout de charger.

Nous pourchassons le tigre jusqu'à ce qu'il se retourne ; il nous fait face, il rugit, ses muscles frémissent sous la peau. Pour moi, aucun autre animal ne soutient la comparaison avec un tigre royal du Bengale. C'est la grâce, la puissance et la beauté incarnées.

Punit appelle Fitzmaurice. « Sir Ernest, crie-t-il, puis-je vous offrir le premier coup ? »

Toujours gentleman, Fitzmaurice répond : « Mlle Grant aimerait peut-être tirer la première ? »

Je regarde Annie lever son fusil, viser et tirer.

Le bruit provoque une explosion d'oiseaux hors des arbres. Le tigre plonge dans les fourrés.

« Les femmes ! s'écrie le prince en riant. Comment a-t-elle pu le manquer ? »

Fitzmaurice crie quelque chose au cornac et leur éléphant part à la poursuite du tigre. En même temps, celui du colonel Arora et Sat change de côté pour essayer de couper la route à l'animal.

Les rabatteurs aussi se rassemblent pour forcer le tigre dans notre direction et tout à coup il est de nouveau prisonnier. Cette fois, Fitzmaurice tire. Le tigre rugit. Puis vient un autre tir, du prince, et un troisième, du colonel Arora, tous atteignent leur cible. Mais l'animal refuse de tomber. Il faut plusieurs autres balles pour que ses pattes cèdent et qu'il s'affaisse sur le sol. Il continue pourtant de rugir son défi. Finalement, Punit le vise à la tête et tire une dernière fois.

Un groupe de villageois entreprend de récupérer l'animal. Un indigène avec un appareil photographique installe son équipement, tandis que Fitzmaurice harangue son mahout pour qu'il le laisse descendre de façon à pouvoir poser avec son trophée.

« Avec tous ces rabatteurs et le reste, dis-je, cela ne m'a pas paru particulièrement sportif. Autant tirer sur un oiseau en cage.

— C'était pour faire plaisir à Fitzmaurice, répond le prince avec brusquerie. Cet homme n'atteindrait pas une cible mouvante s'il y allait de sa vie. Alors nous le laissons tirer sur des animaux vieux et fatigués. Nous avons même un système de mesure spécial pour lui, si bien que quoi qu'il tire est inscrit comme faisant au moins huit pieds de long. Moi, je préfère une vraie chasse.

— Alors renvoyez les rabatteurs, Votre Altesse. Faisons les choses comme il faut. »

Il me regarde, puis il sourit. « J'avais l'impression que vous n'appréciiez pas ce genre de divertissement, capitaine. Mais je vois que vous êtes un chasseur, après tout. » Il sort une fiasque d'argent de sa poche, la débouche et boit une gorgée, puis il me la tend.

« En quelque sorte », dis-je et je bois une goutte.

Punit crie quelque chose à l'un des rabatteurs et bientôt le message se transmet – le prince souhaite chasser – et nous repartons dans les hautes herbes aussi sèches que de l'amadou, cette fois sans les cris ni les tambours.

Nous laissons les autres derrière. Les Carmichael ont rejoint Annie et Fitzmaurice pour admirer le trophée de sir Ernest ; il ne reste plus que Sat et le colonel Arora, et un vieux traqueur qui marche en avant de nous à la recherche de traces de tigre.

Nous avançons pendant ce qui me paraît des heures, enveloppés dans les bruits de la forêt : la plainte fantomatique du chital, le craquement et le bruissement des branches au passage des éléphants et les appels d'une douzaine d'espèces différentes d'oiseaux.

Ici, dans cet endroit perdu, tout se met à paraître plus simple, comme si Sambalpur et ses intrigues de cour étaient à un million de miles.

Le prince rompt le silence. « Vous savez, autrefois père aimait venir ici pendant des semaines. Tous les matins il se levait tôt, partait dans la jungle avec pour toute compagnie son domestique qui portait ses armes et il tirait un tigre avant le petit déjeuner. C'était un chasseur prodigieux. J'avais sept ans quand il m'a permis pour la première fois de les accompagner lui et Adhir. Ils ont débusqué un tigre spécialement pour que je tire dessus, manifestement pas un très bon, mais pour un enfant de sept ans il était quand même impressionnant.

— Et vous avez tiré ?

— Oh oui, répond-il froidement. Juste entre les deux yeux. »

Le jour commence à baisser mais nous continuons. Le traqueur recherche des signes, une empreinte de patte dans la poussière, une touffe de fourrure accrochée à un buisson d'épineux, ou même des excréments. Finalement il lève la tête et fait signe qu'il a trouvé la piste. Nous pressons le pas, conscients de quelque chose de nouveau dans l'air immobile et étouffant qui aiguise nos sens et donne une nouvelle signification aux bruits de la forêt en les chargeant d'électricité.

Non loin de nous un corbeau pousse un cri perçant et s'élance vers le ciel. Je lève les yeux. Même les singes dans les pipals ont l'air méfiant. J'ai un goût de poussière dans la bouche. Brusquement, le traqueur s'arrête et tend le doigt. J'aperçois une traînée de quelque chose qui disparaît dans l'herbe presque instantanément pour réapparaître un instant plus tard.

« Nous le tenons », dit le prince.

Sauf que nous ne « le » tenons pas. L'animal n'est maintenant qu'à quelques dizaines de pas, mais il y en a deux autres derrière lui, des petits, rayés d'or et de noir.

« Une mère, dis-je.

— Oui. » Et il prend son fusil.

La tigresse comprend le danger. Elle pourrait facilement s'échapper, mais elle fait front et s'interpose entre nous et ses petits en montrant les dents.

Punit lève son fusil, vise, et tout semble s'arrêter, comme il arrive souvent dans ce moment primal avant la mort. Même les singes le sentent. Du haut des arbres ils se mettent à crier. Je lève la tête et quelque chose d'autre attire mon regard.

Une lueur métallique dans un des arbres.

Trois ans de tranchées en France pendant la guerre ne m'ont peut-être pas enseigné grand-chose, mais ils m'ont appris à repérer un tireur embusqué. Je crie à Punit de s'aplatir tout en me jetant en avant pour le contraindre à le faire.

J'entends un coup de feu, puis ce qui ressemble à un écho. Au-dessus de moi le toit du palanquin explose dans une grêle d'éclats de bois.

Je crie : « Ne vous levez pas » et j'attrape mon fusil. Un nouveau coup de feu retentit et la balle ricoche sur le rebord en argent du howdah.

Je lève mon fusil. Il me faut un moment pour localiser l'assaillant. Je ne le distingue pas bien à cette distance mais c'est un indigène enveloppé dans un châle marron-gris. Encore un coup de feu, il ne vient pas de l'assaillant mais de notre gauche. C'est Sat. L'autre éléphant est arrivé à notre niveau et le sergent lui aussi a repéré le tireur. Sat est très utile avec un fusil, et sa première balle est arrivée assez près de l'assaillant pour qu'il soit pris de panique. Mon entraînement me revient. Je vise et je tire. Mon tir est moins précis que celui de Sat, mais il n'avait pas besoin de l'être. Tout ce que j'avais à faire était de maintenir le type en déséquilibre. Le sergent peut se charger du reste.

Il tire encore et cette fois il atteint sa cible. Le tireur lâche son arme et tombe de l'arbre. Sat tire sur l'endroit où il aurait dû atterrir, mais avec l'herbe haute et la lumière qui faiblit il est difficile de bien y voir.

Le prince est toujours au fond du howdah. Je me penche pour lui taper sur l'épaule.

« Le danger est passé, Votre Altesse. »

Il prend ma main et je l'aide à se relever. Soudain nous entendons un cri du côté de l'autre éléphant. C'est le colonel Arora.

« Il s'enfuit ! » hurle-t-il en indiquant un mouvement dans l'herbe. Il se retourne vers moi. « Vous êtes militaire, capitaine. Vous savez quoi faire ! »

Il ordonne à son mahout d'obliquer à gauche et l'éléphant s'éloigne.

« Votre Altesse, dis-je, s'il vous plaît ordonnez à notre cornac de poursuivre notre fuyard. »

Le prince dit quelque chose. Le cornac crie « *Digar ! Digar !* » et nous repartons.

« Où va Arora ? demande le prince. Pourquoi ne nous rejoignent-ils pas ?

— Tactique, Votre Altesse, dis-je. Comme dans la chasse au tigre. Nous sommes les rabatteurs. Notre travail est de diriger notre proie sur le chemin du colonel et du sergent Banerjee. Ils feront le reste. »

La lumière du jour est en train de faiblir, mais il est encore possible de le suivre. Je demande à Punit de donner l'ordre à son cornac de ralentir : il est inutile de faire avancer l'agresseur avant qu'Arora et Sat soient en position pour s'en emparer. C'est un équilibre délicat et dès que le soir tombera les chances tourneront en sa faveur.

Un coup de feu retentit.

Je crie : « Plus vite ! » et je pointe le doigt en direction du bruit. L'autre éléphant s'est arrêté près d'une rivière. Arora est descendu du howdah où Sat est toujours assis, le fusil dirigé sur une silhouette étendue dans l'herbe.

Je crie au colonel : « Il va bien ? »

Arora lève la tête. « Il survivra.

— Vous lui avez tiré dessus ?

— Non, répond-il en brandissant la crosse de son fusil. Je lui ai seulement tapé sur la tête avec ceci. »

Il s'agenouille et fait rouler le corps de l'homme qui est inconscient. Ses bras nus et sa figure luisent de sueur et sur sa tempe une meurtrissure fleurit là où la crosse de l'arme d'Arora a frappé. Elle a étalé les cendres qui étaient peintes sur son front mais la forme d'origine ne laisse pas de doute : le Sricharanam, la marque des disciples de Vishnou.

Le mahout fait s'agenouiller l'éléphant et je saute à terre.

« On dirait que vous avez fait plus que le taper, dis-je. Le reconnaissez-vous ?

— Non, répond le colonel. Mais Sambalpur est tout petit. S'il est d'ici, quelqu'un le reconnaîtra. Sinon, nous devrons nous-mêmes faire en sorte qu'il nous dise la vérité.

— Dans ce cas, dit le prince Punit, il faut le transporter à Sambalpur.

— Vous n'êtes pas blessé, Votre Altesse ? demande Arora.

— Je vais parfaitement bien », répond le prince d'un ton irrité.

Avec l'agresseur inconscient ficelé et jeté sans cérémonie sur le dos de l'éléphant du colonel, nous prenons lentement la route du retour dans l'obscurité. Il se passe plus d'une heure avant que nous apercevions les lumières tremblotantes du camp. Depuis l'attaque nous nous taisons. Le prince n'a pas envie de parler et comme j'ai besoin de mettre de l'ordre dans mes idées le silence me convient.

Je ne vois plus grand intérêt à questionner Punit. Et même si je le faisais, l'interroger sur l'assassinat de son frère alors que quelqu'un vient de lui tirer dessus serait un brin indélicat. Mais à l'approche du camp le prince commence à parler.

« Merci pour votre intervention, Wyndham. Je ne l'oublierai pas.

— J'ai fait ce que n'importe qui aurait fait à ma place, Votre Altesse.

— Pensez-vous pouvoir faire parler ce salaud ?

— Nous le saurons quand nous l'aurons conduit à Sambalpur.

— Quoi qu'il en soit, j'ai une dette envers vous, capitaine. Mais je vous serais reconnaissant de ne rien dire de ce qui s'est passé aujourd'hui. Je ne voudrais pas gâcher le plaisir de nos autres invités.

— Naturellement, Votre Altesse. Je n'en parlerai pas et je m'assurerai que le sergent Banerjee fasse de même. Je ne peux pas m'engager en ce qui concerne le colonel Arora.

— Je me charge du colonel. »

Notre arrivée déclenche une activité bourdonnante dans le camp. Une demi-douzaine de domestiques se précipite pour diriger les éléphants, nous aider à mettre pied à terre et distribuer des petits verres de whisky. Le prince vide le sien d'un coup et en emporte un autre vers les tentes tandis que le colonel Arora et ses hommes s'occupent du prisonnier. Je m'apprête à les rejoindre quand Sat m'arrête.

« Il faut que je vous parle, monsieur. En privé. »

Il a cet air maussade qui précède généralement l'annonce de mauvaises nouvelles.

Nous nous approchons de l'endroit où les éléphants sont en train de se restaurer, où on ne peut pas nous entendre depuis les tentes. Je sors de ma poche un paquet de cigarettes et en tends une à Sat.

« Qu'est-ce qui vous tracasse, sergent ?

— Le colonel Arora, monsieur. Je pense qu'il a hésité à appréhender l'agresseur. »

Je manque m'étouffer avec ma cigarette.

« Il m'a semblé qu'il avait fait du bon travail en assommant le bonhomme. Êtes-vous sûr ?

— Je crois bien, monsieur. »

Sat doit se tromper. Arora ne peut pas avoir voulu que l'homme s'en tire. Je pousse un soupir. « Dites-moi ce qui s'est passé. »

Le sergent regarde par-dessus son épaule. Assuré que personne ne peut l'entendre il poursuit. « Comme vous l'avez vu, quand après avoir sauté de l'arbre l'agresseur s'est mis à courir le colonel nous a fait obliquer pour… »

Je l'interromps impatiemment. « Oui, pour le prendre à revers. Une bonne tactique.

— Oui. Mais c'est ce qui s'est passé ensuite qui est étrange, quand nous avons pris position. »

Il tire nerveusement sur sa cigarette. « Le colonel a dit qu'il pensait que l'homme se dirigeait vers une rivière proche, le seul endroit où la forêt n'est pas limitée par un mur. Nous sommes allés dans cette direction et nous avons réussi à atteindre la corniche qui surplombe la rivière quelques minutes avant de voir votre éléphant arriver vers nous.

« Le colonel a donné l'ordre à notre mahout de se diriger vers vous dans l'espoir que vous rabattiez l'agresseur. Le jour faiblissait et il pensait qu'il pouvait y avoir un risque que l'homme nous échappe à la vue de notre éléphant. Alors il a décidé de mettre pied à terre et de se cacher un peu plus loin. Il m'a demandé de rester dans le howdah afin de bien viser l'homme s'il venait vers moi. »

Je commence à m'impatienter. « Tout cela me paraît tout à fait sensé. Où voulez-vous en venir exactement, sergent ?

— À ceci, monsieur, répond-il avec force. Malgré l'obscurité nous avons aperçu l'agresseur qui courait vers la rivière. Il a vu l'éléphant et il a changé de direction pour aller droit dans le sentier où l'attendait le colonel. Aussitôt après, j'ai vu le colonel se relever avec son fusil. L'agresseur l'a presque heurté dans sa course. Les deux hommes sont restés face à face pendant plusieurs secondes. Ce n'est qu'après que j'ai tiré que le colonel l'a frappé avec la crosse de son arme.

— Vous en êtes sûr ?

— Aussi sûr que je pouvais l'être compte tenu de la faible lumière.

— Le colonel sait-il que vous l'avez vu ?

— Je ne pense pas. L'agresseur retenait toute son attention. »

J'essaie de comprendre. Si Sat a raison, il y a deux possibilités. La première est qu'Arora a reconnu le tireur et que pour une raison quelconque il est resté paralysé ; peu vraisemblable étant donné ses états de service. La seconde est plus dérangeante : qu'Arora lui-même est impliqué dans l'agression. Et s'il est mêlé à une telle conspiration, cela signifie-t-il qu'il a pris part à l'assassinat du prince Adhir ?

Je m'adosse à un arbre et décide que la chose la plus utile que je puisse faire est de finir ma cigarette et réfléchir. Finalement, Punit, mon premier suspect, est lui-même la cible d'un assassin, et Arora, le seul homme à qui je faisais confiance à Sambalpur, un homme avec qui j'ai fumé de l'opium il y a quelques heures, pourrait faire partie du complot. Comme si tout cela ne suffisait pas, il y a le petit ennui qu'un Anglais manque à l'appel et que je soupçonne qu'il a été assassiné par le Premier ministre du royaume, et qu'un autre concitoyen pense que sa vie est menacée.

J'écrase ma cigarette sur le tronc de l'arbre.

« Et maintenant, monsieur ? demande Sat.

— Maintenant ? Nous rentrons à Sambalpur questionner notre invité. Mais en attendant je vais retourner sous la tente et me servir deux fois de tout ce qu'ils proposent. »

34

La possibilité soudaine qu'Arora puisse jouer un double jeu jette le doute sur presque tout.

Nom de Dieu, j'ai besoin de temps pour réfléchir. J'espérais que le voyage de retour à Sambalpur me donnerait ce temps, mais Punit a eu d'autres idées.

Je ne sais pas exactement quand, mais à un certain moment après s'être fait tirer dessus il a décidé de me nommer son garde du corps de facto, au moins jusqu'à notre retour en ville. J'ai donc rejoint, de fort mauvaise humeur, Annie et lui pour les deux plus longues heures de ma vie, assis à l'avant d'une Rolls-Royce ridiculement camouflée, pendant que l'homme auquel je viens de sauver la vie est assis à l'arrière et essaie de flirter avec l'objet de mon affection. Sur l'échelle des expériences, celle-ci se situe légèrement au-dessous d'une attaque au gaz moutarde dans une tranchée.

Le bavardage du prince est parsemé de noms de la haute société, de vedettes de cinéma et de lieux exotiques qu'il jette dans sa conversation avec la subtilité d'un obusier. Mais un obusier obtient généralement un résultat. Je ne doute pas qu'Annie ait l'intelligence de cerner Punit, mais j'imagine qu'il faut une femme exceptionnellement forte pour résister à une invitation à Chamonix pour Noël ou Cannes au printemps. La chose qui manque clairement à sa conversation c'est une allusion à l'agression qu'il vient de subir, ou au fait que le tireur est en ce moment en route vers le palais à l'arrière d'un des camions de l'intendance. Un comportement curieux pour un homme qui semble avoir un besoin permanent de parler de lui-même. Peut-être est-il embarrassé par le rôle qu'il a tenu. Si je n'étais pas dans la voiture, il raconterait l'histoire à l'intention d'Annie en se dépeignant comme le héros de l'affrontement. Ou encore l'épisode tout entier lui a inspiré une terreur sans nom.

Je fais de mon mieux pour ignorer ce qui se passe sur le siège arrière et je récapitule les faits. Adhir est mort sous les balles d'un assassin portant le Sricharanam sur le front. Cet homme s'est ensuite suicidé. Punit vient d'être attaqué par un tireur portant la même marque sur le front. Portelli l'a identifiée comme celle des disciples de Vishnou dont le dieu Jagannath est un avatar. Et d'après l'anthropologue, Sambalpur est étroitement lié au culte de Jagannath.

Que Punit soit aussi la cible d'une tentative d'assassinat laisse penser qu'il existe une conspiration plus large contre la famille royale tout entière, et si c'est le cas, cela implique qu'il n'est pas l'instigateur de l'assassinat de son frère. Et pourtant il y a forcément un lien avec le palais, sinon comment la concubine Rupali aurait-elle eu vent du danger ?

Un complot destiné à détruire la famille royale, ourdi à l'intérieur même de la cour. Les deux choses sont difficiles à concilier.

Une autre possibilité me vient à l'esprit, pour la seule raison que je suis un sale type soupçonneux qui n'aime vraiment pas beaucoup le prince. Alors que nous roulons sur un nid-de-poule particulièrement profond je me dis que l'attentat contre Punit était un coup monté pour me faire abandonner sa piste. Sa vie n'a peut-être jamais été en danger. L'agresseur était peut-être à la solde du prince. D'où l'hésitation d'Arora à l'assommer.

Mais alors Arora est de mèche avec le prince. A-t-il été l'homme de Punit depuis le début, chargé de s'assurer qu'Adhir soit assassiné à Calcutta ? Après tout, c'est lui qui a choisi le trajet de retour du prince à son hôtel ce jour-là. Mais c'est absurde. Arora a aussi convaincu le maharajah de nous autoriser à enquêter, Sat et moi, en dépit des objections du dewan. Et c'est encore lui qui a organisé la coupure des lignes de télégraphe et de téléphone pour empêcher que nous soyons rappelés à Calcutta. Pourquoi tout cela s'il est responsable du crime sur lequel nous enquêtons ? Je m'y perds. Il doit y avoir une autre explication au fait qu'il ait pu hésiter à appréhender l'assaillant.

Quelles que soient les réponses, j'espère les obtenir assez vite de notre prisonnier.

« Vous dînerez avec nous, capitaine ? demande Punit quand la voiture arrive devant le Beaumont. Nous ne serons pas nombreux. Mlle Grant, moi, Fitzmaurice, Davé, le colonel Arora et vous et votre sergent. Nous aurons ainsi l'occasion de bavarder comme vous le souhaitiez. »

Je ne vois aucun moyen de refuser.

« Naturellement, Votre Altesse. » Un valet de pied m'ouvre la portière. « Mais je dois d'abord m'occuper d'une chose.

— Parfait, répond le prince en se frottant les mains. Disons neuf heures ?

— Je préviendrai le sergent Banerjee.

— Alors neuf heures », confirme le prince. Les valets de pied ferment les portières.

En regardant la voiture se diriger vers le palais, je dis à Annie : « Vous aurez besoin d'investir dans des vêtements chauds si vous projetez de passer Noël dans les Alpes avec le prince Douglas Fairbanks.

— Allons, allons, Sam, répond-elle en me prenant le bras. Ce genre de propos ne vous sied pas. D'ailleurs je m'intéresse beaucoup plus à ce qui s'est passé dans la jungle après que vous m'avez laissée en arrière avec Fitzmaurice et les Carmichael. Vous et Punit passez quelques heures sur un éléphant et vous êtes maintenant son meilleur ami ?

— Je pourrais vous poser la même question. »

Elle sourit. « Avez-vous pu lui demander ce que vous vouliez ?

— Pas vraiment. Je lui laisse le bénéfice du doute. »

Elle se lance. « Adhir a été assassiné à Calcutta, dit-elle patiemment. D'après ce que vous m'avez dit, l'acte était bien organisé, et l'assassin s'est suicidé quand il s'est vu perdu. Croyez-vous honnêtement que Punit soit capable de monter une telle opération ou de susciter cette sorte de loyauté ? »

Je me tais et l'accompagne à l'intérieur. Le parfum de rose flotte dans l'air. Au pied de l'escalier elle quitte mon bras.

« Que diriez-vous d'un verre ? »

Passer du temps seul avec elle, n'est-ce pas ce que j'espérais quand je l'ai invitée à venir avec moi à Sambalpur ? Et pourtant, dans l'immédiat, j'ai un prisonnier à interroger. Je me maudis.

« Je ne peux pas. J'ai quelque chose à faire.

— Vous êtes sûr ?

— J'en ai bien peur. »

Elle est déçue. « Dans ce cas, autant me reposer un peu avant le dîner. Ce n'est pas drôle de boire seule. »

Je la regarde monter vers sa chambre. Elle a probablement raison au sujet de Punit. Cet homme est un dandy, un fêtard. Même s'il voulait assassiner son propre frère, est-il assez clairvoyant pour formuler un tel projet et a-t-il la discipline nécessaire pour le mener à bien ? Shreya Bidika, qui le connaît bien mieux que moi, n'écarte pas cette possibilité. Où est la vérité ?

Dans l'air du soir j'arrive au pavillon en même temps que la voiture qui transporte le colonel et Sat.

Je demande à Arora où est le prisonnier.

« Il est transporté au poste de police de la caserne.

— Est-il conscient ?

— Il a repris connaissance, mais il est incohérent, dit Sat. Il a peut-être une commotion. »

C'est loin d'être idéal. J'ouvre la portière arrière et je monte à côté de Sat. « Allons-y. »

35

Le poste de police est une construction ramassée proche du Rose Building. On y accède par une porte en arcade dans un corridor qui sent le cirage et la sueur. Sur l'ordre d'Arora deux gardes nous conduisent. Le prisonnier se trouve dans une cellule du fond, couché sur un lit de camp. Arora fait un signe de tête et les gardiens ouvrent la grille, puis ils prennent l'homme sous les bras et le mettent debout. Sa tête pend. Arora s'avance vers lui, l'attrape par les cheveux et lui tire violemment la tête en arrière. L'homme ouvre des yeux injectés de sang au regard vide.

« Tu vas répondre à quelques questions, dit Arora. Qui t'a envoyé ? »

L'homme ne répond pas.

« Comment tu t'appelles ? » Arora lui tire la tête plus fort et l'homme grogne. « Nous te ferons dire ce qu'il nous faut. » Arora lâche prise et le prisonnier laisse sa tête retomber. Arora se met derrière lui, marmonne quelque chose dans une langue étrangère et donne un coup de poing dans ses reins. L'homme se tord de douleur et les gardiens le maintiennent debout. Le colonel lève le bras mais je retiens son poing avant qu'il puisse frapper de nouveau.

« Attendez. »

Il me regarde. Il a des yeux fous.

« C'est inutile, dis-je. Nous voulons lui poser des questions, pas le réduire en bouillie.

— Vous avez un meilleur moyen ? grogne le colonel.

— Faites venir un médecin. Occupez-vous de cette blessure à la tête et donnez-lui à manger. Nous pourrons le questionner demain matin. »

Arora réfléchit. « Très bien », conclut-il. Il donne des ordres aux gardiens et s'en va d'un air digne. Les gardiens laissent tomber sans ménagements le prisonnier sur le sol de sa cellule puis nous font sortir et referment la grille.

Sat et moi rentrons lentement à pied au pavillon des invités.

« Et maintenant, que faisons-nous ? demande-t-il.

— Nous nous en tenons au plan. Nous dînons avec le prince, et ensuite nous retournons au bureau du dewan pour chercher le rapport de Golding.

— Vous pensez que le dewan pourrait être impliqué dans l'attentat d'aujourd'hui ?

— Je ne sais pas, mais s'il est suspect dans l'assassinat d'Adhir il le devient dans l'attentat contre Punit.

— Il y a une autre possibilité, monsieur, hasarde-t-il. Et si la cible n'était pas le prince ? Si c'était vous qui deviez être la victime ?

— Les choses sont déjà assez compliquées sans que nous nous permettions des conspirations de cette nature.

— Je parle sérieusement. Et il y a encore autre chose. Et si la visite du bureau du dewan était un piège ?

— Expliquez-vous.

— C'est le colonel Arora, monsieur. Je ne peux pas me sortir de la tête son hésitation avant d'appréhender l'assassin. Croyez-vous réellement que nous pouvons lui faire confiance ?

— C'est lui qui a convaincu le maharajah de nous autoriser à enquêter. Pourquoi l'aurait-il fait s'il ne voulait pas aller jusqu'au bout ? »

Sat n'a pas l'air convaincu. « Mais que penser de son attitude de cet après-midi ? Vous avez une explication ? »

Je me passe les doigts dans les cheveux. « Je n'arrive pas à croire qu'il soit impliqué dans un complot visant à assassiner les princes de Sambalpur. »

Sat réfléchit un instant. « Peut-être n'est-il mêlé qu'à un seul complot visant à assassiner le deuxième prince ? dit-il tranquillement.

— Quoi ?

— Il croit peut-être que Punit a assassiné le prince Adhir. Il a peut-être essayé de le venger. »

La théorie est intéressante, elle expliquerait pourquoi Arora a pu vouloir laisser l'agresseur de Punit s'enfuir tout en acceptant notre aide pour découvrir qui était derrière l'assassinat d'Adhir. Si Sat a raison, cela signifie que Punit est encore suspect de l'assassinat de son frère. Et si Arora a loué les services du deuxième assassin pour tuer Punit, cela expliquerait son désir de réduire notre prisonnier en bouillie avant que nous en tirions des informations.

« Qu'en pensez-vous ? » demande Sat.

Je pousse un soupir. « J'en pense que nous devons surveiller le colonel Arora. »

36

Le dîner est sans éclat, du moins selon les critères de Sambalpur, et probablement parce que Punit n'est pas précisément de bonne humeur. Je ne lui en veux pas. Être la cible d'un assassin gâche nécessairement la journée de n'importe qui ; pour un prince habitué à être adoré et obéi ce doit être tout particulièrement perturbant.

Cela, bien sûr, en supposant qu'il n'ait pas tout mis en scène lui-même. Aussi invraisemblable que puisse être cette théorie je ne la rejette pas encore.

Il y a les apéritifs habituels, mais Annie n'arrive que quelques minutes avant que résonne le gong et je soupçonne son retard d'avoir aggravé l'humeur du prince. Il a à peine dit deux mots à Carmichael – ce que je ne peux pas lui reprocher – et au dewan ; et encore, par monosyllabes. Il manque Fitzmaurice, sans aucun doute en route pour aller prendre le train et retourner en Inde britannique.

Le prince ne s'anime que lorsque la conversation s'oriente vers la chasse. Carmichael commence à raconter les événements de la journée au dewan qui, je le reconnais, feint admirablement de s'y intéresser. Puis viennent les récits des chasses précédentes de Carmichael, au cours desquelles il semble avoir tué à peu près tous les animaux qui ont eu la malchance de croiser son chemin, de l'antilope au buffle, à l'instar du roi des Belges Léopold au Congo. Comme je m'ennuie, je passe quelques instants agréables à imaginer à quoi ressemblerait sa tête empaillée sur un mur.

L'arrivée tardive d'Annie est un don du ciel. Elle est vêtue de soie ivoire et arbore un collier d'or très travaillé dans le style indien, parsemé de petits diamants. Je ne le lui ai encore jamais vu et je le soupçonne d'être un cadeau de Punit. Pour ma part je lui ai offert des fleurs une fois et je pense donc que nous sommes à peu près à égalité.

En l'absence de son père, Punit préside la table, avec Annie à sa droite. Le colonel Arora s'apprête à s'asseoir à côté d'elle mais je n'y tiens pas. J'envoie Sat juste à temps le coiffer au poteau. Arora est plutôt contrarié, mais il ne peut pas faire grand-chose. Il se console en prenant le siège à côté de moi.

Tout cela se révèle une erreur tactique. Sat parle très peu et Punit bénéficie de toute l'attention d'Annie. Je me traite de tous les noms. Le colonel aurait pu se livrer à une joute verbale. Sat se contente de mâcher ses légumes.

À côté de moi, Arora a la tête de Sisyphe derrière son rocher. Il semble aussi impatienté que moi par les histoires de Punit. Mais il s'anime à la fin du repas. Il me chuchote d'attendre.

Pendant que les autres quittent la salle à manger il sort de sa poche une enveloppe fermée et me la donne.

« Des clefs, dit-il. Du bureau de Davé et du coffre. Bonne chasse. » J'empoche l'enveloppe. « Maintenant nous devrions rejoindre les autres. »

Dans le salon, Punit est en train de poser un disque sur le gramophone et on entend bientôt le rythme syncopé d'un ragtime.

« Venez danser », crie le prince en saisissant Annie par le bras. Elle sourit et le suit au milieu de la pièce ; les soubresauts et les gestes de Punit me rappellent le comportement de soldats blessés par des éclats d'obus dans les tranchées. Personne d'autre ne semble rien remarquer de bizarre. Certains applaudissent même.

Je demande à Carmichael : « Qu'est-ce qu'il fait ?

— On appelle cela le turkey-trot, répond-il en prenant une gorgée de whisky, une danse américaine que le prince aime beaucoup.

— On dirait qu'il a une crise d'épilepsie.

— Qu'il ne vous entende pas dire une chose pareille, mon vieux. Il pense que c'est le comble du raffinement.

— Votre Altesse est un grand danseur, dit Annie quand la musique s'arrête et qu'elle et le prince reviennent vers nous. Où donc avez-vous appris ?

— Ici même, répond Punit haletant, mais mon professeur était de Blackpool. C'est un fait, ma chère, que tous les meilleurs danseurs viennent de Blackpool. »

Il claque des doigts et un domestique en livrée apparaît avec une bouteille de Dom Pérignon et une demi-douzaine de flûtes à champagne sur un plateau d'argent. Le prince en prend une qu'il offre à Annie avant de se servir.

Il boit une petite gorgée et se met à rire. « Ce soir nous allons faire la fête dans un joyeux abandon. »

Je prends deux flûtes et vais rejoindre Davé qui observe ce qui se passe. Il décline poliment mon offre.

« Merci, mais je ne bois pas, dit-il.

— Je croyais que tout le monde buvait à la cour.

— Pas tout le monde. Et quelqu'un doit rester sobre pour s'assurer que Son Altesse va se coucher en toute sécurité.

— Servir de nounou à l'héritier du trône ne paraît pas être une activité de Premier ministre.

— Eh bien, soupire-t-il, disons que mon rôle est

un peu plus diversifié que celui de votre M. Lloyd George.

— Vous feriez mieux de vous installer confortablement. Le prince n'a pas l'air très pressé d'aller dormir ce soir. »

Je retourne auprès des joyeux fêtards. Les Carmichael ont rejoint le prince et Annie au centre de la pièce, mais à voir la figure de Carmichael on dirait qu'il n'y est pas allé de son plein gré.

« Vous ne dansez pas ? » demande le dewan.

Je fais un signe en direction de Punit. « Pas de cette façon, en tout cas. »

Je termine mon champagne, je prends congé avec mes excuses et me dirige vers la sortie en entraînant Sat au passage.

« Venez, sergent, nous avons un rapport à trouver. »

37

Le Rose Building est enveloppé dans l'obscurité et une seule ampoule brille dans les garages du rez-de-chaussée. Sat et moi entrons à tâtons, nous montons les marches et nous suivons le corridor qui mène au bureau du dewan. Je glisse la plus grosse des clefs d'Arora dans la serrure et je la tourne.

En entrant dans la pièce obscure je craque une allumette. Elle prend vie, éclaire un bureau caverneux divisé en deux : un petit salon avec un canapé, une table basse, et une marche qui mène à un lieu de travail, dominé par un grand bureau. Les murs sont couverts de portraits officiels de rajahs, et le sol est caché sous plusieurs tapis. Il y a un fauteuil derrière le bureau et guère plus.

« Où est le coffre ? demande Sat.

— Regardez derrière le bureau. »

L'allumette se consume et je l'éteins quand la flamme me brûle les doigts. Sur un coin du bureau est posée une lampe en cuivre avec un abat-jour vert émeraude. Sat ferme les persiennes et allume la lampe qui baigne la pièce dans une faible lumière aigue-marine. Il n'y a pas un papier sur le bureau.

Sat commence à fouiller les tiroirs. Pendant ce temps je parcours la pièce à la recherche de tout ce qui pourrait dissimuler le coffre.

Au bout de plusieurs minutes je demande à Sat s'il a eu de la chance. Il a extrait des papiers d'un des tiroirs et il est en train de les feuilleter.

« Rien pour le moment, dit-il concentré sur les documents. Des signes du coffre ?

— Je n'ai rien trouvé derrière les tableaux, et il y a très peu d'autres endroits où le cacher.

— Le colonel s'est peut-être trompé.

— Il doit être ici, dis-je.

— Mais s'il n'est pas sous le bureau ou dans les murs, alors où ?

— Je ne sais pas. » Sat est toujours penché sur sa pile de papiers. Je m'approche de lui.

« Quelque chose ? » Il lève les yeux. « Dites-moi que vous avez trouvé quelque chose.

— Des rapports géologiques, il me semble.

— En rapport avec les mines de diamants ?

— Je ne peux pas le dire.

— Je suppose que c'est mieux que rien. Prenez-les et allons-nous-en », dis-je en éteignant la lampe.

Il se lève de son fauteuil et nous retournons vers la porte dans le noir. Ni l'un ni l'autre ne se souvient de la marche entre les deux niveaux du bureau. Les choses auraient pu tourner différemment si nous y avions pensé.

Comme je suis quelques pas en avant c'est moi qui trébuche et tombe le premier. J'atterris dans une mauvaise position et une douleur dans la cheville gauche me fait grimacer. Un instant plus tard Sat est étalé à côté de moi.

« Merde, dis-je en me frottant la cheville. Vous allez bien ?

— Oui, monsieur, et vous ? »

Je me relève et je mets avec précaution un peu de poids sur la jambe gauche. Je pousse un soupir de soulagement. « Je crois que oui, dis-je. Quel est l'imbécile qui met une marche au milieu d'une pièce ? »

Mais la réponse me vient avant que Sat puisse répondre. Je retourne en sautillant allumer la lampe.

« Ce tapis, dis-je. Aidez-moi à le déplacer. »

À nous deux nous roulons le tapis qui est derrière le bureau. Je me mets à genoux pour mieux voir et je distingue la forme d'un panneau rectangulaire d'environ un pied de côté découpé dans le plancher. À une extrémité il y a un petit trou juste assez grand pour y passer le doigt. Je lève doucement le panneau de bois et le dépose à côté de moi. En dessous se trouve une boîte de métal avec une petite plaque de cuivre portant en relief les mots *FICHET Paris*.

« *Voilà*, dis-je à Sat en français. Un coffre en acier à l'épreuve du feu. »

Je prends dans ma poche la plus petite des deux clefs et l'insère dans la serrure.

Dans le coffre se trouvent plusieurs dossiers gris peu épais, une petite bourse en velours et un revolver que, grâce au colonel Arora, je sais maintenant être un Colt, identique à celui que l'assassin du prince Adhir a utilisé. Je laisse l'arme et la bourse à leur place, je prends les dossiers et les donne à Sat. Il se rassoit au bureau et commence à feuilleter le premier.

Je lui demande : « Quelque chose d'intéressant ?

— Des documents pour le budget. » Il referme le dossier et le repose puis il en ouvre un autre. Il annonce presque immédiatement : « On dirait que c'est le bon. » Il sourit. « Le rapport de Golding sur l'évaluation des mines de diamants de Sambalpur.

— Bien. Remettez les autres à leur place et sortons d'ici. »

Dix minutes plus tard, après avoir tout remis en ordre, nous sommes de retour dans notre propre bureau. Sat s'assoit et sort le dossier gris de sous sa jaquette. Deux documents épais s'en échappent. Il en examine la couverture et les feuillette rapidement en fronçant les sourcils.

« Qu'est-ce qu'il y a ?

— Nous avons deux rapports ici. Les deux avec le même titre, les deux signés par Golding et datés d'avant-hier.

— Deux exemplaires du même rapport ?

— Je n'en suis pas sûr. Les signatures sont différentes. Regardez, monsieur », dit-il en me les tendant.

Il a raison. Et il y a autre chose de bizarre. « L'encre aussi est différente. Les deux signatures sont en bleu, mais dans deux nuances. »

Je rends les documents à Sat qui les ouvre à la première page et commence à les comparer.

« Ce n'est pas tout, dit-il presque aussitôt en indiquant un paragraphe dans les deux documents. Les chiffres ne sont plus les mêmes.

— Dans quelle mesure ?

— Colossale. Comme s'il s'agissait de deux ensembles de mines totalement distincts.

— Comment est-ce possible ?

— Il faudra que je les étudie en détail, mais après avoir lu le résumé je peux dire qu'un rapport estime les réserves de diamants à des centaines de crores de roupies de plus que l'autre. »

Là où nous parlons en millions, les Indiens parlent en lakhs et en crores. C'est encore un peu confus pour moi, mais il n'est pas nécessaire d'être mathématicien pour comprendre que des centaines de crores de roupies constituent une foutue différence.

Je demande lequel présente le chiffre le plus élevé.

Sat me l'indique. « Celui-ci. On dirait que vous aviez peut-être raison de soupçonner le dewan, monsieur. »

Il poursuit sa lecture. Son expression s'assombrit soudain.

« Pourriez-vous m'expliquer votre théorie, monsieur ?

— Elle est simple. Davé se livre à des activités illicites en rapport avec les mines de diamants. Il a peut-être fait des affaires pour son propre compte, ou détourné le produit de ventes et couvert ses traces en falsifiant les chiffres des réserves de diamants. Tout à coup Anglo-Indian Diamond vient fouiner, elle veut acheter les mines et cette fois, contrairement à son attitude passée, Sambalpur décide de les vendre. À cette fin, Golding est chargé par Adhir de préparer un rapport d'estimation. Comme cela allait conduire à la découverte des malversations de Davé, il assassine le prince et fait disparaître le comptable. Il obtient ensuite le document et falsifie les chiffres. »

Sat est mécontent.

« Qu'est-ce qu'il y a? Qu'est-ce qui vous déplaît là-dedans ?

— Rien ne me déplaît, monsieur. J'ai seulement des questions.

— Combien ?

— Quatre.

— Quatre ?

— Oui, monsieur. »

J'arrête de faire les cent pas et je m'assois dans le fauteuil en face de lui.

« Le prince Adhir n'avait pas une passion pour les Britanniques, commence-t-il. Je doute qu'il aurait été heureux qu'ils mettent la main sur des ressources qui sont de fait le poumon financier de Sambalpur.

— Très bien. Donc quelqu'un d'autre a persuadé le maharajah de vendre les mines. Pas nécessairement Adhir.

— Alors pourquoi le faire assassiner ? J'aurais pensé que si le dewan essayait de faire capoter la vente des mines, Adhir aurait été un de ses plus proches alliés. »

La remarque est juste, mais je m'aperçois finalement qu'elle ne détruit pas ma théorie.

« Je suppose qu'il aurait pu l'être au début, mais en décidant la préparation du rapport de Golding il scellait le destin du dewan. Davé a fait tuer Adhir pour pouvoir mettre la main sur le rapport, en supposant qu'en l'absence d'Adhir il lui revienne automatiquement. Il a dû imaginer aussi qu'il pourrait alors modifier le rapport et acheter le silence de Golding. J'imagine que Golding a refusé.

— Très bien. » Sat plisse les yeux. « Ce qui nous amène à ma deuxième question : si le dewan est effectivement responsable de l'assassinat d'Adhir, pourquoi voudrait-il aussi essayer de tuer le prince Punit aujourd'hui ?

— Vous avez déjà répondu vous-même. Les deux tentatives d'assassinat ne sont pas nécessairement liées. Le colonel Arora est peut-être derrière l'attentat contre Punit parce qu'il le soupçonne d'avoir fait assassiner Adhir. Le dewan n'y est peut-être pour rien. »

Le sergent réfléchit et acquiesce.

Je lui demande : « Question numéro trois ?

— Si Golding était un comptable aussi méticuleux, pourquoi n'avait-il pas découvert les manipulations plus tôt ? Si, comme l'assure le colonel Arora, il notait chaque penny dépensé par la maison royale, il est impensable qu'il n'ait pas su ce qui se passait dans les mines de diamants. Elles sont la principale source de revenus du royaume et la différence dans les chiffres laisse supposer que toute malversation qu'il y ait eu devait durer depuis des années. Comment pouvait-il ne pas le savoir ? »

Je n'ai pas de réponse.

« Nous reviendrons sur celle-ci, dis-je en soupirant. Quelle est la quatrième question ?

— Comme je l'ai dit, la différence est colossale, des centaines de crores de roupies. Ce sont des millions de livres… »

Je l'interromps en disant que je sais combien cela fait, je ne veux pas admettre que je ne sais pas exactement combien de millions.

« Eh bien, je me demandais, monsieur… n'importe quel homme qui a détourné une telle fortune serait presque aussi riche qu'un maharajah. S'il a compris que la fête est finie pourquoi ne pas simplement disparaître et profiter de sa richesse quelque part ? Pourquoi se donner le mal de rester ici en tant que dewan ? »

Je jure. Je n'ai pas non plus de réponse plausible à cette question. Le problème paraît insoluble. Je sais que Davé est lié à la disparition de Golding. J'ai seulement besoin de temps pour découvrir exactement comment.

« Examinez de près les deux rapports et dites-moi en quoi ils diffèrent. »

Il les place côte à côte.

« Cela pourrait prendre du temps, monsieur.

— Vous avez toute la nuit.

— Vous ne restez pas ?

— Ce serait utile ?

— Non. »

Je lui lance les clefs de la porte et du coffre et il les rattrape d'une main.

« Alors je retourne à la fête. »

Je ressors dans la nuit. Au fond des jardins, tout illuminé, le palais miroite comme un mirage dans le désert. Des accents de musique américaine flottent dans l'air et l'idée de revoir Punit faire la cour à Annie est soudain plus que je ne peux en supporter.

Je m'appuie contre un arbre et j'allume une cigarette. L'enquête m'échappe. Punit, qui avait le motif le plus évident il y a encore douze heures, est devenu la cible vraisemblable d'une tentative d'assassinat.

Pendant ce temps, le colonel Arora, le seul qui ressemblait à un allié dans cet endroit primitif, paraît susceptible d'avoir été l'instigateur de ce dernier complot. Et puis il y a la théorie de Sat selon laquelle la victime désignée c'était moi et non le prince, sans parler de la peur de Fitzmaurice que sa vie soit menacée. Les deux relèvent peut-être de la paranoïa, mais un Anglais a déjà disparu, et Sambalpur, avec ses complots et ses intrigues, semble être le genre d'endroit où une saine dose de paranoïa peut vous aider à survivre.

Je pense à la disparition de Golding et au rôle de Davé. Je suis certain que les deux hommes se sont vus le matin où le comptable a disparu. Comment Davé s'inscrit-il dans le tableau ? Au moins, nous avons maintenant le rapport de Golding. Nous en avons même deux versions.

En réalité je n'ai qu'une liste sans fin de questions. J'ai besoin de réponses, et la meilleure chance de les obtenir est de questionner un homme dans une cellule à une centaine de pas d'ici. Je tourne les talons et prends la direction du dépôt. Il est temps d'en finir avec cette histoire.

38

La caserne est pleine de soldats au repos. Ils traînent dehors dans la nuit tiède en fumant des *bidis** et en jouant aux cartes et ils me regardent passer.

Le dépôt faiblement éclairé est silencieux, à l'exception du bruissement du journal que l'officier de service est en train de lire à la lumière d'une lampe-tempête.

Je lui dis que je veux voir le prisonnier.

La figure de l'homme est grêlée comme un ananas, ses traits sont quelconques.

Il secoue la tête. « Pas possible, sahib. Prisonnier transféré.

— Quoi ? Où ? À l'infirmerie ?

— Non, sahib. Au fort.

— Quand ? Et sur ordre de qui ?

— Dix minutes seulement. Ordre est ici. » Il brandit un message qui porte le sceau personnel du maharajah, accompagné d'une signature griffonnée.

« Le colonel Arora a vu ceci ?

— Je ne sais pas, sahib. »

Je le laisse assis là et repars en courant vers le palais en emportant l'ordre de transfert.

La soirée de Punit bat encore son plein et le colonel Arora sirote un whisky dans un coin.

Je me précipite et lui saisis le bras.

« Il faut que je vous parle. D'urgence. »

Dans le corridor j'agite l'ordre de transfert sous son nez.

« Avez-vous ordonné ceci ? »

Il me regarde stupéfait. « Qu'est-ce que c'est ?

— Un message autorisant le transfert du prisonnier au fort chez le major Bhardwaj. Il a été remis il y a vingt minutes.

— Quoi ? dit-il en m'arrachant le papier des mains. Sur ordre de qui ?

— J'espérais que vous pourriez me le dire. »

Il regarde le message. « C'est le sceau du maharajah, mais je ne reconnais pas la signature. »

Il froisse le papier et le fourre dans une poche. « Venez avec moi », dit-il.

Nous allons dans un bureau où il décroche le téléphone.

« Qui appelez-vous ?

— Bhardwaj. »

Le colonel parle rapidement à quelqu'un à l'autre bout. La ligne reste silencieuse avant que la voix réponde. La figure du colonel s'assombrit en l'écoutant.

Il raccroche violemment l'écouteur. « Aucun prisonnier n'a été transféré là-bas ce soir. Et ils n'ont reçu aucun message leur ordonnant d'en attendre. Quand le prisonnier a-t-il été emmené ?

— Environ une demi-heure à présent. »

Le colonel reprend le téléphone. D'après ses questions, je devine qu'il a appelé la caserne.

« Qui a pris le prisonnier en charge ? aboie-t-il. Quoi ? »

Il raccroche et me regarde.

Je lui demande : « Qui l'a emmené ?

— Un des eunuques.

— Un eunuque ? »

Mon esprit galope.

Je revois soudain l'image de Sayeed Ali découpée sur la fenêtre au-dessus de la cour du zenana, en conversation avec… Mais ce n'est pas possible.

« Venez, dis-je. Nous devons aller au Rose Building. »

Nous traversons les pelouses au pas de course et nous arrivons en quelques minutes. Arora se dirige instinctivement vers l'entrée principale.

Je crie : « Non ! Au garage !

— Pourquoi ?

— J'ai quelque chose à vérifier. »

Nous contournons le bâtiment et nous ouvrons les portes du garage. Il est plongé dans l'obscurité. Le colonel allume et mon estomac fait un bond.

« Vous devez bloquer toutes les issues de la ville, dis-je, et le plus vite possible.

— Pourquoi ? »

Je lui montre l'unique emplacement vide. « Parce que la voiture purdah n'est pas là. »

Arora regarde l'endroit où devrait se trouver la voiture. Il secoue la tête. « Je ne comprends pas. »

Je ne suis pas sûr de comprendre non plus. Tout ce que j'ai est une théorie.

« Et si c'était Devika ? dis-je. La troisième maharané.

— Comment ?

— Et si elle était derrière l'attentat contre Punit ? Si elle essayait de mettre son propre fils sur le trône ? »

Arora a du mal à accepter ce que je dis. « Le prince Alok ? Elle ne pourrait pas… Et pourtant, dans le cas contraire, pourquoi l'eunuque serait-il impliqué ? Elle a dû lui ordonner d'engager l'assassin, et elle l'aide maintenant à s'enfuir. Qui d'autre pourrait utiliser aussi facilement le sceau du maharajah ? »

Son expression change brusquement. « Mais cela signifierait… qu'elle est également responsable de la mort d'Adhir. »

Il y a dans ses yeux un éclair que je ne sais pas interpréter. Il se rue sur un téléphone mural au fond du garage.

Je lui crie : « Attendez ! Ce n'est qu'une théorie !

— Oui, une théorie qui correspond aux faits ! » Et

un instant plus tard il crie au téléphone en hindi. Il revient dans les cinq minutes qui suivent.

« C'est fait, j'ai informé Punit, dit-il en se dirigeant vers l'Alfa. Je dois maintenant aller en ville coordonner le blocage des routes.

— Je viens avec vous.

— Ce n'est pas nécessaire, capitaine. Je vous tiendrai au courant.

— Je veux être présent », dis-je avec fermeté.

Il réfléchit. « Vous ne souhaitez pas informer le sergent Banerjee ?

— Il s'occupe d'autre chose. »

Le colonel lève un sourcil. « Vous avez trouvé le rapport de Golding ?

— Oui. Nous en avons même trouvé deux. »

Le colonel Arora lance l'Alfa sur la route, les phares déchirent l'obscurité. Il a un visage de pierre. Il est pratiquement muet depuis sa conversation avec Punit et remplace la convivialité de notre voyage nocturne précédent par un silence résolu. La voiture prend un virage dans un crissement de pneus et file vers le centre de la ville.

« Quelque chose vous préoccupe ? dis-je.

— À part la fuite de notre prisonnier, voulez-vous dire ?

— Oui. »

Il ignore ma question et arrête la voiture en dérapant devant le Beaumont.

« C'est le bâtiment le plus élevé du centre, dit-il. Nous devrions nous installer sur le toit. »

Nous nous précipitons dans le hall en faisant sursauter le réceptionniste. Arora lui grogne quelque chose en hindi puis se dirige vers l'escalier. Le mieux est de le suivre. Quatre étages plus tard il ouvre grand une porte et sort sur le toit. Du parapet, je vois à la lumière des réverbères orangés la silhouette de ses hommes qui prennent position.

Le réceptionniste apparaît derrière nous et vient en courant apporter un message au colonel.

« Excusez-moi, capitaine, dit Arora en le lisant, je dois téléphoner. Ce ne sera pas long. »

Il descend l'escalier et je retourne au bord du toit regarder la ville endormie. Quelque part là en bas notre prisonnier est transporté à l'arrière de la voiture du zenana, assisté dans sa fuite par un eunuque de la cour. Est-il possible qu'une simple jeune femme soit responsable de toute cette machination ? L'idée paraît encore invraisemblable.

À ma grande surprise j'entends le moteur de l'Alfa démarrer et je cours vers l'autre côté du toit, à temps pour voir Arora s'éloigner à toute vitesse. Je cours dans l'escalier, dans le hall et dans la rue, mais la voiture n'est plus là depuis longtemps.

Toujours courant je fonce à la réception. L'employé est plongé dans un livre que je lui fais tomber des mains, je l'attrape par sa chemise et le hisse au-dessus du comptoir.

« Qu'est-ce qu'il y avait dans le message que vous avez donné au colonel Arora ? » L'homme lance un regard affolé de tous les côtés comme un lézard cerné. Juridiction ou pas, c'est bon de voir que je peux encore terroriser quelqu'un.

« Rien, sahib ! » supplie-t-il. Je sens sa mauvaise haleine.

« Comment cela, rien ?

— Quand vous êtes arrivé, colonel sahib m'a dit attendre cinq minutes, et ensuite monter à toit et donner papier. »

Je lâche sa chemise et je m'effondre dans un fauteuil. Je maudis ma stupidité. Sat m'a prévenu de ne pas faire confiance au colonel, mais je ne l'ai pas écouté, et me voilà coincé ici, abandonné au Beaumont pendant qu'Arora est allé… Je n'ai aucune idée de ce qu'il est en train de faire.

J'ai deux possibilités. Je peux réquisitionner un mode de transport quelconque pour retourner au palais, ou je peux écumer les rues à la recherche d'Arora. Aucune des deux ne paraît particulièrement fructueuse. J'opte pour une troisième possibilité.

« Le bar est ouvert ?

— Oui, monsieur », répond le réceptionniste d'un air égaré. Il tend le bras. « Cette porte. »

Je vais pour la pousser mais je m'arrête et je regarde ma montre. Il est tard, mais je n'ai rien à perdre. Je retourne à la réception.

« S'il vous plaît envoyez un message à Mlle Pemberley dans la chambre quinze. Dites-lui que le capitaine Wyndham la prie de l'excuser de la déranger si tard dans la soirée, qu'il est au bar et souhaiterait sa compagnie si elle est libre.

— Oui, sahib. » Il griffonne le message sur un morceau de papier.

Le bar est vide à l'exception d'un Européen affaissé sur un verre dans un coin. Je choisis une table près de la fenêtre et déguste un Laphroaig quand Mlle Pemberley entre, en blouse blanche et jupe noire, les cheveux épars sur les épaules. Je me lève.

« Je suis surprise de vous voir ici, capitaine.

— Mademoiselle Pemberley, excusez-moi pour cette visite tardive, mais j'étais dans le quartier et j'ai encore quelques questions…

— Vous avez de la chance de m'avoir trouvée. Je suis sortie faire mes adieux. Je pars demain.

— Puis-je vous offrir un verre ?

— Un tonic. »

Je fais signe au barman et commande son tonic et un autre whisky.

« Comment se passe votre enquête ?

— Elle progresse. »

Le barman apporte les boissons. « Ainsi, vous aviez des questions pour moi ?

— Je voulais connaître votre opinion sur le dewan.

— M. Davé ? demande-t-elle en prenant une petite gorgée de tonic. Je ne suis pas sûre d'en avoir une, mais Adi ne l'aimait pas particulièrement.

— Croyez-vous qu'Adhir l'aurait remplacé quand il serait devenu maharajah ?

— Il l'a dit une ou deux fois, mais il ne savait absolument pas par qui le remplacer. » Elle se redresse soudain. « Vous ne pensez pas qu'il ait eu quelque chose à voir avec l'assassinat d'Adi, n'est-ce pas ?

— J'envisage toutes les possibilités. »

Elle secoue la tête, consternée. « Vous et moi savons que son frère Punit est responsable. » Elle a un ton sec. « Plutôt que d'envisager toutes les possibilités, capitaine, j'aurais pensé que votre temps serait mieux employé à en trouver la preuve.

— Croyez-moi, mademoiselle Pemberley, rien ne me rendrait plus heureux, mais je ferais du tort à

Adhir si je n'étudiais pas toutes les éventualités aussi soigneusement que possible. »

Elle prend une autre gorgée et regarde par la fenêtre dans l'obscurité. « Excusez-moi. C'est seulement que…

— Ne vous excusez pas, mademoiselle. Je comprends votre déception, mais je vous promets de découvrir qui était derrière l'assassinat d'Adhir. »

Même en disant ces mots, je m'aperçois qu'ils contiennent plus d'espoir que de conviction : des mots pour dissiper ses inquiétudes et soulager ma conscience. Les choses semblent échapper à tout contrôle. Avant qu'elle puisse répondre, le calme de la nuit est ébranlé par des cris dispersés et le bruit de vitres brisées. Je regarde par la fenêtre. Des hommes courent dans les rues. Certains portent des torches, d'autres des armes de fortune.

« Que se passe-t-il ? » demande Mlle Pemberley.

À mesure que d'autres hommes se rassemblent je repense à une autre foule que j'ai vue courir dans les rues au milieu de la nuit. C'était à Wapping, en 1914, et les hommes convergeaient vers un magasin dont ils pensaient que les propriétaires étaient allemands. À certains égards, l'est de l'Inde diffère peu de l'est de Londres. Je vide mon verre et je me lève.

« Je pense que vous devriez retourner dans votre chambre. Et fermer votre porte à clef.

— Où allez-vous ? »

J'indique la fenêtre. « Dehors. »

Je cours dans les rues et les ruelles qui explosent de vie. Des lumières clignotent dans les maisons et des portes s'ouvrent pour dégorger davantage d'hommes, des badauds stupéfaits et d'autres, comme moi, qui courent vers l'origine du désordre. La nouvelle d'un événement grave se répand. Combien de ces hommes savent ce qui se passe ? Très peu, je suppose. Ils ont été pris dans le maelström, désireux de participer à quelque chose de plus grand qu'eux ; d'éprouver l'exaltation et le sentiment de libération que provoque le fait d'appartenir à la foule.

Plus loin devant moi, à demi cachée par un bâtiment, j'aperçois une lueur. Une voiture en flammes s'est écrasée contre un poteau télégraphique à côté d'une barricade en sacs de sable et fil de fer barbelé ; son capot n'est qu'un amas de métal tordu et sectionné. Je m'approche du véhicule dévasté. Ses fenêtres sont en miettes et une portière arrachée à ses gonds déformés gît dans la poussière. La puanteur du caoutchouc brûlé et de la chair carbonisée me saisit à la gorge.

La voiture du zenana.

Le chauffeur est mort, la tête écrasée contre le volant. Du verre des fenêtres du compartiment arrière crisse sous mes pieds. Les rideaux sont arrachés ; le siège de cuir est éclaboussé de sang et il y en a sur la poignée intérieure de la portière. Du sang tache aussi le sol, un filet provient de la voiture. Quelqu'un a été tiré dehors.

Je me fraie un chemin vers le premier rang de la foule et je m'arrête, horrifié par le spectacle qu'éclairent les flammes d'une demi-douzaine de torches.

Deux hommes, la figure décomposée et ensanglantée, les mains liées dans le dos, sont poussés vers un endroit où la route s'élargit pour former une sorte de place. Il y a devant eux deux souches d'arbre.

Je reconnais instantanément ces hommes. L'un est

notre prisonnier, la tête sur la poitrine. L'autre, identifiable à sa haute silhouette mince malgré le sang et les hématomes, est Sayeed Ali, le chef du zenana.

Et enfin je vois Arora. Il est debout à côté de l'Alfa rouge, il fait penser à une tempête au sommet d'une montagne. Il donne un ordre rageur et des soldats forcent les deux hommes à s'agenouiller, puis ils leur posent la tête sur la souche. Ils l'attachent aux blocs de bois avec ce qui ressemble à des bandes de cuir munies de crochets.

J'appelle le colonel. Il me regarde, il semble hésiter momentanément puis il se ressaisit et m'adresse un signe de tête avec cet air glacial que je lui ai vu quand nous nous sommes rencontrés.

J'ai du mal à avancer dans cette foule assoiffée de sang. Sayeed Ali a l'air de prier. L'autre homme est à genoux, immobile, comme s'il était en transe.

« Capitaine Wyndham, dit le colonel les yeux fixés sur les prisonniers, j'espérais éviter que vous soyez présent ici.

— Qu'est-ce qui se passe, Arora ?

— Cela ne dépend pas de moi.

— Allez-vous fouetter ces hommes ? »

Il me regarde avec curiosité. « Ils ne vont pas être fouettés. Ils vont être exécutés. »

C'est pour cela qu'il a hésité à appréhender l'assassin il y a quelques heures ? Il n'était pas le complice de l'homme, il hésitait entre le tuer immédiatement ou plus tard.

Je crie : « Vous n'avez pas autorité pour les exécuter ! »

Il reporte son attention sur la scène qui se déroule devant nous. « J'ai reçu des ordres.

— De qui ?

— Punit.

— Quand ?

— Quand je lui ai téléphoné du garage. Je lui ai fait part de vos soupçons.

— Mais la peine de mort est expressément interdite dans les États princiers.

— Il les a déclarés traîtres.

— Mais nous n'en sommes pas sûrs. »

Cette fois il a l'air réellement troublé. « C'était votre suggestion, capitaine. Vous avez établi le lien entre l'eunuque, la voiture du zenana et la maharané Devika. C'est vous qui avez scellé leur destin.

— Mais ce n'était qu'une théorie, quelque chose qui m'est venu dans l'exaltation du moment.

— Apparemment votre théorie a suffi pour convaincre Punit. Et si cela peut soulager votre conscience, vous avez probablement raison. » Il me montre l'assassin effondré sur la souche. « Nous savons tous les deux que c'est l'homme qui a tiré sur vous et sur Son Altesse il y a quelques heures.

— Nous devons l'interroger.

— Nous n'avons pas le temps. »

Il se tourne vers un de ses hommes et lui donne un ordre. Celui-ci tire une conque de sa poche, il la porte à ses lèvres et produit une longue sonnerie. La foule fait silence et bientôt on n'entend plus que le crépitement des torches.

Un éléphant mâle sort de derrière un bâtiment. Il est plus gros que celui que nous montions il y a peu. Son mahout est assis sur son cou, mais il n'y a pas de howdah sur son dos. En revanche il porte des bracelets d'or autour des chevilles, chacun muni de trois courtes lames.

Je dois changer de couleur en prenant conscience de ce qui va se passer. Le colonel m'observe.

« Vous trouvez peut-être la chose répugnante, mais ici l'exécution par éléphant est un châtiment traditionnel depuis des millénaires. »

L'éléphant s'approche des deux corps affaissés. L'assassin s'agite follement et le mahout décide de s'occuper de lui en priorité. Il amène l'éléphant derrière l'homme et l'animal lève une de ses énormes pattes de devant. Mais au lieu de peser de tout son poids sur sa victime, c'est d'un petit mouvement presque délicat qu'il sectionne les jambes de l'homme, dont les hurlements sont couverts par les clameurs de la foule. Je ferme les yeux.

J'insiste. « Vous ne pouvez pas tuer l'eunuque.

— Il aidait le criminel à s'échapper. Il était dans la voiture avec l'assassin.

— Vous l'avez interrogé ?

— Il a tout reconnu. Adhir a été tué et son frère a été victime d'un attentat, rien que pour que l'enfant prince puisse monter sur le trône.

— Il a avoué ?

— Il y a dix minutes. »

Je crie : « Où est la maharané en ce moment ?

— Le palais a été informé. À l'heure où nous parlons, Punit veille à ce que l'on s'occupe d'elle.

— Que va-t-il lui arriver ?

— Ce n'est pas à moi de le dire. »

Je regarde de nouveau la scène macabre. L'éléphant joue encore avec sa première victime en tranchant ce qui reste des membres mais il évite le torse.

« Finissez-en, dis-je.

— Très bien. »

Le colonel aboie un ordre au mahout. L'éléphant se déplace pour être face au prisonnier et lève une patte au-dessus de la tête de l'assassin. Je pourrais jurer que l'animal regarde le colonel comme s'il attendait l'ordre final. Arora fait un signe de tête et l'animal abaisse la patte, écrasant le crâne de l'homme de tout son poids comme si ce n'était qu'une coquille d'œuf.

La foule pousse des cris de joie.

Je commence à la retraverser tandis que l'éléphant s'intéresse à Ali. Je ne ressens rien si ce n'est un vide qui me tenaille. J'entends derrière moi une nouvelle clameur à l'instant où l'eunuque est achevé. Je ne me retourne pas, je continue de marcher jusqu'au Beaumont.

Mercredi 23 juin 1920

39

Trente heures après la dernière dose d'opium j'ai la tête encore claire. Pas de brouillard, pas de nez qui coule, pas de douleurs dans les membres. Aucun symptôme d'aucune sorte. Du moins pas encore. Arora a peut-être raison, le *candú*, c'est peut-être un don des dieux. J'ai du mal à croire que j'aie autant de chance. Je sais au fond de moi que ce n'est pas un miracle et que les effets se manifesteront, même s'ils tardent. J'espère seulement qu'ils ne se vengeront pas.

Je suis retourné au Beaumont où Katherine Pemberley attendait dans sa chambre et je lui ai résumé ce qui s'est passé. Assise au bord de son lit elle essayait de tout comprendre et je ne l'ai pas beaucoup aidée, faute d'en être tout à fait sûr moi-même.

Je l'ai quittée peu après une heure du matin et je suis retourné à notre bureau du Rose Building. Sat n'était pas là et j'ai trouvé un message sur le bureau. Il a étudié les deux rapports et les a remis dans le coffre de Davé. Il ne doute pas que l'un soit une réplique de l'autre à l'exception des chiffres, qui sont changés. Sa conclusion est que le document présentant l'évaluation la plus basse est le rapport authentique. C'est du bon travail de police, solide : l'analyse détaillée, méthodique qui constitue le fondement de la plupart des enquêtes. Mais après ce que je viens de voir, le rapport de Golding paraît soudain sans intérêt.

Je me traîne jusqu'au pavillon des invités et j'envisage de réveiller le sergent pour lui raconter ce à quoi je viens d'assister, mais c'est inutile. Deux hommes sont morts parce que j'ai émis une théorie à laquelle je ne peux encore pas croire complètement, même si c'est la seule qui paraisse logique. Non, mieux vaut laisser le garçon dormir. Ce genre d'information peut attendre.

Les nuages gris du matin pèsent lourdement tandis que je descends les marches du pavillon pour me rendre à l'arrière du Rose Building. L'enceinte du palais est paisible, comme si les événements d'hier ne s'étaient jamais produits. Un paon appelle tristement à proximité.

Il y a peu d'activité au garage. Une tache d'huile marque l'endroit où stationnait la voiture du zenana. Mais la vieille Mercedes Simplex est là et je la fais rapidement démarrer. Le moteur ronronne et je démarre, en route pour le pont sur le Mahanadi.

Comme je l'espérais, une voiture stationne devant le temple du dieu Jagannath. D'après sa taille et son éclat elle appartient manifestement au parc royal.

J'arrête la Mercedes à côté d'elle et pénètre dans l'enceinte. Les portes du temple sont fermées mais on entend le chant rythmé des textes sacrés. Je m'assois sur les marches et j'attends en regardant une famille de singes dégringoler des branches d'un arbre et entrer dans le temple par une fenêtre ouverte, pour reparaître un instant plus tard avec leur butin de fruits et d'offrandes de fidèles dans leurs petites mains noires.

Les portes s'ouvrent finalement et, comme le matin précédent, Shubhadra, la première maharané, sort accompagnée de Davé, d'un prêtre et de l'odeur d'encens. Elle a l'air fatigué.

Je me lève pour la saluer.

« Capitaine Wyndham, dit-elle. Si j'avais su que vous aimiez tellement nos temples je vous aurais invité à nous accompagner le dewan sahib et moi ce matin.

— Votre Altesse, j'espérais que vous pourriez m'accorder quelques instants.

— Naturellement. » Elle acquiesce et murmure quelques mots au dewan. Davé s'incline bien bas avant de se retirer dans le temple avec le prince. La maharané effleure doucement mon bras.

« Et si nous faisions encore une promenade ? »

Nous descendons les marches et cheminons dans la cour du temple.

« Je suppose que vous êtes ici à cause de ce qui s'est passé cette nuit, dit-elle tranquillement en regardant droit devant elle.

— Je voulais savoir si la troisième maharané allait bien.

— Punit a envoyé ses hommes dans le zenana au milieu de la nuit, dit-elle avec du venin dans la voix. Ils l'ont arrêtée. C'est un outrage.

— Et le prince Alok ?

— L'enfant est en sécurité, pour le moment. C'est tout ce que j'ai pu faire pour le protéger. Quelle que soit la vérité derrière ce qui s'est passé, il est innocent dans toute cette affaire.

— C'est vous qui l'avez protégé ?

— Qui d'autre le ferait ?

— Je pensais à son père, le maharajah. »

Elle s'arrête et se tourne vers moi. « Ce que je vais vous dire doit rester le secret le plus strict. Le maharajah est gravement malade. Quand il a été informé de l'arrestation de Devika il a eu une attaque. Sinon je suis sûre qu'il aurait protégé l'enfant et sa mère.

— Vous ne pensez pas que la maharané Devika soit responsable du complot pour éliminer Adhir et Punit ? »

Elle ne répond pas tout de suite.

« Je ne peux pas le croire. Je crains que Punit ne voie des conspirations là où il n'y en a pas. Ou pire, qu'il n'y participe lui-même.

— Vous pensez que Devika est innocente et que Punit est derrière cette affaire.

— Punit n'est-il pas le coupable le plus vraisemblable ? Je vous le dis, capitaine, je crains pour l'avenir. Avec le maharajah réduit à l'inaction, Punit fera tout pour être présenté comme le prince régent au lieu de simple prince héritier pendant la cérémonie en l'honneur de Jagannath demain. Le peuple verra là un signe qu'il a la bénédiction de Jagannath. Avec un tel soutien divin je ne doute pas qu'il devienne rapidement maharajah et alors qui sait… ?

— Que ferez-vous ?

— Que puis-je faire ? Je ne suis que la femme d'un homme mourant. Je ne suis même pas la mère de Punit. Mon influence est limitée et diminue de jour en jour. »

J'ai la sensation d'avoir reçu un coup de poing dans l'estomac. La façon dont tout a évolué du jour au lendemain est effarante. Et tout cela déclenché par mes propres actes. Je me retrouve soudain d'accord avec la suggestion de la vieille maharané que Punit a peut-être tout mis en scène lui-même. A-t-il organisé l'évasion du prisonnier ? Mais dans ce cas, pourquoi l'eunuque l'aiderait-il ? Et pourquoi donnerait-il sa vie pour le prince ? C'est absurde…

Je demande finalement : « Et Mlle Bidika ? Va-t-elle être libérée à présent que la maharané Devika a été arrêtée ?

— Je suis incapable de le dire.

— Mais elle n'avait rien à voir avec tout cela. »

La maharané soupire. « Si Punit réussit à faire accepter que la maharané Devika est derrière le complot, alors je pense qu'il n'aura pas grand-chose à gagner avec l'incarcération de Mlle Bidika.

— Saviez-vous qu'il souhaitait en faire sa femme ?

— Il y a peu de sujets de ce genre qui ne soient pas connus à l'intérieur du zenana. Punit a beau vouloir continuer à la punir pour avoir refusé sa proposition de mariage, je ferai tout mon possible pour obtenir sa libération, mais cela peut demander du temps et de la subtilité. Si Punit s'aperçoit que je manœuvre dans ce sens il peut décider de la retenir prisonnière indéfiniment. »

La maharané s'interrompt un instant et me prend la main. « Puis-je faire une observation, capitaine ?

— Je vous en prie.

— L'Inde abrite de nombreuses religions et elles s'accordent sur très peu de choses, mais elles croient toutes que l'âme est la véritable essence de notre être. » Elle ajuste le bord de son sari. « Chaque âme est unique, et des âmes différentes sont menées par des passions différentes, mais nous pensons que certaines âmes répondent à un appel supérieur, qu'elles doivent suivre quelles qu'en soient les conséquences. Je crois que votre âme est celle d'un *satyanveshi*, un chercheur de vérité. Sinon pourquoi seriez-vous venu à Sambalpur ? Telle que je comprends l'histoire, vous aviez trouvé le criminel qui a assassiné Adhir. Un autre policier aurait aussitôt clos l'enquête, mais pas vous. Votre âme ne vous laissait pas en paix. La nécessité de chercher la vérité était irrépressible, aussi résolue que le char du dieu Jagannath. Vous n'aviez pas d'autre choix que venir ici. Et je pense que vous trouverez aussi un moyen de rester. C'est pourquoi vous êtes ici ce matin. Pour trouver la vérité. »

Je secoue la tête J'ai l'étrange sensation que la vieille femme joue avec moi. Le mysticisme me met mal à l'aise, et le mysticisme indien est le pire de tous. Les Indiens l'ont porté à un tel degré de complexité que même si vous rejetez leurs élucubrations, leur expression de supériorité sereine signifie qu'une part de vous pense toujours que leur discours obscur a raison.

« Même si c'était plus compliqué je ne pourrais rien y faire. Je ne suis plus autorisé à intervenir et même si je l'étais, je doute que le pouvoir à Delhi soit enclin à me laisser en profiter. »

Elle esquisse un léger sourire. « Venez », dit-elle en me conduisant vers les grilles du temple. Devant nous, le Mahanadi roule furieusement, grossi par les pluies de mousson qui sont tombées dans l'intérieur et traversent maintenant la terre desséchée. La maharané m'indique un gros rocher au milieu des flots écumants.

« Vous voyez ce rocher ? Un jour, dans mille ans, les eaux du fleuve l'auront réduit en sable. Nous avons du mal à le croire, mais cela arrivera. Vous ne vivrez peut-être pas pour le voir, mais vous savez que c'est vrai.

— Je ne suis pas sûr de vous suivre.

— La vérité et ses conséquences sont deux choses différentes. La vérité n'entraîne pas davantage la justice que la haute naissance n'entraîne la sagesse. Je sais que votre âme aspire à la vérité. Si un jour vous connaissez la justice, tant mieux, et sinon, tant pis. De toute façon, la justice peut prendre de nombreuses formes. Il se peut même que vous ne la reconnaissiez pas en la voyant. »

Elle retourne vers le temple. Davé et le prêtre nous regardent du haut des marches. « Et maintenant, dit-elle, je crains de devoir retourner au palais. Il ne serait pas souhaitable que je reste ici trop longtemps, surtout ce matin. »

Je la remercie pour le temps qu'elle m'a accordé.

« Et rappelez-vous, capitaine, dit-elle avant de s'éloigner, cherchez toujours la vérité, et ne vous préoccupez pas de ses conséquences. »

40

Je retourne au pavillon des invités où je trouve Sat dans la salle à manger en train de finir une omelette. Il est stupéfait de me voir et renverse presque sa chaise dans sa hâte de se lever.

« Avez-vous appris la nouvelle, monsieur ? demande-t-il le souffle court. Il paraît que la maharané Devika a été arrêtée.

— C'est vrai. »

Il me regarde sans comprendre. « Mais pourquoi ?

— Parce que Punit croit qu'elle était derrière le complot contre lui et Adhir afin de mettre son fils sur le trône.

— Mais ce n'est qu'une jeune femme.

— Le chef des eunuques l'aidait. Il a été pris en train de faciliter la fuite du prisonnier. Lui et l'assassin ont été exécutés hier soir.

— Mais comment savez-vous tout cela ?

— J'y étais. » Je lui fais signe de se rasseoir et de finir son petit déjeuner.

« Où ?

— Dans le sud de la ville. J'ai assisté à leur mort. Qui vous a parlé de l'arrestation de Devika ?

— Une des serveuses. Elle parle hindi.

— Vous savez parler aux femmes maintenant ? »

Il est perplexe. « Je n'ai jamais été embarrassé en parlant aux domestiques. »

Je m'assois en face de lui et une serveuse vient prendre ma commande. C'est probablement la même qui a informé Sat des événements d'hier soir.

« Que s'est-il passé ? demande-t-il.

— C'est une longue histoire. » Et je n'ai pas envie de la raconter. Mais l'expression de Sat indique qu'il n'a pas l'intention d'attendre.

Je lui donne des bribes en omettant ma propre implication. « Tout ce que vous avez besoin de savoir est que Punit a la situation en main. Et il semblerait qu'après tout notre ami le colonel Arora n'était pas un allié des comploteurs. Il a seulement pensé qu'au lieu de les mettre en prison, les intérêts de la justice seraient mieux servis si un éléphant leur écrasait le crâne.

— Un éléphant ?

— Oui. Et bien dressé. Il avait l'air de bien connaître le corps humain.

— C'est une nouveauté.

— Apparemment pas. À en croire le colonel, on le fait depuis des millénaires. Comment est l'omelette ?

— Quoi ?

— L'omelette. Elle est bonne ? »

Il me regarde comme si j'étais fou.

« Pas assez de piment. »

Je commande une omelette et du café noir.

« Avez-vous vu Mlle Grant ce matin ?

— Non, monsieur. Je suppose qu'elle est au Beaumont. » Il regarde sa montre.

Je lui demande l'heure. « Presque huit heures. » Il boit une gorgée de thé. « Et maintenant, monsieur ? »

J'extrais de ma poche un paquet de cigarettes passablement écrasées et lui en offre une.

« Maintenant nous suivons l'unique piste qui nous reste : le rapport Golding. » Je prends aussi une cigarette.

Un grondement de moteur nous parvient. Je regarde par la fenêtre et je vois s'arrêter l'Alfa.

Le colonel et mon omelette arrivent en même temps, mais si l'omelette était aussi froide que l'expression du colonel je la renverrais en cuisine.

« Capitaine Wyndham, dit-il.

— Colonel. » Je ne prends pas la peine de me lever.

Je lui indique plutôt une chaise. Nous nous taisons un instant. Je tire sur ma cigarette et expire lentement la fumée.

« Vous n'êtes certainement pas d'accord avec ce que j'ai fait hier soir, dit-il finalement. Vous devez savoir que je ne pouvais pas désobéir aux ordres de Punit. C'est ma tête qui aurait été posée sur le billot au lieu de la leur.

— Il me semble que nous aurions eu avantage à les interroger avant…

— Avant quoi, capitaine ? Avant de leur offrir un procès qui leur aurait permis de tout dire en public ? Croyez-vous que le peuple veuille entendre parler de la trahison de leur jeune maharané ? Et ensuite ? Une condamnation à la prison ? Comme vous l'avez si justement rappelé, vos lois ne nous permettent d'exécuter personne, même pas les coupables des pires crimes. Quant à les interroger, ce sont des fanatiques. Celui auquel vous avez eu affaire à Calcutta a préféré se tuer plutôt que de répondre à vos questions. Qu'est-ce qui vous fait croire que ces hommes seraient différents ?

— Ils auraient pu savoir quelque chose à propos de la disparition de Golding. »

Le colonel fait la grimace. « Vous vous raccrochez à n'importe quoi, Wyndham. Nos façons d'agir peuvent heurter votre sensibilité, mais n'essayez pas de tout rationaliser en prétendant que leur permettre de vivre aurait aidé votre enquête.

— Vous-même, êtes-vous sûr que la troisième maharané est derrière toute cette affaire ? »

Il se penche en avant et pose les mains sur la table. « C'est la seule théorie qui tienne. La maharané sait que le maharajah ne vivra plus très longtemps.

Comme elle est son épouse favorite elle a dû l'apprendre avant tout le monde ou presque. Après la mort de son époux elle allait perdre toute influence. Et que deviendrait son enfant en bas âge ? »

Il prend sur la table une serviette en surnombre et se met à la plier distraitement. « Elle doit s'être rendu compte que le seul moyen de garantir l'avenir du prince Alok était de supprimer les deux princes qui le séparaient du trône. Elle aura ourdi son complot au zenana avec l'aide de Sayeed Ali. Mais Rupali, la concubine, surprend leurs conversations et laisse des messages pour avertir Adhir. Malgré cela, l'attentat contre lui réussit, et ce n'est que grâce à vos interventions hier que celui contre Punit a échoué, que l'agresseur a été arrêté et qu'il a été ramené à Sambalpur. La nouvelle de son incarcération est parvenue à Devika et elle et l'eunuque organisent son évasion. Qui d'autre aurait aussi facilement accès au sceau du maharajah ou à la voiture purdah ?

— C'est peut-être mon tour de vous apprendre quelque chose. Connaissez-vous l'état de santé du maharajah ce matin ? »

Il plisse le front. « Non. Qu'avez-vous entendu dire ?

— Il paraît que lorsque le maharajah a été informé de votre petit spectacle et de l'arrestation consécutive de la troisième maharané Son Altesse a eu une sorte d'attaque. Il ne va pas survivre longtemps, ce qui signifie que Punit sera maharajah bien plus tôt que prévu.

— C'est une véritable tragédie », soupire le colonel sans préciser s'il parle de la santé du maharajah ou de l'accession du prince au trône.

« Alors pourquoi êtes-vous là, colonel ? Avec tout

ce qui s'est passé hier soir, ne me dites pas que vous n'êtes venu me voir que pour me donner bonne conscience.

— Golding. Vous m'avez dit hier soir que vous aviez trouvé deux rapports dans le coffre de Davé.

— Peut-être vaut-il mieux que le sergent vous explique.

— Oui, deux versions, dit Sat. Je les ai étudiées en détail hier soir. Leur rédaction est pratiquement identique, seuls diffèrent les chiffres et les conclusions. Les deux versions ont été signées du nom de Golding, mais les signatures ne sont pas les mêmes.

— Qu'est-ce que cela signifie ? demande Arora.

— Une version donne une image de réserves importantes de diamants existant encore dans les mines, l'autre, une vision beaucoup plus modeste. Les estimations de la valeur des mines sont donc extrêmement différentes elles aussi. »

Le colonel se frotte la barbe. « J'en conclus qu'elles ne peuvent pas être authentiques toutes les deux. »

Sat hausse les épaules. « Je ne vois pas comment elles le pourraient.

— Alors laquelle est la véritable et laquelle est la fausse ?

— Je ne peux pas le dire catégoriquement tant que je n'aurai pas vu le rapport géologique et la documentation de Golding. Ils sont encore dans son bureau. J'avais l'intention de les examiner ce matin.

— Nous avons travaillé sur une théorie, dis-je. Elle implique le dewan, mais elle a des lacunes.

— Des lacunes ? demande le colonel. Vous pensez pouvoir les combler ?

— Nous allons essayer. À présent que vous avez

écrasé nos autres ennemis, il ne nous reste plus grand-chose à faire, semble-t-il. »

Il fait la grimace. « Bonne réaction, capitaine. »

On frappe à la porte de la salle à manger et Carmichael entre avec un sourire contraint.

« Monsieur Carmichael, dit le colonel, qu'est-ce qui vous amène ?

— Je dois remettre une lettre au capitaine Wyndham », dit-il en me tendant une enveloppe assez humide sur laquelle mon nom est tapé à la machine. Je l'ouvre et je sors une feuille de papier à l'en-tête du Bureau de l'Inde portant en bas la signature du vice-roi. Carmichael s'éponge le front avec un mouchoir.

« L'humidité est intolérable », dit-il en guise de réponse à une question que personne ne lui a posée.

Je lis rapidement la lettre. Un paragraphe, tapé à la machine avec un seul interligne, nous ordonnant à Sat et moi de rentrer à Calcutta.

« Ainsi les lignes télégraphiques sont rétablies ? dis-je.

— Non. Elles sont toujours interrompues, mais j'ai envoyé lundi un message expliquant la situation par le train de nuit pour Jharsugudah. De là, un télégramme est parti à Delhi. Le vice-roi a envoyé lui-même la lettre qui vous rappelle. Elle a été remise par messager il y a moins d'une heure. J'ai pris la liberté de vous réserver un compartiment dans le train de ce soir.

— C'est très aimable de votre part », dis-je en tendant la lettre à Sat. « Jetez un coup d'œil là-dessus et dites-moi si tout est en ordre.

— Naturellement, tout est en ordre », s'exclame Carmichael. Déjà son front se couvre de nouveau de transpiration. « Cela vient du vice-roi lui-même. Il n'est pas de plus haute autorité en Inde.

— Mieux vaut quand même être sûrs. »

Sat approuve d'un hochement de tête.

« Très bien, dis-je. S'il n'y a rien d'autre, monsieur Carmichael, je suis sûr que vous avez beaucoup à faire aujourd'hui… à moins que vous ne soyez pas au courant ?

— Au courant de quoi ? »

Le colonel Arora et moi échangeons un regard. « Monsieur Carmichael, dit le colonel, il vaudrait peut-être mieux que vous vous rendiez au palais et que vous demandiez à être reçu par le dewan. »

Je regarde Carmichael et le colonel s'en aller et j'écrase mon mégot dans un cendrier d'argent. Je me sens soudain d'humeur morose. Mon séjour à Sambalpur est terminé. Deux hommes massacrés, une maharané arrêtée, un maharajah frappé d'une attaque et une enquête ostensiblement résolue. Pendant un instant je prie avec ferveur pour qu'elle le soit réellement. Faute de quoi, le sang répandu hier soir et celui qui pourrait l'être plus tard seraient sur mes mains.

Je me lève.

« Où allez-vous, monsieur ? demande Sat.

— Faire ma valise. Je vous suggère d'en faire autant. »

Il lève un sourcil. « Et Golding ? Je croyais que vous vouliez le retrouver.

— C'était avant que nous recevions le petit message du vice-roi.

— Et les rapports, monsieur ? Nous savons qu'il se passe quelque chose d'anormal. Vous avez dit vous-même que Golding pouvait être la clef de tout. »

Je secoue la tête. « Golding est mort. »

À voir l'expression de Sat j'ai l'impression de l'avoir giflé. « Vous n'en êtes pas sûr, monsieur.

— J'ai trouvé dans l'armoire à pharmacie de sa salle de bain un médicament utilisé dans les maladies du cœur. Que Golding ait été enlevé ou qu'il soit parti de son plein gré, il en avait certainement besoin pour rester en vie. »

Sat retombe sur sa chaise. « Mais enfin, monsieur…

— Tout ce que nous avons est la théorie que Golding est tombé sur des malversations perpétrées par le dewan. Rien ne relie sa disparition à l'assassinat du yuvraj. Nous n'avons aucune preuve de rien.

— Alors nous renonçons ?

— Vous avez lu la lettre du vice-roi. Il nous ordonne de rentrer à Calcutta, probablement sous peine de déportation. Au moins, il a été bref. »

Sat enlève ses lunettes et essuie les verres avec un coin de sa serviette.

« Le prochain train ne part pas avant dix heures ce soir, dit-il enfin. Souhaitez-vous que nous attendions tranquillement jusque-là dans notre chambre ?

— Que suggérez-vous que nous fassions, sergent ?

— Vous êtes le supérieur, bien entendu, monsieur, mais nous pourrions toujours nous en tenir à notre projet d'origine d'examiner les papiers de travail de Golding dans son bureau. »

Ce fichu gamin a raison. Quelque chose va vraiment de travers et Sat le sait aussi. Nous n'avons pas d'autre choix que de continuer à creuser.

41

Je dis à Sat de partir devant et que je le retrouverai dans une heure dans le bureau de Golding. Avant cela, je dois me rendre quelque part.

Il y a peu à voir dans les rues désertes. Là où s'est écrasée la voiture purdah il n'y a pas d'autre trace qu'un poteau télégraphique tordu. Je vais me garer devant le Beaumont. Il y a un autre réceptionniste. Je l'ignore, je monte directement à la chambre douze et je frappe. Je retiens ma respiration en attendant qu'Annie réponde, mais les secondes passent et un millier d'idées me viennent en tête, dont aucune agréable. Je frappe de nouveau, plus fort cette fois.

« Un instant », dit une voix étouffée et je pousse un soupir de soulagement.

« Qui est-ce ? » Sa voix est devenue plus claire.

« C'est moi, Sam. »

La porte s'ouvre et je suis accueilli par son parfum, et par elle en peignoir de soie, les cheveux enveloppés dans une serviette. Je me surprends à souhaiter que ce spectacle me soit aussi familier que son parfum.

« Tout va bien, Sam ?

— Pas vraiment.

— C'est à cause d'hier soir ?

— Vous êtes au courant pour hier soir ? dis-je en m'efforçant de dissimuler ma surprise. Punit vous a raconté ce qui s'est passé ?

— Qu'est-ce que Punit a à y voir ? Je parlais de votre petit numéro de disparition. De quoi parlez-vous, Sam ? Il s'est passé quelque chose ? En rapport avec le colonel Arora ?

— Comment ?

— Hier soir, j'étais présente quand le colonel a téléphoné à Punit. Nous étions encore en train de danser.

— Que s'est-il passé exactement ? »

Elle s'écarte de la porte. « Vous feriez mieux d'entrer. »

J'entre dans la chambre. Elle est presque identique à celle de Mlle Pemberley, à la différence que celle-ci contient cinq gros bouquets de roses, tous noués par un ruban de soie rouge et placés dans des vases aussi grands que des seaux.

« Vous vous lancez dans l'horticulture ?

— Ils viennent de Punit, dit-elle d'un ton dépourvu d'émotion.

— Tous les cinq ?

— Tous les cinq. Un chaque matin, un chaque après-midi.

— Cela me paraît un tant soit peu excessif. Vous êtes-vous assurée qu'ils ne contiennent pas de pucerons ?

— J'aurais peut-être dû vous laisser attendre dehors.

— Peut-être, oui. Je suis sujet à de terribles rhumes des foins. Vous feriez mieux de me dire ce qui s'est passé avant que mes yeux commencent à pleurer. »

Je m'assois sur son lit en repoussant aussi loin que possible un vase qui a été posé sur la table de nuit.

« Eh bien, dit-elle en remettant le vase à sa place, il devait être plus de minuit. Nous étions encore au salon, Punit, Davé, les Carmichael et moi, quand un garde a fait irruption. Nous dansions un fox-trot et Punit n'était pas content de cette interruption, mais il est allé répondre au téléphone. Il est revenu quelques minutes plus tard et a tout interrompu, en disant qu'il devait s'occuper d'une urgence. C'est tout. Il est parti. Après quoi la soirée s'est effilochée. Je vous ai cherché mais je ne vous ai trouvé nulle part. Où étiez-vous donc ?

— Aucune importance. Maintenant réfléchissez bien. Comment a réagi Punit quand il est revenu ?

— Que voulez-vous dire ?

— Paraissait-il surpris ou en état de choc ? »

Elle se concentre un instant puis secoue lentement la tête. « Non. Du moins je ne pense pas. Sam, que se passe-t-il ?

— La maharané Devika a été arrêtée. Il se peut qu'elle et son eunuque aient essayé de déblayer le chemin du trône au profit du prince Alok.

— Je ne peux pas le croire, dit-elle la main sur la bouche, c'est vrai ?

— Elle avait un motif. Les faits correspondent. »

Annie marche jusqu'à la fenêtre et se retourne vers moi. « Il doit y avoir une autre explication. A-t-on interrogé l'eunuque ? Que dit-il ?

— Pas grand-chose. Il est mort.

— Comment ? »

Je repense à l'exécution d'hier soir. Aux cris de joie de la foule quand le crâne de Sayeed Ali a été écrasé. « Mieux vaut que vous ne le sachiez pas.

— Et le maharajah ? Il n'a pas empêché que l'on arrête son épouse ?

— Il n'est pas en état d'empêcher quoi que ce soit. Quand il a eu la preuve qu'elle était coupable il a eu une attaque. De fait, Punit est aux commandes maintenant. »

Elle paraît très surprise.

« Félicitations, Sam, dit-elle finalement.

— Pour quoi ?

— J'imagine que Punit vous sera très reconnaissant de lui avoir sauvé la vie hier. Il vous offrira peut-être une situation ici. »

Je ne saurais pas dire si elle plaisante.

« J'en doute. En outre, le vice-roi m'a ordonné de rentrer à Calcutta. Le train part ce soir à dix heures. J'ai simplement pensé que je devais vous en informer. »

42

Le retour au pavillon est loin d'être agréable. Le soleil est encore caché derrière un mur de nuages gris, mais la chaleur est abrutissante. De temps à autre on entend un long grognement sourd, le grondement du tonnerre dans le lointain.

Le Rose Building connaît une grande animation. Des hommes à l'air débordé armés de dossiers et de messages courent dans les corridors d'un bureau à un autre. Je dois jouer des coudes pour monter jusqu'à celui de Golding.

Sat est assis au bureau la tête enfouie dans un tas de papiers.

Je lui demande s'il a trouvé quelque chose.

« Oui, monsieur. Je suis tombé sur ces documents quand nous sommes venus l'autre jour. Ils ne m'ont pas paru très importants, mais après avoir étudié les deux versions du rapport je suis tout à fait certain de pouvoir déterminer laquelle est l'authentique.

— Dans combien de temps ?

— Cinq minutes. Si je ne suis pas interrompu,

monsieur. » Je le laisse travailler et je vais regarder par la fenêtre. La vue s'étend des jardins du palais jusqu'au Surya Mahal. Le drapeau qui le surmonte flotte encore en haut du mât. C'est un soulagement : quel que soit son état, le maharajah est encore vivant.

Comme je n'ai rien de mieux à faire, je regarde au mur la carte marquée de croix. La dernière fois que nous sommes venus je n'y ai pas prêté beaucoup d'attention, surtout parce que je ne savais pas ce que je cherchais. Alors que maintenant elle m'intrigue ; moins par le bouquet de X rouges au nord de la ville que par le X noir solitaire au sud-ouest. Je regarde de plus près. Il est situé près d'une agglomération, une ville ou un village quelconque du nom de Remunda. Je décroche le téléphone et j'appelle le bureau du colonel Arora. Il répond à la troisième sonnerie.

« Arora. J'écoute.

— C'est moi, Wyndham.

— Que puis-je faire pour vous, capitaine ? » Le ton est las.

« Y a-t-il des mines de diamants près de Remunda ?

— Pourquoi voulez-vous le savoir ? Vous avez reçu l'ordre de rentrer à Calcutta. Vous n'avez plus rien à faire ici. »

Il a raison, bien sûr. Mais tout de même…

« Je n'ai jamais beaucoup aimé les ordres, colonel. Et il reste la petite question de la disparition de Golding.

— Poursuivez. »

Je mens : « Nous sommes près de prouver le lien avec le dewan. »

Arora se tait. Je l'entends respirer.

« Que voulez-vous savoir ?

— Remunda. Sur une carte, Golding a marqué un endroit à proximité. Y a-t-il des mines là-bas ?

— Non. L'unique veine de diamants dans toute la région se trouve dans le Nord, dans la plaine entre le Mahanadi et le Brahmani. Quoi que vous cherchiez près de Remunda, ce n'est pas une mine de diamants.

— J'aimerais y aller pour savoir exactement pourquoi Golding l'a indiqué sur sa carte.

— Remunda est à plus de vingt miles d'ici.

— Je veux quand même y aller.

— Pour n'aboutir à rien ? Très bien, dit-il brusquement. Je ne vous en empêcherai pas. Je vais même vous fournir une voiture. Quand en aurez-vous besoin ?

— Nous partirons dès que nous aurons fini ici. »

Je raccroche.

« Que pouvez-vous me dire, sergent ? »

Sat pose un document sur le bureau, enlève ses lunettes et se cale dans le fauteuil. « Le rapport qui donne les chiffres les plus bas est cohérent avec les documents de travail de Golding. C'est le véritable rapport.

— Du beau travail. Si j'étais joueur, je parierais une jolie somme que le dewan a l'intention de présenter l'autre au maharajah et à Anglo-Indian Diamond. »

43

Le voyage prend une éternité. Deux heures dans le néant et deux cents ans dans le passé. À certains endroits le chemin de terre est submergé par des rivières de pluies tombées dans l'intérieur. Le chauffeur est contraint plusieurs fois de faire un détour à cause d'un cours d'eau infranchissable qui hier encore était le lit asséché d'un ruisseau.

Remunda, quand il apparaît, est à peine plus qu'un petit groupe de huttes de paille et de boue rassemblées autour d'un temple et d'un puits tubulaire. Comme au Bengale, les murs sont recouverts de galettes de bouse de vache qui sèchent pendant la journée avant de servir le soir de combustible. Mais la ressemblance s'arrête là. Contrairement aux villages du Bengale avec leurs palmeraies et bananeraies généreuses, leurs mares où se baigner et pêcher, cet endroit est brun de poussière et desséché.

Sat ordonne au chauffeur de s'arrêter près du puits. Le moteur se tait et le silence s'installe. Seul le cri d'un mynah en haut d'un arbre noirci le trouble de temps à autre. Le village paraît d'abord abandonné à la chaleur. Mais à y regarder de plus près on détecte des signes de vie : quelques poulets décharnés, les plumes recouvertes de poussière, qui picorent au bord de la route ; un corniaud qui bâille paresseusement à l'ombre d'un mur ; un mouvement brusque à l'un des trous obscurs qui servent de fenêtres.

Un léger tintement parvient du côté du temple blanchi à la chaux. Un drapeau safran en loques pend d'un bâton de bambou fixé à la flèche. Je fais un signe à Sat et nous marchons dans cette direction. Le bruit est celui d'une clochette comme celles dont se servent les hindous dans leurs cérémonies religieuses, et le son se mêle aux murmures sonores des incantations de l'officiant.

J'attends sur le seuil pendant que Sat entre parler au prêtre. À l'intérieur on distingue trois idoles, petites et grossières, mais tout à fait reconnaissables :

les yeux immenses, les bras gros et courts et l'absence de jambes.

La mélopée s'interrompt. Sat parle en ce qui me semble être de l'hindi. J'allume une cigarette et j'attends. Quand il ressort, il se retourne pour être face au temple, il se touche le front et la poitrine de la main droite, exactement comme Annie l'a fait au temple de Sambalpur il y a quelques jours.

Je lui donne une cigarette, qu'il accepte avec reconnaissance. « De la chance ? » dis-je en m'épongeant le front. La cigarette au coin des lèvres il tire une boîte d'allumettes de sa poche.

« Arora avait raison, dit-il. Il n'y a pas de mines par ici. » Il gratte une allumette. « Mais il y a une caverne.

— Une caverne ?

— Le prêtre dit qu'elle se trouve à un demi-mile plus loin. Il y a un chemin sur la droite qui mène à une colline. Il dit qu'il y a eu là-bas beaucoup d'activité récemment. Des gens de l'extérieur. Des hommes dans des camions. Mais tout s'est arrêté il y a une semaine environ.

— Il y avait des hommes d'ici là-bas ?

— C'est peu probable, monsieur. Les hommes du village devaient tous être dans les champs. »

J'écrase ma cigarette contre un arbre et prends la direction de la voiture. « Allons-y. »

À dix minutes de route de Remunda, un chemin de terre se sépare de la piste principale et serpente vers le nord. Nous le suivons sur une courte distance avant de voir la colline.

« Ce doit être ici », dit Sat en indiquant une élévation couleur de rouille.

À mesure que nous approchons l'entrée de la caverne devient visible : une fente obscure dans de la pierre rougeâtre. Sat ordonne au chauffeur de s'arrêter. Nous descendons de voiture et nous marchons avec précaution dans les broussailles sèches. L'endroit est désert. On pourrait même croire que l'homme n'y a jamais mis les pieds, n'étaient les poutres et les échafaudages destinés à agrandir et renforcer la fissure naturelle qui constitue l'entrée de la caverne.

Je demande à Sat : « Qu'est-ce que cela vous évoque ?

— Je ne suis pas un expert, mais cela ressemble à l'entrée d'une mine.

— Nous allons voir ce qu'il y a à l'intérieur ? »

Sat frémit.

« Vous n'avez pas peur des fantômes, n'est-ce pas, sergent.

— Si, mais là n'est pas la question, monsieur.

— Alors quoi ?

— Les chauves-souris. Dans cette caverne, elles doivent pulluler.

— C'est le milieu de la journée. Mais il nous faut quand même une torche. Allez voir s'il y en a une dans la voiture. »

Dûment équipés, nous poursuivons, et à quelques pas de l'entrée nous sommes frappés par la puanteur de l'ammoniaque. Je sors mon mouchoir pour me couvrir le ncz et la bouche, mais inutilement.

J'ai les yeux qui pleurent, mais je m'obstine, sans savoir vraiment ce que je cherche. La lumière venant de l'entrée faiblit rapidement, et derrière moi Sat allume la torche qui éclaire un gros tas de ce qui ressemble à des grains de riz brun.

« Je vous l'ai dit, monsieur. Des déjections de

chauves-souris. Il doit y avoir des milliers de ces créatures ici. »

Il me laisse la torche et en en balayant les murs je suis les lignes d'une ouverture rectangulaire creusée dans la roche.

« Par ici », dis-je et j'entre dans un tunnel fait de la main de l'homme. Il descend en pente douce et au bout de quelques minutes il semble y avoir un léger changement dans la pression de l'air. Plus nous avançons, plus l'odeur de guano diminue.

En dirigeant la lumière vers le sol je découvre des débris de roche noire et brillante. Je m'agenouille, j'en ramasse un, je l'examine rapidement et je le mets dans ma poche.

« Que cherchons-nous exactement, monsieur ?

— Nous le saurons quand nous le verrons », dis-je. Mais alors que je parle, la réponse devient manifeste. Sat la remarque aussi : une très légère odeur.

« Venez. » Nous nous enfonçons davantage dans le tunnel. L'odeur devient plus forte : cette puanteur particulière, putride, avec une nuance douceâtre écœurante, reconnaissable entre toutes. Il y a un cadavre à proximité, et d'après l'odeur il n'est pas là depuis très longtemps.

Nous nous hâtons sur le sol irrégulier et nous nous trouvons soudain devant un tas de vêtements et de chair qui semble miroiter.

Sat recule. « Des vers, dit-il. Très déplaisant.

— C'est Golding ?

— Difficile à dire, monsieur. »

Je braque la torche sur le cadavre en décomposition. Les vêtements et les cheveux sont européens.

Sat se baisse pour mieux voir. C'est courageux de

sa part. Il y a un an il se serait évanoui à la simple vue du sang. Le faisceau de la torche se reflète sur quelque chose de métallique. Je m'agenouille à côté de Sat pour voir l'objet.

Je lui demande ce que c'est.

« La chevalière de Golding. »

44

Le retour à Sambalpur est un exercice de contrariété. Deux heures qui en paraissent six. Chaque mile parcouru devient un voyage en soi, payé avec la monnaie la plus précieuse dont je dispose : le temps.

Quelque chose me ronge. Trouver Golding m'a aidé d'une certaine façon. Je n'ai pas seulement découvert son corps mais aussi, je pense, la raison de son assassinat. Les pièces se mettent en place. Le dewan a détourné des diamants, soit pour lui-même, soit pour des tiers. Il a tué Golding parce que le comptable avait découvert son escroquerie et refusait d'être acheté. Quel meilleur endroit pour y jeter son corps qu'un tunnel de mine au milieu de nulle part ?

Toute euphorie est tempérée par la froide réalité. J'ai peut-être résolu l'affaire, mais c'est tout ce que je peux faire, nom de Dieu. Je pense tenir la vérité, et si je dois en croire la vieille maharané Shubhadra je devrais m'en satisfaire. Tout cela relève d'une pensée très élevée, très indienne. Mais je suis anglais et je ne digère pas l'idée de vérité sans justice.

Au long de l'après-midi le ciel est devenu noir sous les nuages de la mousson et quand nous apercevons les lumières de la ville les premières gouttes commencent à tomber.

À côté de moi Sat sourit.

« Qu'y a-t-il de si drôle, sergent ?

— J'étais en train de penser à la carte dans le bureau de Golding, monsieur. Parfois X indique réellement un lieu.

— Exact, mais c'est rarement celui du dernier sommeil de l'homme qui l'a d'abord inscrit sur la carte. »

En outre, après notre visite, j'ai finalement une idée de ce que ce X signifiait. Le colonel Arora a été formel, il n'y a jamais eu de mines de diamants dans cette partie du royaume. Il avait raison. Même moi qui ne suis pas un expert, je peux reconnaître du charbon.

« Nous devons parler au colonel dès que nous arriverons en ville. » J'ai soudain du mal à contenir mon impatience. J'ai décidé que je dois m'attaquer à un Premier ministre.

Au Rose Building, je saute à terre sous la pluie avant même que la voiture s'arrête et je me précipite dans l'escalier que je monte quatre à quatre avec Sat sur mes talons. J'entre en trombe dans le bureau du colonel Arora en faisant sursauter son minuscule secrétaire.

Hors d'haleine je lui demande où est le colonel.

« Il est avec Son Altesse le prince Punit, dit-il en se levant.

— Trouvez-le. » Je reprends mon souffle. « Et dites-lui que le capitaine Wyndham a besoin de lui parler immédiatement. »

L'homme regarde par la fenêtre. Quand il constate le déluge son expression change.

« Je vais appeler le secrétaire privé du prince, dit-il en prenant le téléphone. Ce sera plus rapide. »

Et surtout plus sec.

Il compose un seul chiffre, et demande au standardiste de le mettre en communication, puis il attend. Il devient plus inquiet à chaque nouvelle sonnerie, craignant probablement que personne ne réponde et qu'il doive finalement marcher jusqu'au palais. J'entends enfin un déclic. L'homme sourit et parle rapidement en hindi. La réponse arrive tout aussi rapidement, approuvée par des hochements de tête. Les secondes passent, jusqu'à ce qu'il me tende enfin l'appareil.

« Qu'est-ce qui se passe, capitaine ? demande la voix familière.

— Un instant, colonel. »

Je demande au secrétaire de quitter la pièce. Il s'apprête à protester, mais il renonce quand Sat l'attrape d'autorité par le bras et l'entraîne dehors.

Je reprends la conversation. « Nous l'avons trouvé.

— Golding ?

— Ce qu'il reste de lui.

— Où ?

— Dans un tunnel de mine près de Remunda.

— Et vous pouvez y relier Davé ?

— Golding a vu Davé le matin de sa disparition, et son rapport a été trouvé dans le coffre-fort de Davé avec sa version corrigée.

— Ce n'est pas concluant.

— Faut-il que cela le soit ? Même si nous ne pouvons pas prouver que Davé est impliqué dans le meurtre de Golding, nous pouvons prouver son implication dans l'escroquerie. Vous en trouverez toutes les preuves dans le coffre-fort de Davé et dans les papiers du bureau de Golding. Tel que je vois les choses, avec le maharajah qui n'est plus en mesure d'exercer le pouvoir, c'est le prince Punit qui prendra les décisions ici à l'avenir. Grâce à votre petit spectacle d'hier soir, il est clair que vous avez la confiance de Punit. Je suis sûr que vous pourriez le convaincre d'accuser Davé de détournements. Si Davé est mis hors circuit, le poste de dewan devient vacant. Je pense que vous seriez candidat à une promotion rapide. »

Il y a un silence.

« Et pour vous, capitaine, quelles seraient les perspectives ?

— Je veux que les restes de Golding soient récupérés et qu'il ait une sépulture chrétienne, et je veux que Davé réponde de ses crimes. Si je peux le faire condamner pour ses malversations, je sais qu'à Sambalpur il recevra un châtiment approprié pour tous ses crimes. Notamment si vous êtes le nouveau Premier ministre. »

Il a un rire bref. « Ainsi, la présomption d'innocence jusqu'à preuve de culpabilité ne vous convainc plus ? Je ne peux pas dire que je suis surpris.

— Je crois à la justice. »

Il répond après une pause.

« Retrouvez-moi dans une heure devant le bureau du maharajah. »

45

Je raccroche.

« Et maintenant, monsieur ? demande Sat.

— Maintenant, sergent, vous allez faire votre valise.

— Et Davé ? Arora va l'arrêter ?

— Nous le saurons dans une heure. Quoi qu'il arrive, nous avons toujours un train à prendre. »

Il me regarde surpris. « On dirait que vous êtes pressé de partir, monsieur. »

Il a peut-être raison.

« Absurde. »

Nous retournons au garage. Le pavillon des invités n'est qu'à quelques pas, mais avec la pluie qui tombe en rideaux s'y rendre autrement qu'en voiture n'est pas envisageable, à moins de vouloir nager. Nous trouvons un chauffeur et nous réquisitionnons la vieille Mercedes Simplex.

La voiture s'arrête sous le portique du pavillon et Sat descend.

« Vous ne venez pas ? demande-t-il.

— J'ai quelque chose à faire d'abord. »

J'ordonne au chauffeur de m'emmener en ville.

Le hall du Beaumont est inondé et un groom surmené, à quatre pattes, l'éponge avec une serpillière détrempée. Je monte au premier et je frappe à la porte d'Annie.

Cette fois elle s'ouvre presque immédiatement.

« Sam, dit-elle, vous avez l'air d'être allé nager.

— Ne vous tracassez pas, dis-je en indiquant la fenêtre derrière elle, ce sera votre tour assez tôt. Le train de Jharsugudah part à dix heures. Vous serez des nôtres ?

— Vous feriez mieux d'entrer. »

Son expression m'inquiète, mais en avançant dans

la pièce je m'accroche encore à l'espoir que je me trompe peut-être.

Les bouquets sont encore là, et deux autres ont dû arriver dans la journée

« Vous n'emportez pas les fleurs ? »

Elle ne répond pas et va fermer la fenêtre. Je me sens mal. Je dois être ridicule, planté là, puant le chien mouillé et dégoulinant sur son tapis. Il est inutile d'attendre qu'elle le dise. Mieux vaut que je le fasse. Ce pourrait même me conférer une parcelle de dignité.

« Vous ne venez pas, n'est-ce pas ? »

Elle se retourne. « Punit m'a demandé de rester. Seulement pour quelques jours. Une semaine environ… Demain il y a la fin des fêtes de Jagannath et son investiture. Peut-être même son couronnement. »

Et voilà. Une petite phrase qui détruit tout espoir.

Une semaine environ… C'est gentil de sa part d'essayer d'atténuer le coup, mais ses yeux la trahissent. Elle peut en effet retourner à Calcutta dans une semaine, mais même si elle le fait, il y a toutes les chances qu'elle revienne ici peu après. Il semble que Punit ait gagné. En réalité, il gagnera probablement toujours. Après tout, c'est un prince. Un prince qui va bientôt être roi. Il lui suffit d'élever la voix pour que le monde se plie à ses caprices. Si je le fais, je n'y gagne qu'un enrouement. J'aurais dû me rendre compte que je n'avais aucune chance quand je l'ai vu danser le turkey-trot. Les femmes ne résistent pas aux hommes qui dansent bien.

J'envisage de protester, de dire à Annie que Punit est un paon vaniteux et sans scrupules, qu'hier soir il a fait exécuter deux hommes de la plus atroce manière. Mais c'est inutile. Tout ce que je dirai ressemblera à de la jalousie, ce que c'est en partie. De toute façon, comme elle est suffisamment astucieuse pour prendre ses décisions, j'abandonne. Un homme doit parfois admettre sa défaite. Il n'y a pas de honte à perdre, mais perdre face à quelqu'un à qui j'ai sauvé la vie il y a vingt-quatre heures, c'est humiliant.

Je regarde ma montre. « Eh bien, je ferais mieux de partir. Sat doit m'attendre. »

Je quitte Annie et je me traîne dans le corridor.

Vingt minutes plus tard je suis de retour dans ma chambre au pavillon des invités. Le vent s'est levé et les persiennes battent bruyamment les fenêtres. Une mare s'est formée au-dessous. Je ferme la porte, j'enlève ma chemise mouillée et je me couche à plat ventre sur le lit. Mes membres me font mal et le brouillard commence à descendre dans ma tête. Un verre serait le bienvenu, une dose d'opium encore mieux, mais je n'ai ni l'un ni l'autre. J'entends la voix d'Annie : *Seulement pour quelques jours.* Mais je suis trop vieux et trop cynique pour le croire.

Je réfléchis à l'absurdité de tout cela et je me rends compte que je m'apitoie sur mon sort ; c'est inconvenant pour un Anglais en Inde. Je me lève tant bien que mal et je change le reste de mes vêtements mouillés contre des secs. Je jette mes affaires dans ma valise et je vais dans la salle de bain me passer de l'eau tiède sur la figure. Cinq minutes plus tard je quitte la chambre et vais retrouver Sat au pied de l'escalier.

« Vous allez bien, monsieur ?

— Très bien. Maintenant, allons voir si nous pouvons arrêter un Premier ministre. »

46

La tempête forcit. Nous sommes conduits au bureau où nous avons été présentés au maharajah. Cette fois-ci c'est son fils Punit qui est assis dans le fauteuil, Arora est à sa droite. La pièce est faiblement éclairée et la vue qu'elle offre sur l'extérieur par les portes-fenêtres n'en est que meilleure. Un éclair illumine la figure du prince et souligne une expression en accord avec le maelström du dehors. À côté de lui, celle d'Arora est résolument neutre.

Le prince nous regarde entrer mais ne fait pas l'effort de se lever ni de nous proposer un siège.

« C'est vrai ? demande-t-il. Davé nous a pillés ?

— Tout ce que je peux vous dire c'est que nous avons trouvé dans le coffre-fort du dewan deux versions du rapport de M. Golding sur la valeur des mines de diamants. Nous pensons que l'une est un faux, rédigé par Davé. »

Ma réponse irrite Punit. Il rétorque sèchement : « Avoir deux rapports dans son coffre-fort n'est en rien une preuve de conspiration contre le royaume.

— En soi, non, mais Golding avait noté au crayon un rendez-vous avec lui dans son agenda et il a disparu immédiatement après. Nous avons découvert le corps de Golding au fond d'un tunnel de mine il y a quelques heures. »

Le prince secoue la tête.

« Si je peux me permettre, Votre Altesse, intervient Sat, il y a un moyen de vérifier si le dewan est ou non impliqué dans une sorte de complot. Demandez-lui de vous apporter le rapport de Golding. Il n'a pas caché qu'il était en sa possession. S'il apporte le rapport authentique, celui qui correspond aux études de Golding, il est innocent. En revanche, s'il apporte l'autre… »

Punit réfléchit puis demande à Arora : « Où est-il en ce moment ?

— Au Rose Building, Votre Altesse. Compte tenu des événements d'hier soir, le Cabinet au complet est là-bas. »

De quelque part au-dessus de nous, comme de l'intérieur des murs, nous parvient un faible tambourinement, un battement d'ailes, il ne dure que quelques secondes. Punit lève les yeux. Il devient encore plus sombre.

« Convoquez-le. Immédiatement. »

Arora prend un téléphone et quelques instants plus tard il parle à Davé.

« Dewan sahib, dit-il, Son Altesse le yuvraj demande à vous voir immédiatement dans le bureau du maharajah. »

Il vient de parler de Punit comme du yuvraj alors que l'investiture de Punit en tant que prince héritier n'aura lieu que demain. Arora a visiblement décidé qui est son nouveau maître.

« Il souhaite être informé des progrès des négociations avec Anglo-Indian Diamond et vous demande d'apporter le rapport d'estimation de M. Golding. »

J'entends la voix de Davé mais ne distingue pas les mots.

« Immédiatement », répète Arora avant de raccrocher. « C'est fait, Votre Altesse. »

Le prince lève la tête comme s'il avait une idée soudaine.

« Prenez deux de vos hommes, dit-il à Arora, allez chercher Davé et escortez-le jusqu'ici. Je ne veux pas qu'il se perde ou qu'il se noie entre le Rose Building et le palais. Pas encore, en tout cas. »

Arora claque les talons et quitte la pièce.

« Capitaine Wyndham, dit Punit, il s'agit maintenant d'une affaire interne à Sambalpur. Je souhaite néanmoins que vous restiez. Je suggère que vous et le sergent vous teniez à l'écart le plus discrètement possible. »

Nous obéissons et quelques minutes plus tard les portes s'ouvrent pour laisser entrer un Davé passablement mouillé, flanqué de deux gardes trempés et suivi d'Arora. Le dewan serre dans ses mains un document strié de pluie.

« Vous souhaitiez me voir, Votre Altesse », dit-il sur le ton onctueux et servile qu'il a utilisé avec Adhir la première fois que je l'ai vu.

Punit le traite comme s'il était une mauvaise odeur.

« C'est exact, dewan sahib. Je veux savoir où en sont vos négociations avec Anglo-Indian Diamond. »

Davé essuie une goutte d'eau sur son front. « Elles progressent doucement, Votre Altesse. Il reste des désaccords, mais je ne doute pas qu'ils puissent être aplanis à l'avantage de Sambalpur.

— Je suis heureux de l'entendre. Je vous fais grâce des détails, mais je veux savoir ce que valent les mines et ce que ces bandits paieront pour elles. »

Davé s'anime. « Il y a de bonnes nouvelles dans ce domaine, Votre Altesse. Le prix devrait être très favorable. » Il lève le document. « J'ai plaisir à dire que le rapport d'estimation des mines est des plus rassurants. »

Punit tend la main. « Puis-je le voir ?

— Naturellement, Votre Altesse. » Davé s'incline, s'approche du bureau et tend le document au prince.

Celui-ci commence à le feuilleter. Il hoche la tête une ou deux fois puis le tend à Arora. « Donnez-le au sergent », dit-il en indiquant Sat.

Davé se retourne vers nous, désarçonné.

« Votre Altesse, bredouille-t-il, ce document est la base de notre position dans les négociations avec Anglo-India Diamond. Il est confi… »

Punit l'interrompt d'un geste de la main.

« Eh bien ? Est-ce le rapport authentique ? »

Sat examine le document, puis il secoue la tête et soudain tout se passe très vite.

Punit se met à hurler des obscénités tandis qu'Arora appelle les gardes et leur ordonne d'arrêter le dewan. Davé implore le prince tandis que les soldats s'emparent de lui sans ménagements. On dirait qu'une montagne lui tombe sur la tête, et quand on connaît la manière dont Arora s'est occupé des traîtres hier soir, être écrasé par une montagne pourrait être plus humain. Davé continue de supplier en invoquant Jagannath, le maharajah, et même la maharané comme témoins de son innocence. Mais le maharajah n'a plus de pouvoir, sa jeune reine est en état d'arrestation et le dieu n'écoute pas.

La tempête continue. Un éclair déchire le ciel et la pièce prend soudain tout son relief. Les traits de Davé sont figés dans un rictus d'effroi. Mais dans cette demi-seconde quelque chose bascule. Il regarde la tapisserie et le treillis au-dessus de Punit et son expression change. Le tonnerre explose. Davé cesse ses supplications et semble se ressaisir.

« Je suis prêt à répondre à n'importe quelle accusation de la part de Votre Altesse en présence d'un avocat. »

Punit échange un regard avec le colonel Arora.

« Faites-le sortir d'ici », ordonne-t-il.

47

Sambalpur offre un spectacle affligeant sous la pluie. Les lampes éclairent des rues détrempées et désolées, les banderoles qui décoraient ses murs le jour des funérailles d'Adhir pendent maintenant en lambeaux, ou ont été arrachées et sont noyées dans des caniveaux qui débordent.

La gare n'apparaît pas moins triste quand la voiture nous dépose devant son auvent affaissé. Sat et moi entrons et le chauffeur va chercher un porteur.

Dans le hall à moitié désert une poignée d'employés font de leur mieux pour protéger les lieux de la pluie, avec autant de succès que Knut le Grand.

Finis la foule, les soldats et la pompe qui avaient accueilli notre arrivée. Fini aussi le train royal, remplacé par une locomotive qui ressemble à un jouet, et des wagons qui pourraient appartenir à ces imitations de trains que l'on voit sur la promenade à Brighton.

Il n'y a pas beaucoup de voyageurs ce soir. Quelques commerçants indigènes, des représentants de commerce munis de leurs marmottes, et des paysans rentrant du marché avec leurs paniers et leurs cages vides.

« Je croyais que Carmichael s'occupait de nos billets, dis-je en scrutant le hall à la recherche du Résident.

— Il a peut-être oublié.
— Alors que faisons-nous ? »

Sat me montre un gros homme en uniforme et à casquette à visière en me disant : « Il en a certainement. »

Je n'en doute pas. En Inde, le plus gros dans une pièce est souvent celui qui a le pouvoir. En effet, je vois Sat aller bavarder avec lui avant de lui donner quelques roupies et de revenir avec deux carrés de carton marron détrempé. Il m'en donne un. Des mots illisibles sont imprimés dessus.

« Les billets, dit-il. Première classe. »

Nous glissons quelques annas au porteur, nous prenons nos valises et grimpons dans le train.

Le wagon sent le renfermé, ses banquettes de bois sont imprégnées d'une odeur tenace due à des années de contact avec des corps humains. Heureusement, il est vide, à l'exception d'un Anglo-Indien qui somnole au fond. Sat case nos valises dans l'étroit porte-bagages au-dessus de nos têtes, je m'assois et j'essaie de m'installer confortablement, bien que cela s'annonce comme une nouvelle bataille que je suis destiné à perdre ce soir.

Sat s'assoit en face de moi puis se relève brusquement.

Je ressens un frémissement d'espoir. A-t-il vu Annie sur le quai ?

Je lui demande impatiemment : « Qu'y a-t-il, sergent ?
— Du thé !
— Quoi ?
— Le voyage jusqu'à Jharsugudah prend plusieurs

heures. Nous ne pouvons pas partir sans une tasse de thé. »

Il court jusqu'au bout du wagon et descend sur le quai.

Là où il y a du thé il y a de l'espoir, a dit un jour un plaisantin.

Sat se précipite vers le vieil homme au turban rouge avec sa bicyclette servant de comptoir de thé. Il revient quelques minutes plus tard avec deux petites tasses en terre cuite.

Il m'en tend une en me disant : « Vous devriez vous sentir mieux après. »

Je le regarde sans rien dire.

Sur le quai le chef de gare siffle. Il y a un chuintement de vapeur et le train s'ébranle doucement. Je bois une gorgée de thé et je regarde la pluie. Je ne regrette pas de voir Sambalpur s'éloigner. Mon enquête, le meurtre du yuvraj, prince héritier Adhir de Sambalpur, s'est conclue au moment où son assassin s'est tiré une balle dans la tête sur le toit d'un hôtel miteux à Howrah. Elle a été résolue à la satisfaction de tous y compris du vice-roi, et si j'avais un brin de bon sens j'en serais resté là. Mais je n'ai pas pu. La maharané Shubhadra m'a qualifié de chercheur de vérité. C'est une belle formule, mais Sambalpur m'a appris que je ne suis pas plus chercheur de vérité que canari. La vérité, quand elle défie mes perceptions, m'est aussi difficile à admettre qu'à n'importe qui : qu'une Anglaise puisse tomber amoureuse d'un Indien ; qu'une femme cachée dans un harem ait le pouvoir d'assassiner un prince ; et que je puisse perdre face à un dandy. Toutes ces choses sont vraies et je n'ai pas particulièrement envie de les affronter.

Le train trace sa route dans la nuit vers la ville où nous retrouverons la voie étroite qui nous mènera à Calcutta. Le déluge tambourine sur le toit du wagon et me rappelle la pluie dans les tranchées quand elle rejaillissait sur la toile goudronnée et les casques des hommes.

Notre progression est péniblement lente, pluie de mousson et locomotive d'une faiblesse pitoyable combinées. Je sens néanmoins mon moral remonter à chaque mile de plus. Sambalpur est derrière moi. Annie aussi, et peut-être n'est-ce pas si mal.

Il est plus d'une heure du matin quand nous entrons en gare de Jharsugudah. On ne le croirait pas en voyant la foule grouillante. Sat et moi reprenons nos valises et descendons sur le quai envahi de pèlerins, de porteurs et de sadhus hindous vêtus de chemises safran. Les appels des marchands ambulants se mêlent aux mantras que psalmodient les fidèles.

Je demande à Sat s'il a une idée de ce qui se passe.

« Non, monsieur. Je vais voir si je peux trouver un employé du chemin de fer. »

Il s'éloigne sur le quai et je le perds de vue dans une mer humaine.

« Capitaine Wyndham ? dit une voix derrière moi. Quelle bonne surprise ! »

Je me retourne et je trouve devant moi l'anthropologue quc j'ai rencontré au dîner chez les Carmichael.

« Monsieur Portelli, en voilà une surprise. Que faites-vous à cette heure dans cet endroit perdu ?

— La même chose que vous, j'imagine, capitaine. »

Il sourit. « J'attends l'arrivée d'un train pour poursuivre mon voyage.

— Vous allez à Calcutta ?

— Non, monsieur. Comme la plupart des gens qui nous entourent je vais à Puri assister au dernier jour de la fête de Jagannath, en supposant qu'un train arrive enfin pour nous y emmener. Il paraît qu'à l'est les pluies ont emporté plusieurs sections de voie. Aucun train n'en arrive depuis presque une journée. Mais les pèlerins continuent d'affluer de l'ouest, et faute de trains pour Puri ils sont bloqués ici.

— Vous auriez dû rester à Sambalpur. Je crois qu'il y a la même fête demain.

— Exact, mais à Sambalpur il n'y aura qu'un seul char. À Puri, il y en a trois : un pour Jagannath, un pour son frère Balabhadra et un pour sa sœur Shubhadra. » Ses yeux s'agrandissent à cette perspective.

« Puri a beau être insignifiant d'un point de vue politique comparé à Sambalpur, poursuit-il, c'est le centre du culte de Jagannath et il possède son temple le plus saint. En termes de religion c'est de loin le lieu le plus important de la région. À tel point que le roi de Puri a la préséance sur tous les maharajahs locaux, même nos amis de Sambalpur, et demain est le clou de son calendrier. Quand le char de Jagannath retourne dans son temple, le roi a le devoir de balayer le parcours devant lui avec un balai en or. On l'appelle le Roi Balayeur. »

Ces derniers mots font écho à quelque chose d'important, ils chuchotent ce que quelqu'un m'a dit il n'y a pas très longtemps. Mais quoi ? Je me creuse la tête. C'est dans mon crâne, et je ne le trouve pas. Soudain c'est là.

Emily Carmichael.

Je me rappelle ce qu'a dit la femme du Résident ce soir-là au dîner où j'ai connu Portelli : « J'ai entendu une fois quelqu'un de la cour dire qu'elle était la fille d'un balayeur, comme si vous pouviez croire une chose pareille. »

Elle parlait d'une des épouses du maharajah. Ce soir-là j'ai jugé ces propos absurdes et dus à l'alcool. Jamais un roi n'épouserait la fille d'un balayeur. Mais il épouserait bel et bien celle d'un autre roi. Tout se met en place avec une évidence écrasante et j'ai un nœud à l'estomac en m'apercevant de l'erreur que j'ai commise.

« Capitaine ? Vous vous sentez bien ? »

Je sors brutalement de mes réflexions.

« Tout va bien, je vous remercie, monsieur Portelli. » Je lui demande rapidement de m'excuser et je pars à la recherche de Sat. Quand je l'aperçois enfin, il se dirige vers moi avec un employé du chemin de fer à casquette qui porte des favoris.

Je halète : « Sat.

— Voici M. Cooper, dit-il, chef de gare de Jharsugudah. Il dit que le train pour Cal…

— Oublions Calcutta. Punit est encore en danger. » Je me tourne vers le chef de gare. « Nous devons envoyer d'urgence un message à Sambalpur. »

L'homme secoue la tête et ses bajoues tremblent. « Je crains que ce ne soit pas possible, monsieur. Toutes les lignes de Sambalpur sont coupées depuis trois jours. Il y a des difficultés là-bas. »

Je jure. Bien sûr, les lignes sont coupées. À ma propre demande.

« Dans ce cas nous devons retourner immédiatement à Sambalpur. Avez-vous une voiture ? »

Le chef de gare me regarde comme si je lui demandais de lui emprunter sa femme.

« Il n'y a pas de voitures à Jharsugudah. La briqueterie possède un camion, mais il est deux heures du matin et le chauffeur doit être dans son lit.

— Je n'ai pas besoin du chauffeur. Seulement du camion.

— C'est à cinq minutes à bicyclette dans la rue principale, mais ce n'est sûrement pas moi qui vais sortir dans ce déluge.

— Alors donnez-moi deux bicyclettes. »

Trempés jusqu'aux os, Sat et moi fonçons dans la rue principale sur des bicyclettes réquisitionnées au personnel de la gare. La briqueterie n'est pas difficile à repérer. Il nous suffit de viser la plus haute cheminée de la ville.

Un camion déglingué surnage dans une cour que la pluie a transformée en quelque chose qui ressemble à une tourbière irlandaise. Un *durwan*, un de ces veilleurs de nuit omniprésents qui semblent indispensables en Inde mais qui courent généralement se mettre à l'abri au premier signe de danger, somnole dans une hutte à proximité. Sat le réveille et lui annonce brutalement que nous réquisitionnons son véhicule.

L'homme doit croire qu'il rêve encore. Il s'apprête à protester, mais la vue d'un homme blanc dégoulinant de la tête aux pieds est un choc pour lui, et ses objections fondent en quelques secondes. J'écris et signe un message informant ses supérieurs que le véhicule a été réquisitionné par la police impériale et qu'il pourra être récupéré au palais royal de Sambalpur. Pendant ce temps, Sat patauge dans la boue, ouvre la portière du conducteur et grimpe.

« Où sont les clefs ? crie-t-il.

— Regardez sous le siège », dis-je en courant le rejoindre. J'atteins la portière du passager et me hisse à l'intérieur où le moteur commence à tourner. Sat regarde sa montre. Le soleil va se lever dans quelques heures en annonçant la journée où Punit sera couronné yuvraj.

J'espère seulement que nous arriverons à temps pour empêcher qu'il soit assassiné.

« Qu'attendez-vous, sergent ? Démarrez ! »

Sat fait marche arrière puis accélère pour sortir de la cour et rejoindre la route en direction de Sambalpur.

Jeudi 24 juin 1920

48

Pendant que nous roulons vers Sambalpur qui est à cinquante miles, le ciel vire du noir au bleu et finalement au gris. Par une belle journée et avec une voiture rapide, le trajet prendrait deux heures. Une nuit de mousson et dans un camion qui se déplace à la vitesse d'un char à bœufs il en faut plus de quatre avant que nous apercevions les murs de la ville.

J'ai donc tout le temps d'expliquer ma théorie et mes craintes à Sat.

« J'aurais dû m'en rendre compte moi-même, monsieur, dit-il en reprenant son air de chien battu.

— Mais non, voyons, je ne l'ai compris moi-même qu'après avoir parlé à Portelli hier soir.

— Tout de même, je suis hindou, j'aurais dû y penser.

— L'important est de pouvoir prévenir Punit », dis-je. Mais en même temps j'entends dans ma tête une voix douce qui doute que Punit soit réellement menacé.

Peut-être ne l'est-il pas. Peut-être me suis-je trompé.

Dieu sait si je me suis déjà trompé sur assez de points dans cette affaire, mais quelque chose me dit que cette fois c'est différent. Je chasse ces idées non sans éprouver une grande culpabilité. Les rues de Sambalpur grouillent de monde malgré la pluie torrentielle.

J'ordonne à Sat d'aller au palais.

« Il vaut peut-être mieux aller au temple, monsieur. La foule est dehors pour la procession du char du dieu Jagannath qui rentre au temple. » Il fronce les sourcils. « Depuis le début, toute l'affaire est inextricablement liée à Jagannath. Adhir a été assassiné le vingt-septième jour d'Ashaa, quand commence la fête de Jagannath. Maintenant Punit mène la procession du retour au temple le dernier jour de la fête. Si quelque chose doit lui arriver ce sera probablement là-bas, pendant qu'il sera exposé à la multitude.

— Bien vu, sergent. Vous n'êtes peut-être pas un si mauvais hindou après tout. »

Nous avançons tant bien que mal dans la foule et parvenons à atteindre le pont sur le Mahanadi. Sur la rive opposée, le Rath Yatra de Jagannath, le Juggernaut, s'élève au-dessus de milliers de fidèles. Il roule pesamment, tiré par une masse frénétique dans une cacophonie de tambours, de cymbales, de voix qui psalmodient. Punit est là-bas dans la mêlée, et Annie n'est peut-être pas loin. Le temps presse.

« Nous n'y arriverons jamais dans cet engin, dis-je en ouvrant ma portière. Nous devons continuer à pied. »

Sat s'arrête au bord de la route et saute à terre pour me rejoindre tandis que je traverse le pont en courant avant de pénétrer dans la procession. Devant moi, le Juggernaut semble s'être arrêté et une clameur s'élève.

« Jagannath a atteint le temple », crie Sat par-dessus le vacarme.

Soudain une détonation retentit, comme un tir de pistolet. Sat et moi nous regardons, figés. J'ai des frissons dans le dos. Puis viennent plusieurs autres explosions.

« Des pétards ! crie Sat.

— Venez ! il est encore temps. »

Nous atteignons l'enceinte du temple. Le Juggernaut et quelques centaines de pèlerins sont autorisés à y pénétrer et tous les autres sont maintenus à l'extérieur par une rangée de soldats. Je repère le major Bhardwaj sous un parapluie près de l'entrée et je cours vers lui.

« Il faut que je voie le prince Punit immédiatement ! »

Il est choqué par mon aspect détrempé et boueux. Il secoue la tête. « Son Altesse est en prière dans le temple.

— Alors le colonel Arora. Où est-il ?

— Le colonel est avec lui. »

Je crie : « Il faut que je parle immédiatement à Arora ! Si je ne le fais pas, les conséquences retomberont sur vous. »

Il me regarde un instant avant de secouer de nouveau la tête. Je n'ai pas le temps de discuter. Je passe devant lui et je me mets à courir, suivi de Sat.

À l'intérieur de l'enceinte, sur une estrade dressée sous un dais sont assis les membres de la cour dans leurs plus beaux atours en dépit du temps. Annie est parmi eux et bavarde avec Emily Carmichael. Elle est aussi surprise de me voir que l'a été le major Bhardwaj. Elle s'approche vite de la balustrade pour m'appeler.

« Que faites-vous ici, Sam ? »

Sans lui répondre je cours vers les portes du temple. À la seconde où je les atteins deux gardes me saisissent, tandis que deux autres s'occupent de Sat. Je pourrais protester, mais j'opte pour me libérer à coups de poing. Dix heures dans une pluie de mousson ont tendance à brouiller le jugement. Je réussis à envoyer un crochet du droit avant d'être frappé à la tête avec un objet dur et de voir le sol mouillé monter vers moi. J'entends Sat crier à côté de moi. Lui, au moins, est encore debout.

Les gardes me relèvent sans cérémonie, ils me poussent contre le côté de l'estrade en préparation d'un coup en pleine figure et les portes du temple s'ouvrent. Punit s'avance lentement. Le prêtre que j'ai vu avec la maharané Shubhadra est à sa gauche et le colonel Arora à sa droite. Il porte une kurta de soie et un turban incrustés tous deux de diamants et d'émeraudes et il faut dire qu'il a plus belle allure que moi. Une conque retentit. Des coups de cymbales déclenchent les hourras de la foule et noient mes cris. Le prêtre principal jette un coup d'œil de mon côté. Il a dû voir les gardes me saisir. J'espère que le spectacle de notre lutte va le faire s'arrêter. J'espère qu'il va comprendre qu'il se passe quelque chose de terriblement grave et interrompre le couronnement. Mais je suis transparent.

Un autre prêtre drapé de safran marche vers lui avec un plateau d'argent. L'officiant y prend une confiserie, la bénit et la met dans la bouche du prince.

La conque retentit de nouveau. Des prêtres so temple à la queue leu leu et se mettent à distrib confiseries aux dignitaires rassemblés sur l'es

J'appelle une dernière fois et le colonel m'aperçoit enfin. Passé le choc initial, il s'app la tête protégée par un larbin portant un para et ordonne aux gardes de me relâcher.

« Wyndham, que diable faites-vous ici ? Vous l'air d'une chèvre noyée.

— Vous devez tirer le prince de là et l'emmene palais ! Il est encore en danger !

— Absurde, dit-il sèchement. Nous avons ar Devika, et Davé. Quelle autre menace peut-il y avoi

J'insiste, sur le ton de l'urgence. « Vous devez faire confiance. »

Il hésite un instant puis il s'approche de moi. S impeccable uniforme empesé a foncé sous la pluie. s'arrête tout près de moi. L'eau ruisselle sur ses trai ravinés. Son expression s'est durcie.

« Dites-moi que ce n'est pas une sorte de plaisanterie.

— C'est tout ce qu'il y a de plus sérieux. »

Il aboie des ordres aux gardes qui entourent aussitôt Punit, interdit. Il commence à discuter, et soudain il se tait et se prend la poitrine à deux mains. Ses jambes se dérobent. Arora court vers lui tout en continuant à donner des ordres. Mes gardes lâchent prise et je me précipite à mon tour.

Arora tient la tête du prince dans ses bras et crie quelque chose aux soldats. Ils soulèvent Punit et le transportent à l'abri sous le dais. Le prince se tord de douleur, une couronne de transpiration marque son front.

Je hurle au major Bhardwaj : « Un médecin ! »
u son de ma voix, Punit ouvre les paupières et me
garde droit dans les yeux. Sa tunique de soie est
chée de boue et trempée. J'ai l'impression qu'il veut
e parler. Je m'agenouille et j'approche mon oreille
e son visage, mais aucun son ne sort de sa bouche.

Soudain, je sens Annie près de moi. Sa main
herche un pouls sur le cou de Punit.

« Son cœur s'est arrêté. »

Je déchire sa tunique et commence à lui donner des coups de poing sur le sternum. Dans l'armée, on appelait cela un coup de poing sternal. On disait qu'il offrait une chance de résurrection s'il était convenablement effectué et suffisamment tôt. Je ne l'ai jamais vu fonctionner, mais je dois essayer. Vingt secondes passent, quarante, une minute. Je continue. Je sens la main d'Annie sur mon épaule.

« Sam. »

Je relève la tête.

Des larmes coulent sur son visage. À moins que ce ne soit la pluie. Je regarde Punit et j'appuie encore une fois sur sa poitrine. Un bouton serti d'un diamant saute de sa tunique. Il ricoche sur le sol et va atterrir dans la boue au pied du char de Jagannath.

ÉPILOGUE

Les flammes s'élèvent, des langues orange sautent du bois calciné comme si elles emportaient vers le ciel l'âme même de l'homme mort. Ce sont mes troisièmes funérailles à Sambalpur ; presque une habitude. En termes de spectacle, toutefois, s'il y en a qui méritent que l'on y assiste ce sont probablement celles-ci. Tout a été mis en œuvre. Rien ne manque. Les princes sont une chose, le vieux maharajah en est une autre.

Son corps a été transporté ici au son des cornemuses et des trompettes, sur un affût de canon drapé d'or, flanqué par des lanciers à cheval portant tunique émeraude et turban doré. À leur tête, les éléphants obligatoires, des douzaines, couverts d'or et de soie. Ils avancent dans des rues jonchées de pétales de roses, sous une grêle de fleurs jetées du haut des toits, vers le ghat au bord du fleuve, juste à l'extérieur du temple de Jagannath. C'est là que deux de ses fils ont été incinérés.

Le bûcher funéraire a été allumé par son troisième fils, le petit prince Alok, nouveau maharajah de Sambalpur. Le petit garçon a dû être aidé par le Premier ministre, le dewan Harish Chandra Davé. Comme disent les Français : *Plus ça change…*

Davé est debout entre le prince et les autres dignitaires : petits princes des royaumes voisins, officiers britanniques coiffés d'un casque colonial surmonté d'un plumet, et Carmichael en jaquette. Mais la personne que je veux voir n'est pas là.

Quand les flammes s'éteignent je retourne vers l'enceinte du temple. Elle est plus sèche que la dernière fois que je suis venu, la boue a séché et a cuit au soleil. Le ciel est bleu. C'est la première fois que je le vois de cette couleur sur Sambalpur. Une nouvelle voiture purdah est stationnée au même endroit où était l'ancienne la première fois que nous sommes venus ici un matin, Annie et moi, dans la vieille Mercedes. C'est bon signe. Cela signifie que je n'ai plus qu'à attendre.

En effet, au bout d'un quart d'heure les portes s'ouvrent et la vieille maharané Shubhadra sort au soleil accompagnée du prêtre qui a servi à Punit son dernier repas.

Je m'approche. « Votre Altesse.

— Capitaine Wyndham, dit-elle avec un sourire. C'est un plaisir de vous revoir. »

Rien n'indique qu'elle est surprise. Mais pourquoi le serait-elle ? Elle sait tout depuis le début.

Elle me rejoint au pied des marches du temple. « C'est aimable de votre part d'être venu. Mon mari aurait apprécié votre présence.

— On dirait que j'assiste à de nombreuses funérailles à Sambalpur. J'espère sincèrement que celles-ci soit les dernières.

— Moi aussi. Le nouveau maharajah est très jeune, je suis certaine qu'il aura un long règne heureux.

— Grâce à vos conseils, Votre Altesse, je suis sûr que ce sera le cas. En fait, c'est la raison de ma présence. Je suis venu vous féliciter pour votre nouveau titre de régente. »

La maharané sourit aimablement. « J'ai l'impression qu'il y a un autre motif à votre visite, capitaine. Voulez-vous m'accompagner à ma voiture ?

— Votre Altesse est perspicace. » Sur quoi nous nous mettons lentement en route. « Puis-je parler franchement ?

— Je n'attendrais rien de moins de vous, capitaine. »

Il y a des jours que je me prépare à ce moment, mais à présent qu'il est arrivé je suis muet, je ne sais pas comment commencer.

Je dis finalement : « Le prince Adhir.

— Oui ?

— De l'avis général, il aurait fait un bon souverain…

— Avez-vous une question, capitaine ?

— Était-il nécessaire qu'il meure ? Punit, je peux peut-être comprendre, c'était un irresponsable incompétent, mais Adhir était différent.

— Pourquoi me le demander, capitaine ? Me croyez-vous responsable de leur mort ? Adhir a été tué à Calcutta, loin d'ici, et Punit est mort d'une crise cardiaque consécutive aux fatigues du Rath Yatra. Vous l'avez vu s'effondrer. L'autopsie l'a confirmé.

— Je ne doute pas du rapport du médecin, mais j'ai vu Punit manger ce que votre prêtre lui a offert. »

Elle s'arrête et me regarde en face. « Si vous soupçonnez un acte criminel, il faut le dénoncer. En fait, vous auriez dû le faire immédiatement. Je suppose que vous avez une preuve que l'offrande était malsaine.

— Vous savez que je n'ai pas de preuve, Votre Altesse, rien qu'un désir de vérité. »

Elle ébauche un sourire. « Le dieu Jagannath, dans sa sagesse, a peut-être décidé que ni Adhir ni Punit n'étaient aptes à gouverner Sambalpur.

— Peut-être, mais je pense qu'un autre pouvoir est intervenu. La nuit où sont arrivées les pluies de la mousson je me suis soudain rendu compte que vous aviez toujours été la véritable reine de Sambalpur. Votre défunt mari a peut-être été maharajah, mais de l'avis de tous il cherchait surtout à mener la grande vie. Je pense qu'il était heureux de vous laisser les rênes du royaume. »

Elle me tapote le bras et nous nous remettons en marche pour refaire le tour de la cour. Le temple nous domine, imposant. Sous le soleil éclatant ses sculptures brillent davantage qu'avant la mousson. J'aurais dû mieux les examiner. La réponse était là depuis le début. L'association du divin et du mortel. Femmes et dieux entrelacés.

« Quand votre époux est tombé malade, vous avez compris que vos jours de souveraine de fait étaient comptés. Adhir était le prochain dans l'ordre de succession, mais il était indépendant, il avait ses propres idées sur la façon de gouverner le royaume. Vous n'étiez pas sa mère. Si vous l'aviez été, vous auriez pu avoir quelque influence sur lui, mais il n'a jamais été susceptible de suivre vos conseils. Pis encore, il aurait même pu suivre ceux de sa maîtresse blanche, Mlle Pemberley. »

La maharané a l'air de rétrécir à la mention de l'Anglaise.

« Vous l'avez donc fait assassiner. Pendant longtemps je n'ai pas pu comprendre pourquoi l'assassin s'était suicidé plutôt que de se résigner à être arrêté et questionné. Un tel sacrifice ne se retrouve que dans la foi religieuse ou politique. L'homme était manifestement un adepte fervent, il portait la marque de Vishnou sur le front et il a commis son assassinat le premier jour de la fête de Jagannath. Mais je ne comprenais pas pourquoi. Adhir n'avait jamais enfreint les consignes religieuses. Pourquoi vouloir le tuer ? C'est la même nuit de pluies que je l'ai compris. L'assassin n'était pas seulement un fidèle de Jagannath mais aussi de sa grande prêtresse. Vous. Vous êtes la fille du roi de Puri, le Roi Balayeur, le gardien de son temple le plus saint. Votre nom même, Shubhadra, est celui de la sœur de Jagannath ! Et naturellement, n'oublions pas le pauvre Punit qui est mort sur les marches de ce temple-ci, un temple que vous avez bâti. Si tout cela a été réellement la volonté du dieu Jagannath, alors vous avez suivi ses ordres avec une obéissance plus que stricte. Je pense que vous avez convaincu la jeune maharané Devika de collaborer avec vous. Elle n'est guère plus qu'une enfant et, probablement, impressionnable. Vous lui avez dit qu'avec son aide vous mettriez son fils sur le trône. En échange, vous ne demandiez qu'à être nommée régente jusqu'à la majorité du petit garçon. »

La maharané repousse une mèche de cheveux gris que la brise lui a soufflée sur le visage. « Quelle histoire, capitaine. Je vous demande une chose : pensez-vous qu'Adhir aurait fait un bon souverain ?

— Je ne saurais le dire. Je ne l'ai vu qu'une fois, le jour où vous l'avez fait tuer.

— Laissez-moi vous parler du prince Adhir. Il était à sa façon aussi arrogant et léger que son frère. Refuser d'entrer à la Chambre des Princes pour une question de principe, quelle sotte présomption. Il nous faut une voix et des amis haut placés si nous devons survivre. Adhir se mêlait de socialisme, il avait des discussions avec des membres du parti du Congrès, ces ridicules Bengalis. Adhir nous aurait isolés, il aurait détruit notre crédibilité auprès des Britanniques et avec elle notre supériorité sur nos voisins.

— Il aurait eu des conseillers. Le colonel Arora, pour commencer. » Je me demande ce qu'est devenu le colonel. Il a disparu peu après la mort de Punit. Le bruit court qu'il a été arrêté. Peut-être a-t-il eu le crâne écrasé.

« Des conseillers, dit-elle avec mépris. La seule personne qu'il ait jamais écoutée était cette maîtresse anglaise. Elle l'avait embobiné. Je ne doute pas que devenu maharajah il se serait laissé convaincre de l'épouser. Et alors, quelle signification cela aurait-il eue pour le peuple ? Sambalpur est conservateur. Le lien entre la famille royale et nos sujets est fondé sur plus que la simple loyauté. Il repose sur la foi et le don de soi, les leurs et les nôtres. Le peuple n'aurait jamais accepté une maharané blanche. Il leur était interdit d'avoir un enfant. Croyez-moi, capitaine, le royaume n'aurait certainement pas été en sécurité entre ses mains.

— Mais il l'est dans les vôtres ? »

Elle me regarde comme une mère un enfant entêté.

« Pensez-vous qu'une femme est incapable de

diriger une nation ? Le croiriez-vous si je vous disais que ce n'est pas vrai ? Depuis deux cents ans votre pays exerce un pouvoir malfaisant en Inde, en corrompant nos chefs jusqu'à ce qu'ils ne soient que vos laquais incapables. Dans un tel monde, c'est nous, les femmes du zenana, en sécurité dans notre sanctuaire, hors de l'influence pernicieuse de vos Résidents et de vos conseillers, qui avons été les gardiennes de notre culture et de notre héritage. Depuis cinquante ans je consacre ma vie à Sambalpur et à son peuple. Je m'en occupe, je l'éduque, je le protège. Je ne vais pas l'abandonner maintenant. Mais je crains que cela échappe à votre compréhension. »

À l'entendre, la mort d'Adhir et de Punit était nécessaire à la survie même du royaume, et ses propres actions ont été presque nobles. « Est-ce aussi pour le bien du peuple de Sambalpur que vous avez rétabli Davé dans son statut de dewan ? Un homme qui a détourné des millions de roupies de revenu de ce royaume et a fait assassiner un Anglais pour le cacher ?

— Davé n'a rien volé, dit-elle comme si c'était un fait avéré.

— J'ai vu les deux rapports. L'original de Golding et celui que Davé a amélioré en augmentant la valeur des ressources des mines de diamants. Golding a découvert la différence et a mis Davé en cause. Il l'a payé de sa vie.

— Vous savez que Sambalpur est le seul royaume de tout l'Orissa à posséder des mines de diamants. C'est l'une des bénédictions accordées à cette terre par Jagannath, et nous les exploitons depuis des siècles. C'est un secret bien gardé mais nous savons depuis des années que nos mines seront bientôt épuisées.

Nous le savions parce que M. Golding nous l'a dit. Chaque année il demandait à des géologues d'établir une estimation de ce qu'il restait. Comme vous le savez, l'influence de Sambalpur dépend de la puissance que nous confère notre production de diamants. Sans elle, nous ne sommes rien. Les Britanniques sont venus à notre secours par hasard. Vous essayez depuis cent cinquante ans de mettre la main sur nos mines, et sir Ernest Fitzmaurice n'est que le dernier d'une longue lignée de prétendants. Cette fois, il a été jugé bon d'accepter ses avances. Mais Fitzmaurice n'achèterait pas les mines s'il connaissait leur état réel. C'est pourquoi Davé a suggéré que nous lui en donnions une meilleure image, mais ni Adhir ni M. Golding n'approuvaient un tel procédé, Adhir parce que c'était une tête de mule et Golding à cause de ses scrupules. Le projet a été mis de côté, jusqu'au malheureux décès d'Adhir, quand Davé l'a ressorti. Golding s'y est opposé, bien entendu. Il ne devait pas en pâtir, mais au cours de discussions plutôt violentes il a eu une crise cardiaque.

— Un peu comme Punit.

— C'est la vérité, capitaine.

— Mais vendre les mines, quelle que soit leur valeur, ne résout pas vos difficultés. Sans elles, vous perdez votre influence.

— Le monde change, capitaine, dit-elle en souriant. De nos jours il existe d'autres choses qui ont presque autant de valeur que les diamants. »

Et je comprends. « Le charbon, dis-je.

— Ce que nous rapportera la vente à Anglo-Indian Diamond nous aidera à exploiter les veines de charbon. En fait, M. Golding a été le premier à recommander leur commercialisation. Les mines de charbon seront son héritage. »

Je sens la bile me monter à la gorge. « Vous ne pouvez pas simplement assassiner un Anglais et ne pas vous attendre à des conséquences.

— Il n'y a pas eu meurtre. Il est mort de causes naturelles.

— J'ai trouvé son corps au fond d'un puits de mine. C'était naturel aussi ? Sa mort réclame justice.

— Rappelez-vous notre dernière conversation. Je vous ai mis en garde à propos de la notion de justice. Ce qui compte est la vérité. Vous l'avez.

— Et si je cherche à agir sur elle ? Je doute que le Bureau de l'Inde traite aimablement le fait qu'un sujet britannique a été assassiné.

— Il ne ferait rien, capitaine. Le temps est révolu où les Britanniques pouvaient se mêler ouvertement des affaires d'un État indigène. Avec tout ce qui se passe dans le reste de l'Inde, leur unique préoccupation est que Sambalpur reste un allié stable et fiable, et que nous entrions à la Chambre des Princes. Il faudrait la mort d'un millier de comptables avant qu'ils mettent cette association en danger.

— Peut-être, mais ce serait mal de ma part de ne pas le mentionner dans mon rapport. »

La vieille maharané soupire. « Ce serait dommage de laisser de telles allégations infondées ternir la réputation de Sambalpur. Je souhaiterais l'éviter. »

Elle reste un instant silencieuse. « Il y a une femme de vos connaissances, poursuit-elle, une Mlle Shreya Bidika. Elle n'a pas été poursuivie pour actes séditieux contre le royaume malgré l'avis du dewan et le chef de la milice. Je ne voudrais pas devoir finalement entamer une procédure contre elle. »

La situation est claire. Je peux rapporter la mort de Golding aux autorités à Calcutta, mais comme l'a déclaré la maharané il est très peu probable qu'elles agissent. Et juste au cas où je déciderais de faire une chose inconsidérée, elle tient toujours Shreya Bidika comme valeur d'échange. Je commence à comprendre comment elle est parvenue à gouverner ce pays depuis cinquante ans. Je dois reconnaître qu'elle est probablement un meilleur choix pour le royaume qu'Adhir ou Punit.

« Et maintenant, dit-elle quand la voiture arrive, vous devez m'excuser. Il y a des affaires d'État dont je dois m'occuper. » Elle me prend la main. « J'espère vous revoir un jour, capitaine. Entre-temps, rappelez-vous ce que je vous ai dit. Votre âme désire ardemment la vérité. Maintenant vous l'avez. La justice est l'affaire des dieux. »

Elle lâche ma main et se dirige vers la voiture. Le chauffeur ouvre la portière arrière et j'ai le temps d'apercevoir Davé sur la banquette. Il a trois lignes de cendres sur le front.

La voiture s'éloigne rapidement en me laissant avec les mots de la maharané. Je quitte lentement l'enceinte du temple en direction du bord du fleuve où Annie attend sous un banian.

NOTE DE L'AUTEUR

Ce livre est inspiré de l'histoire des bégums de Bhopal, une dynastie de reines musulmanes qui ont gouverné l'État princier de Bhopal pendant la plus grande partie de la période allant de 1819 à 1926. Dans le climat actuel de fondamentalisme religieux et de politique réactionnaire nous devrions nous rappeler qu'un royaume indien a été gouverné – et bien – par une lignée de femmes musulmanes.

Le royaume de Sambalpur (ou Sambalpore) a existé en tant qu'État princier, à peu près avec les frontières définies dans le roman, bien que l'East India Company s'en soit emparée quand le dernier monarque, Narayan Singh, est mort sans descendance mâle directe.

Sambalpur avait une histoire de plusieurs millénaires, et le livre de Ptolémée en fait mention sous le nom de Sambalaka, sur la rive gauche du Manada devenu Mahanadi. Il est également mentionné dans des récits historiques tels que ceux de Xuanzang, et dans les écrits du célèbre roi Indrabhuti de Sambalaka, en Odra Desha, le plus ancien roi connu de

Sambalpur, fondateur du bouddhisme vajrayana et du lamaïsme.

Sambalpur a toujours été un haut lieu de culte du dieu Jagannath, dont des textes du Xe siècle signalent la présence d'une idole dans une caverne près de Sonepur. Il semblerait aussi que Jagannath ait béni le royaume. C'est le seul emplacement de l'Orissa où ont abondé les mines de diamants et de charbon. En effet, le marchand français du XVIIe siècle Jean-Baptiste Tavernier, dans le récit de ses six voyages en Turquie, en Perse et aux Indes (1676), parle des nombreuses mines célèbres de Sambalpur. Il déclare qu'au moment de sa visite huit mille personnes y travaillent, alors qu'il est prouvé que les diamants se trouvaient dans des dépôts alluvionnaires plutôt que dans des mines profondes. D'après l'historien anglais Edward Gibbon les diamants s'exportaient jusque dans la Rome impériale.

Ceux qui désirent en apprendre davantage sur les États princiers et leurs flamboyants maharajahs peuvent commencer par la lecture du passionnant *Highness : The Maharajahs of India* d'Ann Morrow.

Quant à ceux qui s'intéressent au monde disparu des fumeurs d'opium, ils trouveront dans *Opium Fiend* de Steven Martin le témoignage édifiant d'un homme fasciné par cette drogue exotique jusqu'à tomber dans la dépendance.

GLOSSAIRE

Afeem : l'opium

Anchal : le pli

Babu : nom employé sous l'administration anglaise pour désigner un fonctionnaire indigène

Bidi : cigarette constituée de tabac roulé dans une feuille qui est attachée à un bout par une ficelle

Burra : double

Chitee : message

Churidaar : pantalon ajusté

Cipaye : soldat indien ayant servi une armée occidentale durant l'époque coloniale

Coolie : porteur

Dewan : Premier ministre

Durbar : conseil convoqué par le souverain

Ghat : marches donnant accès à un fleuve

Gorrom tcha : thé chaud

Howdah : palanquin

Idlis : galettes de riz et lentilles blanches

Komla lebu : une orange

Kurti : version courte de la kurta

Ladoos : confiserie à base de farine de pois chiche

Lunghi : pièce de tissu rectangulaire utilisée pour couvrir les jambes

Mahout : cornac

Memsahib : titre de respect pour une femme européenne blanche à l'époque coloniale

Pranaam : forme de salut respectueux

Punkah : grand éventail suspendu au plafond, actionné par une corde

Purdah : pratique dans les communautés musulmanes et hindoues empêchant les hommes de voir les femmes

Sadhu : ascète

Sahib : mot hindi signifiant « Monsieur », utilisé durant la période coloniale comme titre honorifique, seul ou en compagnie d'autres titres

Wallah : travailleur

Yuvraj : prince héritier

Zenana : logement réservé aux femmes en Inde

DU MÊME AUTEUR

Aux Éditions Liana Levi

LES PRINCES DE SAMBALPUR, 2020, Folio Policier nº 943.

L'ATTAQUE DU CALCUTTA-DARJEELING, 2019, Folio Policier nº 918.

COLLECTION FOLIO POLICIER

Dernières parutions

834. Patrick Pécherot	*Une plaie ouverte*
835. Harry Crews	*Le faucon va mourir*
836. DOA	*Pukhtu. Primo*
837. DOA	*Pukhtu. Secundo*
838. Joe R. Lansdale	*Les enfants de l'eau noire*
839. Gunnar Staalesen	*Cœurs glacés*
840. Jo Nesbø	*Le fils*
841. Luke McCallin	*La maison pâle*
842. Caryl Férey	*Les nuits de San Francisco*
843. Graham Hurley	*Le paradis n'est pas pour nous*
844. Boileau-Narcejac	*Champ clos*
845. Lawrence Block	*Balade entre les tombes*
846. Sandrine Roy	*Lynwood Miller*
847. Massimo Carlotto	*La vérité de l'Alligator*
848. Benoît Philippon	*Cabossé*
849. Grégoire Courtois	*Les lois du ciel*
850. Caryl Férey	*Condor*
851. Antonio Manzini	*Maudit printemps*
852. Jørn Lier Horst	*Fermé pour l'hiver*
853. Sonja Delzongle	*Récidive*
854. Noah Hawley	*Le bon père*
855. Akimitsu Takagi	*Irezumi*
856. Pierric Guittaut	*La fille de la Pluie*
857. Marcus Sakey	*Les Brillants III En lettres de feu*
858. Matilde Asensi	*Le retour du Caton*
859. Chan Ho-kei	*Hong Kong Noir*
860. Harry Crews	*Des savons pour la vie*
861. Mons Kallentoft, Markus Lutteman	*Zack II Leon*
862. Elsa Marpeau	*Black Blocs*

863. Jo Nesbø — *Du sang sur la glace II Soleil de nuit*
864. Brigitte Gauthier — *Personne ne le saura*
865. Ingrid Astier — *Haute Voltige*
866. Luca D'Andrea — *L'essence du mal*
867. DOA — *Le cycle clandestin, tome II*
868. Gunnar Staalesen — *Le vent l'emportera*
869. Rebecca Lighieri — *Husbands*
870. Patrick Delperdange — *Si tous les dieux nous abandonnent*
871. Neely Tucker — *La voie des morts*
872. Nan Aurousseau — *Des coccinelles dans des noyaux de cerise*
873. Thomas Bronnec — *En pays conquis*
874. Lawrence Block — *Le voleur qui comptait les cuillères*
875. Steven Price — *L'homme aux deux ombres*
876. Jean-Bernard Pouy — *Ma ZAD*
877. Antonio Manzini — *Un homme seul*
878. Jørn Lier Horst — *Les chiens de chasse*
879. Jérôme Leroy — *La Petite Gauloise*
880. Elsa Marpeau — *Les corps brisés*
881. Sonja Delzongle — *Boréal*
882. Patrick Pécherot — *Hével*
883. Attica Locke — *Pleasantville*
884. Harry Crews — *Car*
885. Caryl Férey — *Plus jamais seul*
886. Guy-Philippe Goldstein — *Sept jours avant la nuit*
887. Tonino Benacquista — *Quatre romans noirs*
888. Melba Escobar — *Le salon de beauté*
889. Noah Hawley — *Avant la chute*
890. Tom Piccirilli — *Les derniers mots*
891. Jo Nesbø — *La soif*
892. Dominique Manotti — *Racket*
893. Joe R. Lansdale — *Honky Tonk Samouraï*
894. Antoine Chainas — *Empire des chimères*
895. Jean-François Paillard — *Le Parisien*

896. Luca d'Andrea	*Au cœur de la folie*
897. Sonja Delzongle	*Le hameau des Purs*
898. Gunnar Staalesen	*Où les roses ne meurent jamais*
899. Mons Kallentoft, Markus Lutteman	*Bambi*
900. Kent Anderson	*Un soleil sans espoir*
901. Nick Stone	*Le verdict*
902. Lawrence Block	*Tue-moi*
903. Jørn Lier Horst	*L'usurpateur*
904. Paul Howarth	*Le diable dans la peau*
905. Frédéric Paulin	*La guerre est une ruse*
906. Paul Colize	*Un jour comme les autres*
907. Sébastien Gendron	*Révolution*
908. Chantal Pelletier	*Tirez sur le caviste*
909. Sonja Delzongle	*Cataractes*
910. Elsa Marpeau	*Son autre mort*
911. Joe Ide	*Gangs of L.A.*
912. Francesco Dimitri	*Le livre des choses cachées*
913. Jo Nesbø	*Macbeth*
914. Dov Alfon	*Unité 8200*
915. Jérôme Leroy	*Un peu tard dans la saison*
916. Pasquale Ruju	*Une affaire comme les autres*
917. Jean-Bernard Pouy	*Trilogie spinoziste*
918. Abir Mukherjee	*L'attaque du Calcutta-Darjeeling*
919. Richard Morgiève	*Le Cherokee*
920. Antonio Manzini	*La course des hamsters*
921. Gunnar Staalesen	*Piège à loup*
922. Christian White	*Le mystère Sammy Went*
923. Yûko Yuzuki	*Le loup d'Hiroshima*
924. Caryl Férey	*Paz*
925. Vlad Eisinger	*Du rififi à Wall Street*
926. Parker Bilal	*La cité des chacals*
927. Emily Koch	*Il était une fois mon meurtre*
928. Frédéric Paulin	*Prémices de la chute*
929. Sonja Delzongle	*L'homme de la plaine du nord*
930. Sébastien Rutés	*Mictlán*

Composition APS-ie
Impression Maury Imprimeur
45330 Malesherbes
le 22 septembre 2021.
Dépôt légal : septembre 2021.
Numéro d'imprimeur : 256957.

ISBN 978-2-07-292303-6. / Imprimé en France.

373632